TORMENTA

LINCOLN
CHILD
TORMENTA

Traducción de
Jofre Homedes Beutnagel

PLAZA  JANÉS

Título original: *Deep Storm*

Primera edición: mayo, 2008

© 2007, Lincoln Child
 Publicado por acuerdo con Doubleday, una división de
 Random House, Inc.
© 2008, Random House Mondadori, S. A.
 Travessera de Gràcia, 47-49. 08021 Barcelona
© 2008, Jofre Homedes Beutnagel, por la traducción

Printed in Spain – Impreso en España

ISBN: 978-84-01-33672-0
Depósito legal: B. 14.663-2008

Fotocomposición: Comptex & Ass., S. L.

Impreso en Litografía SIAGSA
Ramón Casas, 2. Badalona (Barcelona)

Encuadernado en Cairox Services

L 3 3 6 7 2 0

Para Luchie

Agradecimientos

En Doubleday, deseo dar las gracias a mi editor, Jason Kaufman, tanto por su amistad como por su incansable ayuda en infinidad de aspectos. Gracias, por no haber cejado en su entusiasmo desde el primer día, a Bill Thomas y Adrienne Sparks, y gracias a Jenny Choi y al resto del grupo por su entrega, capacidad de trabajo y respaldo. Eric Simonoff, de Janklow & Nesbit, y Matthew Snyder, de Creative Artists Agency, han sido tan indispensables e insustituibles como siempre.

Gracias también a mi mujer, Luchie, y a mi hija Veronica, sin ellas no podría haber escrito el libro.

Doug Preston (pareja de escritura y «hermano de otra madre») ha estado conmigo en las trincheras durante la elaboración de la novela, haciendo decenas de contribuciones (no exagero) a la idea inicial, tanto de gran alcance como de detalle. No puede obviarse su importancia en el relato.

Mi profundo agradecimiento a todos los que han contribuido a que *Tormenta* sea el libro que es, particularmente a Claudia Rülke, Voelker Knapperz, Lee Suckno y Ed Buchwald.

Huelga decir que *Tormenta* es una obra de ficción. Todas las personas, lugares, hechos, empresas y organismos o instalaciones gubernamentales son ficticios o se usan de manera ficticia.

Prólogo

Plataforma petrolífera Storm King
Frente a la costa de Groenlandia

Kevin Lindengood llegó a la conclusión de que, para trabajar en una plataforma petrolífera, había que ser una persona muy especial; había que estar mal de la cabeza.

Mientras él, taciturno, miraba su consola del Centro de Control de Perforaciones, al otro lado del cristal blindado el Atlántico Norte era una ventisca en blanco y negro. La espuma corría en furiosos remolinos por su superficie.

Claro que el Atlántico Norte siempre parecía furioso. Daba lo mismo que la plataforma *Storm King* dominase el océano desde una altura de más de trescientos metros, porque la inmensidad del Atlántico la hacía parecer minúscula, como un juguete que en cualquier momento pudiera salir volando.

—¿Estado del raspador? —preguntó John Wherry, el director de la plataforma.

Lindengood echó un vistazo a la consola.

—Setenta y uno negativo, y subiendo.

—¿Estado del conducto?

—Todos los valores están dentro de la normalidad. No se ve nada inusual.

Volvió a mirar por la ventana, oscura y mojada. *Storm King* era la plataforma más septentrional de todo el campo petrolífero de Maury. Unos setenta kilómetros al norte había tierra firme, si es que Angmagssalik, Groenlandia, merecía ese nombre, pero en días como aquel costaba creer que pudiera haber algo más que mar en toda la superficie del planeta.

Decididamente había que ser un hombre extraño para trabajar en una plataforma petrolífera (porque siempre eran hombres, desgraciadamente). Por alguna razón las únicas mujeres que pisaban la plataforma eran relaciones públicas y personal de apoyo psicológico, que después de aterrizar en helicóptero y de asegurarse de que no hubiera nadie desquiciado o deprimido se iban lo antes posible. Era como si todos los recién llegados trajesen consigo su cuota de asignaturas pendientes, tics nerviosos o neurosis cuidadas con amor. Aunque pensándolo bien, ¿qué podía impulsar a una persona a trabajar dentro de una caja metálica encaramada en palillos de acero sobre un mar helado, y a correr el riesgo de que en el momento menos pensado se la llevase al otro mundo una tormenta gigante? La respuesta habitual era el sueldo, pero había muchísimos empleos en tierra firme donde se pagaba casi lo mismo. La cruda realidad era que solo se llegaba a la plataforma huyendo de algo, o (peor aún) hacia algo.

El terminal pitó.

—El raspador ha acabado de limpiar el dos.

—Muy bien —dijo Wherry.

En el terminal contiguo al de Lindengood, Fred Hicks hizo crujir los nudillos y cogió un mando incorporado a la consola.

—Situando el raspador sobre la boca del pozo tres.

Lindengood lo miró de reojo. Hicks, el técnico de guardia especialista en procesos, era un modelo perfecto. Tenía un iPod de primera generación que solo contenía las treinta y dos sonatas para piano de Beethoven. Las escuchaba constantemente, día y noche, tanto si trabajaba como si descansaba y, por si fuera poco, las tarareaba. Lindengood ya las conocía todas. De hecho, a fuerza de oírlas en la voz sibilante de Hicks, se las sabía de memoria, como prácticamente todo el mundo en *Storm King*.

No era como para aficionarse a la música.

—Raspador en posición sobre el tres —dijo Hicks.

Se puso los auriculares y siguió tarareando la sonata *Waldstein*.

—Bajadlo.

—Recibido.

Lindengood volvió a mirar su terminal.

Eran los únicos en todo el Centro de Control de Perforaciones. Aquella mañana la inmensa plataforma parecía una ciudad fantasma; las bombas estaban en silencio, y todo el personal (desde los encargados hasta el último operario) descansaba en los camarotes, veía la tele por satélite en la sala común o jugaba al ping-pong o a la máquina. Como todos los últimos días de mes, la plataforma se había paralizado en espera de que los raspadores electromagnéticos limpiaran los conductos de perforación.

Los diez.

Pasaron diez minutos. Veinte. El canturreo de Hicks cambió de ritmo, a la vez que adquiría cierta rapidez nasal. Estaba claro que ya no tenía puesta la sonata *Waldstein*, sino la *Hammerklavier*.

Lindengood hizo unos cálculos mentales mirando la pantalla. El fondo marino estaba a más de tres mil metros, y el campo petrolífero como mínimo a trescientos más. Tres mil trescientos metros de tubos que limpiar; y a él, como técnico de producción, le correspondía subir y bajar el raspador bajo la atenta mirada del director de la plataforma.

La vida era maravillosa.

Fue como si Wherry le leyera el pensamiento, porque dijo:

—¿Estado del raspador?

—Dos mil seiscientos cincuenta metros y bajando.

Cuando llegase al fondo del tercer conducto (el que más se adentraba en el fondo marino), el raspador haría una pausa y volvería a subir muy despacio, con lo que iniciaría el lento y tedioso proceso de limpieza e inspección.

Lindengood miró disimuladamente a Wherry. El jefe era la confirmación de su teoría acerca de las personas especiales. Debían de haberle pegado más de la cuenta en el patio del colegio, porque tenía un grave problema de autoridad. Normalmente los jefes eran gente discreta y relajada; sabían que vivir en la plataforma no era ninguna juerga, y hacían todo lo posible por facilitar las cosas a sus hombres. En cambio Wherry era como una reencarnación del capitán Bligh: nunca estaba contento con el trabajo de nadie; a los operarios y a los técnicos de baja graduación los trataba como a perros, y te abría un expediente por cualquier tontería. Solo le faltaba el bastón y un...

De repente empezó a pitar la consola de Hicks, que se inclinó para leer los valores bajo la indiferente mirada de Lindengood.

—Tenemos un problema con el raspador —dijo Hicks con mala cara, quitándose los auriculares—. Se ha estropeado.

—¿Qué? —Wherry se acercó a mirar la pantalla de control—. ¿Demasiada presión?

—No. Es la señal, que no se puede leer. Nunca lo había visto.

—Reinícialo —dijo Wherry.

—Ahora mismo. —Hicks hizo unos ajustes en la consola—. Ya estamos otra vez. Vuelve a fallar.

—¿Otra vez? ¿Tan deprisa? ¡Mierda! —Wherry se volvió hacia Lindengood como un resorte—. Corta la alimentación del electroimán y haz un inventario de sistema.

Lindengood obedeció con un profundo suspiro. Aún quedaban siete conductos. Si a esas alturas el raspador ya hacía cosas raras, seguro que a Wherry le daba un ataque y...

Se quedó petrificado. No podía ser. Imposible.

Con la mirada fija en la pantalla, cogió la manga de Wherry y la estiró.

—John...

—¿Qué pasa?

—Mira los sensores.

El jefe se acercó a mirar los datos del sensor.

—Pero, ¿qué es esto? ¿No acabo de decirte que apagaras el electroimán?

—Ya lo he hecho. Está apagado.

—¿Qué?

—Míralo tú mismo —dijo Lindengood.

Tenía la lengua seca, y una extraña sensación en la boca del estómago.

El jefe prestó más atención a los controles.

—Entonces ¿de dónde salen estos...?

Enmudeció de golpe y se irguió muy despacio, mientras su cara palidecía a la luz azulada de la pantalla de cátodo frío.

—Dios mío...

Veinte meses más tarde

1

Parecía una cigüeña, pensó Peter Crane, una enorme y blanca cigüeña posada en el mar, de patas ridículamente finas. La semejanza, sin embargo, fue desapareciendo a medida que se acercaba el helicóptero y la silueta se recortaba más nítida en el horizonte. Las patas engordaron hasta convertirse en grandes torres tubulares de acero y hormigón. El cuerpo se convirtió en una superestructura de varios niveles erizada de quemadores y turbinas, y entrecruzada de cables y vigas. En cuanto al objeto alargado de la parte superior, el que parecía el cuello, lo definió como una mezcla de grúa y torre de perforación que dominaba la superestructura desde una altura de un par de centenares de metros.

Cuando estuvieron cerca de la plataforma, el piloto la señaló y levantó dos dedos. Crane asintió con la cabeza.

Era un día luminoso y sin nubes. Crane entornó los ojos para observar el mar a su alrededor. Estaba cansado y desorientado por el viaje. Primero el vuelo regular desde Miami a Nueva York, después el viaje a Reikiavik en un Gulfstream G150 privado, y ahora el helicóptero. Lo único que no se dejaba embotar por el cansancio era su curiosidad, que iba en aumento.

Más que el hecho de que a Amalgamated Shale le interesara tenerle de asesor (aspecto que podía entender), le sorprendían las prisas de la empresa por que lo dejara todo y se desplazara cuanto antes a la plataforma *Storm King*, por no hablar de un detalle tan extraño como la abundancia de técnicos e ingenieros que había en la delegación islandesa de AmShale, en vez de los habituales perforadores y operarios.

A todo ello se añadía otro detalle: que el piloto del helicóptero no era empleado de AmShale. Llevaba uniforme del ejército, e iba armado.

Cuando empezaron a bajar al helipuerto, dando un giro cerrado por alrededor de la plataforma, Crane se dio cuenta por primera vez de la magnitud de la instalación. Solo la subestructura era como un edificio de ocho pisos. La plataforma superior estaba cubierta por un laberinto de unidades modulares en el que la vista se perdía. Algunos hombres con uniformes amarillos de seguridad comprobaban el estado de las juntas o manipulaban los equipos de bombeo, apenas visibles entre la enorme maquinaria. Abajo, muy abajo, el océano acumulaba espuma alrededor de los pilares de la subestructura, donde esta desaparecía para iniciar su recorrido de miles de metros hasta el fondo marino.

El helicóptero voló más despacio, giró y se posó en el hexágono verde de la zona de aterrizaje. Al recoger su equipaje, Crane vio que alguien les esperaba al borde del helipuerto; era una mujer alta y delgada, con una chaqueta impermeable. Crane dio las gracias al piloto, abrió la puerta y se agachó instintivamente al pasar bajo las palas; lo recibió un aire frío y tonificante.

Cuando lo vio llegar, la mujer tendió un brazo.

—¿El doctor Crane?

Se dieron la mano.

—Sí.

—Por aquí, por favor.

Se llevó a Crane del helipuerto hacia una escalerilla y una pasarela de metal, que acababa en una escotilla como de submarino. No había dicho su nombre.

Un marinero con uniforme y rifle los saludó con la cabeza, abrió la escotilla y la atrancó a su paso.

Al otro lado había un pasillo muy iluminado, con puertas abiertas a ambos lados. No se oía el zumbido imparable de las turbinas, ni el retumbar de los instrumentos de perforación. El olor a petróleo era tan débil que parecía que se hubieran esforzado por eliminarlo.

Con el equipaje al hombro, Crane siguió a la mujer mientras lanzaba miradas de curiosidad a las puertas. Vio laboratorios llenos de pizarras blancas y ordenadores, salas de informática y centros de comunicación.

Decidió aventurar unas preguntas.

—¿Los buzos están en una cámara hiperbárica? ¿Ya puedo verlos?

—Por aquí, por favor —repitió ella.

A la vuelta de la siguiente esquina, una escalera bajaba a otro pasillo más ancho y largo. Las habitaciones de los lados, talleres y almacenes de instrumentos de alta tecnología que Crane no identificó también eran más grandes. Frunció el entrecejo. Aunque *Storm King* tuviera todo el aspecto de una plataforma petrolífera, evidentemente ya no se dedicaba a la extracción de crudo.

¿Qué narices pasaba allí dentro?

—¿Han traído de Islandia a algún especialista vascular o de pulmón? —preguntó.

Se encogió de hombros por la falta de respuesta. Después de un viaje tan largo, no le costaba nada esperar unos minutos.

Ella se paró ante una puerta gris metálica.

—Le está esperando el señor Lassiter.

¿Lassiter? No le sonaba de nada. La persona que había hablado por teléfono con él para informarle del problema de la plataforma se llamaba Simon. Miró la puerta. Había una placa de plástico negro con letras blancas donde ponía: E. LASSITER, RELACIONES EXTERNAS.

Se volvió hacia la mujer de la chaqueta impermeable, pero ya se iba por el pasillo. Se acomodó el equipaje y llamó a la puerta.

—Adelante —dijo una voz escueta.

Lassiter era un hombre alto y delgado, con el pelo rubio muy corto. Al ver a Crane se levantó, salió de detrás del escritorio y le dio la mano. La falta de uniforme no impedía que su estampa fuera muy militar, por el corte de pelo pero también por la economía y precisión de sus gestos. La desnudez de la mesa parecía exagerada, voluntaria. Solo había un sobre cerrado y una grabadora digital.

—Si quiere, puede dejar el equipaje al fondo —dijo Lassiter, señalando un rincón—. Siéntese, por favor.

—Gracias. —Crane ocupó el asiento que le ofrecía—. Estoy impaciente por saber algo más de la emergencia. Mi acompañante no me ha dado muchas explicaciones.

—Yo tampoco se las voy a dar. —La sonrisa de Lassiter fue un visto y no visto—. Mi cometido es hacerle unas preguntas.

Crane digirió sus palabras.

—Adelante —dijo al cabo de un momento.

Lassiter pulsó un botón de la grabadora.

—Grabación correspondiente al 2 de junio, en presencia de quien habla, Edward Lassiter, y del doctor Peter Crane. Se realiza en la Base Auxiliar de Suministros. —Miró a Crane desde el otro lado del escritorio—. Doctor Crane, ¿es consciente de que su misión no tiene una duración determinada?

—Sí.

—¿Y de que se le prohíbe rigurosamente divulgar lo que vea o referir lo que haga en estas instalaciones?

—Sí.

—¿Está dispuesto a comprometerse a ello por escrito?

—Sí.

—¿Tiene antecedentes penales?

—No.

—¿Es estadounidense de nacimiento o nacionalizado?

—Nací en Nueva York.

—¿Actualmente se medica por algún problema de salud?

—No.

—¿Consume alcohol o drogas de forma abusiva?

La sorpresa de Crane crecía con cada pregunta.

—No, a menos que considere «abusivo» tomarse unas cuantas latas de cerveza el fin de semana.

Lassiter no sonrió.

—¿Es claustrofóbico, doctor Crane?

—No.

Lassiter paró la grabación, cogió el sobre, lo abrió con un dedo y sacó media docena de hojas que deslizó por la mesa hacia Crane.

Crane las cogió; su lectura le hizo pasar de la sorpresa a la incredulidad. Había tres compromisos distintos de confidencialidad, una declaración que se acogía a la ley de secretos oficiales y algo que recibía el nombre de «iniciativa vinculante de cooperación». Todos los documentos llevaban el sello del gobierno, todos requerían su firma y todos amenazaban con graves consecuencias en caso de infracción de alguna de sus cláusulas.

Dejó los documentos sobre la mesa, bajo la atenta mirada de Lassiter. Se estaban pasando. Quizá lo mejor fuera dar amablemente las gracias y decir que lo sentía mucho pero que volvía a Florida.

Sí, pero ¿cómo? A AmShale le había costado mucho dinero llevarle hasta la plataforma, y encima el helicóptero ya se había ido. En ese momento de su vida, Crane dudaba entre dos proyectos de investigación. Por otro lado no era una persona que huyera de los desafíos, sobre todo cuando eran tan misteriosos...

Cogió el bolígrafo y firmó todos los documentos sin pensárselo.

—Gracias —dijo Lassiter. Volvió a poner la grabadora en marcha—. Que conste en la transcripción que el doctor Crane ha firmado todos los formularios. —La apagó y se levantó—. Sígame, doctor Crane, si es tan amable. No creo que tarde en tener las respuestas que quería.

Salió al pasillo y llevó a Crane por un laberinto de despachos. Subieron en ascensor a una biblioteca bien surtida de libros, revistas y ordenadores. Lassiter señaló una mesa al fondo, donde solo había un monitor.

—Volveré a buscarle —dijo, antes de dar media vuelta y salir de la sala.

Crane se sentó donde le habían indicado. No había nadie más en toda la biblioteca. Justo cuando empezaba a preguntarse cuál sería el siguiente paso, se encendió la pantalla y apareció la imagen de un hombre canoso y muy moreno, más cercano a los setenta años que a los sesenta. «Algún vídeo introductorio», pensó Crane, pero luego la cara sonrió, y se dio cuenta de que no estaba mirando la pantalla de un ordenador, sino de un circuito cerrado de televisión, con una cámara minúscula incorporada a la carcasa en la parte superior.

—Buenos días, doctor Crane —dijo la imagen. Una sonrisa llenó de arrugas su cara bondadosa—. Me llamo Howard Asher.

—Encantado —dijo Crane a la pantalla.

—Soy el director científico de la National Oceanic Agency. ¿Le suena?

—¿No es el organismo de gestión marítima de la National Oceanographic Division?

—Efectivamente.

—No lo entiendo muy bien, doctor Asher. Porque es doctor, ¿verdad?

—Sí, pero llámeme Howard.

—Howard. ¿Qué tiene que ver la NOA con una plataforma petrolífera? Y ¿dónde está el señor Simon, la persona que habló conmigo por teléfono y que ha organizado todo esto? Dijo que vendría a recibirme.

—La verdad es que no existe ningún señor Simon, doctor Crane, pero aquí me tiene, encantado de explicarle todo lo que pueda.

Crane frunció el entrecejo.

—Me habían dicho que era una cuestión médica, relacionada con los buzos que mantienen el equipo submarino de la plataforma. ¿También era mentira?

—Solo en parte. Sí, reconozco que le hemos dicho muchas mentiras. Lo siento, pero no había más remedio. En este proyecto es absolutamente primordial el secreto; piense, Peter, ¿puedo llamarle Peter?, que se trata ni más ni menos que del descubrimiento científico e histórico del siglo.

—¿Del siglo? —repitió Crane sin poder disimular su incredulidad.

—Hace bien en ser escéptico, pero esta vez no es un engaño. Al contrario. De todos modos, la expresión «descubrimiento del siglo» quizá no sea muy exacta.

—Lo suponía —contestó Crane.

—Debería haberlo llamado el mayor descubrimiento de todos los tiempos.

2

Crane se quedó mirando la pantalla. La sonrisa del doctor Asher era amistosa y casi paternal, pero no parecía una sonrisa de bromista.

—No podía decirle la verdad hasta que estuviese físicamente aquí, ni antes de que le hubiéramos investigado a fondo. Hemos aprovechado la duración de su viaje para completar el proceso. En realidad sigo sin poder explicarle gran cosa.

Crane miró por encima del hombro. La biblioteca estaba vacía.

—¿Por qué? ¿No es segura la línea?

—Segura sí es, pero tenemos que cerciorarnos de que se implica a fondo en el proyecto.

Crane esperó sin decir nada.

—Lo poco que puedo contarle es estrictamente confidencial. Aunque rechazase la oferta, seguiría teniendo que cumplir los compromisos de confidencialidad que acaba de firmar.

—Lo entiendo —dijo Crane.

—Muy bien. —Asher vaciló—. Verá, Peter, debajo de la plataforma donde está hay algo más que un campo petrolífero. Mucho más.

—¿Qué? —preguntó automáticamente Crane.

Asher sonrió de un modo misterioso.

—Solo le diré que hace cosa de dos años los perforadores descubrieron algo tan fabuloso que la plataforma dejó de extraer petróleo de la noche a la mañana y pasó a desempeñar una nueva función, en el más riguroso secreto.

—A ver si lo adivino. No puede entrar en detalles.

Asher se rió.

—No, de momento no, pero es un descubrimiento tan importante que el gobierno no está reparando en gastos para obtenerlo. Literalmente.

—¿Obtenerlo?

—Está enterrado en el lecho marino, justo debajo de esta plataforma. ¿Se acuerda de que lo he calificado del mayor descubrimiento de todos los tiempos? Básicamente, lo que se está haciendo es una excavación, una excavación arqueológica sin precedentes. Estamos haciendo historia en el sentido literal de la expresión.

—Pero ¿a qué viene tanto secreto?

—Si se divulgase lo que hemos encontrado, aparecería instantáneamente en los titulares de toda la prensa mundial, y en cuestión de horas esto sería zona catastrófica. Media docena de gobiernos reivindicarían la soberanía, acudirían periodistas, curiosos... Es un descubrimiento tan fundamental que no podemos ponerlo en peligro. Así de sencillo.

Crane se apoyó en el respaldo de la silla, pensativo. El viaje estaba adquiriendo un cariz surrealista. Los planes de vuelo a toda prisa, una plataforma petrolífera que no lo era, secretos por doquier... Y ahora aquel rostro en la pantalla, hablando de un descubrimiento de una importancia crucial...

—Quizá le parezca anticuado —dijo—, pero me tranquilizaría mucho que se tomara el tiempo de verme en persona y hablar cara a cara conmigo.

—Por desgracia no es tan fácil, Peter; ahora bien, si se implica en el proyecto tardará muy poco en verme.

—No lo entiendo. ¿Por qué es tan difícil, si no es indiscreción?

La respuesta de Asher fue otra risa socarrona.

—Porque ahora estoy miles de metros por debajo de usted.

Crane miró fijamente la pantalla.

—¿Quiere decir que...?

—Exacto. La plataforma petrolífera *Storm King* solo es la estructura de apoyo, la base de suministros. Lo importante está mucho más abajo. Por eso le hablo por vídeo.

Crane tardó un poco en asimilarlo.

—¿Qué hay abajo? —preguntó sin levantar la voz.

—Imagine un centro de investigación enorme, de doce plantas, lleno de instrumentos de ultimísima tecnología, construido sobre el lecho marino. Pues eso es el CER, el corazón del proyecto arqueológico más espectacular de todos los tiempos.

—¿El CER?

—Complejo de Exploración y Recuperación, aunque nosotros lo llamamos «el Complejo», a secas. El ejército, que, como ya sabe, es muy aficionado a las palabras ampulosas, lo ha bautizado como «Deep Storm».*

—Sí, ya me he fijado en la presencia militar. ¿Qué falta hacen los soldados?

—Podría decirle, sin mentir, que el Complejo es propiedad del gobierno, y que la NOA es un organismo gubernamental, pero la auténtica razón es que gran parte de la tecnología que empleamos en el proyecto de recuperación es secreta.

—¿Y los hombres que he visto trabajar arriba, sobre la plataforma?

—Casi todo es una puesta en escena. Tenemos que parecer una plataforma petrolífera en activo.

—¿Y AmShale?

—Han cobrado una fortuna por dejarnos usar la plataforma, estar de cara al público y no hacer preguntas.

Crane cambió de postura en la silla.

—Este Complejo del que habla... ¿Es donde estaría yo?

—Sí. Es donde viven y trabajan todos los científicos y técni-

---

* «Tormenta profunda», en correspondencia con el nombre de la plataforma, *Storm King* («rey de las tormentas»). *(N. del T.)*

cos. Sé que ha pasado mucho tiempo en entornos subacuáticos, Peter, y creo que se llevaría una sorpresa muy agradable. Más que sorprenderse, se quedaría de una pieza. Hay que verlo para creerlo. El Complejo es un milagro de la tecnología submarina.

—Pero ¿tan necesario es? Me refiero a trabajar en el fondo marino. ¿Por qué no se puede dirigir la operación desde la superficie?

—Es que los... restos están enterrados a demasiada profundidad para la mayoría de los sumergibles; además, el rendimiento por inmersión de estos últimos es abismalmente bajo. Créame, lo entenderá cuando lo sepa todo.

Crane asintió despacio.

—Supongo que solo queda una pregunta: ¿por qué yo?

—Por favor, doctor Crane... Es demasiado modesto. Como ex militar con experiencia en submarinos y portaaviones, sabe qué es vivir bajo presión en espacios cerrados. Y lo de presión lo digo en ambos sentidos, el literal y el figurado.

«Evidentemente ha investigado», pensó Crane.

—Quedó segundo de su promoción en la Facultad de Medicina Mayo, y su experiencia en la Marina, entre otras cosas, le hizo conocer a fondo los trastornos de los buzos y otros trabajadores del mar.

—O sea, que sí hay un problema médico...

—Por supuesto. Hace dos meses que están terminadas las instalaciones, y el proyecto de extracción funciona a todo gas, pero en las últimas semanas varios habitantes de Deep Storm han manifestado síntomas inhabituales.

—¿Síndrome de descompresión? ¿Narcosis por nitrógeno?

—Más lo primero que lo segundo; digamos que su doble condición de médico y ex oficial le hace más adecuado que nadie para tratar la dolencia.

—¿Duración de la misión?

—El tiempo que haga falta para diagnosticar y tratar el problema. Yo calculo que estará con nosotros entre dos y tres semanas; de todos modos, aunque lograse una curación milagrosa, el mínimo de tiempo que pasaría en el Complejo serían seis días. No entraré en detalles, pero a estas profundidades la presión atmósferica es tan fuerte que hemos creado un proceso de aclimatación muy especial. El lado bueno es que permite trabajar mucho más a gusto que hasta ahora; el malo es que se invierte mucho tiempo en entrar y salir de la estación. Como supongo imaginará, en este caso son inútiles las prisas.

—Me lo imagino.

Con la de casos mortales de descompresión que había visto, a Crane le bastaba y sobraba.

—En fin, es todo lo que tenía que contarle. Solo me queda recordarle una vez más que incluso si decidiera rechazar el encargo existe un compromiso en firme y muy estricto que le prohíbe revelar que ha estado aquí, y el contenido de nuestra conversación.

Crane asintió con la cabeza. Sabía que Asher recurría a evasivas porque no tenía más remedio, pero no dejaba de ser irritante disponer de tan poca información. Lo que le estaban pidiendo era invertir varias semanas de su vida en un trabajo del que no sabía prácticamente nada.

Por otro lado, carecía de otros compromisos que le impidieran pasar unas semanas en Deep Storm. Se había divorciado hacía poco, no tenía hijos y en aquel momento se debatía entre dos propuestas de trabajo como investigador. Seguro que Asher también lo sabía.

«Un descubrimiento de una importancia crucial.» A pesar del secretismo (o a causa de él), Crane se dio cuenta de que la simple idea de participar en semejante aventura le aceleraba el pulso. Comprendió que la decisión ya estaba tomada, aunque no fuera consciente de ello.

Asher volvió a sonreír.

—Bien —dijo—, si no tiene más preguntas corto la comunicación y le doy un poco de tiempo para pensárselo.

—No hace falta —contestó Crane—. Puestos a hacer historia, no tengo que pensar nada. Dígame dónde hay que ir y punto.

La sonrisa de Asher se amplió.

—Abajo, Peter, siempre abajo.

3

Peter Crane había pasado casi cuatro años de su vida en submarinos, pero era la primera vez que le tocaba asiento de ventanilla.

Tras varias horas en *Storm King* (sometiéndose a una larga serie de pruebas físicas y psicológicas, y después en la biblioteca, esperando a que cayera el manto de la oscuridad), le habían llevado a un embarcadero especial debajo de la plataforma, donde había un batiscafo del ejército amarrado a un contrafuerte de hormigón. El mar lamía traicioneramente el contrafuerte, y la pasarela que llevaba a la escotilla de entrada del batiscafo tenía dobles cuerdas de apoyo. Crane la cruzó, y al llegar a la torreta de mando bajó una escalera metálica resbaladiza por la condensación, cruzó la escotilla, atravesó el tanque de flotación y penetró en el exiguo espacio de una esfera de presión donde había un oficial muy joven en los controles.

—Siéntese donde quiera —dijo el muchacho.

Se oyó cómo se cerraba una escotilla muy por encima de ellos. Siguió otro impacto idéntico, dos golpes que reverberaron sordamente por todo el sumergible.

Crane miró la cabina. Aparte de los asientos vacíos (distribuidos en tres hileras de dos), cada centímetro cuadrado de las paredes estaba cubierto de tubos, cables, indicadores e instrumentos. La única excepción, situada en la pared del fondo, era una escotilla estrecha pero muy gruesa. En el espacio cerrado flotaba un olor (a lubricante, humedad y sudor) que despertó inmediatamente en Crane el recuerdo de cuando llevaba la insignia de los delfines.

Después de sentarse y de dejar su equipaje en el asiento de al lado, se volvió hacia la ventana, una pequeña anilla de metal tachonada de pernos de acero en toda su circunferencia. Frunció el entrecejo. Al innato respeto de submarinista a un buen casco de acero, aquel ojo de buey le pareció un lujo innecesario y alarmante.

El marinero debió de ver su expresión, porque se rió.

—No se preocupe, es un compuesto especial fundido con el casco. Ha llovido muchísimo desde las ventanas de cuarzo del *Trieste*.

Crane también se rió.

—No sabía que se me notara tanto.

—Así es como reconozco a los militares —dijo el joven—. Ha estado en submarinos, ¿verdad? Me llamo Richardson.

Crane asintió. Richardson llevaba galones de suboficial, y encima de ellos una insignia que le identificaba como especialista en operaciones.

—Primero dos años en nucleares —contestó Crane—, y luego dos en ataques rápidos.

—¿Lo ve?

Se oyó un chirrido, muy arriba. Crane supuso que estaban retirando la pasarela. Después se escuchó una radio escondida entre el instrumental.

«Eco Tango Foxtrot, todo a punto para la inmersión.»

Richardson cogió un micrófono.

—Constante Uno, aquí Eco Tango Foxtrot. Recibido.

Un silbido de aire, el susurro apagado de las hélices. Durante unos segundos el batiscafo se meció al suave compás de las olas. Después el silbido aumentó de intensidad, hasta diluirse en el ruido del agua que llenaba los tanques de lastre. El sumergible empezó a bajar. Richardson se inclinó hacia los controles y encendió una batería de luces exteriores. Al otro lado del ojo de buey, donde hasta entonces todo había estado negro, apareció un remolino de burbujas blancas.

—Constante Uno, Eco Tango Foxtrot bajando —dijo Richardson por el micrófono.

—¿A qué profundidad está el Complejo? —preguntó Crane.

—A poco más de tres mil doscientos metros.

El remolino de burbujas desapareció paulatinamente en un mar verdoso. Crane miró buscando peces, pero solo vio formas borrosas y plateadas, justo donde no alcanzaba el círculo de luz.

Ahora que se había implicado de verdad, casi no podía reprimir su curiosidad. Se volvió hacia Richardson en busca de alguna distracción.

—¿Hace este viaje a menudo? —preguntó.

—Cuando construían el Complejo hacíamos de cinco a seis viajes al día, siempre llenos, pero ahora que funciona a pleno rendimiento pueden pasar varias semanas sin ninguna inmersión.

—Pero a alguien habrá que subir, ¿no?

—De momento aún no ha subido nadie.

Crane estaba sorprendido.

—¿Nadie?

—No, señor.

Volvió a mirar por la ventana. El batiscafo bajaba deprisa. El tono verdoso del agua se oscurecía por momentos.

—¿Cómo es por dentro? —preguntó.

—¿Por dentro? —repitió Richardson.

—El Complejo.

—Nunca he entrado.

Crane se volvió y lo miró con cara de sorpresa.

—Yo solo soy el taxista. El proceso de aclimatación es demasiado largo para hacer turismo. Dicen que se necesita un día para entrar y tres para salir.

Crane asintió con la cabeza. Al otro lado del ojo de buey, el agua estaba aún más oscura que antes, veteada por cintas de alguna materia hecha de partículas. La velocidad de descenso cada vez era mayor. Bostezó para destaparse las orejas. En su época de militar había hecho infinidad de inmersiones parecidas, siempre bastante tensas; los oficiales y la tripulación solían estar muy serios y de pie mientras el aumento de la presión hacía crujir y rechinar el casco. En cambio el batiscafo no hacía ningún ruido, aparte del silbido casi imperceptible del aire y del zumbido de los ventiladores del instrumental.

La oscuridad al otro lado del ojo de buey se había vuelto impenetrable. Clavó la vista en las profundidades negras. Más abajo, en algún lugar, había un complejo de ultimísima tecnología, así como algo más: algo desconocido que le esperaba bajo el limo y la arena del lecho.

Justo entonces, Richardson sacó algo de debajo de su asiento y se lo entregó.

—El doctor Asher me pidió que se lo diera. Quizá le haga más corto el viaje.

Era un sobre grande de color azul, cerrado y cubierto de sellos: INFORMACIÓN CONFIDENCIAL. DE USO EXCLUSIVO. MÁXIMO SECRETO. En una esquina había un sello del gobierno y un cúmulo de advertencias en letra pequeña que amenazaban con graves consecuencias a quien osase infringir el pacto de confidencialidad.

Crane dio varias vueltas al sobre. Ahora que había llegado el gran momento, sentía una perversa reticencia a abrirlo. Después de otro instante de vacilación, rasgó el cierre con cuidado y puso el sobre al revés.

En su regazo cayeron una hoja plastificada y un pequeño folleto. Cogió la primera y la miró con curiosidad. Era un esquema de algo que parecía un gran complejo militar, o un barco, con la leyenda CUBIERTA 10 - HABITACIONES DEL PERSONAL (INFERIOR). Se quedó mirándolo. Luego lo dejó y cogió el folleto.

Llevaba impreso en la cubierta el título «Código de Conducta Naval Clasificada». Después de leer por encima los artículos, lo cerró de golpe. ¿Qué era? ¿Una muestra del sentido del humor de Asher? Antes de guardar el sobre echó otro vistazo a su interior.

De repente vio que quedaba un papel doblado. Lo sacó y lo desdobló. En el momento de empezar a leerlo sintió un hormigueo muy extraño que arrancaba en las yemas de los dedos y se propagaba rápidamente por todo su cuerpo.

Ref. N.º CER-10230a

Resumen: Atlántida
  i. Primera descripción escrita
  ii. Causa súbita de la sumersión (hipótesis)
  iii. Fecha de la sumersión: 9500 a.C.

Fuente: Platón, *Timeo* (diálogo)

Nuestros libros nos refieren que una formidable escuadra invadió los mares de Europa, procedente de una isla mayor que Libia y Asia reunidas; los navegantes pasaban de esta isla a otras y de estas al continente que tiene sus orillas en aquel mar verdaderamente digno de su nombre.

En esta isla Atlántida sus reyes habían llegado a constituir un gran estado que dominaba toda la isla, muchas otras y hasta diversas partes del continente. Mas en los tiempos sucesivos, ocurrieron intensos terremotos e inundaciones, y en un solo día, en una noche fatal, la isla Atlántida desapareció entre las olas.

En la hoja solo había aquella cita de Platón. Pero era suficiente.

Crane dejó caer el documento en sus rodillas, con la mirada perdida en el ojo de buey. Era la tímida bienvenida a bordo de Asher, su manera de anunciar con precisión qué se estaba excavando a tres mil metros de profundidad.

La Atlántida.

Parecía increíble, pero todas las piezas encajaban: el hermetismo, la tecnología... Incluso el gasto. Era el mayor misterio del mundo, la próspera civilización de la Atlántida, interrumpida en su mejor momento por una erupción catastrófica. Una ciudad sumergida. ¿Quiénes eran sus habitantes? ¿De qué secretos eran poseedores?

Esperó sentado, sin moverse, pero no consiguió que se le pasara el hormigueo de nerviosismo. Se dijo que quizá fuera un sueño. En pocos minutos podía sonar el despertador, marcando el principio de otro día de bochorno en North Miami. Todo se desvanecería y él volvería a la rutina de siempre, al dilema entre dos puestos de investigador; seguro, porque no era posible que estuviese bajando hacia una ciudad antigua y perdida, ni a punto de incorporarse a la excavación arqueológica más compleja e importante de la historia.

—¿Doctor Crane?

La voz de Richardson le devolvió a la realidad.

—Nos acercamos al Complejo.

—¿Ya?

—Sí, señor.

Crane miró rápidamente por el ojo de buey. A tres mil trescientos metros de profundidad, el océano era de un negro tan denso y cenagoso que ni siquiera los focos exteriores podían atravesarlo. Sin embargo, había un extraño y etéreo resplandor que contra toda lógica no procedía de arriba, sino de abajo. Se acercó, y al mirar se quedó sin aliento.

Estaban unos treinta metros por encima de una inmensa cúpula de metal que se elevaba sobre el lecho marino. Aproximadamente a media altura de la cúpula había un acceso en forma de túnel de unos dos metros de diámetro, como una boca de embudo. Por lo demás, la superficie era lisa y sin marcas. No tenía relieve ni inscripciones. Su aspecto era idéntico al de la mitad de una canica de plata hundida en la arena. Al otro lado había un batiscafo que no se diferenciaba en nada del de Crane, amarrado a una compuerta de emergencia. Del punto más alto de la cúpula brotaba un bosquecillo de sensores y aparatos de comunicación, alrededor de un objeto en forma de taza invertida. Miles de minúsculas luces parpadeaban por toda la superficie de la cúpula como piedras preciosas; se encendían y se apagaban en función de las corrientes de las profundidades marinas.

Bajo aquella cúpula protectora se escondía Deep Storm, una ciudad de maravillas tecnológicas, lo más avanzado del momento. Y todavía más abajo (¿cuánto?), tan antiguos como nuevo era el Complejo, el misterio y la promesa de la Atlántida.

Crane, hipnotizado, se dio cuenta de que sonreía como un tonto. Miró a Richardson con disimulo. El suboficial también sonreía, pero le miraba a él.

—Bienvenido a Deep Storm, señor —dijo.

4

Kevin Lindengood lo tenía todo preparado hasta el último detalle, obsesivamente. Se daba cuenta del peligro (tal vez grave) que corría, pero todo era cuestión de preparación y de control, y él estaba preparado y lo tenía todo controlado. En consecuencia, no había nada que temer.

Se apoyó en el capó de su destartalado Taurus y vio pasar el tráfico de Biscayne Boulevard. Aquella gasolinera estaba en una de las calles más transitadas de Miami. No se podía encontrar un lugar más público. Y público era sinónimo de seguro.

Se quedó con la manguera de la bomba de aire en la mano, haciendo como si comprobara la presión de los neumáticos. Hacía calor, treinta y tres o treinta y cuatro grados, pero Lindengood lo agradecía. Ya había tenido suficiente hielo y nieve para varias vidas en la plataforma petrolífera *Storm King*. Hicks y su iPod de las narices, Wherry y su chulería... No, a esa vida no le apetecía volver por nada del mundo, ni tendría por qué hacerlo si jugaba bien sus cartas a lo largo del día.

Justo cuando se levantaba tras comprobar el neumático delantero derecho, un coche negro aparcó a cuatro o cinco metros del suyo, en el área de servicio. Con una emoción compuesta a medias de entusiasmo y miedo, Lindengood vio salir a su contacto por la puerta del conductor. Había seguido sus indicaciones: acudir al encuentro en camiseta y bañador, para no poder esconder ningún tipo de arma.

Miró su reloj. Las siete. Llegaba puntual.

Preparación y control.

Vio cómo se acercaba. En los encuentros anteriores se había presentado como Wallace, sin dar nunca su apellido. Lindengood estaba casi seguro de que el nombre de Wallace era falso. Era un hombre delgado, con cuerpo de nadador. Llevaba unas gafas de concha muy gruesas y cojeaba un poco, como si tuviera una pierna ligeramente más corta que la otra. Como era la primera vez que lo veía en camiseta, Lindengood no pudo evitar sonreír ante la blancura de su piel. Se notaba que se pasaba la vida delante del ordenador.

—Recibió mi mensaje —dijo al tenerle cerca.

—¿Qué ocurre?

—Creo que estaríamos más cómodos dentro de mi coche —contestó Lindengood.

Tras un momento de silencio, Wallace se encogió de hombros y subió al coche por la puerta delantera derecha.

Lindengood rodeó el vehículo y se puso al volante con la precaución de no cerrar la puerta. Conservó la manguera de la bomba de aire en la mano, jugueteando con ella. Seguro que el otro no intentaba nada. No era el lugar indicado, ni él daba el tipo físicamente. De todos modos, en caso de necesidad el manómetro podía servir de porra. Lindengood se recordó por enésima vez que no sería necesario. Hecha la transacción, se iría sin dejar rastro. Wallace no sabía su dirección, y él no tenía ninguna intención de dársela.

—Ya le han pagado, y bien —dijo Wallace con su calma habitual—. Su parte del trabajo ha terminado.

—Ya lo sé —contestó Lindengood, adoptando un tono de firmeza—, pero ahora que sé un poco más de su... hummm... empresa, empiezo a pensar que me han pagado poco.

—Usted no sabe nada de ninguna empresa.

—Sé que tiene muy poco de legal. Oiga, le recuerdo que fui

yo quien les encontró a ustedes. Lo digo por si no se acuerda.

En vez de contestar, Wallace siguió mirando a Lindengood con una expresión neutral, casi plácida. Fuera del coche, el compresor hizo una serie de ruidos para mantener la presión.

—Resulta que fui de los últimos que salieron de *Storm King* —explicó Lindengood—, una semana después de que acabáramos nuestro pequeño negocio, y de que les pasara los últimos datos. De repente aquello se empezó a llenar de funcionarios y científicos, y me puse a pensar. Lo que pasaba era más gordo de lo que había podido imaginar. Conclusión: su interés por lo que yo les podía vender significaba que eran gente de recursos, con los bolsillos llenos.

—¿Adónde quiere llegar? —dijo Wallace.

Lindengood se humedeció los labios.

—Pues a que hay gente en el gobierno a quien le llamaría mucho la atención este interés por *Storm King*.

—¿Nos está amenazando? —preguntó Wallace.

Su tono se había vuelto aterciopelado.

—Es una palabra que no quiero usar. Digamos que intento equilibrar la balanza. Es evidente que mi sueldo se quedó muy corto. Al fin y al cabo, quien descubrió los datos y quien informó de la anomalía fui yo. ¿Qué pasa, eso no cuenta? Encima les pasé toda la información: las lecturas, los datos de triangulación, la telemetría de la sonda... Todo. De hecho soy el único que podía hacerlo. Soy quien vio los datos y los relacionó. No lo sabe nadie más.

—Nadie más —repitió Wallace.

—Sin mí no se habrían enterado del proyecto. Allí no tenían espías, supongo.

Wallace se quitó las gafas y empezó a limpiárselas con la camiseta.

—¿Cuánto había pensado?

—Cincuenta mil.

—Y luego desaparecería, ¿no?

Lindengood asintió.

—No oirán nada más de mí.

Wallace siguió limpiando las gafas, pensativo.

—Tardaré unos días en reunir el dinero. Tendremos que vernos otra vez.

—¿Unos días? Perfecto —contestó Lindengood—. Podemos quedar aquí, en el mismo...

Con la velocidad de una serpiente al ataque, el puño derecho de Wallace salió despedido hacia el plexo solar de Lindengood con los nudillos del índice y el anular un poco adelantados. Lindengood sintió en sus entrañas un dolor que lo paralizaba; se inclinó maquinalmente con las manos en la barriga, intentando respirar. Entonces la mano derecha de Wallace le cogió el pelo y tiró de él salvajemente para que se apoyara en el respaldo. Con los ojos desorbitados de dolor, Lindengood vio que Wallace (que ya se había desembarazado de las gafas) miraba hacia ambos lados para asegurarse de que no le viera nadie. A continuación, sin soltarle el pelo, se incorporó para cerrar la puerta del conductor. Cuando volvió a sentarse, Lindengood vio que tenía la manguera de la bomba de aire en la otra mano.

—Acaba de convertirse en un estorbo, amigo mío —dijo Wallace.

Finalmente, Lindengood recuperó la voz; pero justo cuando respiraba para gritar, Wallace le metió la manguera en la garganta.

Lindengood sintió una arcada y saltó violentamente en el asiento, arrancándose el cabello de raíz. Wallace le cogió otro manojo de pelo, tiró de su víctima hacia atrás y le embutió la manguera en la tráquea con un movimiento brutal.

La boca y la garganta de Lindengood se llenaron de sangre. Justo cuando soltaba una mezcla de grito y gárgara, Wallace apretó la palanca del compresor; salió un chorro de una fuerza tremenda. El pecho de Lindengood explotó con un dolor que nunca habría podido imaginar.

5

La voz que salía por el altavoz era un poco más aguda de lo normal, como si la persona del otro lado estuviera absorbiendo helio.

—En cinco minutos podrá cruzar la compuerta C, doctor Crane.

—¡Menos mal!

Peter Crane levantó las piernas del banco metálico donde había echado una cabezadita, se desperezó y miró su reloj. Eran las cuatro de la mañana. Sospechó, sin embargo, que si el Complejo se parecía en algo a un submarino los conceptos de día y noche no tenían mucho sentido.

Habían pasado seis horas desde que salió del batiscafo y penetró en el laberinto de compuertas herméticas que recibía el nombre de Sistema de Compresión. Desde entonces lo único que hacía era esperar con impaciencia a que terminase la peculiar fase de aclimatación del Complejo. Como médico tenía curiosidad. Ignoraba completamente en qué podía consistir, o qué tecnología utilizaban. Lo único que le había dicho Asher era que facilitaba el trabajo a gran profundidad. Quizá habían modificado la composición atmosférica, reduciendo la cantidad de nitrógeno y añadiendo algún gas exótico. En todo caso estaba claro que se trataba de un avance significativo, sin duda uno de los elementos secretos que explicaban el hermetismo de la misión.

Cada dos horas, una incorpórea voz de pito (siempre la misma) le daba instrucciones de pasar a otra sala. Todas las habitaciones eran idénticas: grandes cubos con aspecto de sauna y literas metálicas. La única diferencia era el color. La primera sala de compresión era de un gris militar, la segunda azul claro, y la tercera, sorprendentemente, roja.

Después de leer un pequeño dossier sobre la Atlántida que había encontrado en la primera sala, Crane se entretuvo dormitando y hojeando la gruesa antología poética que se había traído. También estuvo pensando. Dedicó mucho tiempo a contemplar el techo metálico (y los kilómetros de agua que pesaban sobre su persona), y a meditar.

Se preguntó qué cataclismo podía haber sumergido a esa profundidad la ciudad de la Atlántida, y qué tipo de civilización albergaría. No podían ser griegos, fenicios o minoicos, ni ningún otro pueblo de los que gozaban del favor de los historiadores. El dossier dejaba claro que en el fondo nadie sabía nada sobre la civilización atlantidense. También explicaba que su situación exacta siempre había estado rodeada de misterio, incluso en las fuentes originales (aunque a Crane le sorprendía que estuviese tan al norte). El propio Platón no sabía prácticamente nada sobre sus pobladores y su cultura. Crane pensó que debía de ser una de las razones de que hubiera permanecido escondida durante tanto tiempo.

Las horas transcurrían lentamente. Sin embargo, su incredulidad no disminuía. Era como un milagro; no solo lo deprisa que ocurría todo, ni la sobrecogedora importancia del proyecto, sino que le hubieran elegido a él. Aunque no había insistido en aquel punto en su conversación con Asher, lo cierto era que seguía sin saber por qué querían sus servicios y no los de otra persona, sobre todo cuando su especialidad no era la hematología ni la toxicología. «Su doble condición de médico y ex oficial le hace más adecuado que nadie para tratar la dolencia», había dicho Asher. Sí, estaba versado en los trastornos asociados a entornos submarinos, pero de eso podían presumir muchos médicos.

Volvió a desperezarse con un encogimiento de hombros; pronto tendría la respuesta. De hecho no importaba demasiado. Si estaba allí era sencillamente por su buena estrella. Se preguntó qué extraños y maravillosos restos arqueológicos habían desenterrado, y qué antiguos secretos podían haber descubierto ya.

Un fuerte golpe metálico anunció la apertura de la escotilla del fondo.

—Por favor, cruce la compuerta y entre en el pasillo del otro lado —dijo la voz.

Tras cumplir la petición, Crane se encontró en un cilindro poco iluminado de unos tres metros de longitud, con una compuerta cerrada al fondo. Esperó. La primera compuerta se cerró con otro fuerte impacto, lo que provocó una corriente de aire tan violenta que a Crane se le destaparon dolorosamente los oídos. Después se abrió la compuerta del fondo y entró una luz amarilla. Una silueta recortada en el hueco le hizo un gesto de bienvenida con el brazo. Al pasar del conducto a la sala, Crane reconoció el rostro sonriente de Howard Asher.

—¡Doctor Crane! —El apretón de manos fue muy efusivo—. Bienvenido al Complejo.

—Gracias —contestó Crane—, aunque tengo la impresión de haber llegado hace bastante tiempo.

Asher se rió.

—Siempre decíamos que instalaríamos reproductores de DVD en las salas de compresión, para que se hiciera más llevadera la fase de aclimatación, pero ahora que ha bajado todo el personal ya no tendría sentido. La verdad es que no esperábamos visitas. ¿Qué le ha parecido la lectura?

—Increíble. ¿De verdad que han descubierto...?

Asher esquivó la pregunta tocándose la nariz, guiñando un ojo y esbozando una sonrisa cómplice.

—La verdad es más increíble de lo que pueda imaginar. Pero en fin, cada cosa a su tiempo. Voy a mostrarle su habitación. Ha sido un largo viaje y estoy seguro de que le apetece descansar.

Crane dejó que Asher cogiera parte de su equipaje.

—Me gustaría saber algo más del proceso de aclimatación.

—Claro, claro... Por aquí, Peter. ¿Ya le he preguntado si puedo llamarle Peter?

Se adelantó con otra sonrisa.

Crane miró a su alrededor con curiosidad. Se hallaban en un vestíbulo cuadrado, con el techo bajo y ventanas tintadas en las paredes laterales. Detrás de una ventana había dos técnicos sentados frente a un tablero de mandos. Lo miraron, y uno de los dos le saludó.

Al fondo del vestíbulo empezaba un pasillo blanco por el que se penetraba en la última planta del Complejo. Asher ya estaba en el pasillo, con el equipaje al hombro, y Crane corrió para alcanzarlo. Era un pasillo estrecho (naturalmente), pero mucho menos agobiante de lo que esperaba. Otro detalle inesperado era la iluminación, cálida e incandescente, nada que ver con la crudeza de los fluorescentes de los submarinos. El ambiente, caluroso y con una agradable humedad, también fue una sorpresa. Flotaba un vago olor que no reconoció, algo metálico, como de cobre. Se preguntó si estaría relacionado con la tecnología atmosférica que usaba el Complejo.

Pasaron ante varias puertas cerradas, del mismo blanco que el pasillo. En algunas había nombres, y en otras títulos abreviados como INST. ELEC. O SUBEST. II. Un trabajador joven y vestido con un mono abrió una de las puertas justo cuando pasaban, saludó a Asher con la cabeza, miró a Crane con curiosidad y se alejó en la dirección opuesta. Al mirar por la puerta, Crane vio una habitación llena de servidores blade montados en bastidor y una pequeña selva de hardware en red.

Se dio cuenta de que el blanco de las paredes y las puertas no era pintura, sino un extraño compuesto que parecía adoptar el color de su entorno, en aquel caso la luz del pasillo. Vio su reflejo fantasmal en la puerta, junto a un extraño tono subyacente de color platino.

—¿De qué material es todo esto? —preguntó.

—Una aleación recién creada, ligera, no reactiva y de una resistencia excepcional.

Al llegar a una bifurcación, Asher giró a la izquierda. Por su aspecto, Crane había supuesto que el director científico del National Ocean Service frisaba los setenta años, pero evidentemente tenía diez menos. Lo que al principio le habían parecido arrugas eran las huellas de toda una vida en el mar. Asher caminaba deprisa; llevaba el pesado equipaje de Crane como si fuera una pluma. De todos modos, aunque pareciese tan saludable iba con el brazo izquierdo pegado al cuerpo.

—Estas plantas, las más altas del Complejo, son un laberinto de despachos y dormitorios —dijo—. Al principio pueden desorientar. Si se pierde, consulte los esquemas que hay en las principales intersecciones.

Crane se moría de ganas de saber algo más sobre los aspectos médicos y la excavación en sí, pero prefirió que fuera Asher quien iniciara los temas de conversación.

—Cuénteme cómo es el Complejo.

—Tiene doce plantas y exactamente ciento veinte metros de lado. La base está incrustada en la matriz del fondo marino, y protegida con una cúpula de titanio.

—La cúpula la he visto mientras bajaba. ¡Qué obra de ingeniería!

—Ni que lo diga. Respecto a la cúpula, el Complejo en sí, donde estamos, es como un guisante debajo de una concha; el espacio intermedio está totalmente presurizado. Contando la cúpula y el propio casco del Complejo, son dos las capas de metal que nos separan del mar, pero no un metal cualquiera, porque la piel del Complejo es de HY250, un nuevo tipo de acero aeroespacial con una resistencia a la fractura próxima a los treinta mil newton-metros y un límite elástico del orden de trescientos ksi.

—Me he fijado en un tubo horizontal que penetra en la cúpula —dijo Crane—. ¿Para qué sirve?

—Debe de referirse al radio de presión. En realidad hay dos, uno en cada lado del Complejo. Teniendo en cuenta la presión del agua a estas profundidades, la forma ideal sería una esfera perfecta. Pero como la cúpula solo es la mitad de una esfera ideal, los dos tubos, abiertos al mar, ayudan a compensar la presión. También sujetan el Complejo a la cúpula. Seguro que los cerebritos de la séptima planta podrían darle más detalles.

El segundo pasillo, donde estaban, se parecía al primero, con el techo lleno de cables y tuberías y un gran número de puertas cerradas en las que colgaban letreros crípticos.

—También me he fijado en un objeto extraño, de unos diez metros de ancho, pegado al punto más alto de la cúpula.

—Es la cápsula de salvamento, por si alguien saca el enchufe sin querer.

Asher lo dijo riendo, con una risa abierta y contagiosa.

—Perdone que le haga esta pregunta, pero la cúpula que nos rodea no es precisamente pequeña. Supongo que habrá despertado el interés de algún que otro gobierno extranjero.

—Por supuesto. Hemos orquestado minuciosamente una campaña de desinformación. Se supone que en estas coordenadas se hundió un submarino secreto de investigación, y ahora creen que estamos intentando recuperarlo; lo cual, como comprenderá, no impide que de vez en cuando pase algún submarino ruso o chino, lo que angustia a nuestra guarnición militar...

Pasaron al lado de una puerta con un escáner de retina, y a cada lado un marine con fusil . Asher no dio explicaciones. Tampoco Crane se las pidió.

—Ahora estamos en la planta doce —siguió explicando Asher—. Casi todo son servicios de apoyo para el resto del Complejo. En las plantas once y diez vive el personal, y también hay un polideportivo. A propósito, usted se alojará en la diez. Le hemos asignado el mismo baño que a Roger Corbett, el jefe de psiquiatría. La mayoría de las habitaciones comparten baño. Como puede imaginar, aquí escasea el espacio. Ya estamos al máximo de nuestra capacidad, y usted es una incorporación inesperada.

Se paró delante de un ascensor y pulsó el botón.

—La planta nueve es la de servicios al personal. También está el centro médico, donde trabajará usted. En la planta ocho se encuentran los despachos de administración y toda la parte de investigación.

Un timbre suave precedió el susurro de las puertas al abrirse. Asher hizo señas a Crane de que entrase, y este lo siguió.

El ascensor era del mismo material extraño que el pasillo. En el panel había seis botones sin marcar. Asher pulsó el tercero desde arriba. El ascensor empezó a bajar.

—¿Por dónde iba? Ah, sí... La planta siete es la científica: centro informático y laboratorios de todo tipo.

Crane sacudió la cabeza.

—Es increíble.

Asher sonrió con tanto orgullo como si el Complejo fuera de su propiedad y no del gobierno.

—Me he saltado cientos de detalles que descubrirá usted mismo. Tenemos comedores con un servicio especializado en alta cocina, media docena de salones comunitarios y espacio para que vivan cómodamente más de cuatrocientas personas. Es como un pueblo a tres mil metros de la superficie del mar, lejos de miradas indiscretas, Peter.

—«Oculto en el seno de los mares» —citó Crane.

Asher lo miró con curiosidad y una media sonrisa.

—Andrew Marvell, ¿verdad?

Crane asintió con la cabeza.

—*Bermudas.*

—No me diga que es lector de poesía.

—De vez en cuando. Me acostumbré cuando pasaba mucho tiempo de inmersión en submarinos. Es mi vicio secreto.

En la cara de Asher, curtida por el viento, la sonrisa se amplió.

—Empieza a caerme bien, Peter.

Sonó otra vez el timbre del ascensor. Al abrirse, las puertas revelaron otro pasillo mucho más ancho y transitado que los anteriores. Crane se quedó atónito con la decoración. La moqueta era muy elegante, y todas las paredes estaban empapeladas, con cuadros al óleo enmarcados. Le recordó la recepción de un hotel de lujo. Pasaba gente uniformada y con batas de laboratorio, hablando. Todos tenían una identificación prendida a la solapa o al bolsillo de la camisa.

—El Complejo es una maravilla de ingeniería —añadió Asher—. Ha sido una enorme suerte poder disponer de él. En fin, ya estamos en la décima planta. ¿Alguna pregunta más antes de que le muestre su habitación?

—Solo una. Me había dicho que había doce plantas, pero solo ha descrito seis, y este ascensor solo tiene seis botones. —Crane señaló el panel de control—. ¿Y el resto de la estación?

—Ah... —Asher titubeó—. Las seis plantas inferiores son secretas.

—¿Secretas?

Asintió.

—Pero, ¿por qué? ¿Qué pasa abajo?

—Lo siento, Peter; me gustaría decírselo pero no puedo.

—No lo entiendo. ¿Por qué no?

Asher no contestó. Se limitó a sonreír otra vez, con una sonrisa entre compungida y cómplice.

6

Respecto a la parte residencial del Complejo, que a Crane le recordó un hotel de lujo, la novena planta tenía un ambiente más parecido al de un crucero.

Asher le dio una hora para ducharse y dejar el equipaje, antes de acompañarlo al centro médico.

—Ha llegado el momento de que conozca al resto de los presos —bromeó.

De camino lo obsequió con una breve visita guiada de la planta que había justo debajo de la suya, la que recibía el nombre oficial de Servicios al Personal.

No era un nombre que le hiciera justicia. Después de mostrarle al vuelo un teatro de cien butacas y una biblioteca digital muy bien surtida, Asher llevó a Crane a una gran plaza llena de gente. Se oía música, que salía de una especie de minúscula cafetería. Crane vio una pizzería al fondo, junto a un pequeño oasis de vegetación rodeado de bancos. Todo estaba miniaturizado para caber en el exiguo espacio del Complejo, pero lo habían hecho con tanta gracia que el ambiente no resultaba saturado ni claustrofóbico.

—La planta nueve está organizada de una manera muy especial —dijo Asher—. Básicamente hay dos grandes pasillos perpendiculares. Alguien ha bautizado el cruce como Times Square.

—Interesante.

—Por allí se va a la zona multimedia y a la lavandería, y más allá está el economato.

Asher señaló un escaparate que más que de un economato parecía de unos elegantes grandes almacenes.

Crane observó a los pequeños grupos de trabajadores que lo rodeaban. Algunos charlaban, otros bebían café en una mesita, leían o tecleaban en un ordenador portátil... Había uniformes militares, pero la mayoría de la gente iba vestida de calle o con bata de laboratorio. Sacudió la cabeza. Parecía inconcebible que tuviesen encima varios kilómetros de mar.

—Me parece mentira que el ejército haya construido algo así —dijo.

Asher sonrió.

—Dudo que los diseñadores lo destinasen a esta función. De todos modos, recuerde que el proyecto durará varios meses, y que no se puede salir a menos que sea por algo muy grave. A diferencia de usted, la mayoría de los trabajadores no tiene experiencia en submarinos. Como nuestros científicos no están acostumbrados a vivir dentro de una caja de acero sin puertas ni ventanas, hacemos todo lo posible por hacerles la vida soportable.

Al aspirar el aroma de café recién molido que llegaba del bar, Crane pensó que era una vida francamente soportable.

Vio que al otro lado del pequeño parque había una pantalla plana muy grande, de unos tres metros por tres, frente a un grupo de bancos. Al observarla se dio cuenta de que en realidad se trataba de diversas pequeñas pantallas unidas en cuadrícula para proyectar una sola imagen. Era una imagen borrosa de las profundidades marinas, en cuyas aguas, de un verde casi negro, flotaban peces muy raros, como de otro mundo: anguilas articuladas de manera extraña, medusas colosales, peces en forma de globo con un solo tentáculo en la cabeza... Reconoció algunas especies: el pez ogro, el rape abisal y el pez víbora.

—¿Es lo que hay en el exterior? —preguntó.

—Sí, puede verse a través de una cámara que hay en el exterior de la cúpula. —Asher señaló la plaza con un gesto del brazo—. Muchos trabajadores vienen aquí a pasar el tiempo libre; se relajan en la biblioteca o ven películas interactivas en la zona multimedia. También está muy concurrido el polideportivo de la décima planta. Recuérdeme que se lo muestre más tarde. También tendremos que ponerle el chip.

—¿Qué chip?

—Un chip RFID.

—¿Identificación por radiofrecuencia? ¿Es necesario?

—Aquí todo está muy controlado. Me temo que sí.

—¿Duele? —preguntó Crane, medio en broma medio en serio.

Asher se rió con socarronería.

—Es como un granito de arroz que se implanta subcutáneamente. Bueno, vamos al centro médico; nos están esperando Michele y Roger. Es por allá, al final del pasillo.

Asher señaló con la mano derecha uno de los anchos pasillos. Al fondo, después del economato, del café y de media docena de accesos, Crane entrevió una doble puerta de cristal esmerilado con cruces rojas.

Volvió a percatarse de que Asher llevaba el brazo izquierdo pegado al cuerpo, y rígido.

—¿Le pasa algo en el brazo? —preguntó cuando ya estaban en el pasillo.

—Insuficiencia vascular de la extremidad superior.

—¿El dolor es intenso?

—No, no. Solo hay que tener un poco de cuidado.

—Sí, por supuesto. ¿Desde cuándo lo tiene?

—Hace poco más de un año. La doctora Bishop me ha recetado Coumadin, y hago ejercicio con regularidad. En el polideportivo hay varias pistas de squash que no están nada mal.

Asher caminó deprisa, como si tuviera ganas de cambiar de tema. Crane pensó que de no ser el director científico, su enfermedad probablemente le habría obligado a quedarse en tierra firme.

El centro médico seguía las mismas pautas que los espacios que ya había visto Crane: todo diseñado al milímetro para que cupiera el máximo de cosas en el mínimo espacio, pero sin que pareciese atiborrado. A diferencia de los hospitales normales, la luz era indirecta, e incluso suave, y se oía música clásica en todas partes, aunque no parecía salir de ningún punto en concreto. Al cruzar la sala de espera, Asher saludó al recepcionista con la cabeza.

—El centro médico es de última tecnología, como todo el Complejo —dijo, mientras llevaba a Crane por un archivo y un pasillo con moqueta—. Aparte del médico tenemos cuatro enfermeras, tres residentes, un especialista en nutrición y dos técnicos de laboratorio. Ah, y una unidad de urgencias con todo lo necesario. Hay instrumentos prácticamente para todas las pruebas que puedan ocurrírsele, desde una sencilla radiografía hasta escáneres de todo el cuerpo, y contamos con el refuerzo de un laboratorio muy completo de patología en la séptima planta.

—¿Camas?

—Cuarenta y ocho, con posibilidad de doblarlas en caso de necesidad, aunque esperemos que no haga falta, porque se paralizaría el trabajo. —Asher se detuvo delante de una puerta donde ponía: SALA DE REUNIONES B—. Ya hemos llegado.

Era una habitación pequeña, con una luz todavía más tenue que la de la sala de espera. En una pared había una gran pantalla de videoconferencia y en las otras, acuarelas inocuas, de paisajes y marinas. Casi todo el espacio lo ocupaba una gran mesa redonda, a la que estaban sentados un hombre y una mujer. Ambos llevaban uniformes de oficial bajo una bata blanca de laboratorio.

Al ver entrar a Crane, el hombre se levantó como un resorte.

—Roger Corbett —dijo, tendiendo la mano para estrechar la de Crane por encima de la mesa.

Era un hombre bajo, con poco pelo, entre castaño y gris, y unos ojos de un azul desvaído. Su barba, pequeña y muy bien recortada, era la que solían llevar los residentes de psiquiatría.

—Usted debe de ser el jefe de psiquiatría —dijo Crane durante el apretón—. Vamos a ser vecinos.

—Sí, ya me lo han dicho.

La voz de Corbett era grave para su estatura. Tenía un hablar pausado, como si sopesara cada frase. Llevaba unas gafas redondas con montura fina y plateada.

—Perdone que irrumpa en su espacio vital.

—Mientras no ronque...

—No le prometo nada. Mejor que cierre la puerta.

Corbett se rió.

—Le presento a Michele Bishop. —Asher señaló a la mujer sentada al otro lado de la mesa—. Doctora Bishop, el doctor Crane.

Ella asintió con la cabeza.

—Mucho gusto.

—Lo mismo digo —contestó Crane.

Era joven, delgada y tan alta como bajo era Corbett, con el pelo rubio oscuro y una mirada intensa; una mujer atractiva, pero sin exagerar. Crane supuso que se trataba de la responsable médica de la estación. Era interesante que no se hubiera levantado ni le hubiera tendido la mano.

—Siéntese, por favor, doctor Crane —dijo Corbett.

—Llámeme Peter.

Asher sonrió a los tres como un padre orgulloso.

—Peter, le dejo al cuidado de estas dos personas, que le pondrán al día de todo. Michele, Roger, pasaré más tarde.

Se despidió con un guiño y un gesto de la cabeza. Cerró la puerta al salir al pasillo.

—¿Le sirvo algo de beber, Peter? —preguntó Corbett.

—No, gracias.

—¿Algo para picar?

—No, de verdad, estoy bien. Cuanto antes vayamos al problema médico, mejor.

Corbett y Bishop se miraron.

—En realidad no es *un* problema, doctor Crane —dijo Bishop—. Son varios.

—¿Ah, sí? Bueno, en realidad no me sorprende. El síndrome de descompresión suele presentarse de diversas maneras, y si el de aquí es una variante...

El síndrome de descompresión también recibía el nombre de «enfermedad de Caisson», debido a que los primeros pacientes a quienes se les diagnosticó, a mediados del siglo XIX, trabajaban en entornos de aire comprimido, entre ellos el primer pozo de cimentación (*caisson*) que se excavaba en el lecho del East River de Nueva York para el puente de Brooklyn. Si los excavadores salían al aire libre demasiado deprisa después de haber trabajado bajo presión, se les formaban burbujas de nitrógeno en el torrente sanguíneo. Algunos de los síntomas eran dolor agudo en los brazos y las piernas. Teniendo en cuenta la profundidad a la que estaban trabajando allí, Crane intuía la presencia de algún tipo de síndrome de descompresión.

—Supongo que tienen una cámara de oxigenoterapia hiperbárica, o algún otro tipo de dispositivo de recompresión con el que hayan tratado a los pacientes... —dijo—. Si no les importa, me gustaría hablar directamente con los enfermos después de la reunión.

—Mire, doctor —dijo Bishop con voz tensa—, creo que iremos más deprisa si me deja resumir la sintomatología antes de dar nada por supuesto.

Sus palabras tomaron por sorpresa a Crane, que la miró sin explicarse a qué venía tanta sequedad.

—Perdone si me precipito o le parezco impertinente, pero el viaje ha sido muy largo y tengo mucha curiosidad. Adelante.

—La primera vez que observamos algo raro fue hace unas dos semanas. Al principio parecía más psicológico que físico. Roger detectó un gran aumento de visitas sin cita previa.

Crane miró a Corbett.

—¿Con qué síntomas?

—Algunos se quejaban de problemas para dormir —dijo Corbett—, y otros de malestar. También había un par de casos de trastornos de alimentación. La queja más habitual era que les costaba concentrarse en lo que hacían.

—Entonces empezaron los síntomas físicos —dijo Bishop—. Estreñimiento, náuseas, neurastenia...

—¿Hay gente que haga turno doble? —preguntó Crane—. Porque no me sorprendería que estuvieran cansados...

—Otros se quejaban de tics y espasmos musculares.

—¿Solo tics? —preguntó Crane—. ¿Sin dolor asociado?

Bishop lo miró con cierta expresión de reproche, como diciendo: «Si hubiera dolor ya se lo habría comentado, ¿no?»

—Pues entonces no es síndrome de descompresión —dijo Crane—. Al menos ninguna de las variantes que conozco. La verdad es que no entiendo que estén tan preocupados. Problemas de concentración, estreñimiento, náuseas... Es todo muy vago. Podría ser simplemente estrés laboral. Teniendo en cuenta que el entorno es tan particular, y el trabajo también...

—Aún no he terminado —dijo Bishop—. La situación ha empeorado durante esta última semana. Tres casos de arritmia en pacientes sin historial de problemas cardíacos, una mujer con debilidad bilateral en las manos y la cara, y dos pacientes que parecían sufrir ataques isquémicos transitorios.

—¿AIT? ¿De qué alcance?

—Parálisis parcial y problemas de habla; en ambos casos de duración inferior a dos horas.

—¿Qué edad tenían?

—Un poco menos y un poco más de treinta años.

—¿De verdad? —Crane frunció el entrecejo—. Parecen muy jóvenes para un ataque. Y encima son dos casos... ¿Les han realizado exámenes neurológicos?

—Doctor Crane, por favor... Naturalmente que se los hemos hecho. TAC de cráneo sin contraste, electrocardiogramas para descartar riesgo cardioembólico... Todo lo que pueda imaginar. En la estación no hay electroencefalógrafo (ya sabe que para lo que más se usan es para la epilepsia o el coma), pero tampoco hacía falta. Todo salió absolutamente normal, excepto por los síntomas del ataque.

El tono de la doctora volvía a ser seco. «Está defendiendo su territorio —pensó Crane—. Son sus dominios, y no le gusta que me meta.»

—De todos modos —dijo él—, es el primer indicio de disbarismo que oigo en todo el día.

—¿Disbarismo? —preguntó Corbett, pestañeando al otro lado de sus gafas redondas.

—Síndrome de descompresión.

Bishop suspiró.

—Sinceramente, para mí lo único que podemos descartar con certeza es el síndrome de descompresión.

—¿Por qué? Pensaba que...

Crane se quedó callado. En realidad Asher no le había expuesto claramente el problema en ningún momento. Si él había partido de la premisa del síndrome de descompresión era por las características de la estación Deep Storm.

—Disculpe —dijo más despacio—, pero supongo que no acabo de entender por qué me han llamado.

—Le ha llamado Howard Asher —dijo Bishop.

Fue la primera vez que sonrió. La sala de reuniones quedó un rato en silencio.

—¿Han conseguido identificar algo en común? —preguntó Crane—. ¿Los pacientes trabajan todos en la misma planta, o más o menos en la misma zona del Complejo?

Bishop negó con la cabeza.

—Han venido pacientes de casi todas las plantas y casi todas las ocupaciones.

—O sea, que no hay un origen determinado, ni síntomas comunes. Me suena a coincidencia. ¿Cuántos pacientes han recibido en total?

—Roger y yo lo hemos estado calculando mientras le esperábamos. —Bishop sacó una hoja del bolsillo de su bata de laboratorio y la consultó—. El Complejo lleva casi cinco meses en funcionamiento. Sumando el consultorio de salud mental y la parte médica, debemos de tener un promedio de quince pacientes por semana. Hasta hace poco lo peor era un dolor de garganta, pero desde que ha empezado todo esto hemos visitado a ciento tres.

Crane se quedó de piedra.

—¿Ciento tres? Dios mío, pero si eso es...

—Una cuarta parte de la población, doctor Crane, muy por encima de cualquier coincidencia.

Se guardó la hoja en el bolsillo con gesto casi triunfal.

7

En el silencio de su habitación de la décima planta, Crane se acariciaba la barbilla, pensativo. Era un dormitorio pequeño y con una iluminación muy suave, como todos los del Complejo. Estaba amueblado con una cama estrecha, dos sillas y una mesa con un ordenador conectado a la red central del Complejo. También disponía de un vestidor. Al lado de la mesa había un intercomunicador empotrado, para llamar al centro médico, reservar plaza en la bolera o incluso pedir una pizza a Times Square. En las paredes, de color azul claro, no había cuadros ni decoración, solo un gran televisor de pantalla plana.

También había dos puertas, del mismo metal color platino que le había sorprendido en otras partes del Complejo, pero con un elegante marco de madera clara. Por una de ellas se salía al pasillo, y por la otra se entraba en el cuarto de baño compartido con Roger Corbett. El psiquiatra le había propuesto que fueran a comer al Alto (prosaico nombre del comedor de la planta once), y a instancias de Crane, que quería quedarse unos momentos a solas, habían quedado directamente en el restaurante.

Sobre la mesa había una carpeta sellada, con su nombre y un código de barras en el borde. La cogió, rompió el sello con una uña y esparció su contenido. Salió una identificación bastante grande, con una banda magnética y un clip, otro ejemplar del código de la Marina para misiones secretas, dos páginas de bibliografía sobre la Atlántida (con libros disponibles en la biblioteca o que podían descargarse en el ordenador) y un sobre con una lista de contraseñas temporales para la red general y la red médica.

Se prendió la identificación en el bolsillo. Después se sentó y se quedó mirando la pantalla negra; finalmente suspiró, encendió el ordenador e introdujo su contraseña temporal. Mientras se abrían los programas, se hizo un masaje en la parte superior del brazo, donde le habían insertado el chip hacía unos minutos. Empezó a escribir en el procesador de textos.

> Sintomatología no específica:
>   problemas fisiológicos (¿y neurológicos?)
>   y psicológicos - desapego / disociación
> Consultar cuadros clínicos
> ¿Buscar primer caso?
> ¿Ambiental?
> Intoxicación. ¿Sistémica o general?
> ¿Problema(s) previo(s)?

Se apartó de la mesa, mirando la pantalla. «¿Síndrome de descompresión? ¿Narcosis por nitrógeno?», le había preguntado a Asher en la plataforma petrolífera *Storm King*. Respuesta: «Más lo primero que lo segundo». Empezaba a entender cuánto tenía de evasiva esa respuesta. En realidad, por muy afable y abierto que aparentara ser el doctor Asher, no le había dicho prácticamente nada.

Era una situación enojosa, tal vez incluso algo alarmante, pero en cierto modo daba igual, porque al fin Crane empezaba a entender la razón de que Asher le hubiera buscado específicamente a él y...

—¿Qué, empieza a verlo claro? —preguntó una voz a sus espaldas.

Estuvo a punto de caerse del susto. Al volverse, con el pulso acelerado, descubrió una imagen bastante singular. Era un hombre mayor, con un mono de peto. Tenía los ojos de un azul muy penetrante, y el pelo blanco y revuelto, a lo Einstein. Era muy bajo (apenas metro y medio) y delgado. Al principio, Crane pensó que venía a reparar alguna cosa. La habitación estaba cerrada. No había oído que llamaran a la puerta, ni ruido de pasos. Era como si el viejo hubiese aparecido por arte de magia.

—¿Perdón?

El desconocido miró la pantalla por encima del hombro de Crane.

—¡Caray! ¡Qué pocas palabras y cuántos signos de interrogación!

Crane cambió de pantalla con una tecla.

—Creo que no nos conocemos —dijo secamente.

El viejo se rió. Era una risa aguda, como de pájaro.

—Ya, ya lo sé. He venido a presentarme. Estaba intrigado porque me habían dicho que había un tal doctor Crane a bordo. —Tendió la mano—. Me llamo Flyte, doctor Flyte.

—Mucho gusto.

Se hizo un silencio incómodo. Crane buscó una pregunta neutra y educada.

—¿En qué trabaja, doctor Flyte?

—Sistemas mecánicos autónomos.

—¿Y eso qué es?

—Se nota que es nuevo. El Complejo es como un pueblo del Oeste. Si es tan aficionado como yo a las películas de vaqueros, sabrá que en los pueblos del Oeste hay dos preguntas que no se hacen: ¿de dónde viene? y ¿por qué está aquí? —Flyte hizo una pausa—. Me limitaré a decir que soy indispensable, por desgracia. Mi trabajo es de altísimo secreto.

—Ah, qué bien —dijo Crane. Sabía que era una respuesta pobre, pero era la única que se le había ocurrido.

—¿Le parece bien? Pues a mí no. No es un trabajo agradable, doctor Crane, estar tan abajo en νύμε εος όαίρω.

Crane parpadeó.

—¿Cómo dice?

—¡Válgame Dios! ¿Otro? —Flyte puso los ojos en blanco—. ¿Qué pasa, que ya no habla nadie la lengua madre? En otros tiempos el griego antiguo estaba en todos los labios civilizados. —Regañó a Crane con el dedo—. «Océano, que es de hecho el origen de todo.» Homero era compatriota mío, para que lo sepa. Haría bien en leerlo.

Crane reprimió las ganas de mirar el reloj. Roger Corbett le esperaba en el Alto.

—Ha sido un placer conocer...

—Lo mismo digo —le interrumpió Flyte—. Soy un gran admirador de cualquier practicante del noble arte.

Crane empezaba a molestarse. Le extrañaba que alguien como Flyte hubiera conseguido superar la criba obligatoria para cualquier candidato a trabajar en el Complejo. Llegó a la conclusión de que la mejor actitud era frustrar cualquier acercamiento amistoso por parte del viejo.

—Doctor Flyte, seguro que tiene por delante un día tan ajetreado como yo...

—¡En absoluto! Tengo todo el tiempo del mundo... de momento. Mientras no empiecen otra vez a perforar, no me necesitarán ni a mí ni a mi arte.

Alzó unas manos pequeñas, moviendo los dedos como un concertista de piano. Sus brillantes ojos no se quedaban quietos ni un segundo. Volvieron a mirar el petate abierto.

—¿Qué hay aquí dentro? —preguntó, cogiendo un par de libros que sobresalían.

Levantó uno de los dos, *Antología poética del siglo XX*.

—¿Qué quiere decir esto? —preguntó de malos modos.

—¿A usted qué le parece? —dijo Crane, exasperado—. Es un libro de poesía.

—A mí la poesía moderna no me interesa, y a usted tampoco debería interesarle. Ya le he dicho que lea a Homero.

Dejó caer el libro en la bolsa y miró el otro. *Pi: su historia y su misterio*.

—¡Ajá! ¿Y esto?

—Es un libro sobre los números irracionales.

Flyte se rió, asintiendo con la cabeza.

—¡No me diga! ¡Qué oportuno!

—¿Oportuno? ¿Por qué?

Miró a Crane con cara de sorpresa.

—¡Los números irracionales! ¿No se da cuenta?

—No, no me doy cuenta.

—¡Pues es evidente! ¿Acaso no somos irracionales numerosas personas aquí? Y si no, me temo que pronto lo seremos. —Desplegó un índice nudoso y dio un golpecito en el pecho de Crane—. Por eso usted está aquí abajo, porque se ha roto.

—¿Roto? ¿El qué?

—Se ha roto todo —susurró Flyte con énfasis—. O al menos pronto se romperá.

Crane frunció el entrecejo.

—Doctor Flyte, si no le importa...

Flyte alzó una mano. Parecía haber abandonado el tono enfático.

—Aunque todavía no se haya dado cuenta, tenemos algo en común.

Hizo una pausa cómplice.

Crane tragó saliva. No pensaba preguntar. Por desgracia Flyte tampoco parecía necesitarlo.

El viejo se inclinó con ademán confidencial.

—Nuestros apellidos, Crane y Flyte, ¿entiende?*

Crane suspiró.

—No se ofenda, pero tengo que pedirle que se vaya. He quedado para comer y ya llego tarde.

El viejecito ladeó la cabeza y asió con fuerza la mano de Crane.

—Encantado de conocerle, doctor Crane. Repito que tenemos algo en común. Haríamos bien en unir nuestras fuerzas.

---

* «Crane fly» es el nombre inglés de la típula, insecto alado de patas largas y finas. (N. del T.)

Flyte se fue guiñando un ojo, y dejó abierta la puerta del pasillo. Poco después, cuando se levantó a cerrarla, Crane miró con curiosidad hacia ambos lados. El pasillo, que era largo, estaba vacío, sin rastro del extraño viejo. Era como si no hubiera entrado.

8

Sentado en su despacho de la octava planta, donde casi no cabía un alfiler, Howard Asher miraba atentamente el monitor. El brillo de la pantalla plana teñía su pelo gris de una tonalidad azul etérea, extraña.

La estantería a su espalda estaba llena de manuales técnicos, libros de oceanografía y biología marina y algunas antologías poéticas muy gastadas. La presidían varias reproducciones enmarcadas de la serie de grabados de Piranesi *Vedute di Roma*. Otra estantería más pequeña, con puerta de cristal, contenía curiosidades marinas: un fósil de celacanto, una palanca de cañón de un antiguo velero y un diente de tiburón Blue Grotto, una especie muy difícil de encontrar. Ni lo diminuto del despacho ni lo heterogéneo de sus colecciones permitían adivinar que su ocupante fuera el director científico del National Ocean Service.

Un ruido de pasos se filtró a través de la puerta. Poco después apareció un rostro en el cristal. Al mirar hacia arriba, Asher reconoció el pelo rojo y las pecas de Paul Easton, uno de los muchos geólogos marinos que trabajaban en el proyecto de extracción. Hizo girar la silla y se inclinó para abrir la puerta.

—Me alegro de verte, Paul.

Easton entró y la cerró.

—Espero no molestarle.

—¿Cuántas veces tengo que decírtelo, Paul? Me llamo Howard. Aquí en el Complejo la gente se llama por el nombre de pila. Pero no se lo digas al almirante Spartan.

Asher se rió de la broma. Easton no.

Asher lo observó. Era un hombre de una picardía natural, aficionado a las bromas y a los chistes verdes, pero en aquel momento fruncía el entrecejo, y sus facciones juveniles estaban muy serias; más que serias, preocupadas.

Señaló la única silla vacía con un gesto de la mano.

—Siéntate, Paul, y cuéntame qué te preocupa.

Easton se sentó rápidamente, pero en vez de hablar empezó a frotarse con ahínco el antebrazo.

—¿Te ocurre algo? —preguntó Asher.

—No lo sé —dijo Easton—. Es posible.

Seguía frotándose el brazo. Asher sabía que en algunos casos el proceso de implantación del chip RFID provocaba pequeñas erupciones.

—Es el vulcanismo —dijo Easton de sopetón.

—El vulcanismo...

—Sí, en la zona de las excavaciones; he estado analizando varias muestras de basalto del lecho marino para intentar fechar exactamente el momento del cataclismo...

Asher lo animó a seguir con un movimiento de cabeza.

—Bueno, ya sabe lo que pasa. —Easton dio la impresión de ponerse nervioso—. Como en esta región las corrientes submarinas son tan fuertes, la sedimentación del fondo es un lío.

—¿Es una palabra técnica? —dijo Asher, en un intento de aligerar el tono de la conversación.

Easton no se dio cuenta.

—No se forman niveles. No hay estratificación. Los testigos de sondeo no sirven prácticamente de nada, y con el examen visual tampoco se consiguen datos claros. No hay el mismo tipo de erosión que en tierra firme. Por ello he intentado fechar la formación basáltica haciendo una comparación con las muestras de nuestra base de datos geológicos, pero no he encontrado ninguna coincidencia clara. Entonces he dedicido fechar la muestra basándome en la desintegración de los isótopos radiactivos dentro del basalto.

—Sigue —dijo Asher.

—Pues... —Easton parecía cada vez más nervioso—. Ya sabe que siempre hemos partido de una estimación general sobre el momento del cataclismo. Lo que ocurre es que... —balbuceó—. Yo en mis tests siempre partía de la misma suposición. No llegué a comprobar la inversión del campo magnético.

Asher comprendió la razón del nerviosismo de Easton. Había cometido el peor error de un científico: partir de una suposición, y de resultas de ello saltarse una prueba fundamental. Se relajó interiormente.

«Ahora me toca hacer de padre severo.»

—Me alegro de que me lo cuentes, Paul. Siempre es violento darse cuenta de que no se ha seguido el método científico. Cuanto más tonto es el error, más tonto se siente uno. En este caso, lo bueno es que nada esencial se ha puesto en peligro. ¿Qué te aconsejo? Pues que te sientas mal, pero no por los suelos.

La expresión de preocupación de Easton no se borró.

—No, doctor Asher, no me entiende. Es que he hecho el test precisamente hoy; he medido el magnetismo... y en la muestra no había inversión magnética.

Asher se irguió bruscamente en la silla. Después se apoyó despacio en el respaldo, intentando no delatar su sorpresa.

—¿Qué has dicho?

—Las muestras. Que no hay indicios de inversión magnética.

—¿Seguro que la orientación de las muestras era correcta?

—Segurísimo.

—¿Y te has cerciorado de que no hubiera anomalías, de que no estuvieras usando una muestra defectuosa?

—Lo he repetido con todas las que tenía, y el resultado siempre ha sido el mismo.

—Imposible. La inversión magnética es un método infalible de datación de muestras geológicas. —Asher vació lentamente sus pulmones—. Eso significaría que el cataclismo aún es más antiguo de lo que suponíamos, y que no se remonta a una inversión magnética, sino a dos, de norte a sur y otra vez de sur a norte. Seguro que el examen de los isótopos te lo confirmará.

—No —dijo Easton.

La mirada de Asher se hizo más incisiva.

—¿Cómo que no?

—Ya he analizado los isótopos radiactivos, y casi no hay desintegración. Prácticamente ninguna.

—Imposible —se limitó a decir Asher.

—Acabo de pasarme cuatro horas en Radiología. He repetido dos veces las pruebas, y aquí están los resultados.

Easton sacó un DVD del bolsillo de su bata de laboratorio y lo dejó sobre la mesa de Asher.

Asher se quedó mirándolo sin tocarlo.

—O sea, que nos hemos equivocado en todas nuestras conclusiones. El cataclismo es mucho más reciente de lo que pensábamos. ¿Tienes una nueva fecha, basándote en los tests?

—De momento es muy vaga.

—¿Cuál?

—Hace aproximadamente seiscientos años.

Asher se apoyó muy despacio en la silla.

—Seiscientos años...

Otro momento de silencio en el pequeño despacho.

—Habrá que solicitar uno de los vehículos, instalarle un magnetómetro especial y hacer varias pasadas sobre la zona de las excavaciones —dijo Asher, saliendo de su mutismo—. ¿Lo dejo en tus manos?

—Sí, doctor Asher.

—Perfecto.

Asher observó cómo el joven geólogo se levantaba, saludaba con la cabeza y se acercaba a la puerta.

—Ah, oye, Paul... —dijo con calma.

Easton se volvió.

—Que sea ahora mismo, por favor. Y no se lo digas a nadie. A nadie en absoluto.

9

Crane levantó la vista de la tabla digital donde había estado haciendo anotaciones con un marcador de plástico.

—¿Ya está? ¿Solo un ligero dolor de piernas?

El paciente asintió con la cabeza. La sábana de la cama de hospital no lograba esconder su estatura ni su fuerte constitución física. Tenía buen color y los ojos brillantes.

—¿Cómo puntuaría la intensidad del dolor en una escala del uno al diez?

Se lo pensó.

—Depende. Digamos que seis, a veces un poco más.

«Mialgia no febril», escribió Crane.

Parecía imposible (no, no parecía, lo era) que apenas dos días antes aquel hombre hubiera sufrido una pequeña embolia. Era demasiado joven, y para colmo ninguna de las pruebas indicaba la existencia del ataque. Todo se reducía a los síntomas iniciales: parálisis parcial y problemas de habla.

—Gracias —dijo Crane, cerrando la tablilla de metal—. Si tengo más preguntas ya le avisaré.

Se apartó de la cama.

A pesar de su nombre, el centro médico de la estación Deep Storm estaba dotado de instrumentos que habrían sido la envidia de un hospital mediano. Además de urgencias, quirófanos y dos docenas de habitaciones, había diversos departamentos especializados, desde Radiología hasta Cardiología. También había un ala reservada al personal, con zonas de trabajo y salas de reuniones, donde a Crane le habían adjudicado un despacho pequeño pero suficiente, con su laboratorio adjunto.

Solo tres de los últimos casos descritos por la doctora Bishop eran bastante graves para haber requerido hospitalización. Crane ya había hablado con dos de los pacientes; un hombre de cuarenta y dos años con náuseas y diarrea y aquel supuesto caso de embolia. En el fondo no era imprescindible ingresar a ninguno de los dos. Seguro que la doctora Bishop solo los tenía en observación.

Se volvió hacia la doctora, que estaba bastante lejos, y le hizo una señal con la cabeza.

—No hay indicios de AIT —le dijo al salir al pasillo.

—Excepto el cuadro inicial.

—¿Dice que lo vio personalmente?

—Sí, y era evidente que estaba sufriendo un ataque isquémico transitorio.

Crane titubeó. Aunque Bishop no hubiera dicho casi nada durante el examen de los dos pacientes, su hostilidad seguía latente, y seguro que no le gustaría que cuestionasen su diagnóstico.

—Hay diversos síndromes que pueden presentar un cuadro parecido... —empezó a decir Crane con diplomacia.

—Hice la residencia en una unidad de cuidados vasculares. He visto a montones de pacientes con cuadros de AIT, y sé reconocerlos.

Crane suspiró. La actitud defensiva de Bishop empezaba a cansarle. A nadie le gustaban los intrusos, evidentemente, y tal vez él lo fuera, pero la cuestión era que el equipo médico del Complejo solo había realizado pruebas superficiales; había tratado cada caso de forma independiente. Él estaba convencido de que si profundizaban más y hacían tests más exhaustivos aparecería algo en común, y al margen de lo que ella dijera seguía

70

apostando por el síndrome de descompresión como diagnóstico diferencial principal.

—No ha contestado a mi pregunta de antes —dijo—. Tienen cámara hiperbárica, ¿verdad?

La doctora asintió.

—Pues me gustaría que la usaran con este paciente, para ver si la represurización y el oxígeno puro alivian el dolor de las extremidades.

—Pero...

—Doctora Bishop, el señor Asher me explicó que en este Complejo se usa algún tipo de tecnología secreta de presurización, que prácticamente no se ha probado sobre el terreno. Así las cosas, el principal candidato es con diferencia el síndrome de descompresión.

En vez de contestar, Bishop frunció el entrecejo y apartó la vista.

Crane sintió que empezaba a impacientarse.

—Si no le gusta, solo tiene que ir a hablar con Asher —dijo secamente—, que es quien me ha traído justamente para esto, para dar ideas. Haga el favor de meter al paciente en la cámara. —Hizo una pausa para que recapacitara—. ¿Visitamos al paciente número tres?

Había dejado para el final el caso más interesante, una mujer con adormecimiento y debilidad en las manos y la cara. Cuando entraron en la habitación la encontraron despierta, rodeada de varios aparatos de última generación que pitaban suavemente. Crane se percató enseguida de la diferencia. Se fijó en su mirada de angustia, en el color amarillento de sus ojos y en que tenía todo el cuerpo tenso de preocupación. No le hacía falta seguir los pasos del diagnóstico para saber que podía ser grave.

Abrió la tablilla. Nada más encenderse la pantalla LCD, apareció automáticamente el historial de la paciente. «Debe de estar grabado en su chip RFID», pensó Crane.

Leyó el resumen por encima:

Nombre:	Philips, Mary E.
Sexo:	F
Edad:	36
Resumen del cuadro:	Debilidad bilateral / adormecimiento de las manos y la cara

Al alzar la vista, vio que había entrado sigilosamente un oficial de la Marina. Era alto, delgado y con los ojos claros, más juntos de lo normal. El derecho parecía estrábico. Llevaba galones de comandante en las mangas y la insignia dorada del Servicio de Inteligencia en la solapa izquierda. Estaba apoyado en el marco de la puerta, con las manos en los bolsillos, como si no existieran Crane ni Bishop.

Crane se concentró otra vez en la paciente.

—¿Mary Philips? —preguntó, adoptando automáticamente el tono neutro que había aprendido a usar con los pacientes tiempo atrás.

Ella asintió con la cabeza.

—No la entretendré mucho —dijo Crane, sonriendo—. Estamos aquí para intentar que se restablezca lo antes posible.

La paciente correspondió a su sonrisa con una contracción fugaz de los labios.

—¿Todavía siente adormecimiento en las manos y la cara?

Asintió, parpadeó y se pasó un pañuelo por los ojos. A Crane le pareció que no se le cerraban del todo los párpados al pestañear.

—¿Cuándo empezó a darse cuenta? —preguntó.

—Hace diez días o dos semanas. Al principio era tan ligero que casi no lo notaba.

—¿Estaba trabajando la primera vez que se fijó en esa sensación?

—Sí.

Crane dio otra ojeada a la tabla digital.

—Aquí no figura su empleo.

Quien contestó fue el hombre de la puerta.

—Porque no es pertinente, doctor.

Crane se volvió hacia él.

—¿Quién es usted?

—El comandante Korolis.

Tenía una voz grave, de una suavidad casi meliflua.

—Pues a mí me parece muy pertinente saber en qué trabaja, comandante.

—¿Por qué? —preguntó Korolis.

Crane se volvió hacia la paciente, que lo miraba con ansiedad. Pensando que lo menos conveniente era aumentar su nerviosismo, Crane hizo señas al comandante Korolis de que saliesen al pasillo.

—Estamos haciendo un diagnóstico —dijo donde la paciente no pudiera oírlos—. En un diagnóstico diferencial todo es pertinente. No se puede descartar que el entorno laboral de esta mujer tenga parte de culpa.

Korolis sacudió la cabeza.

—No la tiene.

—¿Cómo lo sabe?

—Tendrá que fiarse de mí.

—Disculpe, pero no me basta.

Crane se volvió.

—Doctor Crane —dijo Korolis sin alterarse—, Mary Philips trabaja en una zona restringida del Complejo, y en una parte restringida del proyecto. No está permitido hacerle preguntas concretas sobre su trabajo.

Crane volvió a girarse.

—¿Cómo que...?

Hizo un esfuerzo por callar y aguantarse la rabia. Saltaba a la vista que Korolis tenía autoridad, o como mínimo eso creía él. ¿A qué venía tanto secretismo en una base científica?

Tuvo que recordarse que acababa de llegar, y que aún no conocía las reglas, ni explícitas ni implícitas. Lo más probable era que tuviese perdida la batalla de antemano. A lo que no pensaba renunciar era a comentárselo a Asher, pero de momento no había más remedio que hacer el diagnóstico de la paciente lo mejor que pudiese.

Volvió a la habitación. La doctora Bishop seguía al lado de la cama con una expresión de neutralidad estudiada.

—Perdone la interrupción, señora Philips —dijo Crane—. Sigamos.

Inició una exploración física y neurológica a fondo que duró un cuarto de hora. Poco a poco, a medida que se concentraba en el cuadro clínico de la mujer, Crane se olvidó de la vigilancia del comandante Korolis.

Era un caso intrigante. La debilidad bilateral en los músculos faciales superiores e inferiores era muy marcada. Las pruebas de sensibilidad demostraban que la paciente tenía problemas de distribución trigeminal. La flexión del cuello estaba intacta, al igual que la extensión, pero Crane observó una considerable reducción de la sensación de temperatura tanto en el cuello como en la parte superior del tronco. Sorprendentemente, también observó un deterioro notable (y parecía que bastante reciente) de los músculos de la mano. Al comprobar los reflejos profundos de los tendones, y las respuestas plantares, empezó a cobrar forma una sospecha.

Todos los médicos sueñan con encontrar un caso particularmente raro o interesante, de los que aparecen en la literatura médica, pero no es habitual. Sin embargo, era justo lo que presentaba Mary Philips, al menos por lo que llevaban observado. Crane (que muchas noches se quedaba leyendo revistas médicas hasta altas horas) empezó a pensar que podía haber descubierto uno de aquellos casos. «Quizá sí que estoy aquí por algo especial...»

Siguiendo una corazonada, examinó las amígdalas de la paciente. Eran más grandes de lo normal, amarillentas y lobuladas. «Qué interesante...»

Dio las gracias a la mujer por su paciencia y fue a consultar el análisis de sangre en la tablilla.

Leucocitos (por mm)	3.100
Hematocrito (%)	34,6
Plaquetas (por mm)	104.000
Glucosa (mg/dl)	79
Triglicéridos (mg/dl)	119
Velocidad de sedimentación de eritrocitos (mm/h)	48,21

Se apartó con la doctora Bishop para preguntarle:

—¿Qué? ¿Qué le parece?

—Tenía la esperanza de que me lo dijera usted, que es el experto —contestó ella.

—No soy ningún experto. Solo soy un médico que pide la colaboración de otro médico.

La única respuesta de Bishop fue mirarlo. Crane sintió que su ira brotaba con más fuerza que antes. Le indignaba aquel inexplicable secretismo, la intromisión del comandante Korolis y, sobre todo, la actitud desapegada y resentida de la doctora Bishop. Pero ya le bajaría los humos. Iba a enseñarle lo que sabía.

Cerró la tablilla con un golpe seco.

—Doctora, ¿han realizado tests de anticuerpos a la paciente?

Bishop asintió con la cabeza.

—Hepatitis viral A y B, sulfátido, IgM... Todo negativo.

—¿Estudios de conducción motora?

—Normal en ambos hemisferios.

—¿Factor reumatoide?

—Positivo. Ochenta y ocho unidades por milímetro.

Crane se quedó callado. Eran las mismas pruebas que habría hecho él.

—Tampoco había historial de artralgia, anorexia o fenómeno de Raynaud —añadió ella voluntariamente.

Crane la miró con cara de sorpresa. No era posible que se le hubiese ocurrido la misma y peregrina conclusión. ¿O sí?

Decidió ponerla en evidencia.

—El deterioro incipiente de los músculos de la mano podría

indicar siringomielia. La pérdida de sensibilidad en la parte superior del tronco también.

—Pero no hay rigidez en las piernas —contestó ella enseguida—, y la disfunción medular es insignificante. No es siringomielia.

Crane cada vez estaba más sorprendido por la profundidad de la técnica de diagnóstico de su colega, pero en algún momento fallaría.

«Ha llegado el momento de poner las cartas encima de la mesa», pensó.

—¿Y los defectos sensoriales? ¿Y la neuropatía? ¿Se ha fijado en las amígdalas?

Bishop seguía mirándolo, impasible.

—Sí, me he fijado en las amígdalas. Están hinchadas y amarillentas.

Hubo un momento de silencio.

En las facciones de Bishop se insinuó una sonrisa.

—Pero doctor —dijo—, ¿no estará diagnosticándole la enfermedad de Tangier?

Crane se quedó de piedra. Después, muy lentamente, empezó a relajarse. A él también se le escapaba la sonrisa.

—Pues la verdad es que sí —dijo, un poco avergonzado.

—La enfermedad de Tangier... ¡Vaya, ahora resultará que en Deep Storm hay un centenar de enfermedades genéticas raras!

Por una vez, el comentario estaba exento de malicia y de reproche, al menos que notara Crane. Hasta la sonrisa le pareció sincera.

Justo entonces se dispararon varias alarmas rápidas y penetrantes que se sobrepusieron a la pieza clásica del hilo musical; en el pasillo se encendió una luz naranja.

La sonrisa de Bishop desapareció.

—Código naranja —dijo.

—¿Qué?

—Emergencia médico-psiquiátrica. Vamos.

Ya corría hacia la puerta.

10

Bishop pasó por recepción el tiempo justo para coger una radio.

—¡Avisa a Corbett! —le dijo a la enfermera de detrás del mostrador.

Salió del centro médico y corrió por el pasillo hacia Times Square, con Crane pisándole los talones.

Mientras corría introdujo un código en la radio y buscó por las frecuencias.

—Aquí la doctora Bishop. Solicito localización del código naranja.

La respuesta tardó un poco en llegar, a través del intercomunicador.

—Localización del código naranja: planta cinco, hangar de reparación de vehículos.

Al lado del bar había un ascensor abierto. Entraron. Bishop pulsó el botón inferior del panel, el siete.

Volvió a acercarse la radio a los labios.

—Solicitando características de la emergencia.

Otro graznido.

—Incidente código cinco dos dos.

—¿Qué significa? —preguntó Crane.

Bishop lo miró fugazmente.

—Psicosis florida.

Se abrieron las puertas. Crane siguió a la doctora hasta una confluencia de pasillos muy iluminada. Eran tres, cada uno procedente de una dirección distinta. Bishop se metió por el que tenían delante.

—¿Y el equipo médico? —preguntó Crane.

—En la cuarta planta hay una enfermería provisional. Si hace falta pasaremos a buscar material.

Crane observó que la séptima planta era más opresiva que las que había visto, con pasillos más estrechos y menos espacio en los compartimientos. La gente que se cruzaba con ellos llevaba bata o mono. Se acordó de que era la planta donde estaban la sección científica y el centro informático. A pesar del silbido del aire acondicionado, olía mucho a desinfectante, ozono y aparatos electrónicos calientes.

Llegaron a otra bifurcación. Bishop corrió hacia la derecha. Cuando Crane miró al frente, vio algo inesperado: que el pasillo se ensanchaba de golpe y terminaba en una pared negra. Aparte de una compuerta estanca en el centro, la pared era lisa. La compuerta estaba vigilada por cuatro policías militares con fusiles. El quinto policía estaba sentado en una garita muy bien equipada. Sobre la compuerta había un gran piloto rojo, que en aquel momento estaba encendido.

—¿Qué es? —preguntó, obedeciendo al impulso de correr más despacio.

—La Barrera —contestó Bishop.

—¿Cómo?

—El acceso a los niveles restringidos.

Al ver que se acercaban, dos de los policías militares se pusieron justo delante de la compuerta con los fusiles a la altura del pecho.

—Su autorización, señora —dijo uno.

Bishop se acercó a la garita. El quinto policía salió y le pasó un escáner muy grande por el antebrazo. Se oyó un pitido estridente.

El policía miró la pantallita LED de encima del escáner.

—No está autorizada.

—Soy Michele Bishop, directora del centro médico del Complejo. Estoy autorizada para acceder a las plantas cuatro, cinco y seis en caso de emergencia. Pruebe otra vez.

El policía entró en la garita, consultó un monitor y salió después de un rato.

—De acuerdo. Pase. Al otro lado hay alguien de seguridad que la acompañará.

Bishop caminó hacia la compuerta. Crane la siguió, pero los vigilantes le cerraron el paso. El policía del escáner se acercó y se lo deslizó por el antebrazo.

—Este hombre tampoco está autorizado —dijo.

Bishop volvió la cabeza.

—Es médico, asignado temporalmente al Complejo.

El policía se volvió hacia Crane.

—No puede seguir.

—Voy con la doctora Bishop —dijo Crane.

—Lo siento —dijo el policía con más dureza—. No puede seguir.

—Oiga —dijo Crane—, hay una urgencia médica y...

—Apártese de la Barrera, por favor.

El policía de la garita intercambió rápidas miradas con los demás.

—No puedo. Soy médico y colaboraré en la urgencia tanto si le gusta como si no.

Crane volvió a avanzar.

Los hombres que vigilaban la Barrera levantaron inmediatamente los fusiles, mientras el policía del escáner se llevaba la mano al cinturón y sacaba la pistola reglamentaria.

—¡Abajo el arma, Ferrara! —dijo una voz grave desde la oscuridad de la garita—. Wegman, Price y los demás, descansad.

Los policías se apartaron, bajando sus armas con la misma rapidez con que las habían levantado. Al mirar hacia la garita, Crane vio que en realidad era la puerta que daba acceso a una sala mucho mayor, probablemente el control de la Barrera. Tenía una docena de pantallas empotradas en la pared, e infinidad de lucecitas que parpadeaban en la penumbra. Dentro, algo se acercó a la luz hasta exponerse a ella. Era un hombre ancho de hombros, con uniforme blanco de almirante. Tenía el pelo canoso y los ojos marrones. Miró a Crane, después a Bishop y nuevamente a Crane.

—Soy el almirante Spartan —dijo.

—Almirante Spartan —dijo Crane—, yo soy...

—Ya sé quién es: la baza de Asher.

Crane asintió con la cabeza, porque no sabía qué contestar. Spartan volvió a mirar a Bishop.

—La urgencia es en el cinco, ¿verdad?

—Sí, en el hangar de reparación de vehículos.

—Muy bien. —Spartan se volvió hacia el policía que se llamaba Ferrara—: Autorízale, pero solo para esta incidencia. Asegúrate de que vayan acompañados en todo momento por un hombre armado y que sigan un camino seguro hasta el lugar del incidente. Ocúpate personalmente, Ferrara.

El policía se cuadró e hizo un saludo militar.

—Señor, sí, señor.

La mirada de Spartan se posó un momento en Crane. Después hizo una señal con la cabeza a Ferrara y volvió a desaparecer en la sala de control.

Ferrara entró en la garita y tecleó una serie de órdenes en una consola. Se oyó un zumbido. Después parpadearon varias lucecitas en el perímetro de la compuerta. El LED de encima de la Barrera se puso verde. Tras el ruido metálico de una cerradura de seguridad, y un silbido de descompresión, la compuerta se abrió. Ferrara dijo algo por un micrófono incorporado a la consola. Después indicó a Bishop y a Crane que pasaran, y los siguió.

Al otro lado de la compuerta había una sala de unos cuatro metros de lado, con dos policías militares que se cuadraron. No había nada en las paredes, de color beis, ni ningún aparato aparte de un pequeño panel al lado de uno de los vigilantes. Crane vio que consistía en un simple lector de la palma de la mano, y en un mango revestido de goma.

Cerraron la compuerta. El policía militar puso una mano en el lector y la otra en el mango. Durante la lectura de su palma se encendió una luz roja. Después el policía giró el mango en el sentido de las agujas del reloj, y el estómago de Crane dio un vuelco cuando empezaron a bajar. En realidad no era una sala, sino un ascensor.

Pensó en el almirante Spartan. En el ejército había conocido a diversos altos oficiales, y a todos se les veía cómodos mandando, acostumbrados a que se les obedeciera de inmediato y sin cuestionamientos; aun así, a pesar de que solo le hubiera visto unos segundos, percibía algo ligeramente distinto en Spartan. Su aplomo era inusual, incluso para un almirante. Recordó su última mirada. Había algo inescrutable en sus ojos oscuros, como si nunca se pudiera adivinar del todo su siguiente movimiento.

El ascensor se paró con suavidad. Después de otro zumbido, y de otro ruido metálico de mecanismos de cierre, la compuerta fue abierta desde el exterior por otro grupo de policías militares armados.

—¿La doctora Bishop? —preguntó uno de ellos—. ¿El doctor Crane?

—Somos nosotros.

—Les acompañaremos al hangar de reparación. Síganme, por favor.

Se pusieron rápidamente en camino, entre dos parejas de vigilantes. El último del grupo era Ferrara, el hombre de Spartan. En circunstancias normales, a Crane le habría irritado tanta compañía, pero esta vez casi la agradeció. «Psicosis florida», había dicho Bishop. Significaba que era una persona gravemente trastornada, con delirios, y tal vez violenta. En casos así había que esforzarse por no perder la calma, inspirar confianza y tender puentes, aunque si se trataba de un paciente realmente fuera de control lo prioritario era reducirlo entre varias personas.

Pasaron ante una sucesión borrosa de laboratorios. La parte «restringida» del Complejo, como la llamaban, no parecía diferenciarse mucho de las plantas de arriba, al menos desde fuera.

Se cruzaron con varias personas que corrían en sentido opuesto. A partir de cierto momento Crane oyó algo que le heló la sangre: los gritos de un hombre.

Se agacharon para cruzar una compuerta. De pronto estaban en una sala enorme. Crane, que en el poco tiempo que llevaba en el Complejo ya había perdido la costumbre de ver tanta amplitud, parpadeó. Parecía un taller de maquinaria y de reparación de robots sumergibles, los vehículos mencionados por Bishop.

Dentro se oían con más fuerza los gritos, auténticos y desgarradores aullidos. Cerca de la entrada había pequeños grupos de trabajadores retenidos por la policía militar, y más al fondo un cordón de soldados y policías militares que impedía el paso. Varios agentes hablaban por radio, mientras otros miraban fijamente un compartimiento de la pared del fondo. Era de donde salían los gritos.

Bishop avanzó, seguida de cerca por Crane y los de la policía militar. Al ver que se acercaban, uno de los integrantes del cordón salió a su encuentro.

—Doctora Bishop —dijo, haciéndose oír por encima de los gritos—, soy el teniente Travers. Estoy al mando de esta operación.

—Denos los detalles —dijo Crane.

Travers lo miró. Después miró a Bishop, que asintió ligeramente.

—Se llama Randall Waite y es operario de primera clase.

—¿Qué ha ocurrido? —preguntó Crane.

—Nadie lo sabe muy bien. Parece que llevaba un par de días raro, muy callado, como si fuera otra persona. Justo antes del final del turno ha empezado a exteriorizarlo.

—A exteriorizarlo —repitió Bishop.

—Sí, ha empezado a dar gritos y a ponerse como loco.

Crane miró hacia el origen de los gritos.

—¿Está furioso? ¿Delira?

—Delirar sí. Furioso no. Es más como si estuviera... no sé, desesperado. Dice que quiere morir.

—Siga —dijo Crane.

—Algunos hombres han ido a ver si lo calmaban, y a preguntarle qué pasaba. En ese momento, Waite ha pillado a uno de ellos.

Las cejas de Crane se arquearon de golpe. «Mierda. Esto se pone feo.»

El noventa y nueve por ciento de las tentativas de suicidio eran un modo de llamar la atención y pedir ayuda; solían hacerse cortes en las muñecas, más que nada para impresionar. En cambio, con rehenes la cosa cambiaba radicalmente.

—Pero hay algo más —murmuró Travers—. Tiene una pastilla de C4 y un detonador.

—¿Qué?

Asintió, cariacontecido.

La radio se encendió.

—Travers —dijo, poniéndola delante de la boca. Escuchó un momento—. Vale. Esperad a que os dé la señal.

—¿Qué pasa? —preguntó Bishop.

Travers señaló una pared con la cabeza. Había una ventana de cristal ahumado que daba a una sala de control con vistas al hangar.

—Tenemos un tirador intentando conseguir un blanco claro.

—¡No! —dijo Crane. Respiró—. No. Primero quiero hablar con él.

Travers frunció el entrecejo.

—Pero ¿no nos ha llamado para rebajar la tensión? —preguntó Crane.

—Desde entonces se ha puesto más nervioso. Además, cuando dimos la alerta no sabíamos lo del C4.

—¿El tirador ya tiene un blanco claro? —preguntó Crane.

—Intermitente.

—Entonces no hay ninguna razón para que no me dejen intentarlo.

Travers vaciló un segundo.

—De acuerdo, pero si amenaza al rehén, o intenta activar el detonador, tendré que ordenar que le peguen un tiro.

Crane hizo una señal con la cabeza a Bishop y caminó despacio hasta llegar al cordón. Lo cruzó suavemente y se paró.

Siete metros más lejos, a la sombra del compartimiento, había un hombre con un mono naranja. Tenía los ojos enrojecidos y llorosos, y la barbilla sucia de mocos, saliva y espumarajos de sangre. La pechera naranja del mono estaba salpicada de vómito. «¿Veneno?», se preguntó Crane con objetividad, pero a simple vista no se advertían indicios de dolor abdominal, parálisis u otros síntomas sistémicos.

El hombre sujetaba a una mujer de unos treinta años, menuda, con el pelo rubio oscuro y el mismo tipo de mono. Él le rodeaba el cuello con un brazo, obligándola a erguir incómodamente la cabeza, a la vez que apretaba un destornillador contra su yugular. La rehén tenía los labios apretados y los ojos desorbitados por el miedo.

En la otro mano del hombre sobresalía una pastilla blanquecina de C4 y un detonador sin montar.

A esa distancia los gritos eran de una fuerza sorprendente, tan seguidos que Waite apenas podía respirar, ni Crane pensar.

«Tranquilízalo hablando —decía el manual—. Cálmalo y que lo reduzcan.» Eso era muy fácil de decir. Crane había disuadido con palabras a un hombre a punto de arrojarse del puente George Washington, y a individuos que se metían una Luger en la oreja o mordían el cañón de una escopeta, pero nunca a alguien con una carga explosiva equivalente a diez granadas.

Respiró hondo dos veces y avanzó.

—En el fondo no quieres hacerlo —dijo.

La mirada huidiza del hombre se posó un momento en él. Los gritos continuaban.

—En el fondo no quieres hacerlo —repitió Crane, subiendo un poco el tono.

Los gritos le impedían oírse a sí mismo. Dio otro paso.

Los ojos del hombre volvieron a enfocarle. Cogió con más fuerza a la rehén e hincó la punta del destornillador en su cuello.

Crane se quedó muy quieto; podía sentir la mirada suplicante de la rehén, que tenía el miedo grabado en las facciones. Al mismo tiempo se dio cuenta de lo vulnerable de su propia situación, y no le gustó. Estaba entre un cordón de militares y un hombre con una rehén y una pastilla de C4. Reprimió las ganas de retroceder.

Siguió inmóvil, pensando. Después de un rato se sentó lentamente en el suelo de metal, se quitó un zapato después del otro y los dejó bien alineados. Lo mismo hizo con los calcetines, con una precisión maniática. Luego se estiró con la cabeza apoyada en las palmas de las manos.

En ese momento se dio cuenta de que en el hangar había cambiado algo. Ya no se oía nada, ni siquiera los gritos. Waite lo miraba fijamente, aunque seguía presionando peligrosamente el cuello de la rehén con el destornillador.

—Es mejor que no lo hagas —dijo Crane, en tono paciente y razonable—. Todos los problemas pueden arreglarse. No vale la pena hacerte daño, o hacérselo a otra persona. Solo empeoraría las cosas.

Waite no contestó. Se limitó a seguir mirando con los ojos muy abiertos, y la respiración entrecortada.

—¿Qué quieres? —preguntó Crane—. ¿Qué podemos hacer para ayudarte?

La reacción de Waite fue gemir y tragar saliva con dificultad.

—Haced que paren —dijo.

—¿El qué? —preguntó Crane.

—Los ruidos.

—¿Qué ruidos?

—Aquellos —contestó Waite con una mezcla de susurro y sollozo—. Los ruidos que nunca... nunca paran.

—De los ruidos ya hablaremos. Podríamos...

Pero Waite volvía a gemir, con un lloriqueo cada vez más agudo y estridente. Faltaba poco para que volvieran a empezar los gritos.

Crane cogió rápidamente el cuello de su camisa y estiró hacia abajo. La tela se desgarró ruidosamente, a la vez que se oía cómo los botones caían al suelo. Crane se quitó la camisa hecha jirones y la puso al lado de sus zapatos.

Waite volvía a observarlo.

—Podemos arreglarlo —dijo Crane—. Podemos hacer que paren los ruidos.

Waite, atento a sus palabras, empezó a llorar.

—Pero me estás poniendo muy nervioso con el detonador.

Cada vez lloraba más.

—A ella suéltala. Tenemos que enfrentarnos a los ruidos, no a ella.

Waite ya lloraba a moco tendido. Las lágrimas salían casi a chorro.

Crane había esperado con prudencia el momento justo para llamarlo por su nombre de pila. Decidió usarlo.

—Suéltala, Randall; suéltala, deja el explosivo y lo arreglaremos. Conseguiremos que cesen los ruidos. Te lo prometo.

De repente fue como si Randall se viniese abajo. Bajó lentamente el destornillador y dejó colgando la otra mano. El C4 cayó pesadamente al suelo. La rehén dio un grito y corrió hacia el cordón. Un policía militar que estaba de cuclillas en un lado se levantó como un rayo, recogió el C4 y se lo llevó.

Crane respiró hondo y se levantó despacio.

—Gracias, Randall —dijo—. Ahora ya podremos ayudarte. Ahora conseguiremos que paren los ruidos.

Dio un paso hacia delante.

Waite retrocedió, con los ojos peligrosamente en blanco.

—¡No! —dijo—. No pueden hacer que paren. ¿No lo entiende? ¡Nadie puede hacer que paren esos ruidos!

Y con un movimiento tan brusco como inesperado levantó el destornillador hacia su propio cuello.

—¡Detente! —exclamó Crane.

Pero justo en el momento en que iba a lanzarse hacia Waite vio horrorizado que la punta del destornillador desaparecía en la carne blanca del cuello.

11

Cuando Howard Asher llegó a la sala de reuniones de la octava planta, el almirante Spartan ya estaba sentado, con las manos en el palisandro bruñido de la mesa. El almirante esperó en silencio a que Asher cerrara la puerta y se sentase al otro lado.

—Vengo del centro médico —dijo Asher.

Spartan asintió.

—Waite tiene una doble herida de objeto punzante en el cuello, y ha perdido mucha sangre, pero está estable. Sobrevivirá.

—No me ha convocado a una reunión de emergencia solo para eso —respondió Spartan.

—No, pero Waite es una de las razones de que le haya llamado.

Spartan no contestó. Se limitó a observar a Asher con una mirada inescrutable de sus ojos oscuros. Fue un momento de silencio en el que Asher sintió que lo invadía la aprensión que había conseguido mantener a raya durante mucho tiempo.

La ciencia y el ejército formaban una extraña pareja. Asher sabía que en el mejor de los casos Deep Storm era un matrimonio de conveniencia. Por un lado, él y su equipo de científicos necesitaban la estación, y los inagotables recursos del gobierno, para emprender una excavación de aquella magnitud; por el otro, Spartan necesitaba científicos e ingenieros para planear la excavación y analizar los resultados. Sin embargo, los últimos acontecimientos (que nadie esperaba) estaban poniendo a prueba una relación ya frágil de por sí.

La puerta se abrió y se cerró casi en silencio. Al volverse, Asher vio al comandante Korolis, que saludó con la cabeza y tomó asiento sin decir nada.

La aprensión de Asher aumentó. Para él Korolis simbolizaba todo lo malo del proyecto: hermetismo, desinformación y propaganda. Dedujo que Waite debía de estar durmiendo sedado en el centro médico, ya que en caso contrario Korolis estaría a su lado, garantizando que el incidente ocurrido bajo la séptima planta no llegase a oídos no autorizados.

—Siga, doctor Asher —dijo Spartan.

Asher carraspeó.

—Waite solo es el caso más reciente y agudo de una serie de traumatismos médicos y psicológicos. Hace dos semanas que este Complejo sufre una alarmante sucesión de enfermedades en todos los sectores.

—Que es la razón de que llamara a Crane.

—Pedí a diversos especialistas —dijo Asher—. Uno en diagnósticos, otro en...

—Uno solo ya es riesgo suficiente —contestó Spartan con voz grave y pausada.

Asher respiró hondo.

—Mire... Cuando Waite se estabilice tendremos que trasladarlo a la superficie.

—Ni hablar.

La aprensión de Asher se empezó a teñir de irritación.

—¿Por qué, exactamente?

—Lo sabe tan bien como yo. Esto es una instalación secreta que cumple una misión confidencial.

—¡Secreta! —exclamó Asher—. ¡Confidencial! Pero ¿no lo entiende? Tenemos un problema médico grave. ¡No se puede esconder debajo de la alfombra, como si no existiera!

—Doctor Asher, por favor... —Spartan dejó que su tono se endureciera un poco por primera vez—. Está exagerando. Aquí hay un centro médico dotado de todo lo necesario, y con personal capacitado. Si cedí a su petición de traer un recurso adicional, fue en contra de mi opinión, y a pesar de la oposición del comandante Korolis, todo hay que decirlo.

Era un cebo, que Asher no mordió.

—Además —siguió diciendo Spartan—, no entiendo a qué viene tanto pánico. ¿Han identificado algún conglomerado, usted o su famoso doctor Crane?

—Ya sabe que no.

—Pues entonces seamos sensatos. Muchos de sus científicos no están acostumbrados a trabajar en estas condiciones, sin poder salir del Complejo, viviendo en poco espacio, en un entorno laboral estresante... —Spartan movió una de sus fuertes manos—. Irritabilidad, insomnio, pérdida de apetito... Son cosas previsibles.

—Ya, pero no se limita a los científicos —respondió Asher—. También hay militares afectados. ¿Y las miniembolias? ¿Y las arritmias? ¿Y Waite?

—Se está refiriendo a una parte muy pequeña de la población —dijo Korolis, en lo que era su primera intervención—. Cuando se junta a mucha gente siempre pasa algo.

—La cuestión es la siguiente —continuó Spartan—: no hay síntomas comunes. A este le duele una cosa, a aquel otra... Lo normal, vaya. Y el único caso grave es el de Waite. Lo siento, doctor Asher, pero es la pura verdad. Conclusión: no hay ningún brote y punto.

—Pero...

Asher se calló al ver la expresión de Spartan. Su mirada parecía decir: «Los científicos no pintan nada en una operación militar, como demuestran todas estas quejas».

Decidió cambiar de tema.

—Hay algo más.

Las cejas de Spartan se arquearon.

—Hoy ha venido a verme Paul Easton, el geólogo marino, y resulta que nos habíamos equivocado con la fecha.

—¿Con qué fecha? —preguntó Spartan.

—La del sumergimiento.

Unos segundos de silencio.

Spartan cambió de postura.

—¿Equivocado? ¿Cuánto?

—Mucho.

Korolis exhaló despacio entre los dientes. A Asher le pareció un silbido de serpiente.

—Concrete —acabó diciendo el almirante.

—Siempre habíamos supuesto (basándonos en la inspección visual preliminar, y en otros factores) que el sumergimiento se produjo hace diez mil años o más. Easton llevó un poco demasiado lejos la suposición y no se molestó en datar el yacimiento con la inversión magnética.

—¿La qué? —dijo Korolis.

—Un método para datar el vulcanismo alrededor del yacimiento. No entraré en detalles científicos, pero... —Asher miró a Korolis de soslayo—. Una vez cada muchísimos años el campo magnético de la Tierra se invierte. Gira. El polo norte se convierte en sur y viceversa. Nuestra datación original del yacimiento lo situaba en la última inversión magnética, pero parece ser que nos equivocamos.

—¿Cómo lo sabe? —preguntó Spartan.

—Porque cuando se derrite la corteza terrestre las partículas de hierro giran y se alinean con el campo magnético del planeta. Después, cuando se enfría la roca, las partículas mantienen su alineación. En cierto modo es como las anillas de los árboles. Se pueden fechar los acontecimientos geológicos examinando la alineación.

—Quizá sea mucho más antiguo —dijo Korolis—, de hace dos inversiones magnéticas. Entonces el polo norte seguiría siendo norte, ¿no?

—Exacto, pero el acontecimiento no es mucho más antiguo.

—O sea, que no era tan antiguo como creían ustedes —dijo Spartan.

Asher asintió con la cabeza.

—Ya que hemos llegado hasta aquí, deduzco que han conseguido establecer una fecha más exacta.

—Le he dicho a Easton que mande un vehículo con un magnetómetro muy sensible, capaz de medir con precisión cómo se orientan los campos magnéticos. Nuestro punto de partida eran muestras del yacimiento.

Spartan, ceñudo, volvió a cambiar de postura.

—¿Y?

—El yacimiento no tiene diez mil años, ni cincuenta mil. Tiene seiscientos años.

Se hizo un silencio gélido.

El primero en hablar fue Spartan.

—¿Este... descuido influye en nuestras posibilidades de éxito?

—No.

Asher creyó captar una expresión de alivio que solo alteró muy fugazmente la máscara de inexpresividad del almirante.

—¿Entonces cuál es la conclusión?

—Creía que era evidente. Ha pasado de ser un hecho de un pasado remoto a estar dentro de los límites de la historia escrita.

—¿Adónde quiere llegar, doctor? —dijo Korolis.

—¿Adónde? Pues a que es posible que la catátrofe tuviera testigos. Y que haya testimonios escritos.

—Entonces deberíamos mandar a un investigador —dijo Spartan.

—Ya lo he hecho.

Spartan frunció el entrecejo.

—¿Con las credenciales adecuadas? ¿Y la discreción?

—Sus credenciales son inmejorables; es un experto en historia medieval de Yale, que desconoce el motivo real de mi interés.

—Muy bien. —Spartan se levantó—. Bueno, si no tiene nada más que decirme le propongo que vuelva al centro médico para ver si el doctor Crane ha hecho un diagnóstico milagroso.

Asher también se levantó.

—Habría que dejarlo entrar —dijo en voz baja.

Las cejas de Spartan se arquearon.

—¿Cómo dice?

—Que habría que poner a Crane al corriente de todo. Necesitará acceder a los niveles restringidos. Sin límites. Y sin un ejército de policías militares.

—Imposible, doctor Asher —dijo Korolis—. No podemos correr un riesgo tan grande en materia de seguridad.

Asher siguió mirando al almirante.

—Crane necesita hablar con los pacientes, informarse de sus movimientos, buscar factores en común e identificar posibles elementos de riesgo. ¿Cómo podrá hacerlo si sigue amordazado y con los ojos vendados?

—Yo tengo la máxima confianza en su elección de especialistas, doctor Asher —dijo afablemente Spartan—, y usted también debería tenerla.

Al principio Asher se quedó donde estaba, respirando con fuerza para controlarse.

—Usted y yo tenemos un mandato, almirante —dijo al fin con voz ronca—, un mandato conjunto para dirigir el Complejo. Los dos. De momento no he insistido en ello, pero si hay que elegir entre el secreto y la seguridad de la instalación no dudaré en optar por la segunda. Le aconsejo que lo tenga presente.

Dio media vuelta, abrió la puerta y se marchó.

12

En Deep Storm había dos pistas de squash, y una lista de espera de tres días para usarlas. Crane pensó que el hecho de que Asher hubiera podido reservar media hora en cuestión de minutos era una demostración de su influencia.

—No me lo imaginaba leyendo poesía —dijo Asher al llegar a la pista—. En cambio se ve venir de lejos que juega al squash.

—Será mi cuerpo de gacela —contestó Crane—, a menos que haya vuelto a leer mi dossier.

Asher se rió, mientras jugaba distraídamente con la pelotita gris.

A Crane no le extrañaba que Asher quisiera hablar con él. A fin de cuentas ya llevaba treinta y seis horas en la estación, y seguro que el director científico quería un informe. Lo único sorprendente era el lugar de la cita. De todos modos, ya se estaba acostumbrando al modus operandi de Asher: dar una imagen afable y crear un ambiente relajado, pero dejar bien claro al mismo tiempo que esperaba resultados, y no a largo plazo.

Por él perfecto. En el fondo se alegraba de la reunión, porque también tenía cosas que decir.

—Vamos a calentar unos minutos —dijo Asher. Levantó la pelota—. ¿Servicio?

Crane sacudió la cabeza.

—No, saque usted.

Vio que Asher arrojaba la pelota a la pared de un golpe fuerte y limpio. Después el director científico retrocedió, balanceándose sobre los pies en espera del rebote. Cuando vio acercarse la pelota, empalmó una volea apuntando hacia el rincón más alejado.

Jugaron varios minutos sin hablar, evaluando mutuamente su destreza, su experiencia y las estrategias que preferían el uno y el otro. Crane calculó que Asher le llevaba como mínimo veinticinco años, pero se le veía más en forma; en todo caso Crane estaba jugando fatal, fallaba la mitad de las voleas.

—¿Esta pista tiene algo inusual? —acabó preguntando, mientras recogía la pelota y se la lanzaba a Asher.

El científico la cogió hábilmente con la raqueta.

—Pues la verdad es que sí. Tuvimos que ajustarnos a la distribución del Complejo. El techo es unos treinta centímetros más bajo de lo normal. Tendría que haberle avisado. Cuando se acostumbre le parecerá más fácil, ya verá. ¿Practicamos un poco más?

—No, vamos a empezar un partido.

Se jugaron a suertes quién empezaba y le tocó a Crane, que eligió el lado y sirvió. Asher replicó con una rápida volea al rincón más alejado. La partida empezaba en serio.

El intercambio de voleas despertó la admiración de Crane por el juego del científico. El squash tenía tanto de deporte como de ajedrez; era una mezcla de inteligencia, estrategia y resistencia. Asher sobresalía en el control de la T, pero lo más impresionante era su puntería al lanzar la pelota hacia la pared lateral, por lo que Crane siempre debía estar a la defensiva. Crane había supuesto que el científico tendría dificultades para jugar a causa del dolor y rigidez de su mano izquierda, pero Asher parecía haber aprendido a usar la derecha tanto para el equilibrio como para el swing, y Crane se quedó rezagado casi sin darse cuenta.

—Se acabó el partido —dijo Asher.

—Nueve a cuatro. Creo que no me he lucido.

Asher se rió con naturalidad.

—Ya jugará mejor en el siguiente. Repito que hay que acostumbrarse a la diferencia de tamaño de la pista. Adelante, saque.

Durante la segunda partida, Crane comprobó que Asher tenía razón. A medida que se acostumbraba a una pista más baja y profunda, le resultó más fácil controlar la pelota; echaba la pelota fuera menos veces, y conseguía hacer que rebotase detrás del cuadro de servicio, con lo que obligaba a Asher a jugar desde el fondo. Como ya no tenía que concentrarse solo en devolver la pelota, podía volver a la T después de cada jugada, mejorando su posición. La partida se alargó. Esta vez ganó Crane por nueve a ocho.

—¿Lo ve? —dijo Asher, jadeando—. Aprende deprisa. Dentro de unos cuantos partidos tendrá que buscarse un contrincante a su altura.

Crane se rió.

—Servicio para usted —dijo, tirándole la pelota.

Asher la cogió, pero no hizo el gesto de servir.

—¿Qué, cómo está Waite?

—Sigue sedado. Le hemos administrado un cóctel de Haldol y Ativan. Un antipsicótico y un ansiolítico.

—Tengo entendido que lo calmó de una manera bastante peculiar. Bishop me dijo algo de un striptease.

Crane sonrió un poco.

—Con estos casos tan graves hay que usar métodos de choque para romper el bucle psicótico. Hice algo que no se esperaba, y así ganamos tiempo.

—¿Tiene alguna idea de qué pasó?

—Corbett está preparando un perfil psicológico completo, al menos todo lo completo que permite ahora mismo la medicación. De momento no podemos decantarnos por ningún diagnóstico. Es extraño. Ahora mismo el paciente está completamente lúcido; sedado pero lúcido. En cambio hace poco sufría un desorden muy grave como respuesta a estímulos internos.

—¿Perdón?

—Descontrol y alucinaciones. En este momento no recuerda el incidente. Ni siquiera se acuerda de los ruidos angustiosos que parece que lo provocaron. Según los testigos y amigos, el único indicio de que podía pasar algo era que Waite estaba muy callado. Por otra parte, no tiene antecedentes de problemas psicológicos. Claro que eso ya debe de saberlo... —Crane vaciló—. Mi opinión es que deberían sacarlo del Complejo.

Asher sacudió la cabeza.

—Lo siento.

—Hágalo por mí, si no es por Waite. Empiezo a estar francamente cansado de tener al comandante Korolis o alguno de sus secuaces día y noche en el centro médico, haciendo de canguro por si Waite dice algo que no debería.

—Me temo que no está en mis manos. En cuanto den el alta a Waite, lo encerraré en su habitación. Espero que con eso Korolis ya no le moleste.

Crane tuvo la impresión de que el tono de Asher contenía cierta amargura. No se le había ocurrido que el director científico también pudiera estar exasperado por el ambiente de secretismo de Deep Storm.

Comprendió que era la oportunidad que buscaba para decir lo que tenía que decir, y que probablemente no se repetiría. «Ahora o nunca», pensó, y respiró hondo.

—Creo que empiezo a entenderlo —dijo.

Asher, que se había quedado mirando la pelota que tenía en la mano, levantó la cabeza.

—¿Entender qué?

—Por qué estoy aquí.

—Siempre ha estado muy claro. Está aquí para ocuparse de nuestro problema médico.

—No, me refiero a la razón de que me eligieran a mí para el trabajo.

La mirada de Asher era fija, inexpresiva.

—Al principio no sabía qué pensar. Como no soy especialista en pulmones, ni hematólogo... Si lo que tenían los trabajadores era algún tipo de síndrome de descompresión, ¿a qué venía encargarme la visita a domicilio a mí? Pero resulta que no es lo que tienen.

—¿Está seguro?

—Es de lo único de lo que estoy seguro. —Crane hizo una pausa—. Resulta que la atmósfera de Deep Storm, mire usted por dónde, no tiene nada de raro ni de inhabitual.

Asher no apartó la vista, pero tampoco dijo nada. Al ver su expresión, Crane empezó a temer que no hubiera sido buena idea sincerarse, pero ya no podía echarse atrás.

—Mandé poner en una cámara hiperbárica a uno de los enfermos de AIT —añadió—, y adivine qué hemos descubierto.

Asher seguía sin responder.

—Hemos descubierto que no mejora; no solo eso, sino que los resultados demuestran que la atmósfera era normal tanto dentro como fuera. —Crane vaciló un poco antes de seguir—. O sea, que todo ese rollo de la presurización y de los componentes especiales en el aire... es mentira, ¿verdad?

Asher volvió a contemplar la pelota.

—Sí —contestó después de un rato—. Y es muy importante que no lo diga.

—Tranquilo, pero ¿por qué?

Asher tiró la pelota a la pared, la recogió y la estrujó pensativamente.

—Queríamos una razón para que nadie pudiera irse con prisas del Complejo, una medida de seguridad contra las filtraciones de datos, el espionaje y todas esas cosas.

—Y lo de la atmósfera exclusiva y el largo proceso de aclimatación les da una tapadera perfecta.

Asher hizo botar otra vez la pelota y la tiró a un rincón. La excusa del partido ya era innecesaria.

—O sea, ¿que todas las salas donde tuve que esperar cuando entré en el Complejo eran un simple decorado?

—No, son cámaras de descompresión auténticas, pero con

las funciones atmosféricas desconectadas. —Asher miró fugazmente a Crane—. Ha dicho que ya sabe por qué le eligieron para el trabajo.

—Sí. Lo deduje al ver los resultados de la cámara hiperbárica. Es por lo que hice en el *Spectre*, ¿verdad?

Asher asintió con la cabeza.

—Me sorprende que lo sepa.

—No, si yo no lo sabía; sigue siendo una misión secreta, pero el almirante Spartan estaba al corriente y lo sabía todo. Su habilidad para el diagnóstico y su experiencia con... digamos que las situaciones médicas extrañas en circunstancias muy tensas son bazas excepcionales. Como Spartan, por razones de seguridad, no quería dejar que entrase más de una persona en Deep Storm, la mejor elección parecía usted.

—¡Otra vez la dichosa palabra! Seguridad. Es lo único que aún no entiendo.

La mirada de Asher se volvió interrogante.

—¿A qué viene tanto hermetismo? ¿Se puede saber qué tiene la Atlántida de tan crucial para que necesiten medidas tan drásticas? Hablando de ello, ¿por qué el gobierno está dispuesto a aportar tanto dinero y maquinaria para una excavación arqueológica? —Crane hizo un gesto con el brazo—. No hay más que verlo; seguro que el Complejo cuesta un millón de dólares diarios al contribuyente solo en mantenimiento.

—Bueno, en realidad bastante más —dijo Asher en voz baja.

—Por lo que sé de mi último contacto con la burocracia del Pentágono, no le enloquecen las antiguas civilizaciones. Normalmente los organismos como la NOD siempre tienen el cepillo y las gracias a punto para las migajas que les quiera echar el gobierno, mientras que aquí disponen del entorno laboral más sofisticado y secreto del mundo. —Crane hizo una pausa—. Y por cierto, el Complejo funciona con energía nuclear, ¿verdad? He estado en bastantes submarinos para saberlo, y parece que mi identificación lleva un indicador radiactivo.

Asher sonrió sin contestar. Tenía gracia, pensó Crane, que

de unos días a esa parte el director científico se hubiera vuelto tan reservado.

Durante un minuto en la pista de squash se hizo un silencio tenso e incómodo. A Crane le quedaba una bomba, la mayor de todas. Comprendió que no tenía sentido retrasarlo.

—El caso es que últimamente he reflexionado mucho sobre todo ello, y la única respuesta que se me ocurre es que lo de abajo no es la Atlántida, sino otra cosa. —Miró a Asher—. ¿Tengo razón?

Al principio Asher lo miró inquisitivamente. Al cabo de un rato hizo una señal de asentimiento casi imperceptible.

—Ya. ¿Entonces qué es? —insistió Crane.

—Lo siento, Peter, pero no puedo decírselo.

—¿No? ¿Por qué no?

—Porque me temo que Spartan tendría que matarlo.

Crane se empezó a reír, pero se le pasó de golpe al mirar a Asher. El director científico era de risa fácil, pero en aquel momento ni siquiera sonreía.

13

En el último confín de Escocia (más lejos que Skye, que las Hébridas e incluso que la pequeña y castigada cadena de islas que recibe el nombre de las Siete Hermanas) se alza el archipiélago de St. Kilda. Es la parte más remota de las islas Británicas, un grupo de montículos de piedra parda que pugna por sobresalir del oleaje; un lugar inhóspito, salvaje y castigado por el mar.

En el extremo occidental de Hirta, la isla principal, un promontorio de granito domina el bronco Atlántico desde una altura de trescientos metros. Está coronado por la línea larga y gris del castillo de Grimwold, antigua y laberíntica abadía protegida de las inclemencias del tiempo y de las catapultas, y rodeada por una cortina en estrella hecha con piedra del país. Fue construido en el siglo XIII por una orden de clausura que buscaba ser libre tanto de la persecución como de la creciente secularización de Europa. Durante muchas décadas, la orden acogió a diversos monjes (cartujos y benedictinos) que buscaban un lugar apartado para el culto y la contemplación espiritual, tras huir de la disolución de los monasterios ingleses. Enriquecida por las aportaciones personales de estos nuevos miembros, la biblioteca del castillo de Grimwold llegó a ser una de las principales colecciones monásticas de Europa.

Al pie del monasterio se desarrolló una pequeña comunidad

de pescadores que atendía las pocas necesidades terrenales que no podían satisfacer los propios monjes. Al aumentar su fama, el monasterio empezó a recibir a algún viajero, además de a los nuevos iniciados. En su época de máximo esplendor había un Camino de los Peregrinos que partía de la sala capitular medieval, cruzaba un patio de hierba, atravesaba un rastrillo en el muro y bajaba sinuosamente al pueblecito, donde se podía encontrar pasaje a las Hébridas.

Actualmente el Camino de los Peregrinos ya no existe, más allá de algún mojón que destaca en un paisaje desolado. La aldea ya hace siglos que quedó despoblada. Tan solo permanece la abadía, mirando a occidente, al frío norte del Atlántico, con su adusta fachada enfrentándose a todas las tormentas.

En la sala principal de la biblioteca del castillo de Grimwold había un visitante sentado ante una larga mesa de madera. Llevaba guantes blancos de algodón, con los que hacía girar muy lentamente las páginas de vitela de un antiguo infolio colocado sobre una tela protectora. El aire estaba lleno de polvo, y la luz era escasa. El lector tenía que forzar la vista para descifrar las palabras. A su lado se amontonaban varios libros: manuscritos iluminados, incunables, antiguos tratados con encuadernación de piel... Aproximadamente cada hora aparecía un monje para llevarse los volúmenes que ya no precisaba el visitante y traerle otra remesa, además de intercambiar unas pocas palabras antes de irse de nuevo. De vez en cuando el visitante tomaba notas en un cuaderno, pero las pausas se espaciaron cada vez más a lo largo del día.

Casi al anochecer entró en la biblioteca otro monje con un nuevo cargamento de libros. Llevaba el mismo hábito que sus compañeros de orden, una simple casulla con un cordel blanco, pero les aventajaba en años, y su andar parecía más pausado.

Se acercó por el pasillo central de la biblioteca. Al llegar a la mesa del visitante (la única ocupada de toda la sala) posó cuidadosamente los antiguos textos sobre la tela blanca.

—*Dominus vobiscum* —dijo, sonriendo.

El visitante se levantó.

—*Et cum spiritu tuo.*

—Siéntese, por favor. Aquí tiene los otros manuscritos que había solicitado.

—Es usted muy amable.

—Es un placer. Hoy en día, por desgracia, recibimos muy pocas visitas. Parece que las comodidades se han vuelto más importantes que la ilustración.

El lector sonrió.

—O que la búsqueda de la verdad.

—Que a menudo son una sola cosa. —El monje se sacó un paño de la manga y quitó amorosamente el polvo a los antiguos libros—. Se llama Logan, ¿verdad? ¿Doctor Jeremy Logan, profesor de historia medieval en Yale?

El visitante lo miró.

—Sí, soy el doctor Logan, pero ahora mismo estoy en excedencia.

—Por favor, hijo mío, no se lo tome como una intromisión. Soy el padre Bronwyn, el abad del castillo de Grimwold. —El monje se sentó suspirando al otro lado de la mesa—. Es un trabajo harto fatigoso. En una abadía tan antigua, lo lógico sería que no hubiese burocracia ni rencores mezquinos, pero sucede justo lo contrario; y estamos tan alejados de todo, llevamos una vida tan sencilla y humilde, que son poquísimos los nuevos iniciados que llaman a nuestra puerta. En este momento hay menos de la mitad de monjes que hace cincuenta años. —Volvió a suspirar—. De todos modos, mi cargo tiene sus consuelos, empezando por el de dirigir todo lo relativo a los libros y la biblioteca; ya sabe que esta última es nuestra más preciada posesión, por no decir la única (y que Dios perdone mi codicia).

Logan sonrió un poco.

—La consecuencia natural de todo ello es que estoy al corriente de lo que ocurre en la abadía, especialmente si se trata de personas tan bien apadrinadas como usted. Quedé impresionado por la lectura de sus cartas de recomendación.

El doctor Logan inclinó la cabeza.

—Inevitablemente, me fijé en que además de la solicitud de consulta también había un itinerario.

—Sí, fue un descuido. Estaba investigando en Oxford, salí con ciertas prisas y la premura hizo que se me traspapelase la documentación. No tenía ninguna intención de presumir.

—Naturalmente. Tampoco lo insinuaba. Ahora bien, no pude evitar cierta sorpresa al leer los lugares que ya ha visitado durante sus vacaciones. St. Urwick's Tower, si no recuerdo mal... y Terranova, ¿no es cierto?

—Sí, en la costa, justo al sur de Battle Harbour.

—Y su siguiente escala... La abadía de la Ira.

El doctor Logan volvió a asentir.

—La conozco de nombre. Kap Farvel, en Groenlandia. Es casi tan remota como este monasterio.

—Cuenta con una biblioteca muy antigua, y extremadamente bien surtida, sobre todo en historia local.

—No lo dudo. —El abad se inclinó un poco más sobre la mesa—. Espero que sepa disculpar mi exceso de familiaridad, doctor Logan; le repito que hoy en día llegan muy pocos visitantes, y por desgracia mi capacidad para las sutilezas de la vida social está muy atrofiada, pero lo que más me sorprende de su viaje son las fechas. En cada uno de los lugares por donde ha pasado hay bibliotecas que merecerían varias semanas de estudio, y a todas cuesta esfuerzo, tiempo y dinero llegar, pero según su itinerario hoy es su tercer día de viaje. ¿Qué busca para tener que desplazarse a tal velocidad, e invertir tanto celo y dinero en ello?

El doctor Logan miró un momento al abad y carraspeó.

—Ya le he dicho que la inclusión del itinerario entre los papeles que envié fue un descuido, padre Bronwyn.

El padre Bronwyn se apoyó en el respaldo.

—Claro, claro. Soy un viejo curioso. No era mi intención ser indiscreto. —Se quitó las gafas, se las limpió con la punta de la manga de su casulla y volvió a colocárselas sobre la nariz, antes de apoyar una mano en los antiguos volúmenes de piel de becerro—. Aquí tiene los libros que ha pedido: las *Anécdotas seglares* de Maighstir Beaton, de hacia 1448, las *Chronicles Diuerse and Sonderie* de Colquhoun, de cien años más tarde, y naturalmente la *Poligraphia* de Trithemius.

Pronunció el último título con un pequeño escalofrío.

—Gracias, padre —dijo el doctor Logan, despidiéndose con la cabeza del abad, que ya se había levantado.

Una hora después regresó el primer monje que le había ayudado y se llevó los manuscritos y los incunables, junto con otro formulario de solicitud. Solo tardó unos minutos en reaparecer con una nueva remesa de volúmenes enmohecidos, que depositó sobre la tela limpia.

El doctor Logan se los colocó delante y empezó a hojearlos con sus guantes blancos. El primero estaba en inglés medieval, el segundo en latín vulgar y el tercero era una mala traducción del dialecto ático del griego conocido como koiné. Ninguno de los tres idiomas planteó grandes dificultades a Logan, que los leyó de corrido. La lectura, sin embargo, le fue sumiendo en el abatimiento. Apartó el último libro, parpadeó y se frotó los riñones. Se estaba resintiendo de los tres días de duro viaje a lugares dejados de la mano de Dios, con sus tres noches de dormir en frías habitaciones de piedra. Levantó la cabeza y miró la biblioteca, de grandes sillares, con bóveda románica y ventanas estrechas con vidrieras toscas pero encantadoras. En aquel momento se filtraba por ellas la luz del crepúsculo, que bañaba la biblioteca con un mosaico de colores. Se alojaría con los monjes, como era la costumbre. A fin de cuentas no había otro alojamiento en varios kilómetros a la redonda, ni carreteras por las que marcharse. Por la mañana se lo llevaría una barca pesquera a tierra firme. ¿Y desde ahí? Se le cayó el alma a los pies al darse cuenta de que no sabía por dónde continuar.

Un carraspeó rompió el silencio. Al volverse, el doctor Logan vio al abad con las manos en la espalda. El padre Bronwyn, que lo estaba observando, sonrió bondadosamente.

—¿No ha habido suerte? —preguntó en voz baja.

Logan sacudió la cabeza.

El abad se acercó.

—Me alegraría poder ayudarlo. No sé qué busca, pero es evidente que se trata de algo importantísimo, al menos para usted. Seré un viejo tonto y entrometido, pero sé guardar los secretos que se me confían. Déjeme ayudarle. Cuénteme qué busca.

Logan titubeó. Su cliente había insistido varias veces en que la discreción era esencial, pero ¿de qué servía si no tenía nada sobre lo que ser discreto? Su misión le había llevado a visitar tres archivos cruciales, así como otros menos relevantes; una misión tan vaga que no era de extrañar que siguiera con las manos vacías.

Miró atentamente al abad.

—Busco testimonios locales, preferiblemente presenciales, sobre determinado hecho.

—Ajá. ¿De qué hecho se trata?

—No lo sé.

El abad arqueó las cejas.

—¿De verdad? Eso dificulta las cosas.

—Lo único que sé es que fue un hecho suficientemente importante o inhabitual para que lo consignasen en algún texto histórico, con toda probabilidad un texto histórico eclesiástico.

El abad rodeó lentamente la mesa y se sentó sin apartar la vista ni un momento de los ojos del doctor Logan.

—Un hecho inhabitual. Por ejemplo... ¿un milagro?

—Es muy posible. —Logan vaciló—. Pero a mi juicio el milagro... ¿Cómo se lo diría? Podría no tener su origen en una fuente divina.

—Su fuente, por decirlo de otra manera, podría ser demoníaca.

El doctor Logan asintió.

—¿Es toda la información que tiene?

—No, toda no. También tengo una localización temporal y geográfica aproximada.

—Siga, por favor.

—Debió de suceder hace unos seiscientos años. Ahí.

Levantó la mano, señalando la pared noroeste de la biblioteca.

El abad no escondió su sorpresa.

—¿En el mar?

—Sí, algo visto por un pescador que se hubiera apartado mucho de la costa, o si el día era excepcionalmente despejado, algo observado desde los acantilados por algún caminante.

El abad estuvo a punto de decir algo, pero hizo una pausa como si se lo pensara.

—Las otras dos bibliotecas monásticas que ha visitado... —dijo en voz baja—, también estaban en la costa, ¿verdad? Las dos miran hacia el Atlántico, como la nuestra.

Logan se lo pensó ante de hacer un gesto casi imperceptible de asentimiento con la cabeza.

Al principio el abad no contestó. No miraba a Logan, sino a la lejanía, como si estuviera viendo algo muy remoto en el espacio o el tiempo. En la entrada de la biblioteca, un monje se puso varios libros bajo el brazo y salió sin hacer ruido. En la vieja y polvorienta habitación se hizo un profundo silencio.

Al final el padre Bronwyn se levantó.

—Espere, por favor —dijo—. Vuelvo ahora mismo.

Logan obedeció. Diez minutos después, al regresar, el abad transportaba algo con mucho cuidado entre las manos. Era un objeto rectangular envuelto en una tela negra y basta, que apartó después de haber depositado el objeto sobre la mesa. Se trataba de una caja de plomo adornada con pan de oro y plata. La abrió con una llave que llevaba al cuello.

—Usted se ha sincerado conmigo, hijo mío —dijo—. Ahora lo haré yo con usted. —Dio un golpecito a la caja—. El contenido de esta caja siempre ha sido uno de los mayores secretos del castillo de Grimwold. Al principio se consideró muy peligroso tener una relación escrita de los acontecimientos que refiere. Más tarde, cuando crecieron el mito y la leyenda, la propia relación se hizo demasiado valiosa y polémica para ser mostrada. En su caso, sin embargo, creo que puedo hacer una excepción, aunque solo sean unos minutos, doctor Logan. —El abad deslizó lentamente la caja sobre la mesa—. Espero que no le importe que me quede mientras lo lee. No puedo perderlo de vista. Lo juré al ser nombrado abad del castillo de Grimwold.

Al principio, en vez de abrir la caja, Logan contempló los adornos de oro y plata de la tapa. A pesar de su impaciencia, vacilaba.

—¿Debo saber algo antes de empezar? —preguntó—. ¿Algo que quiera explicarme?

—Creo que el texto hablará por sí mismo. —De pronto apareció una sonrisa en las facciones del abad, no exactamente siniestra, pero tampoco afable—. Supongo que conoce el dicho «Aquí hay monstruos», doctor Logan.

—Sí.

—Aparece en los mapas antiguos, en los espacios vacíos de los mares. —El abad hizo otra pausa, antes de dar un golpecito muy suave en la caja—. Léalo atentamente, doctor Logan. A mí no me gusta apostar, como no sea por la calidad del vino del hermano Frederick cada vez que se prueba una cosecha, pero apostaría a que el origen de la expresión se halla aquí dentro.

14

Cuando Crane entró en la sala de reuniones A, la menor de las dos del centro médico, vio que Michele Bishop ya había llegado, y que tomaba notas en su ordenador portátil con un marcador de metal. La superficie brillante de la mesa de reuniones estaba tan desnuda que llamaba la atención. Las reuniones de médicos a las que estaba acostumbrado Crane siempre comportaban un alud de papeles: gráficos, informes, historiales... En aquel caso, sin embargo, lo único de papel era una carpeta fina que el propio Crane llevaba debajo del brazo. Como los soportes físicos ocupaban un espacio muy valioso, en la estación Deep Storm se mantenían los datos escrupulosamente en el ámbito digital siempre que fuera posible.

Cuando Crane se sentó, Bishop alzó la cabeza y esbozó una sonrisa. Después bajó la vista para seguir con sus anotaciones.

—¿Cómo sigue Waite? —preguntó él.

—He aconsejado que mañana le den el alta.

—¿En serio?

—Roger ya le ha dado el alta psicológica, y Asher ha accedido a confinarle en su habitación. Ya no tiene sentido que nos lo quedemos.

Justo en ese momento entró Roger Corbett en la sala con un café con leche en una mano, probablemente del bar, que estaba cerca. Sonrió a los dos, se sentó en una punta de la mesa y dejó el café y el portátil.

—Michele me estaba diciendo que le ha dado el alta a Waite —dijo Crane.

Corbett asintió.

—Le he hecho un análisis completo y han salido algunos problemas de ansiedad que no aparecieron en los tests de selección. También podría tener un poco de depresión no específica, pero responde bien a la medicación. Le hemos retirado los antipsicóticos sin efectos adversos. Creo que se trata de un simple trastorno emocional que debería responder bien a la terapia.

Crane frunció el entrecejo.

—No es que quiera meterme, pero hace setenta y dos horas este «simple trastorno emocional» tomó una rehén y se clavó un destornillador en el cuello.

Corbett bebió un poco de café con leche.

—Está claro que Waite tiene algunos conflictos sin resolver, y no sabemos desde cuándo los interioriza. A veces estas cosas explotan de golpe. Aquí se vive con mucho estrés. Por muy a fondo que investigues a la gente, no se pueden predecir todos los comportamientos posibles. Mi intención es seguir con sesiones diarias en su habitación y observarlo de cerca.

—Perfecto —dijo Crane.

«Al menos así Korolis y sus matones no se pasarán el día por el centro médico.»

Miró a Bishop.

—¿Algún caso nuevo?

La doctora consultó su portátil.

—Un técnico con colon espástico y otro con palpitaciones. También hay un empleado de mantenimiento con sintomatología no específica: insomnio y problemas de concentración.

—Ya. Gracias. —Crane les miró a los dos—. ¿Seguimos, entonces?

—¿Seguir con qué? —preguntó Bishop—. No tengo muy claro el motivo de la reunión.

Crane la miró mientras se preguntaba si aquella lucha no terminaría nunca.

—El motivo es saber con qué nos enfrentamos.

Ella se apoyó en el respaldo.

—¿Ya hemos reducido los factores a uno solo?

—Sí, solo hay uno. El problema es que aún no lo hemos identificado.

La doctora cruzó los brazos y miró atentamente a Crane.

—Una cuarta parte de los ocupantes de esta estación presenta síntomas de enfermedad —explicó él—. No es coincidencia. Los problemas de salud no se producen aisladamente. Es verdad que al principio di por sentado que era síndrome de descompresión, y que fue un error partir de esa premisa sin conocer los datos, pero algo ocurre.

—Sin embargo no hay síntomas comunes —dijo Corbett—; al menos ninguno específico.

—Algo en común tiene que haber. Lo que ocurre es que aún no lo hemos encontrado. Hemos estado demasiado ocupados apagando fuegos para formarnos una idea general. Tenemos que tomar un poco de distancia y hacer un diagnóstico diferencial.

—¿Cómo propone que lo hagamos? —preguntó Bishop.

—Como nos enseñaron en la facultad, observando los síntomas, proponiendo explicaciones y eliminando cada hipótesis que se demuestre que es falsa. Empezaremos haciendo una lista. —Sacó algunas hojas de su carpeta, y un bolígrafo. Después miró los dos portátiles que brillaban sobre la madera—. Perdón —dijo, riéndose un poco—. Es que prefiero hacerlo a la antigua.

Corbett asintió, sonriendo, y bebió un poco más. En toda la sala de reuniones flotaba un delicioso olor a café italiano.

—Ahora sabemos que el aire de la estación no contiene ningún gas ni ningún agente atmosférico especial (aspecto que, dicho sea de paso, no hay que divulgar). Por lo tanto, podemos eliminar esa posibilidad. ¿Qué nos queda? Doctora Bishop, usted mencionó algunos casos graves de náuseas. Podría indicar una intoxicación: sistémica, por algún alimento o bebida, o general, por interacción con alguna toxina de la estación.

—O simplemente un problema de nervios muy agudo —respondió Bishop.

—Es verdad. —Crane hizo una anotación—. Existen bastantes argumentos a favor de que sea psicológico, como nos ha demostrado Waite. Vivimos en un entorno extraño y lleno de tensión.

—¿Y una infección? —preguntó Corbett—. ¿Una epidemia de algún tipo desconocido?

—Es otra posibilidad. En Deep Storm, o en alguno de sus habitantes, podría concentrarse alguna enfermedad, vírica, fúngica o bacteriana, y sus portadores podrían ser algunos o todos los pacientes que acuden a nosotros.

—No sé si estoy de acuerdo —dijo Bishop—. Lo único que se me ocurre capaz de manifestarse de tantas maneras sería un efecto secundario del consumo de fármacos.

—Muy buena sugerencia. El agente causal también podría ser un fármaco. —Crane hizo otra anotación—. ¿Se administró algo a la gente antes de entrar en la estación? ¿Una inyección o algo por el estilo? ¿Alguna vitamina? ¿Los trabajadores reciben algún tipo de medicación para mantenerse concentrados?

—Que yo sepa, no —dijo Bishop.

—Habría que investigarlo. Otra posibilidad son los fármacos o drogas ilegales.

—Como la metanfetamina —añadió Corbett.

—O el éxtasis. Inhibe la transmisión del glutamato y puede provocar comportamientos similares al de Waite.

—También podría ser la alimentación —propuso Bishop—. Nuestro equipo de nutricionistas ha desarrollado una dieta especial alta en proteínas y baja en hidratos de carbono. El ejército la está probando en el Complejo.

—Interesante. Habría que volver a consultar los análisis de

sangre, por si estuviera relacionado con la alimentación. —Crane miró a Bishop y a Corbett, contento de que colaborasen—. Están saliendo bastantes posibilidades. A ver si hay alguna que podamos descartar. Sabemos que los síntomas no se limitan a ninguna zona o tipo de trabajo concretos de la estación. ¿Podrían estar relacionados con la edad o el sexo?

Bishop tecleó en su portátil.

—No. Los pacientes tienen diversas edades, y la distribución por sexos es la misma que en la estación en general.

—Muy bien. Al menos ya tenemos un punto de partida. —Crane examinó sus notas—. A primera vista, lo más prometedor parece la intoxicación, o el consumo de fármacos. Una intoxicación por metales pesados, por ejemplo, podría explicar la gran variedad de síntomas. En tercer lugar, pero bastante lejos, tendríamos una enfermedad contagiosa. De todos modos vale la pena investigarlo. —Miró a Corbett—. ¿Quién es el mejor técnico del centro médico?

Corbett pensó un poco.

—Jane Rand.

—Pregúntele si puede reunir toda la información de los pacientes a los que se ha atendido y programar una búsqueda de correspondencias ocultas. Dígale que lo cribe todo, desde el historial laboral hasta los resultados médicos. —Crane hizo una pausa—. ¿También podría acceder a las consumiciones de los pacientes en la cafetería?

Corbett pulsó algunas teclas de su portátil, alzó la cabeza y asintió.

—Pues añádalo a la lista, por si sale algo. Lo siguiente sería comparar los historiales de los pacientes con la población sana de Deep Storm. Quizá haya divergencias. —Crane miró a Bishop—. Doctora Bishop, ¿podría volver a examinar los análisis de sangre en busca de indicios de intoxicación o consumo de drogas?

—De acuerdo —dijo ella.

—Por favor, que el personal tome muestras de pelo de todos

los pacientes que hayan pasado por el centro médico en las dos últimas semanas. Tampoco estaría de más, como medida preventiva, tomar muestras de sangre y de orina de todos los pacientes nuevos, aunque solo se hayan clavado una espina. Bueno, ahora que lo pienso lo mejor será hacerles todas las pruebas: electrocardiograma, ecografía, electroencefalograma... Todo.

—Ya le dije que no tenemos encefalógrafo —dijo Bishop.

—¿Y posibilidades de tenerlo?

Se encogió de hombros.

—Tardaría un poco.

—Pues haga la solicitud, por favor. Me daría mucha rabia dejar alguna piedra sin levantar. ¡Ah! Por cierto, podría pedir a todos sus investigadores que examinen los historiales de los pacientes más antiguos. Si hay alguna clase de epidemia, quizá podamos identificar al primer portador. —Crane se levantó—. Creo que iré a hablar con los nutricionistas, para enterarme de todo lo que pueda sobre la dieta especial. Volveremos a reunirnos mañana para poner en común los resultados.

Se quedó en la puerta.

—A propósito, quería preguntarles algo: ¿quién es el doctor Flyte?

Bishop y Corbett se miraron.

—¿El doctor Flyte? —preguntó ella.

—Sí, un griego bastante mayor que lleva un mono de peto. Entró en mi camarote sin llamar poco después de mi llegada. Es un personaje raro, que parece que disfruta hablando de forma enigmática. ¿De qué trabaja?

Hubo una pausa.

—Lo siento —dijo Corbett—, pero a mí no me suena.

—¿No? —Crane se volvió hacia Bishop—. Bajo, nervudo, con una mata de pelo blanco despeinado. Me dijo que su trabajo era confidencial.

—Aquí no hay nadie que responda a esa descripción —respondió ella—. El trabajador más viejo tiene cincuenta y dos años.

—¿Qué? —dijo Crane—. Imposible. Le vi con estos ojos.

Bishop bajó la vista hacia su portátil, introdujo una orden breve, echó un vistazo a la pantalla y levantó la cabeza.

—Lo que le digo, doctor Crane. En Deep Storm no hay nadie que se llame Flyte.

15

Robert Loiseau se apartó de los fogones industriales y se quitó el gorro de cocinero para secarse el sudor de la cara con el trapo de la cintura. A pesar de lo fresco que se estaba en la cocina, sudaba como un cerdo, y eso que había entrado a trabajar hacía media hora. Se anunciaba un día largo, larguísimo.

Miró el reloj de la pared. Las tres y media. Ya había pasado el desenfreno de la hora de comer. Los de la limpieza habían lavado las ollas y sartenes y en la cocina reinaba la calma, pero una calma relativa, porque ya hacía tiempo que Loiseau sabía que ser cocinero en la Marina no tenía nada que ver con serlo en tierra firme. No había horarios fijos. La gente podía presentarse en cualquier momento. Como en el Complejo había tres turnos, no era infrecuente servir un desayuno a las ocho de la tarde o un almuerzo a las dos de la madrugada.

Se secó otra vez la cara y dejó colgado el trapo. Desde hacía unos días no dejaba de sudar, en la cocina y en todas partes, y no era lo único que le llamaba la atención. También le temblaban un poco las manos, y su pulso era más rápido de lo que habría deseado. Estaba cansado todo el día, pero después no podía dormir. No sabía exactamente desde cuándo tenía aquellas sensaciones, pero era evidente que empeoraban, a paso lento pero firme.

Al Tanner, el jefe pastelero, pasó silbando «Some Enchanted Evening». Llevaba una manga de pastelero al hombro, como si fuera una oca recién muerta. Solo dejó de silbar para decir:

—¡Eh, Luasé!

—Es «Luasó» —murmuró Loiseau entre dientes.

En una cocina de nivel, como aquella, lo normal habría sido que la gente supiera pronunciar un apellido francés. Quizá le tomaban el pelo... El único que lo pronunciaba bien era Renault, el jefe de cocina, que casi nunca se dignaba llamar a la gente por su nombre. Prefería hacerlo con un gesto seco del índice.

Se volvió hacia los fogones suspirando. No era el momento de ponerse a pensar. Lo más urgente era preparar la bechamel, que hacía falta en abundancia; Renault iba a servir tournedós *sauce* Mornay y *côtelettes d'agneau a l'Écossaise*, dos salsas con base de bechamel. Naturalmente, Loiseau sabía hacer bechamel hasta dormido, pero la experiencia le había enseñado que cocinar era como correr una maratón: si te parabas, los demás seguían corriendo, y si hacías una pausa demasiado larga ya no podías alcanzarlos.

Rehogar la cebolla, incorporar la harina con la mantequilla... Mientras seguía los pasos, Loiseau sintió que se aceleraban de nuevo su pulso y su respiración. Podía ser alguna enfermedad, por supuesto que sí, pero él tenía otra explicación más verosímil (al menos a su juicio) para las palmas sudadas y el insomnio: la ansiedad. Una cosa era trabajar en un portaaviones, con sus enormes hangares y sus pasillos interminables, llenos de ecos, y otra aquello. Durante el proceso de selección, con su inacabable serie de entrevistas, no se había parado a pensar en cómo sería vivir en Deep Storm. El sueldo era fabuloso, y la idea de participar en un proyecto secreto y de última generación resultaba tentadora. A fin de cuentas, después de cinco años trabajando en cocinas de barcos, ¿podía ser muy diferente cocinar bajo el mar en vez de hacerlo flotando sobre él?

La realidad le había tomado por sorpresa.

«¡Qué calor, por Dios!» Añadió lentamente la mezcla sin dorar de harina y mantequilla a la base de leche, tomillo, laurel, mantequilla y cebolla. Al inclinarse hacia el cazo para batir la mezcla con vigor, se apoderó de él un súbito mareo que lo obligó a retroceder y aspirar una bocanada de aire. Estaba hiperventilando. «Controla esos nervios, tío, que acaba de empezar el turno y queda la hostia de trabajo.»

Tanner ya volvía de la despensa con un gran saco de harina en las manos. Se paró al ver a Loiseau.

—¿Qué, tío, va todo bien?

—Sí, perfecto —dijo Loiseau.

Esperó a que se fuera para volver a secarse la cara y seguir batiendo. Si paraba se quemaría la salsa y tendría que empezar desde cero.

No había previsto que echara tanto de menos el sol y el aire fresco. ¡Al menos los portaaviones se movían! Él nunca se había considerado claustrofóbico, pero vivir en una caja de metal, sin ninguna posibilidad de salir, con tanto mar sobre la cabeza... Acababa afectando, la verdad. Al que hubiera diseñado Deep Storm había que felicitarlo por su ingenio de miniaturista. Al principio, cuando trabajaba en el Alto, el comedor de la cubierta once, Loiseau no lo había notado tanto, pero luego le habían trasladado a Central, la cocina de la séptima planta, y ahí sí que se notaba uno un poco más apretado. Cuando estaba el comedor a tope, y la cosa hervía de verdad, se apretujaba tanta gente que casi no podías moverte. Era el momento en que Loiseau se había sentido peor durante los últimos días. Esa misma mañana, sin ir más lejos, lo primero que había pensado al despertar era en el follón de la hora de comer, y ya le habían empezado los sudores, antes de levantarse de la litera de las narices...

Tuvo un calambre de indigestión en el estómago, que le hizo apretar con todas sus fuerzas el botón de acero inoxidable del fogón. Otro mareo. Ligeramente inquieto, sacudió la cabeza para despejarse. No, si al final tendría algo... Quizá fueran los primeros síntomas de una gripe. Decidió pasar por el centro médico a la salida del trabajo. Seguro que podían ayudarle, tanto si era un problema de nervios como una enfermedad.

Haciendo de tripas corazón, siguió batiendo y apartó con cuidado la salsa del fogón para comprobar su color y su aroma. En pleno esfuerzo de concentración vio a un «corredor» (uno de los empleados del Bajo, la sala comunitaria más baja del Complejo) que salía corriendo con un montón de platos preparados. Como en el Bajo tenían una cocina muy pequeña, solían mandar corredores (gente que trabajaba y vivía en el área restringida de Deep Storm, y que contaba con todos los permisos necesarios) para bajar platos cocinados en Central a los niveles inferiores.

Esa era otra cosa que le fastidiaba: las medidas de seguridad. Abajo se notaban mucho más que en el Alto. Reconocía enseguida a los que trabajaban en las áreas restringidas, porque siempre se sentaban a la misma mesa, apartados del resto, y hablaban en voz baja, juntando las cabezas. ¿A qué venía tanto hermetismo en una expedición científica? Todo era tan confidencial que Loiseau no sabía si la expedición iba bien o mal, ni si avanzaban, lo cual significaba que tampoco tenía la menor idea de cuándo podría salir y volver a su casa.

Su casa...

De repente le invadió un mareo más fuerte, que le hizo perder el equilibrio y cogerse otra vez al mango del fogón. No era un ataque de nervios. Era otra cosa, algo grave. Hizo un esfuerzo para no caer al suelo, mientras el miedo recorría todo su cuerpo.

De repente empezó a verlo todo borroso. La gente interrumpía su trabajo y dejaba el cuchillo, la espátula o la cuchara de madera para mirarlo. Alguien le estaba diciendo algo, pero no lo entendió, porque todos los sonidos se habían reducido a un murmullo. Tendió el brazo para no perder el equilibrio, buscando la cazuela llena de bechamel, pero falló y cayó al suelo. No sentía nada. Otro mareo, aún más fuerte que el anterior. De repente su olfato captó un olor desagradable, a pelo quemado y a carne chamuscada. Se preguntó si era una alucinación. Varias personas corrían hacia él. Al mirar hacia abajo, observó con una mezcla de curiosidad y desapego que su mano había empujado la cazuela de bechamel y se había caído sobre el fogón encendido. Entre sus dedos saltaban llamas azules. Aun así no sentía nada. Una extraña negrura le envolvía como una manta. De pronto le pareció lo más normal del mundo derrumbarse en el suelo y resbalar hacia sueños oscuros.

16

—¿Le falta mucho, doctor?

Al volverse, Crane vio a Renault, el jefe de cocina. Estaba cerca, con los brazos cruzados y una mirada de reproche.

—No, muy poco.

Se acercó a una estantería con un centenar o más de envases de mantequilla para elegir uno al azar, retirar la tapa de plástico y meter aproximadamente una cucharada en un tubo de ensayo pequeño.

La nevera de Central había sido una revelación. Además de lo habitual en un restaurante (pollo, ternera, huevos, hortalizas, leche y demás) también contenía ingredientes más propios de un establecimiento europeo de tres estrellas. Trufas negras y blancas, minúsculos frasquitos de vinagre balsámico a precios astronómicos, faisanes, urogallos, ocas, chorlitos, grandes latas de caviar ruso e iraní... Y todo en un espacio que no podía tener más de tres por seis metros, aprovechado hasta el último milímetro. Ante semejante opulencia Crane no había tenido más remedio que limitar las muestras a los artículos más habituales, los que con más probabilidad ingería la gente a diario, y aun así ya tenía llenas casi las doscientas probetas del kit. El proceso había durado una hora, y la paciencia de Renault estaba a punto de agotarse.

Dejó la mantequilla y pasó a la siguiente estantería, donde estaban los ingredientes básicos para la vinagreta de la casa: envejecidos vinagres franceses de vino blanco y aceite de oliva prensado en frío.

—Es español —dijo al coger una botella de aceite y mirar la etiqueta.

—El mejor —se limitó a decir Renault.

—Creía que el italiano...

Los labios de Renault hicieron un ruido de desdén e impaciencia.

—*C'est fou!* No hay comparación. Estas aceitunas están recogidas a mano en olivares con diez árboles por hectárea, con poco riego, abonados con estiércol de caballo...

—Estiércol de caballo —repitió Crane, asintiendo despacio.

Renault se puso muy serio.

—*Engrais*. El fertilizante. Todo natural, sin nada químico.

Se había tomado la presencia de Crane como una afrenta personal a la calidad de su cocina, como si Crane fuese un inspector del departamento de sanidad, no un doctor que investigaba un enigma médico.

Crane desenroscó la tapa, sacó otra probeta de su kit, vertió unos centímetros cúbicos y tapó la botella. La dejó en su sitio y cogió una de otra fila.

—Muchos de estos alimentos son frescos. ¿Cómo evitan que se estropeen?

Renault se encogió de hombros.

—La comida es comida. Se estropea.

Crane llenó otro tubo.

—¿Entonces qué hacen?

—Algunas cosas las incineran, y lo demás lo empaquetan con el resto de la basura y lo mandan arriba en la Bañera.

Crane asintió con la cabeza. Ya sabía que la Bañera era un módulo de suministro grande y no tripulado que hacía viajes diarios entre el Complejo y la base auxiliar de la superficie. Su nombre oficial era «módulo suministrador de inmersión profunda LF2-M», y era un prototipo diseñado por la Marina para llevar suministros de emergencia a submarinos inmovilizados. El nombre se debía a su forma alargada y sin gracia, que recordaba mucho una bañera gigante.

—¿Las nuevas provisiones también las trae la Bañera? —preguntó.

—Claro.

Otra probeta de vinagre.

—¿Quién encarga los suministros?

—Compra de Alimentos, basándose en el control de inventario y en la planificación de los menús.

—Y ¿quién desplaza físicamente los suministros entre la Bañera y las cocinas?

—El jefe de inventario, bajo mi supervisión directa. Está a punto de llegar el envío de hoy. De hecho ya deberíamos estar de camino a Recepción. —Renault frunció el entrecejo—. *Docteur*, si está insinuando que...

—Yo no insinúo nada —contestó Crane, sonriendo.

Era verdad. Ya había hablado con los nutricionistas y los dietistas, y sus planes de alimentación parecían sanos y sensatos. Por mucho tiempo y esmero que hubiera invertido Crane en tomar muestras de decenas de productos de las despensas (primero del Alto y ahora de Central), no albergaba grandes esperanzas de encontrar algo dañino. Parecía poco probable que la comida estuviera contaminada, accidental o deliberadamente. Sus sospechas se centraban cada vez más en una intoxicación por metales pesados.

Los síntomas de la toxicidad de los metales pesados eran vagos y no específicos, como los que habían aparecido en todo el Complejo: fatiga crónica, trastornos gastrointestinales, pérdida de memoria a corto plazo, dolor de articulaciones, procesos mentales desordenados y un largo etcétera. Crane ya había encargado a dos miembros del equipo médico una investigación sobre el entorno laboral y de ocio de Deep Storm, por si se detectaba plomo, arsénico, mercurio, cadmio y una larga serie de metales pesados. Mientras tanto, se estaba pidiendo a todos los pacientes con síntomas que regresaran al centro médico a fin de dejar muestras de pelo, sangre y orina, para su posterior análisis. Lógicamente, la exposición no sería crónica, sino aguda. Teniendo en cuenta el poco tiempo que llevaba la gente en el Complejo, era la única posibilidad.

Tapó la última probeta, la colocó en la gradilla portátil y cerró la cremallera de la bolsa de análisis con cierto grado de satisfacción. Si descubrían que la causa era una intoxicación por metales pesados, o un caso de mercurialismo, podrían usar queladores potentes como el DMPS y el DMSA como tratamiento, no solo como agente en los tests. Lo que parecía inevitable era encargar las cantidades necesarias para que las trajese la Bañera, porque en la farmacia no habría bastante para tratar a todos los pacientes del Complejo.

Al dar media vuelta, vio que Renault ya se había ido. Recogió la bolsa de análisis y salió de la nevera, dejando la puerta cerrada. Renault estaba al fondo de la cocina, hablando con alguien vestido de chef. Se volvió hacia Crane, que se acercaba.

—Ya ha terminado —dijo.

No le dio entonación de pregunta.

—Sí, solo me queda hacerle unas preguntas sobre el cocinero que se puso enfermo, Robert Loiseau.

Renault puso cara de incredulidad.

—¿Más preguntas? Con todas las que me hizo la doctora...

—Serán pocas.

—Pues tendrá que acompañarnos, porque ya llegamos tarde a Recepción.

—De acuerdo.

A Crane no le importaba. De ese modo tendría la oportunidad de presenciar el traslado de los alimentos entre la Bañera y las cocinas, relajarse mentalmente y eliminarlo como posible fuente de contaminación. Le presentaron rápidamente al hombre vestido de chef (Conrad, el jefe de inventario) y a otros dos miembros del equipo de cocina que llevaban grandes contenedores de comida. Después, con Crane un poco rezagado, salieron de la cocina y empezaron a recorrer el frío pasillo que llevaba al ascensor.

Renault no paraba de hablar con el jefe de inventario sobre que les faltaban tubérculos. Cuando llegaron a la planta doce, Crane solo había conseguido deslizar una pregunta acerca de Loiseau.

—No —dijo Renault al abrirse las puertas. Salió—. No hubo señal de aviso. Ninguna.

Aunque Crane no había vuelto desde el primer día, aún se acordaba del camino hacia el Sistema de Compresión; sin embargo, Renault salió en la dirección contraria y se internó por un laberinto de pasillos estrechos.

—Aún está en coma y no hemos podido hacerle ninguna pregunta —dijo Crane, caminando—. ¿Está seguro de que nadie vio nada raro o que se saliera de lo habitual?

Renault reflexionó.

—Me acuerdo de que Tanner comentó que Loiseau parecía un poco cansado.

—¿Tanner?

—Nuestro jefe pastelero.

—¿Dijo algo más?

Renault sacudió la cabeza.

—Tendrá que preguntárselo a monsieur Tanner.

—¿Sabe si Loiseau consumía algún tipo de drogas?

—¡Por supuesto que no! —dijo Renault—. En mi cocina no se droga nadie.

El pasillo acababa en una compuerta grande y ovalada, vigilada por un solo marine. Encima había un letrero donde ponía: ACCESO AL CASCO EXTERNO. El marine los miró uno a uno, examinó el formulario entregado por Renault y los dejó pasar con una señal de la cabeza.

Al otro lado de la compuerta había un pequeño pasadizo de acero iluminado con bombillas rojas dotadas de una gruesa protección. Al fondo había otra compuerta, cerrada y atrancada desde el otro lado. La primera se cerró a la espalda del grupo con un ruido metálico. Se oyó el ruido de los retractores volviendo a su sitio. Los ecos se apagaron lentamente. Mientras esperaban en la penumbra rojiza, Crane se percató de que hacía un poco de frío y humedad, y de que el aire era un poco salobre, como el de la sentina de un submarino.

Al cabo de un momento se oyó otro chirrido, esta vez por delante. La compuerta del fondo basculó. Penetraron en una sala más pequeña. La compuerta volvió a cerrarse y a atrancarse de manera automática. El frío y el olor se habían acentuado. Al fondo de la sala había otra compuerta, la tercera y mayor de todas, asegurada con unos pernos enormes y vigilada por una pareja de marines armados. En las paredes de la sala había varios carteles de peligro y listas de prohibiciones.

Esperaron en silencio a que los marines volvieran a examinar los documentos de Renault. Después uno de los dos se volvió y pulsó un botón rojo de una consola. Sonó un timbre estridente. Ambos marines dieron media vuelta a uno de los pernos, con visible esfuerzo. Acto seguido giraron entre ambos la gran rueda de la compuerta en el sentido de las agujas del reloj. Primero se oyó un ruido metálico, y después el silbido del aire al escaparse. Crane notó que se le destapaban las orejas. Los marines empujaron la compuerta hacia fuera e hicieron señas de que pasara el grupo. Los primeros en hacerlo fueron los empleados de cocina que llevaban los contenedores de comida, seguidos por Conrad y Renault. Crane los siguió con otra pregunta preparada, pero se le olvidó al cruzar la compuerta. Se había quedado de piedra, hipnotizado.

17

Estaba en el umbral de un gran abismo poco iluminado. Al menos fue su primera impresión. Cuando sus ojos se acostumbraron a la penumbra, se dio cuenta de que estaba en un acceso estrecho fijado con pernos a la piel exterior del Complejo. Detrás, y a sus pies, la pared caía a pico, salpicada por una red de escalerillas; se hundía doce plantas en la oscuridad, y Crane tuvo un momento de vértigo. Se aferró inmediatamente a la baranda de acero, mientras oía vagamente que uno de los marines le decía algo.

—Salga, por favor. Esta compuerta no puede quedar abierta.

—Perdón.

Apartó rápidamente el otro pie del umbral. Los dos marines cerraron la pesada escotilla. Los cerrojos rechinaron.

Crane miró a su alrededor sin soltar la baranda. Justo delante había una pared metálica curvada, que en la penumbra apenas se veía. Era la cúpula exterior. Tenía lámparas de sodio empotradas a distancias regulares, pero grandes (de ahí la escasez de la iluminación). Al mirar hacia arriba, Crane siguió la curvatura de la cúpula hasta el punto más alto, justo encima del Complejo. Entre el techo de este último y la parte inferior de la cúpula había unos tubos metálicos que supuso que serían los accesos a los batiscafos y al módulo de escape.

Su mirada bajó desde la cúpula hasta la pasarela donde se encontraban; esta se ensanchaba hasta convertirse en una suave rampa que salvaba el hondo abismo entre el Complejo y la cúpula. El resto del grupo ya la estaba cruzando en dirección a una gran plataforma fijada a la pared de la cúpula. Crane respiró hondo, soltó la baranda y empezó a seguirlos.

Fuera hacía más frío, y el olor a sentina era más pronunciado. El eco de sus pasos en la reja metálica de la pasarela se perdía en la inmensidad de aquel espacio. Se le apareció fugazmente una imagen mental de donde estaba: en el fondo del mar, caminando por un estrecho puente entre una caja metálica de doce pisos y la cúpula que la envolvía. Entre él y el lecho marino solo había el vacío. Como la imagen le ponía nervioso, intentó borrarla concentrándose en alcanzar al grupo, que casi había llegado a la plataforma.

Detrás de Renault y de los dos empleados de cocina iba Conrad. Crane se puso a su altura.

—Y yo que creía que Recepción sería un saloncito la mar de agradable —dijo—, con una tele y mesas con revistas...

Conrad se rió.

—Se tarda un poco en acostumbrarse, ¿eh?

—Sí, es una manera de decirlo. No tenía ni idea de que el espacio entre el Complejo y la cúpula estuviera presurizado. Me lo imaginaba lleno de agua.

—El Complejo no está construido para funcionar a tanta profundidad. Con esta presión no duraría ni un minuto. Nos protege la cúpula. Alguien me dijo que se complementan, como el doble casco de un submarino, o algo así.

Crane asintió con la cabeza. El concepto tenía una lógica impecable. En cierto modo sí era como un submarino, con su casco interior, su casco exterior y los tanques de lastre en medio.

—He visto que el Complejo tiene unas escalerillas por fuera. ¿Se puede saber para qué sirven?

—Ya le he dicho que esto lo construyeron para aguas mucho menos profundas, donde no habría hecho falta una cúpula de protección. Creo que las escalerillas eran para los submarinistas, para moverse por los lados del Complejo cuando hubiera que hacer reparaciones y otras cosas.

Al mirar hacia atrás, Crane reparó en dos grandes tirantes en forma de tubo que salían horizontalmente de ambos lados de la cúpula y llegaban al Complejo en un punto ligeramente por encima de su centro. Comprendió que era lo que Asher había llamado radios de presión, tubos abiertos al mar que constituían otro de los muchos sistemas para compensar la enormidad de la presión. Desde aquella distancia parecían dos radios de una rueda, en efecto, aunque a Crane le recordaban más bien un espetón de asar clavado en el Complejo. Estaba bien lo de la compensación, pero a él no le gustaba tener el mar tan cerca de la caja donde vivía.

Ya habían llegado a la plataforma del final de la rampa. Tenía unos dos metros cuadrados, y estaba pegada a la pared interna de la cúpula con grandes medidas de seguridad. En un lado había una compuerta estanca de un enorme grosor, vigilada por más marines. Crane tuvo la certeza de que conducía al exterior de la cúpula, a las profundidades marinas. Seguro que era donde se acoplaría la Bañera, y por donde entrarían los suministros.

En la plataforma ya había una docena de personas esperando: técnicos con bata de laboratorio, empleados de mantenimiento con mono... La mayoría traía contenedores de diversos tamaños. Los mayores, los de mantenimiento, eran recipientes de plástico negro con ruedas, cuyo gran volumen debía de dificultar su encaje en las compuertas. Crane dedujo que contenían los residuos que se enviaban a la superficie.

Al lado de la compuerta había un panel de control a cargo de una mujer alta y muy atractiva, con ropa militar. Crane vio que pulsaba unas teclas y miraba la pantalla.

—Dos minutos para la llegada —dijo por encima del hombro.

Se oyeron algunos suspiros de impaciencia.

—Otra vez con retraso —murmuró alguien.

A Crane ya se le había pasado el vértigo. Su mirada saltó de la mujer del panel a la piel de la cúpula. Tenía una curva suave y perfecta, diseñada para el máximo de resistencia y con un extraño atractivo visual. Parecía increíble que estuviese sometida a una presión tan aterradora, a una masa de agua cuyo peso casi no se podía concebir. La experiencia de Crane en submarinos le había enseñado a no pensar demasiado en esas cosas. Tendió inconscientemente una mano y acarició ligeramente la superficie de la cúpula. Era seca, suave y fría.

Renault, el jefe de cocina, miró su reloj con impaciencia y se volvió hacia Crane.

—Pues nada, doctor —dijo con algo parecido a la satisfacción—, cuando llega la Bañera mis hombres sacan la comida y Conrad repasa la lista por si han olvidado algo. Todo bajo mi supervisión. ¿Satisfecho?

—Sí —contestó Crane.

—Un minuto para la llegada —dijo la mujer.

Renault se acercó un poco más.

—¿Tenía otras preguntas? —dijo.

Volvió a mirar su reloj, como diciendo: «Pregúntelo ahora que ya estoy malgastando mi valioso tiempo».

—¿Ha habido algún otro de sus subordinados que se haya puesto enfermo últimamente?

—Mi *saucier* tiene sinusitis, pero ha seguido viniendo a trabajar.

Crane ya esperaba esa respuesta. Ahora que había hecho todas las comprobaciones necesarias sobre la manipulación de alimentos, no veía la hora de ponerse a trabajar en la posibilidad de la intoxicación por metales pesados. Empezó a mirarlo todo: la gente, la mujer atractiva del panel de control, el mamparo eléctrico que había al lado de ella... En la parte inferior del mamparo se habían condensado gotas que caían despacio. Tuvo la tentación de despedirse y volver a la compuerta del Complejo por la pasarela, pero estaba prácticamente seguro de que necesitaría a Renault y sus documentos para entrar.

Al otro lado de la cúpula se oyó una especie de golpe. La

plataforma tembló un poco. Había llegado la Bañera. Todos empezaron a moverse, preparándose para la apertura de la compuerta.

—Acoplamiento correcto —dijo la mujer—. Iniciada la descompresión de la compuerta.

—¿Y las pautas de comportamiento? —preguntó Crane al jefe de cocina—. ¿Alguien ha hecho cosas extrañas o fuera de lo habitual?

Renault frunció el entrecejo.

—¿Fuera de lo habitual? ¿En qué sentido?

Crane no contestó. Su mirada había vuelto a posarse en el mamparo, que ahora goteaba más deprisa. «Qué raro... —pensó—. ¿Qué sentido tiene que la condensación...?»

Se oyó un ruido muy extraño, agudo, como el de un gato enseñando los dientes, y tan breve que Crane no estuvo seguro de haberlo oído. De repente, donde se habían formado las gotas brotó un chorrito de agua fino como la punta de un alfiler. Al principio Crane lo contempló con incredulidad. El chorro, de una horizontalidad perfecta, como un rayo láser, cruzaba silbando treinta metros o más, y poco antes del Complejo empezaba a curvarse en un arco gradual a causa de la gravedad.

Todo quedó en suspenso. Luego se disparó una sirena y empezaron a sonar alarmas.

—¡Rotura del perímetro! —tronó una voz electrónica por el enorme espacio—. ¡Rotura del perímetro! ¡Esto es una emergencia!

Un grito de sorpresa se elevó entre los ocupantes de la plataforma. La mujer uniformada cogió la radio y habló deprisa.

—Aquí Waybright, del control de la Bañera. Hay una perforación muy pequeña en el tubo de control. ¡Repito, es aquí, la rotura es aquí! ¡Mandad ahora mismo una brigada de contención!

Alguien gritó. La gente se retiró a los bordes de la plataforma, y algunos empezaron a retroceder despacio por la pasarela, hacia el Complejo.

—¡Se va a agrandar! —exclamó alguien.

—¡No podemos esperar a la brigada! —dijo Conrad.

Hizo el gesto maquinal de acercar una mano al agujero para taparlo.

Crane se le echó inmediatamente encima.

—¡No! —exclamó, intentando retenerle con el brazo, pero no tuvo tiempo de evitar que la mano izquierda del jefe de inventario pasara por el chorro de agua.

Con la precisión de un escalpelo, el agua a presión seccionó todos los dedos a la altura del segundo nudillo.

La plataforma era un pandemónium. Chillidos, gritos de sorpresa y horror, órdenes a pleno pulmón... Conrad cayó al suelo con la boca muy abierta de sorpresa, sujetándose la mano herida. Varias botas hicieron vibrar la pasarela; se había abierto la escotilla del Complejo, para dejar pasar a varios hombres con pesados trajes que llegaron corriendo con grandes aparatos en las manos. Mientras tanto Crane, que se había agachado, cogió los dedos cortados (con la precaución de no exponerse al mutilador chorro) y se los guardó cuidadosamente en el bolsillo de la camisa.

18

Severamente erguido, el almirante Richard Ulysses Spartan lo observaba todo en silencio desde un rincón de la plataforma metálica. Diez minutos antes, al llegar, se había encontrado la sala de espera fijada a la pared de la cúpula convertida en un pequeño manicomio: brigadas de rescate, médicos, técnicos y marineros y oficiales de uniforme, así como un científico histérico que, presa del pánico, se negaba a moverse. Ahora estaba todo mucho más tranquilo. Al borde de la pasarela había dos marines armados que impedían el acceso a la plataforma. Alrededor del sello de metal y titanio que acababa de ser aplicado a la minúscula filtración se agolpaban algunos técnicos y empleados de mantenimiento, mientras una sola mujer de la limpieza, arrodillada y con un cubo, limpiaba las manchas de sangre de la rejilla metálica.

Frunció el entrecejo. No solo aborrecía los fallos y errores, sino que se negaba a tolerarlos. En las operaciones militares no había espacio para fallos, y menos para fallos de detalle; con más motivo aún en una instalación de esas características, donde tanto se jugaban, y donde tan peligroso era el entorno. Era un sistema de gran complejidad, una red de interdependencias fabulosa, similar al cuerpo humano; el mero hecho de que funcionase ya era un prodigio de la ingeniería, pero bastaba con eliminar un solo componente clave para provocar una reacción en cadena que desactivaría todo el resto. El cuerpo moriría. El Complejo fallaría.

Contrajo aún más los párpados. Era justo lo que había estado a punto de ocurrir. Esto era lo inquietante del caso, agravado por el hecho de que al parecer se debía a un elemento aún más reprobable que el error: el factor humano.

Algo se movió en su visión periférica. Al volverse, Spartan vio que el comandante Korolis llegaba del Complejo. En cuanto la esbelta silueta del comandante cruzó la pasarela y llegó a la plataforma, los dos guardias se apartaron.

Korolis se acercó al almirante y le hizo un saludo militar perfectamente ejecutado. Spartan asintió con la cabeza. Korolis tenía un problema llamado estrabismo: uno de sus ojos miraba hacia delante con normalidad, pero el otro lo hacía hacia fuera. De todos modos, como no era un caso agudo, la persona que le tenía delante no conseguía saber qué ojo empleaba, ni si la miraba a ella o a otra parte, inquietante sensación que había resultado bastante útil en los interrogatorios y otras situaciones parecidas. En su fuero interno, Spartan reprobaba la obsesión cerril de Korolis por el secreto militar (como cualquier obsesión entre sus subordinados), pero debía reconocer que el comandante era un hombre de una acendrada lealtad.

Llevaba una carpeta fina y blanca bajo el brazo. La entregó a Spartan, que la abrió. Dentro había una sola hoja impresa.

—¿Está confirmado? —preguntó el almirante.

Korolis asintió con la cabeza.

—¿La intencionalidad también?

—Sí —respondió—. Ha sido pura suerte que se haya perforado justo en este sitio.

—Muy bien. ¿Y sus nuevos hombres?

—Deberían llegar dentro de unos minutos.

—De acuerdo.

Spartan despidió a Korolis con un gesto de la cabeza.

Pensativo, vio cómo se iba por la pasarela. Solo volvió a mirar la carpeta cuando Korolis quedó reducido a una pequeña sombra en la entrada del Complejo. Abrió la carpeta y leyó la hoja. El efecto de su contenido solo se podría haber apreciado en la tensión de los músculos de la mandíbula del almirante.

Unos gritos lo sobresaltaron. Al mirar hacia arriba vio a Asher discutiendo con los guardias, que no le daban permiso para subir a la plataforma. El director científico se volvió hacia Spartan, que dio su autorización con la cabeza. Los guardias se apartaron. Asher llegó jadeando.

—¿Qué hace aquí, doctor? —preguntó Spartan con afabilidad.

—Vengo a verle.

—Me lo imaginaba.

—No ha respondido a mis llamadas ni a mis e-mails.

—Es que tenía trabajo —dijo Spartan—. Han surgido algunas cuestiones importantes.

—También era importante lo que le envié, el informe de nuestro investigador sobre lo que ha encontrado en la biblioteca del castillo de Grimwold. ¿Lo ha leído?

La mirada de Spartan se desvió un momento hacia los técnicos que trabajaban en el sello, antes de volver al director científico.

—Por encima.

—Entonces ya sabe a qué me refiero.

—Francamente, doctor, estoy un poco sorprendido. Me parece muy crédulo para ser científico. Podrían ser puras imaginaciones. Ya sabe lo supersticiosa que era la gente de esa época. Eran incontables los testimonios sobre diablos, brujas, monstruos marinos y otras chorradas por el estilo. Aunque parezca un relato fidedigno, no existe ninguna razón para pensar que está relacionado con lo que tenemos entre manos.

—Si hubiera leído el documento habría visto los paralelismos. —Asher, siempre tan tranquilo y contenido, se había puesto nervioso—. Por supuesto que es posible que no tenga nada que ver lo uno con lo otro, pero como mínimo es otro argumento a favor de que no nos precipitemos e investiguemos un poco más lo que hay abajo.

—La única manera de hacerlo con un mínimo de seguridad es sacarlo. De momento ya hemos averiguado y encontrado bastantes cosas. ¡Qué voy a decirle a usted!

—Sí, pero mire el resultado: personas sanas enfermando en una proporción alarmante, gente sin historial de problemas emocionales sufriendo episodios psicóticos...

—Trajo a alguien para que lo analizara. ¿Qué ha estado haciendo esa persona?

Asher se acercó.

—Trabajar atado de manos. Porque usted no le ha permitido acceder a los niveles inferiores, que es donde sucede lo importante.

Spartan sonrió fríamente.

—De eso ya hemos hablado. La seguridad es capital, y Peter Crane es un riesgo para la seguridad.

—Mucho menos que...

Spartan le indicó que no siguiera. Asher se volvió, siguiendo la dirección de su mirada. Acababa de llegar alguien más, un hombre musculoso y bronceado con uniforme militar oscuro y un petate negro de lona. Tenía el pelo muy corto y canoso. Al ver a Spartan se acercó e hizo un saludo militar.

—Jefe Woburn a sus órdenes, señor —dijo.

—¿Y sus hombres, jefe? —preguntó Spartan.

—Esperando fuera del Sistema de Compresión.

—Pues vaya con ellos. Le diré al comandante Korolis que les muestre dónde se alojarán.

—Señor, sí, señor.

Woburn dio media vuelta después de otro saludo militar.

Spartan miró a Asher.

—Tomaré en consideración su solicitud.

Asher había presenciado la conversación sin decir nada, observando la cara del desconocido y la insignia de su uniforme.

—¿Quién era? —preguntó.

—Ya ha oído el nombre, ¿no? Jefe suboficial Woburn.

—¿Más militares? Debe de ser un error.

Spartan sacudió la cabeza.

—En absoluto. Les han enviado a petición del comandante Korolis, y estarán bajo sus órdenes. Korolis considera que hacen falta más efectivos para reforzar la seguridad.

Asher puso mala cara.

—Las nuevas incorporaciones de personal son decisiones conjuntas, almirante. Las tomamos en equipo. Además, la insignia... Este hombre es un...

—Esto no es una democracia, doctor, al menos en lo que respecta a la seguridad del Complejo, que en este momento parece en peligro.

Spartan hizo un gesto sutil con la cabeza, señalando al grupo de técnicos de la otra punta de la plataforma.

Asher se volvió a mirarlos.

—¿Cómo está la brecha?

—Como ve, la contención ha sido un éxito. Nos han mandado un sumergible desde arriba, con más chapa para el exterior de la cúpula. Ahora hay un sello temporal hasta que se fabrique uno permanente, lo cual requiere su tiempo. La zona afectada tiene una longitud aproximada de un metro veinte.

Asher frunció el entrecejo.

—¿Un metro veinte? ¿Para un agujero tan pequeño?

—Sí; solo era un agujerito, pero la intención era otra.

Asher se quedó muy quieto, asimilándolo.

—No sé si le entiendo.

Spartan volvió a señalar a los técnicos con la cabeza.

—¿Ve el mamparo donde estaba el agujero? Pues se comunica directamente con la caja de la compuerta, donde están los controles eléctricos y magnéticos que la abren. Al sellar la brecha, nuestras brigadas de emergencia han encontrado un corte de casi un metro entre el agujerito y la caja.

—Un corte... —repitió despacio Asher.

—Aquí, en el interior de la cúpula. Creemos que estaba hecho con un cortador láser portátil. Lo están analizando en detalle. El corte ponía en peligro la integridad de todo el mamparo. Podría haber fallado en cualquier momento, aunque las probabilidades eran mayores en una situación de tensión, como el impacto de la Bañera. Por suerte el corte láser era imperfecto, más profundo en algunos lugares que en otros; de ahí el orificio. Si el corte se hubiera hecho como estaba planeado, el agujero se habría transmitido por el mamparo hasta la propia caja de la compuerta...

—...la cual se habría partido —murmuró Asher—, y habría provocado una brecha enorme en el casco.

—Una brecha irremediable.

—Y este corte que dice... ¿Insinúa que no ha sido un accidente? ¿Que era algo intencionado, un... sabotaje?

Al principio el almirante Spartan no contestó. Después levantó despacio un índice y, sin apartar la vista de Asher, lo acercó perpendicularmente a los labios.

19

Crane se apartó del ocular de goma negra, parpadeó y se frotó la cara con las manos. Después miró el laboratorio, mientras se le acostumbraba la vista. Las imágenes se definieron poco a poco: un técnico médico trabajando al otro lado en un valorador, otro introduciendo datos en un ordenador... Y justo al otro lado de la mesa, Michele Bishop, que también usaba un visor portátil. Levantó la cabeza mientras Crane la observaba; sus miradas coincidieron.

—Parece tan cansado como me siento yo.

Crane asintió. Era verdad, se caía de cansancio. Llevaba veinte horas trabajando, primero en una operación de microcirugía angustiosa y agotadora para coser los dedos cortados de Conrad y después en el seguimiento de la hipótesis de la intoxicación por metales pesados, que parecía interminable.

Al cansancio se añadía la decepción de ver que de momento no se detectaban rastros significativos de metales pesados entre el personal de Deep Storm. El examen de las muestras de pelo y orina, entre otras, no había dado resultados. Crane y Bishop estaban estudiando las imágenes del espectrómetro de fluorescencia de rayos X de dispersión de energía, pero los resultados seguían brillando por su ausencia. Las zonas públicas del Complejo también estaban limpias.

Suspiró profundamente. Con lo convencido que había estado de que era la respuesta... Todavía podía serlo, claro, pero cada test negativo reducía las posibilidades. Otra decepción era la criba de datos de Jane Rand, tan estéril como todo lo demás.

—Necesita un descanso —dijo Bishop—, no se nos vaya a convertir en paciente...

Crane se desperezó con otro suspiro.

—Supongo que tiene razón.

La tenía, sí. Pronto sus ojos estarían demasiado cansados para interpretar correctamente las imágenes. Se levantó, se despidió de Bishop y del resto del equipo y salió del centro médico.

Para él, la mayor parte del Complejo seguía siendo terreno desconocido, pero conocía suficientemente bien el camino del centro médico a su habitación para recorrerlo maquinalmente. Primero hasta Times Square, luego a la izquierda, pasando por la biblioteca y el teatro, luego al piso de arriba con el ascensor, otra vez a la izquierda y dos giros seguidos a la derecha. Bostezó al abrir la puerta del camarote con su tarjeta. Ya no pensaba con claridad. Seis horas de sueño pondrían el problema en perspectiva, y quizá le brindarían la respuesta que se le escapaba.

Entró con otro bostezo y dejó el portátil sobre la mesa. Al volverse se quedó de piedra.

Howard Asher estaba sentado en el sillón de las visitas, junto a un desconocido con bata de laboratorio.

La sorpresa hizo fruncir el entrecejo a Crane.

—¿Qué están...?

Asher le hizo callar con un movimiento brusco de la mano derecha. Después hizo un gesto con la cabeza al hombre de la bata. Crane vio que el desconocido cerraba con llave la puerta principal, y la del cuarto de baño.

Asher carraspeó un poco. Crane apenas le había visto desde el partido de squash. Tenía cara de cansancio y dolor, así como un brillo de angustia en los ojos, como si se hubiera enfrentado a sus demonios.

—¿Cómo está el brazo? —preguntó Crane.

—Ayer y hoy me ha dolido bastante —reconoció Asher.

—No baje la guardia. La insuficiencia vascular puede degenerar en una úlcera, y hasta en gangrena, si se da un deterioro de la función nerviosa. Debería dejarme que...

Asher le interrumpió con otro gesto.

—No hay tiempo. Tenemos que hablar en voz baja. Ahora mismo Roger no está en la habitación de al lado, pero puede volver en cualquier momento.

Era lo último que se esperaba Crane. Asintió, extrañado.

—¿Por qué no se sienta?

Asher señaló la silla de la mesa, y esperó a que Crane estuviera sentado para seguir hablando.

—Está a punto de cruzar una frontera —dijo sin levantar la voz—. Voy a contarle algo, y cuando lo haya hecho ya no habrá vuelta atrás. Nada volverá a ser lo mismo para usted. Nada. Verá el mundo de un modo radicalmente distinto. ¿Me entiende?

—¿Por qué tengo la sensación de que está a punto de decirme que tenía razón en la pista de squash? —dijo Crane—. ¿Que en realidad esto no tiene nada que ver con la Atlántida?

Por las facciones de Asher pasó una triste sonrisa.

—La verdad es infinitamente más extraña.

A Crane se le hizo un nudo en la boca del estómago.

Asher apoyó los codos en las rodillas.

—¿Le suena de algo la discontinuidad de Mohorovicic?

—Sí, me suena, pero ahora mismo no me sitúo del todo.

—También la llaman discontinuidad M, o simplemente Moho.

—Moho... Recuerdo algo que explicó mi profesor de geología marina de Annapolis.

—Entonces sabrá que es el límite entre la corteza terrestre y el manto.

Crane asintió.

—La profundidad a la que se sitúa el Moho es variable. Debajo de los continentes, por ejemplo, la corteza es mucho más gruesa que debajo de los mares. El Moho puede estar a ciento diez kilómetros por debajo de la superficie de los continentes, pero en algunas dorsales oceánicas la distancia se reduce a unos pocos kilómetros.

Asher se inclinó hacia Crane y bajó aún más la voz.

—La plataforma petrolífera *Storm King* está construida justo encima de una de esas dorsales.

—O sea, que aquí debajo el Moho está cerca de la corteza.

Asher asintió.

Crane tragó saliva. No tenía la menor idea de por dónde iban los tiros.

—A usted le contaron lo mismo que a todos los trabajadores de los niveles no restringidos de Deep Storm: que durante una operación rutinaria los técnicos de la plataforma *Storm King* encontraron indicios de una antigua civilización en el fondo del mar. Hasta aquí todo es verdad.

Se sacó un pañuelo del bolsillo y se secó la frente.

—Pero no es toda la verdad. Resulta que no encontraron objetos, edificios antiguos ni nada por el estilo. Lo que detectaron fue una señal.

—¿Una señal? ¿Como las ondas de radio?

—La naturaleza exacta de la señal plantea problemas. Es como una especie de pulsación de sónar, pero de un tipo desconocido. Lo único que podemos asegurar es que no es de origen natural. Se lo demostraré antes de salir de la habitación.

Crane abrió la boca, pero no dijo nada. En su interior se mezclaban la incredulidad, la curiosidad y la perplejidad.

Al ver su cara, Asher volvió a sonreír, pero esta vez fue una sonrisa casi melancólica.

—Sí, Peter. Ahora viene lo difícil. Resulta que la señal procedía de debajo del Moho. De debajo de la corteza terrestre.

—¿De debajo? —murmuró Crane, estupefacto.

Asher asintió.

—Pero eso querría decir que...

—Exacto. Lo que transmite la señal, sea lo que sea... no lo pusimos nosotros. Lo pusieron otros.

20

El camarote quedó un momento en silencio. Crane, inmóvil, pugnaba por asimilar lo que acababa de oír a medida que el significado de las palabras de Asher se asentaba en su interior.

—Tómese un minuto, Peter —dijo amablemente Asher—. Ya sé que cuesta acostumbrarse a la idea.

—No sé si me lo creo —acabó contestando Crane—. ¿Está seguro de que no hay ningún error?

—Ninguno. El ser humano no tiene la tecnología necesaria para introducir un aparato por debajo de la corteza terrestre, y menos todavía uno capaz de emitir una señal así. El cambio de fase natural a la que está sujeto el Moho hace que los sistemas de captación de señales de la superficie terrestre carezcan de la sensibilidad y la tecnología que harían falta para detectar determinados tipos de onda procedentes de debajo de la corteza. Lo que ocurre es que en esta zona el Moho está más alto de lo normal, a causa de la dorsal del Atlántico Medio; este factor, sumado a la profundidad de los pozos de la *Storm King*, explica el descubrimiento fortuito de la señal.

Crane cambió de postura.

—Siga.

—Como comprenderá, el gobierno estableció como meta prioritaria desenterrar la fuente de la señal y establecer sus características. Se tardó bastante en poner en marcha el proyecto e instalar el equipo necesario. La profundidad a la que trabajamos lo dificulta mucho. Este Complejo estaba hecho para cumplir otras misiones, no para funcionar a esta profundidad, ni mucho menos. De ahí la cúpula protectora.

—¿Cuánto duraron exactamente los preparativos?

—Veinte meses.

—¿Tan poco? —Crane no salía de su asombro—. En veinte meses General Motors ni siquiera puede diseñar un prototipo de coche.

—Esto demuestra que el gobierno se toma el proyecto muy en serio. La cuestión es que ahora ya hace casi dos meses que excavamos a un ritmo de locos, y hemos progresado bastante. Ya disponemos de un conducto vertical debajo del Complejo, y estamos excavando hacia la fuente de la señal.

—¿Cómo puede ser? ¿A esa profundidad la roca no está derretida?

—La corteza es relativamente fina, los valores geotérmicos bajos y la producción de calor radiogénico bastante inferior a lo que encontraríamos en la corteza continental. Las ondas P y las ondas S indican que la litosfera solo está a tres kilómetros debajo de nosotros; claro que el «solo» es relativo...

Crane sacudió la cabeza.

—Tiene que haber alguna explicación lógica, terrestre; algún invento ruso o chino, o algún fenómeno natural. Si algo aprendí en el curso de geología marina es que apenas sabemos nada sobre la composición de nuestro propio planeta, aparte de la capa más fina y superficial.

—No es ruso ni chino, y me temo que hay demasiadas cosas que no cuadran para que su origen sea natural, por ejemplo la geología del impacto. Normalmente, cuando algo se incrusta tan profundamente lo previsible es que vaya acompañado de una serie de perturbaciones geológicas considerables, el equivalente submarino de un cráter meteórico, pero en este caso las capas de sedimentación situadas encima de la anomalía están sincronizadas casi a la perfección con la matriz que las rodea. Imagínese un niño que hace un agujero en la playa, mete una concha y vuelve a echar la arena. Eso no puede explicarlo ningún fenómeno terrestre.

—Pero alguno tiene que haber...

—No. Me temo que la verdadera explicación está en otra parte. Debe saber que se han encontrado una serie de... artefactos.

Asher hizo una señal con la cabeza al hombre de la bata. Este, que no había dicho nada, fue a una de las paredes del fondo y se arrodilló para abrir un contenedor de plástico. Sacó algo, se levantó y se lo dio a Asher.

Crane lo miró con curiosidad. Era un objeto de forma cúbica con una especie de protección metálica. Asher volvió la cabeza, y su mirada y la de Crane se encontraron.

—Acuérdese de lo que le he dicho, Peter. Lo del umbral.

Retiró suavemente el envoltorio y tendió el cubo a Crane.

Era hueco, de plexiglás transparente, con todos los bordes escrupulosamente sellados. Dentro había algo. Crane lo levantó de las manos de Asher, lo miró de cerca... y ahogó un grito de sorpresa.

Justo en el centro del cubo flotaba un objeto pequeño, no mayor que una ficha de dominó. Emitía una especie de luz láser, un haz fino como un lápiz e intensamente blanco que apuntaba hacia el techo. Por imposible que pareciera, el objeto no tenía un color único y definible, sino que titilaba con todos los del arco iris: oro, violeta, añil, canela... Y muchos otros que Crane jamás habría imaginado, todos en un estado de cambio constante. Era como si los colores brotasen de lo más profundo y salieran despedidos desde un núcleo central, como si aquel pequeño objeto ardiese con un extraño fuego interno.

Crane dio varias vueltas al cubo de plexiglás sin apartar la vista de su contenido. Daba igual hacia dónde lo girase, porque el objeto del interior siempre se quedaba en el centro. Examinó las características del cubo, buscando cables o imanes escondidos, pero era un simple cubo de plástico, sin trucos.

Lo sacudió con suavidad. Después de manera más brusca.

La cosa brillante y palpitante del centro apenas subió y bajó. Siempre acababa parándose en el centro exacto, donde se quedaba flotando plácidamente, mientras el fino haz de luz blanca apuntaba hacia arriba.

Crane acercó el cubo a sus ojos y lo contempló boquiabierto. Reparó en que los bordes de la especie de ficha de dominó en realidad no estaban definidos con exactitud. De hecho el objeto palpitaba ligeramente. A veces los bordes se definían, y otras se atenuaban. Parecía que la masa y la forma del objeto estaban sujetos a una fluidez constante.

Levantó la cabeza. Asher sonreía con las manos tendidas. Crane vaciló un poco y le entregó el cubo a regañadientes. El director científico volvió a guardarlo en el envoltorio metálico y se lo dio a su ayudante, que lo introdujo otra vez en el contenedor.

Crane se apoyó en el respaldo, parpadeando.

—¿Se puede saber qué es? —preguntó al cabo de un rato.

—Desconocemos su función exacta.

—¿De qué está hecho?

—Tampoco lo sabemos.

—¿Es peligroso? ¿Podría ser la causa de los problemas de la estación?

—Yo me he hecho la misma pregunta, como todos, pero no, es inofensivo.

—¿Están seguros?

—Las primeras pruebas que hicimos eran para saber si emitía alguna radiación aparte de la luz, pero no, es completamente inerte. Lo han confirmado todas las pruebas posteriores. La razón de que lo haya metido en el cubo de plexiglás es que es un poco difícil de manipular. Siempre encuentra el centro exacto de la sala donde está, y se queda flotando.

—¿Dónde lo encontraron?

—Salió a la luz durante la excavación del pozo. A día de hoy han aparecido más de una docena. —Asher hizo una pausa—. Cuando empezamos, el plan estaba claro: excavar lo más deprisa que permitieran los parámetros de seguridad hacia la fuente de la señal. —Señaló el contenedor con un gesto—. Pero después, cuando empezamos a descubrir todo esto... se complicaron las cosas.

Asher se sentó y añadió con un susurro cómplice:

—Son algo extraordinario, Peter. Más de lo que parecen a simple vista. Para empezar, todo indica que son esencialmente indestructibles. No les afecta nada de lo que hemos probado en entornos controlados. Absorben algunas agresiones, como las radiaciones, y reflejan las demás. Ah, y parece que actúan como condensadores.

—¿Condensadores? —repitió Crane—. ¿Como baterías?

Asher asintió con la cabeza.

—¿Qué potencia generan?

—Aún no hemos podido medir los valores máximos, pero cuando les hemos puesto conductores han llegado a la zona roja de todos los aparatos de medición, hasta en los más potentes.

—¿Con qué valores?

—Un billón de vatios.

—¿Qué? ¿Esto tan pequeño? ¿Almacena mil megavatios de energía?

—Si lo pusieran en un coche, lo alimentaría de electricidad para toda su vida útil. Ciento cincuenta mil kilómetros. Y aún hay otra cosa.

Asher metió la mano en un bolsillo de su bata de laboratorio y sacó un sobrecito que dio a Crane.

Crane lo abrió y sacó una hoja. Estaba impresa con ordenador. Eran series de números que se repetían.

```
0000011111001010110101011001110111000101
011000110001010001101001100001000000000

0000011111001010110101011001110111000101
011000110001010001101001100001000000000

0000011111001010110101011001110111000101
011000110001010001101001100001000000000
```

—¿Qué es? —preguntó.

—Ha reparado en la luz, ¿verdad? El haz que sale del indicador. Pues no es continua. En realidad tiene millones de pulsaciones por segundo; pulsaciones muy regulares, que se encienden y se apagan.

—Unos y ceros. Digital.

—Creo que sí. Es lo que hace funcionar todos los ordenadores del mundo, y también las neuronas de nuestro cerebro. Es una ley básica de la naturaleza. Aunque este aparatito sea increíblemente complejo, no hay ninguna razón para que no se comunique digitalmente. —Asher dio un golpecito al papel—. Una secuencia de ochenta bits que se repite constantemente; secuencia que, a propósito, es bastante más corta que el otro mensaje, el que llegaba de debajo del Moho, el primero que se descubrió.

—El «otro» mensaje, dice... ¿O sea, que usted cree que esta palpitación luminosa intenta decirnos algo?

—Sí, siempre que podamos descifrarla.

Crane cogió la hoja.

—¿Puedo quedármelo?

Asher titubeó.

—De acuerdo, pero no se lo enseñe a nadie.

Crane volvió a meterla en el sobre y lo dejó sobre la mesa.

—Y los objetos...

—Nosotros los llamamos indicadores, o centinelas.

—¿Centinelas? ¿Por qué?

—Porque parece que hayan estado esperando y observando durante todos estos años para darnos algo.

Crane reflexionó.

—Bueno, muy bien, están excavando hacia la fuente de la señal. Y cuando lleguen, ¿qué?

—En ese aspecto también se han complicado un poco las cosas. —Asher hizo otra pausa—. Los sensores ultrasónicos que hemos bajado por el pozo... han detectado indicios de que hay algo debajo de donde han aparecido los centinelas, un objeto de grandes dimensiones enterrado a mayor profundidad que la fuente de la señal.

—¿Qué tipo de objeto?

—Sabemos que tiene forma de bocel, y que es enorme, de varios kilómetros, pero aparte de eso es un misterio.

Crane sacudió la cabeza.

—Alguna teoría tendrán.

—¿Sobre la razón de su presencia? Por supuesto. —Asher parecía un poco más a gusto, como si se hubiera quitado de encima el peso de una verdad dolorosa—. Tras largas discusiones, los científicos y los militares del Complejo se han puesto de acuerdo en que es algo que dejaron para que lo descubriera la humanidad cuando estuviera bastante avanzada.

—¿Una especie de regalo?

—Podría llamarlo así. ¿Quién sabe qué descubrimientos son obra de la humanidad, y cuáles, de alguna manera, nos fueron dados? ¿Quién sabe si el fuego, por ejemplo, no fue un regalo de más allá de las estrellas? ¿O el hierro? ¿O los conocimientos para construir pirámides?

—Un regalo de más allá de las estrellas —repitió Crane, aparentemente poco convencido.

—Los griegos creían que el fuego procedía de los dioses. Hay otros pueblos con mitos parecidos. ¿Y si existe algo en común? Cuando nuestra tecnología hubiera progresado bastante para captar una señal de debajo del Moho, y cuando pudiéramos excavar hacia la fuente emisora, se nos consideraría preparados para el siguiente paso.

—O sea, ¿que el objeto enterrado al que intentan llegar contiene tecnología útil de algún tipo? ¿Una tecnología benigna que solo podíamos descubrir cuando estuviéramos preparados para utilizarla?

—Exacto, como la tecnología que creó el dispositivo que acabo de mostrarle; algo que ayudaría a la humanidad a seguir desarrollándose y dar el siguiente salto.

Crane lo asimiló en silencio.

—Entonces ¿cuál es el problema? —acabó preguntando.

—Al principio yo estaba tan convencido como los demás, pero últimamente no lo veo tan claro. En el fondo todo el mundo tiene ganas de creer que abajo hay algo maravilloso. Mis científicos están emocionados con la idea de nuevas fronteras para el conocimiento; los agentes secretos de la Marina babean con la posibilidad de dar un uso armamentístico a una nueva tecnología, pero ¿cómo podemos estar seguros de lo que hay? Los indicadores que hemos ido encontrando son como un camino de migas de pan que promete un festín, pero no podremos saber qué hay enterrado más abajo hasta que hayamos traducido las señales.

Asher se enjugó otra vez la frente.

—Además ha pasado algo, Peter. Siempre habíamos dado por supuesto que el objeto llevaba millones de años sumergido, pero hace unos días descubrimos que lo está desde hace relativamente poco, más o menos desde 1400. En ese momento me di cuenta de que podía haber constancia escrita de alguien que presenciara el sumergimiento; por eso envié a un investigador para que recorriera la zona visitando bibliotecas, abadías, universidades... Cualquier lugar donde pudiera haber testimonios escritos de primera mano. Hemos encontrado uno en el castillo de Grimwold, un antiguo monasterio de una isla escocesa. —Se puso muy serio—. Es un texto inquietante y terrorífico.

—¿Está completamente seguro? Me refiero a que el texto que han encontrado describa este fenómeno.

—Seguro del todo no puedo estar.

—¿Me permite leerlo?

—Le mandaré una copia, pero a lo que iba: suponiendo que sí, que describa el sumergimiento, este testimonio es la invitación más clara que puedo imaginar a que nos andemos con cuidado.

Crane se encogió de hombros.

—Parece lo más sensato, sobre todo teniendo en cuenta que aún no han descifrado la señal digital.

—Lo malo es que la Marina cada vez está más lanzada. El almirante Spartan no comparte mi opinión. Lo que más teme él es que otros países se enteren del descubrimiento. Quiere que se extraiga y se analice el objeto lo antes posible, y que se tomen y estudien muestras de su contenido.

—¿Lo sabe alguien más fuera del área restringida?

—Algunos. Corren rumores. La mayoría sospecha que hay algo más que toda esa historia de la Atlántida. —De repente, Asher se levantó y empezó a dar vueltas por la habitación—. Pero existe otro motivo para ser prudentes. Sabemos que la corteza se compone de tres capas: la sedimentaria, la continental y la oceánica. Ya hemos perforado las dos primeras, y estamos a punto de llegar a la tercera y más profunda. Debajo de eso ya está el Moho. La cuestión es que en el fondo nadie sabe qué es el Moho, ni qué ocurrirá cuando lleguemos. Tenemos que ser cautos. Lo malo es que cuanto más protesto más nos marginan a mí y a la NOD. Ahora están llegando más militares, y ya no son de la Marina normal, sino «destacamentos negros», que son temibles.

—Como Korolis —dijo Crane.

Al oír su nombre, Asher endureció su expresión, aunque se le pasó enseguida.

—Sí, es quien los ha pedido, y su superior directo. Personalmente, lo que temo es que dentro de poco Spartan tome el control absoluto de la operación, con Korolis como brazo ejecutor. Si protesto demasiado podrían relevarme de mi cargo y expulsarme de la estación. —Asher dejó de caminar y miró a Crane fijamente—. Ahí es donde interviene usted.

Crane puso cara de sorpresa.

—¿Yo?

—Lo siento mucho, Peter. No era mi intención cargar en sus hombros el peso de este conocimiento ni de esta responsabilidad. Tenía la esperanza de que el problema médico se resolviera deprisa, y de que usted pudiera volver a la superficie creyendo que habíamos encontrado la Atlántida, pero con el descubrimiento de este testimonio escrito, y la actitud cada vez más agresiva de Spartan...

—Pero ¿por qué yo? Contármelo todo es un riesgo muy grande.

Asher sonrió cansadamente.

—Le recuerdo que estuve investigando. Mis hombres son científicos. Se dejan intimidar demasiado por Korolis y los de su calaña. En cambio usted... No solo tiene los conocimientos necesarios para tratar enfermedades submarinas, sino que sirvió en un submarino de inteligencia. Me temo que a esta iniciativa le falta poco tiempo para convertirse precisamente en eso, en una misión de inteligencia. Como mínimo.

—¿Qué quiere decir?

—Que cada día se acercan más al Moho, y yo ya no puedo esperar. De algún modo tenemos que saber qué hay abajo antes de que lleguen las excavadoras de Spartan.

—¿Por qué está tan seguro de que me pondré de su parte? Soy ex militar. Lo ha dicho usted mismo. Podría estar de acuerdo con el almirante Spartan.

Asher sacudió la cabeza.

—No, usted no. Escúcheme bien. De todo esto ni palabra. —Vaciló—. Es posible que sea innecesario. Quizá nuestros analistas descifren mañana mismo los indicadores, o pasado mañana, y todo lo que he dicho ya no tenga sentido. —Señaló con la cabeza al hombre de la bata, que no había dicho una sola palabra durante toda la conversación—. Este es John Marris, criptoanalista de mi equipo, que ha estado trabajando día y noche en el problema. Lo que voy a pedirle...

En ese momento llamaron bruscamente a la puerta. Los golpes se repitieron dos veces.

Crane miró a Asher. El director científico se había quedado como una estatua al lado de la silla, con una repentina palidez en su rostro lleno de arrugas. Sacudió con vehemencia la cabeza.

Se oyeron golpes más fuertes e insistentes.

—¡Doctor Crane! —tronó desde el pasillo una voz ronca.

Crane se volvió hacia la puerta.

—¡Un momento! —dijo Asher en voz baja y urgente.

Justo entonces se abrió la puerta. A la luz del pasillo se recortó la silueta del almirante Spartan con una tarjeta roja de acceso ilimitado en la mano, y a cada lado un marine con una carabina M1.

21

Spartan miraba alternativamente a Crane y a Asher, con una expresión inescrutable. Dio un paso, entrando en la habitación.

—¿Interrumpo algo? —preguntó.

Reinaba un silencio incómodo. Crane miró a Asher, cuya cara recordaba la de un ciervo sorprendido por unos faros.

Ante la falta de respuesta, el almirante Spartan se volvió hacia los marines.

—Lleváoslo fuera —dijo, señalando a Crane.

Con el cañón del rifle, uno de los marines hizo señas a Crane de que saliera. Crane tragó saliva dolorosamente. El asombro de los últimos minutos se había evaporado, dejando paso a una penosa sensación de vulnerabilidad.

Salió al pasillo con el corazón en un puño. Spartan cerró la puerta con llave.

Crane esperó en el estrecho pasillo, rodeado por los dos silenciosos marines. Tenía la boca seca, y los latidos de su corazón eran tan fuertes que le incomodaban. Empezaron a filtrarse voces por la puerta. Agudizó el oído, pero no entendió lo que decían. ¿Qué pasaba? No sabía si preocuparse más por él mismo o por Asher.

Pasaron cinco minutos insoportables. Después se abrió la puerta y salió Spartan, que miró a Crane con mala cara.

—Acompáñeme, doctor —dijo.

—¿Adónde vamos?

—Le será más fácil limitarse a cumplir órdenes —fue la seca respuesta.

La mirada de Crane se posó en los rifles que tenían los marines en las manos. Estaba claro que no le quedaba más remedio que obedecer. Cuando empezó a seguir a Spartan por el pasillo, los marines se pusieron a su lado. Se cruzaron con algunos técnicos, que se quedaron mirando la comitiva.

—¿Adónde...? —repitió Crane, pero no acabó la pregunta. Cualquier cosa que dijera solo serviría para cavar aún más profundamente su tumba. Lo mejor sería quedarse totalmente callado... hasta que tuviera que hablar.

Pero permanecían, mudas, las preguntas. ¿Cuánto sabía Spartan? ¿Qué le había dicho Asher? Seguro que su cara de culpables había sido de antología: tres conspiradores en plena reunión secreta...

Esencialmente se trataba de una operación militar. En la plataforma petrolífera, Crane había firmado una barbaridad de papeles, y a saber a qué derechos personales había renunciado... Pensó con un desagradable escalofrío que aunque Spartan no lo supiese todo, seguro que tenía los medios, las técnicas (y muy probablemente el derecho) a averiguar lo que quisiera.

Se pararon delante de un ascensor. Cada guardia se apostó a un lado, mientras Spartan pulsaba el botón de bajada. La puerta se abrió casi enseguida. Después de entrar, Spartan esperó a que los guardias hiciesen pasar a Crane y pulsó el botón de la séptima planta, la más baja de las no restringidas del Complejo.

¿Qué acababa de decirle Asher? «Dentro de poco Spartan podría tomar el control absoluto de la operación, con Korolis como brazo ejecutor.» Hizo todo lo posible por regular su respiración y parecer tranquilo.

El ascensor se detuvo. La puerta se abrió en la séptima planta. Spartan salió en primer lugar y se plantó frente a una puerta sin letrero. Mientras la abría con su tarjeta roja, los marines volvieron a apostarse a ambos lados.

Era una habitación pequeña y desnuda, sin muebles aparte de una mesa larga con dos sillas en el lado más próximo a la puerta. Al lado de las sillas había dos enormes lámparas de pie con reflectores de metal para reforzar la luz de las bombillas. Ambas estaban orientadas hacia el mismo punto de la pared del fondo, situado más o menos a la altura de la cabeza. Al ver las lámparas, Crane sintió que su pulso volvía a acelerarse. Se estaban confirmando sus peores temores.

—Vaya hacia la pared del fondo, doctor Crane —dijo Spartan inexpresivamente.

Crane se acercó despacio a la pared.

—Vuélvase, por favor.

Hizo lo que le pedían.

De repente se oyó un ruido metálico; las lámparas se encendieron al mismo tiempo, clavando a Crane casi físicamente a la pared con su potencia. Hizo una mueca y se llevó maquinalmente una mano a los ojos.

—No se mueva, doctor Crane —pronunció la voz de Spartan, invisible tras el muro de luz blanca.

Los pensamientos de Crane se atropellaban en su cerebro. «No pierdas la calma —se dijo—. No pierdas la calma.» ¿Qué debía temer? Era un miembro del equipo médico, con todo el derecho a estar allí. No era un espía ni un...

De repente se acordó de lo estrictas que eran las medidas de seguridad en la Barrera, y del miedo que acababa de ver en la cara de Asher.

Se oyó un solo clic al otro lado del muro de luz. Tras un momento en suspenso, los focos se fueron apagando.

—Siéntese, doctor —dijo Spartan.

Él ya se había sentado a la mesa. Tenía delante una carpeta en la que Crane no se había fijado.

Crane ocupó el asiento vacío con cautela, sin que se le hubiera normalizado el pulso. Spartan puso una mano sobre la carpeta y la empujó hacia él. Contenía una sola hoja de papel con unos cuatro párrafos de texto bajo el membrete del departamento de Defensa.

—Firme al final, por favor.

Dejó con cuidado una pluma de oro sobre la mesa.

—Ya lo firmé todo antes de bajar —dijo Crane.

Spartan sacudió la cabeza.

—Esto no lo firmó.

—¿Podría leerlo?

—No se lo aconsejo. Se asustaría innecesariamente.

Crane cogió la pluma, y cuando ya tenía la mano encima del papel titubeó. Se preguntó con cierta indiferencia si estaba reconociendo por escrito su culpabilidad incluso antes de confesar que estaba al corriente de alguna información secreta. Comprendiendo que daba lo mismo, respiró hondo, firmó el documento y lo deslizó otra vez hacia Spartan.

El almirante cerró la carpeta y la cuadró de un golpe seco en la mesa. Justo en ese momento llamaron a la puerta.

—Adelante —dijo Spartan.

Se abrió la puerta y entró un oficial de marina que hizo un saludo militar a Spartan, le dio un sobre blanco, repitió el saludo, dio media vuelta y salió.

Spartan cogió el sobre y lo dejó colgando entre el pulgar y el índice. Al cabo de un rato tendió el brazo hacia Crane, con un gesto que tenía algo de provocador.

Crane cogió el sobre con cautela.

—Ábralo —dijo Spartan.

Después de unos momentos de vacilación, Crane rasgó un lado del sobre y vertió su contenido en una mano. Salió una lámina de plástico, parecida a una tarjeta de crédito pero más gruesa. Tenía un lado transparente. Crane vio que contenía un laberinto de microchips. Al girarla descubrió su cara de hacía unos minutos, deslumbrada por los focos. Debajo de la foto había un código de barras y el texto: ACCESO RESTRINGIDO, impreso en rojo al lado. En una esquina había un clip de latón.

—Con esto y los escáneres de retina y matriz digital podrá cruzar la Barrera —dijo Spartan—. Cuídela y llévela siempre encima, doctor. La multa por perder esta tarjeta o dejar que caiga en manos indebidas es muy severa.

—No sé si lo entiendo —dijo Crane.

—Le estoy autorizando a acceder al área restringida del Complejo. En contra del parecer del comandante Korolis, dicho sea de paso.

Crane se quedó mirando la identificación, mientras le invadía un gran alivio. «Dios mío... —pensó—. Dios mío, este lugar me está volviendo paranoico.»

—Ah —dijo, algo atontado aún por la sorpresa—. Gracias.

—¿Por qué? —preguntó Spartan—. ¿Qué creía que estaba pasando?

Crane habría jurado que por breves instantes una sonrisa de perplejidad cruzó las facciones del almirante, aunque rápidamente se disolvió en la impasibilidad de siempre.

22

A sesenta kilómetros de la costa de Groenlandia, la plataforma petrolífera *Storm King* se elevaba estoicamente entre un cielo borrascoso y un mar embravecido. Un barco que pasara (o más probablemente un satélite de reconocimiento cuya órbita hubiera sido modificada por algún gobierno extranjero curioso) no habría advertido nada fuera de lo normal. Por la superestructura de la plataforma se movían despacio algunos operarios, como si trabajaran en las torres de perforación o inspeccionasen la maquinaria. A grandes rasgos, sin embargo, *Storm King* respiraba tanta placidez como inquietud el mar. La gigantesca plataforma parecía dormida.

Sin embargo, dentro de su piel de acero, *Storm King* hervía de actividad. El módulo suministrador de inmersión profunda LF2-M (la Bañera) acababa de volver de su viaje diario al Complejo, a tres mil metros de profundidad, y en aquel momento casi tres docenas de personas esperaban en la Sala de Recogida, mientras un cabrestante gigantesco subía el módulo de suministros no tripulado por una compuerta colosal situada en el nivel más bajo de la plataforma petrolífera. La estrambótica embarcación fue izada cuidadosamente del agua, alejada de la compuerta y depositada en un muelle de recepción. Bajo la mirada vigilante de un marine, dos encargados abrieron la escotilla del morro de la Bañera, dejando a la vista un mamparo de acceso. Después, empezaron a descargar la Bañera; sacaron todo lo que se había introducido en el Complejo. Los objetos que aparecieron llamaban la atención por su diversidad: grandes contenedores negros de basura destinados al incinerador, paquetes confidenciales herméticamente cerrados, muestras médicas en recipientes de seguridad que serían sometidas a pruebas demasiado especializadas para que las realizasen en el propio Complejo... A su debido tiempo, cada artículo fue puesto en manos de alguna de las personas que esperaban. La gente empezó a dispersarse por la plataforma petrolífera. En quince minutos la Sala de Recogida se quedó vacía, a excepción del marine, el operador del cabrestante y dos encargados de suministros, que cerraron el mamparo de acceso y la escotilla delantera de la Bañera, para dejarla lista para el viaje del día siguiente.

Uno de los hombres que esperaban, un mensajero de Servicios Científicos, salió de la Sala de Recogida con media docena de sobres cerrados bajo el brazo. Era una incorporación bastante reciente a la plataforma. Llevaba gafas de concha y cojeaba un poco, como si tuviera una pierna algo más corta que la otra. Decía llamarse Wallace.

De regreso al sector científico instalado en el Nivel de Producción de la plataforma, Wallace, a pesar de su cojera, recorrió deprisa los laboratorios, donde entregó los cinco primeros sobres a sus destinatarios. En cambio el último no lo entregó enseguida, sino que se retiró a su pequeño despacho, encajado en un apartado rincón.

Wallace tomó la precaución de encerrarse con llave antes de abrir el sobre y volcar su contenido (un solo CD) sobre sus rodillas. Después se volvió hacia su ordenador e introdujo el CD en el lector. Un rápido examen de su contenido reveló un solo archivo cuyo nombre era 108952.jpg. Una imagen, probablemente una fotografía. Clicó sobre el icono del archivo, y el ordenador lo mostró obedientemente en la pantalla. En efecto, era una imagen fantasmagórica en blanco y negro, claramente una radiografía.

A Wallace, sin embargo, no le interesaba la imagen, sino algo de lo que contenía.

Las referencias de Wallace eran buenísimas, y la investigación de su historial había dado un resultado irreprochable; aun así, como recién llegado al proyecto Deep Storm, estaba entre los últimos clasificados en cuanto a seguridad. Entre otras cosas, esto último significaba que su ordenador era un simple terminal que dependía para todo de la unidad central de la plataforma, sin disco duro propio y con la limitación de no poder abrir archivos ejecutables desde un CD. El resultado era que solo podía usar software autorizado, y que no podía instalar programas piratas.

Al menos en teoría.

Wallace se acercó el teclado, abrió el rudimentario procesador de textos preinstalado en el sistema operativo y escribió:

```
void main (void)
     {
     char keyfile = fopen ('108952.jpg');
     char extract;
     while (infile)
          {
          extract = (asc ( (least_sig_bit (keyfile) )/2)^6);
          stdoutput (extract);
          }
     }
void least_sig_bit (int sent_bit)
     {
     int bit_zero;
     bit_zero = << (sent_bit, 6);
     return (bit_zero);
     bit_zero = >> (sent_bit, 6);
     }
```

Examinó el programa, repasó los pasos mentalmente y verificó que su lógica fuera sólida. Después de un gruñido de satisfacción volvió a mirar la radiografía.

Cada píxel de la imagen ocupaba un solo byte del archivo jpg del disco. Aquel programa, corto pero potente, quitaba los dos bits menos significativos de cada byte, convertía los números en sus equivalentes ASCII y mostraba las letras resultantes en la pantalla.

Compiló y ejecutó rápidamente el programa. La nueva ventana que se abrió en el monitor no contenía la imagen de rayos X, sino un mensaje de texto.

SE SOLICITA APLAZAMIENTO EN LA SEGUNDA TENTATIVA
PENDIENTE DE PERFORACIÓN
NOVEDADES EN LA ACCIÓN SECRETA

Leyó y releyó el mensaje con los labios apretados.

Los ordenadores permitían esconder mensajes secretos casi en todas partes: en el ruido de fondo de una grabación musical, en la textura granulada de una foto digital... Wallace estaba usando la antigua técnica de espionaje de la esteganografía (esconder información donde no se advirtiese su presencia en vez de encriptarla), trasladándola a la era digital.

Borró la pantalla y el programa, y guardó el disco en el sobre. Todo el proceso había durado menos de cinco minutos.

Sesenta segundos después, en los laboratorios científicos, un radiólogo alzó la cabeza al ver que le dejaban discretamente un sobre encima de la mesa.

—Ah, sí, estaba esperando esta radiografía —dijo—. Gracias, Wallace.

Wallace se limitó a sonreír.

23

La segunda vez fue mucho menos traumático cruzar la Barrera y penetrar en el área restringida del Complejo. Con la tarjeta recién impresa prendida con su clip al bolsillo de la camisa, y el almirante Spartan (prácticamente en silencio) a su lado, el proceso solo duró unos minutos. Los policías militares que vigilaban la compuerta se apartaron sin rechistar, y Crane y Spartan emprendieron el breve descenso hasta la sexta planta, donde la compuerta daba a un pasillo estrecho. Spartan fue el primero en salir.

La última vez, Crane no había tenido tiempo de fijarse en nada, porque corría hacia Randall Waite en plena crisis psicótica. Lanzó miradas curiosas a su alrededor, pero la única señal visible de que estaban en el área restringida (al menos desde los pasillos) era la abundancia de señales de advertencia en las paredes color perla, los marines que parecían estar apostados en todas partes, y el sello de goma en los marcos de las puertas.

Spartan lo llevó a un ascensor abierto y lo hizo entrar. A diferencia de los ascensores de las plantas de arriba, aquel tenía un panel de control donde solo había botones para las plantas del uno al seis. Spartan pulsó el de la segunda. Empezaron a bajar.

—Aún no me lo ha explicado —dijo Crane, rompiendo el silencio.

—Hay muchas cosas que no le he explicado —dijo Spartan sin mirarle—. ¿A cuál se refiere, exactamente?

—A que haya cambiado de opinión.

Tras un momento de reflexión, Spartan volvió la cabeza y miró impasiblemente a Crane.

—Sabe que leí su dossier, ¿verdad?

—Me lo dijo Asher.

—El capitán del *Spectre* quedó profundamente impresionado por su conducta. Según él, usted solo salvó el submarino.

—Al capitán Naseby le gusta exagerar.

—Confieso que no tengo muy claro lo que hizo, doctor Crane.

—Era una misión secreta, de la que no puedo hablar.

Spartan se rió sin alegría.

—Lo sé todo sobre la misión. Tenían que conseguir información de primera mano sobre la construcción de una planta de enriquecimiento de uranio en la costa del mar Amarillo, y en caso de necesidad destruirla con un torpedo haciendo que pareciese una explosión accidental.

Crane miró a Spartan con cara de sorpresa, hasta que comprendió que probablemente el gobierno tenía pocos misterios para el jefe militar de algo tan secreto como el Complejo.

—No me refería a la misión —añadió Spartan—. Quería decir que no tengo muy claro su papel en el salvamento del barco.

Crane recordó en silencio.

—Empezaron a morir marineros de un modo especialmente truculento —comenzó a explicar—. Se les consumían los senos, y su cerebro se convertía en una especie de mermelada peluda, todo en cuestión de horas. El primer día murieron dos docenas. Teníamos suspendidas las comunicaciones y no podíamos movernos de donde estábamos. Empezó a cundir el pánico, corrieron rumores de sabotaje, de gases tóxicos... De la noche a la mañana murió otra docena y empezó a reinar el caos. Se rompió la cadena de mando y hubo un motín incipiente. Empezaron a circular por el submarino grupos de linchadores que buscaban al traidor.

—¿Cuál fue su papel?

—Me di cuenta de que lo que todos atribuían a algún gas tóxico podía ser mucormicosis.

—¿Perdón?

—Una enfermedad causada por un hongo, poco frecuente pero mortal. Conseguí reunir el material necesario para el análisis de tejidos entre los miembros muertos de la tripulación y descubrí que sus cuerpos estaban infestados de *Rhizopus oryzae*, el hongo que lo provoca.

—Y que estaba matando a la tripulación del *Spectre*.

—Sí. Una variante particularmente nociva del hongo había incubado en la sentina del submarino.

—¿Cómo detuvo su propagación?

—Medicando al resto de la tripulación. Induje un estado de alcalosis controlada que las esporas no podían tolerar.

—Y salvó el barco.

Crane sonrió.

—Ya le digo que al capitán Naseby le gusta exagerar.

—No parece ninguna exageración. Conservó la sangre fría, descubrió la causa y trabajó con el material que tenía a mano para encontrar la solución.

Las puertas del ascensor se abrieron susurrando. Crane y Spartan salieron.

—¿Qué tiene eso que ver con el actual problema? —preguntó Crane.

—Dejémonos de hipocresías, doctor Crane. Hay muchos paralelismos, que usted ve tan bien como yo. —Spartan caminó deprisa hacia una bifurcación y se internó por otro pasadizo—. He estado siguiendo sus avances, doctor, y he decidido que sería prudente promoverlo a otro nivel de confianza.

—Es la razón de que me haya autorizado a entrar en las áreas restringidas —dijo Crane—: porque así podré solucionarlo más deprisa.

—La razón, como usted dice, está al otro lado de aquella escotilla.

Spartan señaló el final del pasillo, donde dos de los omnipresentes marines custodiaban un acceso.

A un gesto del almirante, uno de los marines accionó el mecanismo y abrió la escotilla de par en par. Al otro lado todo estaba negro.

Spartan cruzó la escotilla y miró hacia atrás.

—¿Viene?

Crane agachó la cabeza para seguirlo, y miró a su alrededor con estupefacción.

Estaban en una sala de observación larga y estrecha, que dominaba un gran hangar. A cada lado de Crane había una larga hilera de pantallas vigiladas por otros tantos técnicos. Se oían pitidos de aparatos electrónicos, ruido de teclas y un murmullo de voces. Al otro lado de la pared acristalada de observación, en el suelo del hangar, iban y venían más técnicos con batas blancas, empujando máquinas o tomando notas en ordenadores portátiles; pero no fue nada de eso lo que atrajo la mirada de Crane, sino algo que colgaba justo encima del suelo del hangar, al final de un cable extraordinariamente grueso.

Era una esfera metálica (de titanio, u otro metal aún más valioso), de unos tres metros de diámetro. Estaba tan pulida que parecía otro sol metido en el hangar; Crane tenía que entornar los ojos para mirarla. Parecía completamente redonda. La única mácula en su superficie era un pequeño laberinto de sensores, luces e instrumental robótico que colgaba en la parte inferior como el musgo marino en el casco de un barco. En la pared del fondo había dos esferas metálicas idénticas, en soportes acolchados y reforzados.

—¿Qué es? —susurró Crane.

—La Canica, doctor Crane; todo lo demás, y digo todo, le sirve de apoyo.

—¿Es lo que excava?

—No, eso lo hace una tuneladora de doble casco modificada para trabajar a gran profundidad. La función actual de la Canica es seguir a la tuneladora y cinchar las partes nuevas con bandas de acero. Más tarde, cuando esté acabado el pozo, la función de la Canica será de exploración y de... extracción.

—¿Es autónoma?

—No. Sería imposible automatizar todas sus funciones. La pilotan brigadas de tres hombres que se turnan.

—¿Brigadas? Pues no veo ninguna escotilla.

El almirante Spartan soltó algo que más que una risa parecía tos.

—En las profundidades a las que trabajamos, doctor Crane, no puede haber «escotillas». La presión obliga a que la Canica sea totalmente redonda. No se puede desviar de la esfericidad bajo ningún concepto.

—Entonces ¿cómo entran y salen los operarios?

—Una vez que está dentro la brigada, se suelda la Canica y se pule la soldadura hasta que quede como un espejo.

Crane silbó.

—Sí, por eso los turnos son de veinticuatro horas, por lo mucho que se tarda en las entradas y salidas. Por suerte, como ve, hay dos de refuerzo; así, mientras una funciona se puede ir preparando y repostando la siguiente. Es la única forma de poder trabajar las veinticuatro horas del día.

Se quedaron callados. A Crane le resultaba imposible apartar la vista de aquella bola brillante. Era una de las cosas más bonitas que había visto en toda su vida, aunque costaba imaginarse a tres personas en tan poco espacio. Le llamó la atención una pantalla con una imagen poco definida de los técnicos que trabajaban alrededor de la Canica. Parecía una señal de vídeo tomada desde el interior de la esfera.

—Tengo entendido que no le convence que busquemos la Atlántida —dijo Spartan, secamente—, pero lo que buscamos no es de su incumbencia. Lo que sí le atañe, y mucho, es la situación médica. Ahora ya no responde solo ante Asher, sino también ante mí. No es necesario que le diga que lo que vea aquí no puede comentárselo a nadie del área de libre acceso. Sus movimientos estarán vigilados, y solo podrá acceder a ciertos lugares de máxima seguridad debidamente acompañado, al menos al principio. Naturalmente, le facilitaremos todos los recursos e instrumentos que necesite. Como no es la primera vez que trabaja en una operación confidencial, ya sabe los privilegios y las responsabilidades que comporta. Si abusa de ellos, la próxima vez que lo arrastren ante unos focos no será para hacerle una foto.

Las últimas palabras de Spartan arrancaron a Crane de la contemplación de la Canica. El almirante no sonreía.

—¿Qué ha ocurrido exactamente? —preguntó Crane.

Spartan movió una mano hacia la pared de cristal, señalando el hangar de abajo.

—Hasta hace doce horas, el Complejo de Perforación se había librado de lo que mina la salud de los trabajadores, pero ahora hay tres operarios afectados.

—¿Cuáles son los síntomas?

—Puede preguntarlos usted mismo. En la cuarta planta hay un servicio de urgencias médicas que ya hemos activado, y que puede usar como enfermería provisional. Haré que le remitan ahí a los operarios.

—¿Por qué no me habían dicho nada de estos nuevos casos? —preguntó Crane.

—Se lo estoy diciendo yo. Son operarios del área restringida, y por tanto no se les permite circular por las zonas de libre acceso.

—No me iría mal que me ayudase la doctora Bishop.

—Solo tiene acceso limitado al otro lado de la Barrera en casos de emergencia y acompañada por marines. Ya lo hablaremos el día en que sea imprescindible. Ahora déjeme seguir, si es tan amable. Aparte de los casos que ya le he comentado, he observado que en el Complejo hay diversas personas que están... psicológicamente afectadas.

—¿Lo sabe el doctor Corbett?

—No, ni lo sabrá. Corbett es... digamos que poroso. Convendría que su asesoramiento siempre sea filtrado por usted. —Spartan echó un vistazo a su reloj—. Ahora pediré un destacamento para que lo acompañe a su habitación. Duerma un poco. Lo quiero aquí a las nueve de la mañana, bien descansado.

Crane asintió despacio.

—O sea, que es por eso. Me autoriza porque la podredumbre ha llegado hasta aquí.

La mirada de Spartan se volvió escrutadora.

—Ahora tiene un nuevo trabajo, doctor. No basta con averiguar por qué enferma la gente. Tiene que mantenerla sana. —Volvió a señalar la Canica, y a los técnicos de alrededor—. Porque en este Complejo se puede prescindir de todo y de todos menos de la perforación, que debe seguir a cualquier coste. Es un trabajo de importancia capital. No dejaré que nada ni nadie lo retrase. Si debo manejar yo mismo la Canica, lo haré. ¿Queda claro?

Se miraron un momento, hasta que Crane asintió ligeramente.

—Como el agua —respondió.

24

Crane se tumbó en la cama, exhausto. Casi eran las tres de la noche, y el Complejo estaba en silencio. Oyó cómo se deslizaban las notas seductoras de un clarinete de jazz, que se filtraba a duras penas desde el cuarto de baño común. Roger Corbett admiraba a Benny Goodman y Artie Shaw.

No recordaba otro día tan lleno de sorpresas en su vida, pero estaba tan cansado que en cuanto cerró los ojos se sintió invadido por el sueño. Sin embargo, aún no podía dormir. Primero tenía que hacer algo.

Acercó la mano a la mesa para coger una carpeta. La abrió y sacó un breve documento: el texto mencionado por Asher como testimonio de primera mano del hundimiento al fondo del mar. Se frotó los ojos y miró la primera página, casi sin fuerzas. Era una fotografía en gran formato de una página de un manuscrito iluminado, con letras minúsculas de color negro, una capitular muy adornada e ilustraciones al margen, inquietantes a pesar de su gran colorido. La vitela estaba muy desgastada en dos líneas horizontales que parecían corresponder a algún pliegue. Los bordes estaban oscurecidos por el uso y los años. El texto estaba en latín. Afortunadamente, el investigador de Asher había adjuntado una traducción en inglés, prendida a la foto. Crane empezó a leerla.

Aconteció en el año del señor de 1397 que yo, Jón Albarn, pescador de Staafhörn, fui convertido en testimonio.

En esa época me había roto el brazo de gravedad y no podía salir a la mar ni echar las redes. Habiendo salido cierto día a caminar por los acantilados, observé al punto que el cielo brillaba con gran fuerza, a pesar de que estaba nublado, y a mis oídos llegó un extraño canto, como de multitud de voces que hacían temblar el propio empíreo.

Regresé sin tardanza para informar a todas las gentes de esta revelación, pero en la aldea muchos habían oído ya con sus oídos, y visto con sus ojos, y emprendido el camino hacia la playa de guijarros; al ser domingo todos los varones de la aldea estaban en casa con sus familias, y así no pasó mucho tiempo hasta que la aldea quedó vacía, y se reunieron casi todos junto al agua.

El cielo se volvió aún más luminoso. La pesadez del aire era en extremo singular, y hubo muchos, yo entre ellos, que repararon en que el vello de nuestra piel se erizaba.

De pronto estallaron toda suerte de relámpagos y truenos, hasta que se abrieron las nubes sobre el mar, y de ellas brotaron arco iris y torbellinos de niebla. Luego apareció un agujero en el cielo, y por ese agujero se mostró un Ojo gigante envuelto en llamas blancas. Descendían de aquel ojo unos troncos de luz rectos cual columnas, y una calma extraña se hizo en el mar sobre el que se posaba la sagrada luz.

Todas las gentes de la aldea se alegraron en extremo, pues era el Ojo de maravillosa belleza, más luminoso de lo que pudiérase explicar, ceñido de arco iris que nunca dejaban de moverse. Todos decían que Dios Topoderoso había venido a Staafhörn para honrarnos con su gracia y bendición.

Los varones de la aldea, hablando entre sí, empezaron a decir que debíamos navegar hacia la luz maravillosa, a fin de alabar al Señor y recibir su bendición. Yo y otro dijimos que la distancia por mar era excesivamente grande, pero el Ojo era de tal belleza, y de tal pureza y blancura el fuego que lo rodeaba, que en poco tiempo todos subieron a sus barcas; no veían la hora de tocar la luz divina con sus propias manos, y lograr que sobre ellos se derramase. Nadie más que yo permaneció en la playa. La aldea entera iba en las barcas, con sus varones, mujeres y niños. Triste de mí, que no podía embarcarme a causa de mi brazo roto; y así, subí nuevamente a los acantilados para presenciar mejor aquel milagro.

Fueron minutos lo que tardaron las barcas, tres docenas o más, en adentrarse en la mar, mientras todos en ellas cantaban himnos de loanza y gratitud. También yo daba gracias sin cesar desde el acantilado por que entre todas las aldeas y pueblos del reino de Dinamarca el Señor favoreciese a Straafhörn. La línea de barcas parecía llevada por las aguas a una velocidad mágica, a pesar de que no soplaba el menor viento, y así en mi corazón, mientras oraba, sentí la gran melancolía de ser el único que se quedaba en tierra.

Transcurrido poco tiempo, cuando las barcas aún no se habían alejado de la costa más de una legua, el gran Ojo empezó a bajar despacio de los cielos. La corona de nubes que lo rodeaba seguía moviéndose; colgaban de él grandes cortinas de niebla cruzadas por infinitos arco iris, pero la columna de luz blanca que caía desde el Ojo hasta la superficie del mar empezó a cambiar. Vi que empezaba a girar y retorcerse como un ser viviente, y que también cambiaba el punto de las aguas en donde caía. Ya no estaba en calma, sino que empezó a hervir cual si lo consumiese un gran horno. El canto etéreo se volvió más fuerte, pero sus notas ya no parecían voces celestiales. Tan agudas se tornaron que al final más parecían los gritos de una liebre en una trampa. Eran tan insoportables que caí de rodillas y me tapé los oídos.

Desde lo alto del acantilado vi que las barcas vacilaban en su rumbo. Hubo una o dos que se detuvieron, mientras otras trataban de virar, pero era como si el mar hubiese montado en cólera, y empezaron a brotar chorros de agua alrededor de la columna de luz, que se levantaban con inusitada velocidad, como cuando se arroja una gran piedra en un pequeño estanque. Mientras bajaba el gran Ojo, la columna de luz se convirtió en una columna de fuego blanco que todo lo consumía, y que daba pavor solo de verla.

Las barcas ya se retiraban, pero entonces estalló un gran terremoto, y se abrieron las nubes con un fragor tan grande que pareció que en un momento cayeran al mar todas las estrellas del cielo. Llamas prodigiosas se alzaban donde se había desplomado cada una de ellas, y una gran cantidad de vapor corrió desde el centro hacia fuera, ocultando todas las barcas a mi vista.

La fuerza del terremoto me había postrado en el suelo, pero a pesar de mi pavor no lograba despegar mi mirada del horrendo espectáculo. La niebla devoradora se acercaba a la orilla. Creí ver llamaradas rojas y cárdenas que se levantaban hasta el mismo cielo antes de caer al mar en mil lenguas de fuego. En medio de todo descendía el gran Ojo, rodeado de llamas tan blancas y luminosas que en todo penetraban, incluso a través de la niebla. Pareciome que caía con gran lentitud. Cuando tocó la superficie del mar, el cielo sufrió una sacudida de tal fuerza y magnitud que no se podría describir aquel poder. Los truenos y el temblor se prolongaron durante casi una hora; agitaban la tierra con tal fuerza que estuve seguro de que se desgarrarían las mismísimas entrañas de la tierra. Harto tiempo hubo de pasar para que empezasen a apagarse los rugidos, y a despejarse las nieblas.

¡Oh, cuán extraño y terrible! No parecía sino que el diablo había engañado a las gentes de Staafhörn a fin de que corriesen al más triste fin bajo aquella guisa angelical, porque cuando por fin se despejó la niebla el mar se había tornado todo él de un oscuro rojo; hasta donde alcanzaba la vista lo cubrían peces muertos y otros moradores de las profundidades; no así las barcas ni los aldeanos, que de ellos ningún rastro había. Yo, en mi triste y lamentoso estado, también estaba muy perplejo, pues ¿acaso Lucifer no se habría quedado para gozar de su victoria? Mientras que del gran Ojo de fuego blanco nada se veía. Era como si ese mal enemigo no se cuidara del terrible destino de los ocupantes de las tres docenas de barcas.

Desde aquel día vagué por Dinamarca, contando mi historia a quien tuviese a bien prestar oídos y hacer caso a mi advertencia, pero rápidamente fui acusado de herejía, y salí del reino temiendo por mi vida. Solo me detengo brevemente en este castillo de Grimwold para mi socorro y sostén. Adónde iré no lo sé, pero es menester que me vaya.

JÓN ALBARN

Púsolo en letra Martín de Brescia, que solemnemente jura haber consignado fielmente la dicha relación. En el día de la Candelaria del año del Señor de 1398.

En el momento de dejar las hojas sobre la mesa, acostarse y apagar la luz, Crane estaba tan cansado como antes, pero a pesar de todo se quedó despierto en la cama con una sola imagen en la cabeza: un ojo enorme que no parpadeaba, rodeado de llamas blancas y puras.

25

Asher llamó a la puerta del laboratorio de John Marris, aunque esta estaba abierta.

—Adelante —dijo el criptólogo.

Marris tenía el laboratorio más ordenado de todo el Complejo. No se veía ni una mota de polvo. En la mesa, aparte de media docena de manuales pulcramente apilados en una esquina, solo había un teclado y un ordenador con pantalla plana. Fotos, pósters y recuerdos brillaban por su ausencia, detalle (pensó Asher) que reflejaba a la perfección la manera de ser de Marris: un hombre tímido, reservado y de un gran hermetismo tanto sobre su vida privada como sobre sus ideas. Un hombre totalmente entregado a su trabajo. Cualidades perfectas para un criptólogo.

Era una lástima que su proyecto actual (un código tan corto, y que parecía tan sencillo) se le estuviera resistiendo.

Asher cerró la puerta y se sentó en la única silla para las visitas.

—He recibido su mensaje —dijo—. ¿Ha habido suerte con los ataques de fuerza bruta?

Marris sacudió la cabeza.

—¿Y con los filtros de aleatoriedad?

—Nada inteligible.

—Ya.

Asher se quedó desmadejado en la silla. Al recibir el e-mail en el que Marris le pedía que pasara a verle en cuanto le fuera posible, había albergado la esperanza de que el criptólogo hubiese descifrado el código. En alguien tan flemático como Marris, «en cuanto le sea posible» era prácticamente como un ruego a gritos de que corriese a hablar con él.

—Entonces ¿qué pasa?

Marris lo miró y bajó la vista.

—Se me ha ocurrido que quizá lo estamos enfocando mal.

Asher frunció el entrecejo.

—Explíquese.

—De acuerdo. Anoche estuve leyendo una biografía de Alan Turing.

Asher no se sorprendió. Marris tenía una larga trayectoria universitaria y preparaba su segundo doctorado, esta vez en historia de la informática. Alan Turing era una figura seminal de los inicios de la teoría informática.

—Siga.

—Pues... ¿Sabe qué es una máquina de Turing?

—Mejor que me lo recuerde.

—En la década de 1930, Alan Turing formuló la teoría de un ordenador que se conoce como máquina de Turing. Se componía de una «cinta», una tira de papel de longitud arbitrariamente extensible. La cinta estaba cubierta de símbolos de algún alfabeto finito. Se hacía pasar la cinta por un «cabezal» que leía los símbolos y los interpretaba basándose en una tabla de consulta. El estado del cabezal variaba en función de los símbolos que leía. La propia cinta podía almacenar datos o bien «transiciones», palabra con la que Turing designaba pequeños programas. En los ordenadores actuales la cinta sería la memoria, y el cabezal el microprocesador. Según Turing, este ordenador teórico podía resolver cualquier cálculo.

—Siga —dijo Asher.

—Me puse a pensar en este código que estamos intentando desencriptar...

Marris hizo un gesto con la mano, señalando la pantalla del

ordenador, donde estaba la señal emitida por las pulsaciones luminosas del centinela, de una brevedad y opacidad casi burlonas:

00000111110010101101010110011101110000101
01100011000101000110100110000100000000000

—Y me pregunté: ¿y si es una cinta de Turing? —siguió explicando Marris—. ¿Qué ocurriría si pasásemos estos ceros y unos por una máquina de Turing?

Asher se incorporó despacio.

—¿Está insinuando que estos ochenta bits... son un programa informático?

—Ya sé que parece una locura...

«No más que el hecho de que estemos aquí abajo», pensó Asher.

—Siga, por favor.

—De acuerdo. Primero tuve que reducir la cadena de ceros y unos a órdenes individuales. Partí de la premisa de que los valores iniciales, cinco ceros y cinco unos, servían para indicar la longitud de cada instrucción, es decir, que cada «palabra» digital tendría una longitud de cinco bits. Me quedaron catorce instrucciones de cinco bits.

Marris pulsó una tecla, y el resultado fue que la larga cadena de números quedó sustituida por una serie de filas ordenadas:

00101
01101
01011
00111
01110
00101
01100
01100
01010
00110
10011

```
00001
00000
00000
```

Asher se quedó mirando la pantalla.

—Muy corto para ser un programa informático.

—Sí, es evidente que tendría que ser un programa muy simple y en lenguaje máquina, el más básico y universal de los lenguajes digitales.

Asher asintió con la cabeza.

—¿Qué más?

—Esta mañana, al llegar a mi despacho, he escrito una breve rutina para comparar estos valores con una lista de instrucciones estándar en lenguaje máquina. Primero la rutina asignaba todas las instrucciones posibles a los valores, y después verificaba si había aparecido algún programa informático.

—¿Por qué cree que los... los que nos mandan el mensaje usan el mismo tipo de instrucciones en lenguaje máquina que nosotros?

—A nivel binario hay una serie de instrucciones digitales irreductibles que deberían ser comunes a cualquier aparato informático concebible: incremento, decrecimiento, salto, omitir si es cero, lógica booleana... Bueno, pues dejé funcionando la rutina mientras hacía otras cosas.

Asher asintió con la cabeza.

—Hace unos veinte minutos ha terminado de ejecutar la rutina.

—¿Las catorce líneas en binario se pueden traducir a algún programa informático viable?

—Sí, a uno.

Asher sintió que su interés se avivaba de golpe.

—¿En serio?

—Un programa para una expresión matemática simple. Mire.

Marris pulsó otra tecla, haciendo que apareciesen una serie de instrucciones en el monitor.

Asher se inclinó, impaciente.

INST.	MNEMÓNICO	COMENTARIOS
00101	ADD	/ Crear un contador en el acumulador
01101	01101	/ desde el número en posición 13 (decimal).
01011	CNM	/ Invertir el signo numérico del recuento.
00111	PLC	/ Poner el número resultante
01110	01110	/ en la posición 14.
00101	ADD	/ Sustraerlo del
01100	01100	/ número en posición 12.
01100	ISZ	/ Incrementar el recuento y omitir si es cero.
01010	JMP	/ Devolver el control del programa al
00110	00110	/ paso 6.
10011	END	/ Finalizar programa.
00001		/ Posición 12
00000		/ Posición 13
00000		/ Posición 14

—¿Qué hace este programa? —preguntó Asher.

—Si se fija, verá que está escrito como una serie de sustracciones repetidas codificadas como un bucle. Es como se hacen las divisiones en lenguaje máquina, repitiendo sustracciones. Bueno, es una de las maneras; también se podría hacer un desplazamiento aritmético, pero haría falta un sistema informático más especializado.

—¿O sea, que es una instrucción de división?

Marris asintió con la cabeza.

Asher sintió que su sorpresa y su perplejidad se mezclaban con un repentino entusiasmo.

—No vacile, hombre. ¿Qué número dividen?

—Uno.

—Uno. Y ¿por cuál se divide?

Marris se humedeció los labios.

—Pues ahí está el problema...

26

Era una de la media docena de puertas que había en el pasillo del cuadrante nordeste de la tercera planta. Lo único que ponía era: RADIOLOGÍA–PING.

El comandante Korolis hizo señas a uno de los marines que lo acompañaban de que abriera la puerta, y entró. Al mirar por encima del hombro del comandante, Crane vio un laboratorio pequeño pero bien equipado. Incluso demasiado bien equipado, porque casi todo el espacio disponible estaba repleto de aparatos que ocupaban mucho sitio. Justo al otro lado de la puerta, una mujer asiática con bata blanca tecleaba deprisa en un ordenador. Al oír entrar a Korolis levantó la cabeza, se puso de pie y sonrió, haciendo una reverencia.

Korolis dio media vuelta sin saludar; lanzó una mirada de reproche a Crane con uno de sus ojos mientras con el otro observaba algún punto situado por encima de su hombro izquierdo.

—Debería servirle —dijo.

Miró otra vez todo el laboratorio, como si quisiera asegurarse de que Crane no pudiera robar nada, y salió al pasillo.

—Esto lo quiero vigilado por fuera —dijo a los dos marines. Se volvió y se fue.

Después de ver cómo se iba, Crane saludó a los marines con la cabeza, entró en el laboratorio y cerró la puerta. Al ajustarse, el cierre aislante chirrió un poco con un ruido de goma. Crane se acercó a la científica, que seguía de pie al lado de la mesa, sonriendo.

—Peter Crane —dijo al darle la mano—. Perdone que entre de esta manera, pero es que aquí abajo no tengo donde trabajar, y me han dicho que este laboratorio tiene una mesa de luz.

—Ping —contestó ella, enseñando unos dientes muy blancos al sonreír—. Lo conozco de nombre, doctor Crane. Es el que está estudiando las enfermedades, ¿verdad?

—Exacto. Solo tengo que examinar algunas radiografías.

—No se preocupe. Use todo lo que quiera. —Hui era baja y delgada, con los ojos negros y brillantes. Hablaba un inglés perfecto, pero con mucho acento chino. Crane le calculó unos treinta años—. La mesa de luz está allá.

Crane siguió la dirección del dedo.

—Gracias.

—Si necesita algo, dígamelo.

Se acercó a la mesa de luz, la encendió y sacó las radiografías que acababa de pedir, correspondientes a varios trabajadores del Complejo de Perforación. Tal como sospechaba, todo estaba en orden. Las radiografías eran de una normalidad descorazonadora. Ni una sola anomalía.

Durante las últimas veinticuatro horas había hecho exámenes informales a varios operarios del Complejo de Perforación, y había descubierto que sus dolencias eran como las de la zona de libre acceso del Complejo: amorfas y de una diversidad exasperante. Uno se quejaba de unas náuseas muy fuertes, otro de que veía borroso y con alteraciones en el campo visual... Algunos problemas parecían psicológicos (ataxia, fallos de memoria). Por otra parte, ninguno de los casos revestía gravedad. Como siempre, no había ninguna interrelación. Solo había un caso de auténtico interés, el de una mujer que había manifestado una desinhibición muy llamativa. En los últimos días había pasado de ser tímida, callada y abstemia a decir tacos y mostrarse agresiva y sexualmente promiscua. El día anterior la habían confinado a su dormitorio, después de encontrarla borracha durante su turno de trabajo. Crane la había entrevistado, había hablado con sus compañeros de trabajo y pensaba mandar un informe completo a Roger Corbett (debidamente filtrado, por supuesto), para que lo evaluase.

Cogió las radiografías de la mesa de luz con un suspiro. Había encargado resonancias magnéticas para mandarlas al laboratorio junto a las muestras de sangre, aunque ya se temía que los resultados serían tan poco concluyentes como de costumbre. Lástima, porque tenía esperanzas para aquella fase de la investigación; lo último que deseaba eran nuevos casos, pero la presencia de estos en el Complejo de Perforación (donde se hacía el trabajo de verdad) le habría dado indicios. Pero no parecían salir peor parados que sus colegas de los pisos de arriba.

Ahora tenía claro que la preocupación repentina de Spartan no era una cuestión de gravedad, sino de selección. Hasta hacía poco, cuando los únicos afectados eran trabajadores prescindibles, el almirante había mostrado poco interés, pero ahora que estaban enfermando responsables directos de la perforación Spartan ya no podía cerrar los ojos.

Apagó la mesa de luz. Aunque los nuevos casos no aportaran datos concluyentes, le habían abierto muchas puertas. Ahora podía acceder a los niveles reservados del Complejo, lo cual duplicaba a todos los efectos el número de personas que podía someter a un seguimiento, por no hablar de las nuevas posibilidades de buscar posibles factores ambientales.

Hui Ping lo miró. Era como un estudio en blanco y negro: pelo, ojos y gafas negros, bata blanca y piel casi traslúcida.

—No parece muy satisfecho —dijo.

Crane se encogió de hombros.

—Es que no encaja todo tan deprisa como esperaba.

Ping asintió, mientras se ponía unos guantes de látex.

—Lo mismo me ocurre a mí.

Su pelo, brillante y corto, se movía con cada sacudida de la cabeza.

—¿En qué trabaja?

—En esto.

Ping señaló la otra punta de un aparato muy grande.

Crane se acercó, y al asomarse al borde descubrió con sorpresa a otro de los centinelas, idéntico al que le había enseñado Asher. Flotaba en el aire, brillando con una infinidad de colores cambiantes, y tenía el mismo haz finísimo de luz blanca directamente orientado al techo.

—¡Vaya! —dijo, lleno de asombro—. ¡Si tiene uno!

Ping se rió alegremente.

—Tampoco es que escaseen, la verdad. De momento hemos encontrado más de veinte.

Crane la miró con cara de sorpresa.

—¿Veinte?

—Sí, y cuanto más bajamos más encontramos.

—Si han encontrado tantos en el recorrido del pozo es que la corteza de esta zona debe de estar infestada.

—No, si no están en el recorrido del pozo...

Crane frunció el entrecejo.

—¿Qué quiere decir?

—Bueno, el primero sí, pero desde entonces han venido ellos a nosotros.

—¿Venido?

Ping volvió a reírse.

—No se me ocurre otro modo de decirlo. Vienen a la Canica, como si los atrajese.

—¿Quiere decir que perforan la roca?

Se encogió de hombros.

—No sabemos exactamente cómo lo hacen, pero la cuestión es que vienen.

Crane prestó más atención al objeto. Era algo inverosímil verlo flotar en medio del laboratorio con su profundo resplandor interno, como un arco iris de infinitos matices. De repente, al contemplarlo, llegó a la profunda convicción de que los temores de Asher eran infundados. El inquietante testimonio escrito que había leído antes de acostarse podía referirse a otra cosa, sin la menor relación con el centinela. Seguro que la causa de las enfermedades tenía un origen totalmente distinto. Aquel objeto tenía que ser benigno. Solo una cultura moralmente avanzada, que hubiera dejado atrás las guerras, la violencia y la maldad, podía crear algo de una belleza tan indescriptible.

—¿Qué estudia? —murmuró.

—La lucecita fina que emite. La he sometido a refractómetros y radiómetros espectrales para analizar sus componentes, pero es difícil.

—¿Por qué? ¿Porque tiene que mover los aparatos a su alrededor?

Ping volvió a reírse.

—Sí, por eso también, pero me refiero a que me está ocurriendo lo mismo que a usted. No acaban de encajar las piezas.

Crane cruzó los brazos y se apoyó en el aparato, muy voluminoso.

—Cuénteme, cuénteme —dijo.

—Con mucho gusto. Los únicos que se interesan de verdad por los centinelas son los científicos. El resto solo tiene ganas de llegar al filón. A veces creo que me asignaron este trabajo tan insignificante solo porque Korolis no quiere que moleste. Me trajeron para programar los ordenadores científicos, no para manejarlos.

El tono de Ping delataba su amargura. «Así que Korolis la ha apartado de un trabajo importante y la ha relegado a este laboratorio de mala muerte —pensó Crane—, donde malgasta su talento en teorías y mediciones secundarias...»

—¿Por qué? —preguntó—. ¿Korolis no se fía de usted?

—Korolis no se fía de nadie, y menos si estudió en la Universidad Politécnica de Pekín. —Ping se levantó, se acercó y señaló el objeto flotante—. En fin... ¿Ve el rayo que emite? Parece que no se mueva, ¿verdad? Pues cuando se procesa resulta que tiene unas pulsaciones increíblemente rápidas, más de un millón por segundo.

—Sí, ya me lo comentó Asher.

—Otra cosa: ¿verdad que parece luz normal?

—Sí, muy blanca pero sí.

—Pues dista mucho de serlo. De hecho es una paradoja. Prácticamente todos los tests que he hecho han arrojado resultados anómalos.

—Pero ¿la luz no es luz?

—Es lo que pensaba yo, pero mis tests están demostrando lo contrario. Le daré un ejemplo: ¿ve el aparato donde está apoyado? Es un espectrógrafo.

—Nunca había visto uno tan grande.

Ping volvió a sonreír.

—Bueno, digamos que es un espectrógrafo fotoeléctrico muy especial, pero hace lo mismo que los demás, aunque mucho más deprisa y con mucho más detalle. ¿Sabe cómo funciona un espectrógrafo?

—Divide la luz en las longitudes de onda de las que está compuesta.

—Exacto. La materia, cuando se ioniza (por ejemplo a causa del calor), desprende luz. Los diferentes tipos de materia despiden distintos tipos de luz. Se llaman «emisiones de líneas». El espectrógrafo puede reconocerlas y clasificarlas. Para los astrónomos son muy importantes, porque pueden determinar la composición de una estrella estudiando sus emisiones de líneas.

—Siga.

—Usé este espectrógrafo para analizar el rayo de luz que emite esta cosa y aquí tiene el resultado.

Ping se volvió, cogió una hoja y se la dio a Crane, que la leyó. No vio nada inhabitual. Mostraba una línea errática llena de picos y valles que cruzaba la página sinuosamente de izquierda a derecha. Pensó que no se diferenciaba mucho de un electrocardiograma.

—No sé mucho de espectroscopia fotoeléctrica —dijo—, pero no veo nada raro.

—No sería raro para una estrella lejana, pero ¿para este objeto tan pequeño? Es tan raro que parece imposible. —Señaló varios picos muy pronunciados—. Esto son líneas de absorción.

—¿Y qué?

—Pues que solo aparecen espectros de absorción cuando hay algo delante de la estrella que se mira, una nube de gas o algo que bloquea una parte de la luz y absorbe longitudes de onda específicas. Un rayo de luz que está en la misma sala que la persona que lo analiza nunca daría un resultado así.

Crane volvió a mirar el gráfico, frunciendo el entrecejo.

—¿Qué quiere decir, que el tipo de luz que emite este objeto solo puede verse desde una estrella lejana?

—Exacto. El espectro de luz que desprende este centinela es esencialmente imposible.

Crane devolvió la hoja a Ping en silencio.

—Solo es una de las muchas paradojas que he descubierto sobre esta criatura. Cada prueba que hago arroja resultados incomprensibles. Es fascinante, y a la vez frustrante. Por eso me molesté en usar un espectrógrafo, porque ya que es un instrumento que usan los astrónomos supuse que sería seguro. —Ping sacudió la cabeza—. Luego están los componentes físicos. Para empezar, ¿por qué emite un rayo de luz? Y ¿se ha fijado en que el rayo siempre va en la misma dirección, hacia arriba, se gire como se gire el objeto?

—No, no me había fijado.

Crane cogió el objeto flotante y lo giró en su mano, ligeramente distraído. A pesar de que el objeto cedía a la suave presión de sus dedos, el rayo se quedó en su sitio, firme como una roca, apuntando en todo momento al cielo, mientras su punto de origen se deslizaba suavemente por la superficie en rotación. El tacto del centinela era frío, extrañamente resbaladizo.

—¡Qué curioso! —dijo—. La luz siempre parte de la misma posición relativa, independientemente de su orientación en el espacio. Es como si toda la superficie tuviera la capacidad de iluminar. —Miró atentamente el centinela. Seguro que eran imaginaciones suyas, pero parecía más caliente que antes. Miró a Hui Ping—. Me gustaría saber si...

Enmudeció de golpe. Ping se había apartado, con una expresión de susto y miedo.

—¿Qué ocurre? —preguntó Crane.

La doctora Ping retrocedió y se colocó detrás de otro gran aparato.

—Guantes... —dijo con voz ahogada.

De pronto Crane se dio cuenta de que las yemas de sus dedos estaban tan calientes que casi le dolían. Apartó enseguida la mano y soltó el centinela, que volvió a ocupar su posición en el centro exacto de la sala.

Lo contempló, inmovilizado por el miedo. Ping solo había dicho una palabra, pero su significado se abrió camino en la conciencia de Crane como un cuchillo:

«Nunca lo ha tocado nadie sin guantes...»

La quemazón iba rápidamente en aumento. Sintió que se le aceleraba el pulso y que se le secaba la boca. Acababa de cometer un pecado capital, el error más garrafal en el que podía incurrir un novato. Y ahora...

No pudo seguir pensando, porque justo entonces se disparó una bocina muy fuerte y se oyeron chirridos de metal. Eran los orificios de ventilación, que se habían cerrado en todo el laboratorio. También se apagaron las luces del techo, sustituidas por una luz roja de emergencia.

Ping había pulsado el botón de emergencia de la pared; los había dejado encerrados.

27

Crane se quedó petrificado. Parecía que la bocina hiciera temblar las paredes. Las luces de emergencia bañaban el laboratorio de color rojo sangre.

¿Qué había ocurrido? Había tocado el aparato extraterrestre... y al tocarlo había desencadenado alguna reacción. «Dios mío —pensó en un momento de pánico—, ¿me habré contaminado? ¿Habré recibido algún tipo de radiación alfa o de neutrones? ¿En qué dosis? Y ¿cómo podré...?»

Intentó enfrentarse al miedo, pensar con lógica y dejarse de conjeturas. «¿Cómo se trata una exposición parcial?»

Se apartó del objeto, que seguía flotando.

—¡Un baño! —exclamó—. ¡Necesito enseguida un baño salino!

Al mirar a Hui, vio que estaba inclinada hacia los aparatos; le decía algo que la bocina le impedía oír.

—¿Qué?

Más gritos y gesticulaciones.

—¿Qué? —repitió Crane con todas sus fuerzas.

Hui se volvió y pulsó un botón de la pared. La alarma se cortó en seco. Poco después volvió la luz normal.

—¡He dicho que no pasa nada! —exclamó ella—. ¡Solo son infrarrojos!

Crane se la quedó mirando.

—¿Infrarrojos?

—Sí. Acaban de salir los resultados en esta consola. El indicador ha empezado a emitir luz infrarroja nada más tocarlo usted. —Ping volvió a mirar los instrumentos. Después los rodeó para acercarse a Crane con un contador Geiger portátil, que deslizó por la parte delantera de su cuerpo hasta llegar a los dedos—. Solo aparecen los valores que hay en todo el Complejo.

En ese momento Crane oyó voces y golpes en la puerta. Hui se volvió, se acercó deprisa a una consola de comunicación y cogió un auricular.

—Soy la doctora Ping —dijo—. Falsa alarma. Repito, se ha disparado la alarma por error.

La voz que respondió era incorpórea, mecánica, sin entonación.

—Introduzca el código de validación.

Hui pulsó una serie de números en un teclado.

—Código de validación verificado —dijo la voz—. Fin de la alerta.

Las tapas de los orificios de ventilación se retiraron con otro ruido metálico; nuevamente entró aire fresco en el laboratorio. Hui desactivó el mecanismo de cierre de la puerta y la abrió. Los dos marines, que habían estado aporreándola, casi se cayeron.

—Falsa alarma —dijo ella con una sonrisa deferente, asintiendo con la cabeza—. Siento mucho las molestias.

Los marines miraron el laboratorio con recelo, sin bajar los rifles. Hui siguió sonriendo y asintiendo. Al cabo de un momento, tras una última mirada a Crane, ambos se retiraron a sus puestos, uno a cada lado de la puerta. Hui volvió a cerrarla y se giró hacia Crane, con una sonrisa teñida de vergüenza.

—Lo siento —dijo.

—¿Cómo que lo siente? ¡Si acabo de cometer una equivocación que abochornaría hasta a un colegial!

—No. Creía que estaba al corriente de la normativa y he

reaccionado exageradamente. Supongo que... que aquí abajo estamos todos un poco tensos; según las pruebas que hemos realizado, estas cosas son inertes y benignas, pero de todos modos...

No terminó. Estuvieron un rato en silencio. Crane exhaló despacio, sintiendo que su corazón se calmaba. Aún notaba un cosquilleo en las yemas.

Hui se había quedado pensativa.

—De hecho —dijo despacio—, creo que puede haberme hecho un favor, doctor Crane.

—¿En qué sentido? —preguntó Crane, frotándose las yemas con gesto ausente.

—Me ha dado algo más que analizar, porque ahora el indicador emite dos tipos de radiación electromagnética.

Crane la miró.

—¿Quiere decir...?

—Sí. —Hui señaló los aparatos—. Todavía genera infrarrojos, además de luz visible.

Crane se acercó otra vez al objeto, pero con más precaución que antes. Flotaba luminoso ante su vista, con un leve temblor en las esquinas, como las líneas inconstantes y frágiles de un espejismo.

—¿Por qué será? —murmuró.

—Esa es la cuestión, ¿no cree, doctor Crane?

Crane lo escrutó.

—¿No estará relacionado con el método de propulsión?

—Parece muy poco probable.

—¿Un mecanismo de autodefensa?

—¿Para obligarle a soltarlo? Tampoco es probable. Dada su complejidad, debería de tener algún modo más eficaz de protegerse. Además, ya intentamos agujerear uno, pero son inmunes a todo lo que les echamos encima. Sus dedos no podrían ser un gran peligro.

Crane caminó alrededor del centinela frunciendo el entrecejo. Aún temblaba ligeramente tras el susto. Cogió una probeta de plástico, la acercó muy cuidadosamente al objeto flotante, lo introdujo en ella y cerró el tubo con un tapón de goma roja. Observó su contenido. La pequeña entidad flotaba en el centro exacto de la probeta, completamente ajena a su entorno.

—Asher cree que se trata de algún tipo de mensaje —dijo—, y que las pulsaciones luminosas son un código digital.

Hui asintió.

—Es una conclusión lógica.

—Me gustaría saber cómo está —dijo Crane, como si hablara consigo mismo.

Se sentía culpable por no haberse puesto en contacto con el director científico. La última conversación la habían tenido en su camarote, justo antes de que irrumpiesen Spartan y sus marines. Desde entonces, Crane había estado tan ocupado que sencillamente no había tenido tiempo de llamarlo ni de buscarlo.

—Voy a mandarle un e-mail —dijo Ping.

Se sentó y empezó a teclear. Después de una pausa, frunció el entrecejo y siguió tecleando.

—Qué raro... —dijo.

—¿Qué? —preguntó Crane, acercándose.

—La red no responde. —Ping señaló la pantalla—. Mire: «Se excedió el número máximo de paquetes enviados».

—¿Con qué tipo de red trabaja?

—Inalámbrica estándar 802.11g, la misma que usa todo el Complejo. —Hui introdujo algunas órdenes más—. Mire, otra vez lo mismo.

—En el centro médico nunca he tenido problemas para conectarme.

—A mí es la primera vez que me ocurre. Hasta ahora era muy fiable. —Hui tecleó otra vez las mismas órdenes—. Bueno, a la tercera sí que ha entrado el mensaje.

Crane seguía pensando.

—¿Qué frecuencia usa una red inalámbrica 802.11g?

—5,1 gigahercios. ¿Por qué? —Hui se volvió a mirarle, dando la espalda a la pantalla del ordenador—. No lo dirá por...

—¿Porque haya alguna interferencia? Buena pregunta. ¿Tiene algún otro aparato de 5,1 gigahercios en el laboratorio?

—No. En esa frecuencia solo emite la red inalámbrica.

La voz de Hui tembló. La científica y el médico se miraron. Al cabo de un momento, como si hubieran tenido la misma idea, se volvieron hacia el pequeño indicador que flotaba serenamente en la probeta de la mano de Crane.

Hui se levantó de la silla, se acercó a una de las mesas del laboratorio y buscó entre varios instrumentos de medición. Cuando encontró un analizador se acercó al objeto flotante, puso delante el analizador y miró la pantallita.

—Dios mío... —dijo—. También emite en 5,1 gigahercios.

—Se comunica en tres frecuencias —dijo Crane.

—Que sepamos, aunque ahora apostaría lo que fuera a que hay más. Tal vez muchas más.

—¿Está segura de que es un fenómeno nuevo?

—Segurísima. Antes lo único que había era el rayo de luz visible.

Crane miró fijamente el pequeño objeto flotante.

—¿Qué cree que ha ocurrido? —murmuró.

Ping sonrió de una manera extraña.

—Parece que lo ha despertado, doctor Crane.

Volvió a su mesa, se sentó y empezó a teclear como una posesa.

28

—¿Filtros de CO_2?

—Comprobados.

—¿Servomotor y control de suspensión?

—Comprobados.

—¿Estado del deflector?

—Perfecto.

—¿Indicadores de orientación inercial?

—En verde.

—¿Cierre magnético?

—Al máximo.

—¿Sensor de temperatura?

—Comprobado.

Thomas Adkinson se volvió hacia su tablero de instrumentos para aislarse del toma y daca inquisitorial entre el piloto y el ingeniero. En su tablero todo estaba verde; los brazos robot de la parte inferior de la Canica estaban preparados para empezar a funcionar.

Al otro lado del casco ya no se oían los golpes rítmicos de antes, sino una especie de silbido. La placa de entrada volvía a estar soldada. Ahora estaban puliendo el casco para que no quedase ningún rastro de la soldadura. Si alguien visitara por primera vez el Complejo de Perforación y caminara alrededor de la Canica, solo vería una esfera lisa y perfecta, sin nada que delatase la presencia de tres hombres en su interior.

Tres hombres que en aquel reducido espacio estaban incomodísimos.

Adkinson giró en su minúscula silla de metal, buscando una postura que le permitiera estar cómodo durante las siguientes veinticuatro horas. Se tardaba tanto tiempo en entrar y salir de la Canica (noventa minutos de preparación para el descenso, más treinta para la extracción) que en aras de la máxima eficacia las tripulaciones debían cumplir lo que en realidad eran triples turnos.

¿Máxima eficacia? ¡Y una mierda! Seguro que había maneras más fáciles de ganarse la vida.

Se encendió el intercomunicador.

«Canica Uno, aquí Control de Inmersión —dijo por el altavoz una voz incorpórea—. ¿Situación?»

Grove, el piloto, cogió el micro.

—Aquí Canica Uno. Correctos todos los sistemas.

—Recibido.

Adkinson miró de reojo a Grove. Como piloto, técnicamente era quien dirigía la inmersión, lo cual era un chiste, porque hacía muy poco aparte de vigilar un par de indicadores y comprobar que no hubiera fallos graves. Los que trabajaban de verdad eran Adkinson y Horst, el ingeniero. Aun así, Grove era de los que siempre estaban pendientes de la señal de audio y vídeo que se transmitía no solo al Complejo de Perforación, sino también a una base secreta de Washington. Frente a la cámara tenía que parecer que mandaba.

Volvió a sonar el intercomunicador.

«Canica Uno, la compuerta está abierta. Ya tenéis permiso para bajar.»

—Recibido —dijo Grove.

Un momento de silencio, y una brusca sacudida. Era el momento en que apartaban la Canica de su atracadero para trasladarla a la compuerta. Después daba la sensación de que todo se iba asentando, hasta que una breve caída en picado indicaba que habían soltado las abrazaderas, dejando que la Canica cruzara la compuerta. Se oyó un impacto sordo en la parte de arriba. Era el cierre hermético. Al igual que todos los sonidos del exterior, llegaba atenuado de forma peculiar, multiplicado en mil estrafalarios ecos.

La razón era la propia estructura de la Canica, poco corriente, por no decir extraña. Tenía un casco externo superlaminado de carburo de titanio-cerámica-epoxi y otro interno de acero reforzado, aunque en las embarcaciones sumergibles el doble casco era habitual; si la Canica era tan peculiar era por lo que había entre el de fuera y el de dentro. Adkinson había vistos planos y fotos. Dentro había vigas. Centenares o miles de vigas entre los dos cascos, y entre las propias vigas.

Los diseñadores de la Canica se habían inspirado en la naturaleza. Era lo que más sorprendía a Adkinson. De hecho, al oír la explicación le había parecido que no iba en serio. Aquella protección tan complicada tenía como modelo al... pájaro carpintero. Al parecer, si un pájaro cualquiera se pasara el día dando picotazos a un árbol acabaría con el cerebro derretido a causa de los impactos, mientras que el cerebro del pájaro carpintero tenía una doble capa con... un montón de vigas minúsculas en medio.

Sacudió la cabeza. Un pájaro carpintero... ¡Por Dios! Y todo por la misma causa que obligaba a encerrarlos a ellos tres dentro de aquella reluciente bola de metal: la presión.

La presión. Adkinson siempre hacía un gran esfuerzo por no pensar en ella.

—Canica Uno —graznó el intercomunicador—, aquí Control de Inmersión. Ya habéis cruzado la compuerta. Sello de presión activado.

—Recibido —dijo Grove. Dejó la radio en su sitio y se volvió hacia Horst—. ¿Cómo está el Gusanito?

Horst estaba inclinado sobre su tablero, compuesto por tres pantallas, un teclado y dos mandos de goma muy pequeños.

—Conectando.

Como no tenía nada más que hacer, Adkinson observó cómo trabajaba el ingeniero. La mirada de Horst estaba fija en las tres pantallas, que ofrecían otras tantas imágenes verdes de sónar: en la primera, la de la Canica; en la tercera, la máquina que perforaba el túnel; y en la del medio, el robot submarino al que llamaban Gusanito. En la Canica solo había una cámara realmente externa: un aparato muy pequeño, inalámbrico, con el visor apenas mayor que un periscopio, que estaba reservada al piloto.

—Contacto —dijo Horst.

—Recibido.

Grove accionó un par de interruptores de su tablero e imprimió un giro de noventa grados en el sentido de las agujas del reloj a un gran disco.

El tablero de Grove pitó. Después emitió un zumbido grave, que no parecía tener una procedencia concreta. Lo siguiente fue una sensación muy extraña en la boca del estómago. La Canica se había movido bruscamente hacia abajo, como un globo al sufrir un estirón.

—Empalme total —dijo Horst.

Grove levantó la radio del soporte.

—Control de Inmersión, aquí Canica Uno. Ya hemos empalmado el Gusanito. Empezamos a bajar.

Horst volvió a coger los mandos. Después de otro estirón, más suave que el primero, la Canica emprendió su suave descenso por el pozo hacia el lugar en el que se hallaba la excavación.

Adkinson sacudió otra vez la cabeza. La técnica de sumersión de la Canica era aún más rara que su composición. Él estaba acostumbrado a los submarinos, con sus tanques de lastre y sus controles de inclinación, pero en la Canica no podía haber tanques de lastre; por no hablar de agujeros en la piel externa, ni siquiera una simple y pequeña escotilla. En su lugar tenían el Gusanito, un robot sumergible que se quedaba dentro del pozo, y que al principio del turno bajaba hasta el nivel excavado. Se empalmaba a la Canica con un campo electromagnético muy potente, y así, cuando bajaba, arrastraba a la Canica.

Antes del descenso, el equilibrio barométrico de la Canica se igualaba al del Complejo. Después bajaba hasta el fondo del pozo, proceso en el que toda la tracción corría a cargo del Gusanito. Al final del turno, Horst (que era quien controlaba el Gusanito) se limitaba a romper el vínculo magnético, y la Canica volvía a subir buscando recuperar el equilibrio barométrico con el agua de su alrededor hasta llegar al puerto seguro del Complejo, donde, una vez alcanzado dicho equilibrio, interrumpía su ascenso.

Parecía raro, pero había funcionado como una seda en todas las excavaciones, cada vez más profundas. Hasta tenía un mecanismo contra fallos, de tal modo que si el Gusanito llegaba a sufrir algún defecto de funcionamiento lo único que debía hacer el ingeniero era romper antes de tiempo el vínculo electromagnético para que la Canica volviera a subir automáticamente. En conjunto era un sistema francamente ingenioso, aunque a Adkinson le diera rabia reconocerlo. Bien pensado, la presión no dejaba otra alternativa...

Otra vez la dichosa presión.

—Profundidad relativa, menos trescientos —anunció Grove.

—Vínculo electromagnético al máximo —dijo Horst—. Velocidad de descenso constante.

Adkinson se humedeció los labios. Aparte de obligarlos a idear soluciones extravagantes para trabajar a tanta profundidad, la presión hacía que el propio trabajo fuese lento y pesado. Primero la tuneladora (una máquina dura, autónoma y prácticamente indestructible) prolongaba el pozo unos cuatro metros, dejando que entrase el agua del mar. Después estabilizaban la parte recién excavada con cinchos reforzantes de acero, usando los brazos robot que llevaba la Canica en su parte inferior, increíblemente complejos y precisos. Aquella parte le correspondía a él, así como la de extraer el cieno por el pozo mediante un dispositivo de aspiración y hacerlo circular por un conducto ancho hasta una salida situada a unos cien metros del Complejo, en el lecho marino. Si no se trabajaba deprisa y con precisión podían ceder las rocas o los sedimentos, con lo que la tuneladora (Dios no lo quisiera) quedaría sepultada.

—Profundidad relativa, menos seiscientos —recitó Grove.

Naturalmente estaban suficientemente formados (y el proceso, estrictamente controlado) para que ocurriese algo así. La formación de Adkinson, en concreto, había sido particularmente cara, desagradable y rigurosa, algo que le debía a cierto viejo excéntrico.

Al final de aquel turno el pozo central se hundiría otros cien metros por debajo del Complejo, cien metros bien revestidos de acero reforzante, con cinchos que no debían sufrir presión alguna, ya que el pozo estaba lleno de agua de mar.

—La velocidad de descenso ha disminuido —dijo Grove.

Horst miró sus pantallas.

—El Gusanito va más despacio.

Grove frunció el entrecejo.

—¡No será como la última vez!

Con «la última vez» se refería a la misión del día anterior, en la que el Gusanito había dejado de responder a las órdenes durante sesenta segundos cerca del punto más bajo del pozo, sin que se supiera la causa. Adkinson se preguntó con cierta ociosidad quién era el idiota que le había puesto ese sobrenombre al aparato. «Gusanito» sonaba a algo pequeño y simpático, pero en realidad no se parecía a ningún bicho, ni tenía nada de simpático: era un robot enorme, y resultaba algo brutal, la verdad.

—No, nada que ver —dijo el ingeniero—. Solo es un gradiente de temperatura. Dentro de nada lo cruzaremos.

Adkinson volvió a cambiar delicadamente de postura en su silla, recordando que aquel era un día memorable. La noche anterior la tuneladora había perforado el fondo de la capa continental, el segundo estrato de la corteza terrestre. Sería la primera brigada que penetrase en la capa oceánica, la tercera y más profunda parte de la corteza. Más abajo estaba el Moho... y lo que les esperase.

Tenía curiosidad por saber qué encontrarían en la capa oceánica. Solo estaba seguro de una cosa: era la más delgada de las tres, con diferencia, y la menos conocida. A fin de cuentas nadie había llegado a tanta profundidad. Se dirigían donde nunca había estado ningún ser humano. Convenía tenerlo presente.

Suspiró mientras acariciaba el complicado mecanismo de manipulación del brazo robot (inalámbrico, por descontado, ya que no se podía agujerear la piel de la Canica con ningún tubo o cable). Pensó que si la compañía fuera más interesante el viaje de bajada se haría más corto, pero hablar con Horst y Grove era muy aburrido.

—Cero menos cinco mil —dijo Grove.

«Tu padre», pensó Adkinson, gruñón.

Durante diez minutos los únicos sonidos que interrumpieron el silencio fueron los ruidos del intercomunicador, y el toma y daca incansable de Grove. Cuando ya estaban cerca de la base del pozo, Adkinson se animó. Una vez que pudiera empezar su trabajo (la minuciosa labor de recibir las bandas de acero semicirculares bajadas por cable desde el Complejo, encajarlas en su sitio con el sinfín de palancas que controlaban el brazo robot y sellarlas) el tiempo pasaría deprisa.

—Iniciar desaceleración —dijo Grove.

Horst escribió en el pequeño teclado que había entre los mandos.

—Iniciada.

Grove cogió la radio.

—Control de Inmersión, aquí Canica Uno. Nos estamos acercando al nivel excavado. Iniciar despliegue de la carga.

«Recibido, Canica Uno —chirrió el altavoz—. Bajada de carga inicial en cinco segundos.»

Grove miró a Adkinson. Era la señal para que moviera el culo. Adkinson asintió con la cabeza y empezó a preparar sus controles. Puso el sónar en modo activo para seguir la trayectoria de las bandas de acero. Cogió con cuidado el mecanismo de accionamiento del brazo robot, lo flexionó, comprobó que no hubiera problemas con la media docena de pequeños mandos y comenzó a ejecutar los tests, empezando por la motricidad gruesa y siguiendo con los controles de motricidad fina.

Qué raro... Tenía la impresión de que el brazo tardaba un poco en responder a los movimientos de la palanca.

La voz de Grove irrumpió sin contemplaciones en sus pensamientos.

—Nos hemos parado —dijo, y se volvió hacia Horst—. ¿Qué pasa?

—No estoy seguro.

El ingeniero pulsó algunas teclas y se quedó mirando una de las pantallas.

—¿Hay algún aviso de proximidad con la tuneladora?

—No —contestó Horst—. Ha empezado a trabajar a la hora que tocaba. Ya ha excavado más de un metro.

—Entonces ¿por qué se ha parado el Gusanito?

—Desconocido. —Los dedos de Horst se deslizaron por el teclado—. Solo responde intermitentemente a las órdenes.

—¡La leche! Lo que nos faltaba.

Grove aporreó un mamparo.

Al piloto se le podía soportar mientras todo fuera bien, pero si surgía algún contratiempo se convertía en un capullo de campeonato. Adkinson esperó fervientemente que el turno no acabara siendo un infierno.

—¿Puedes aumentar la potencia? —preguntó Grove.

—Ya está al máximo.

—¡Joder!

—Ya está —dijo Horst—. Vuelve a moverse.

—Así me gusta —contestó Grove, recuperando un tono normal—. Bueno, Adkinson, listo para...

—¡Mierda! —dijo Horst. La urgencia repentina de su tono provocó una punzada de miedo en Adkinson—. ¡Está subiendo!

—¿El qué? —preguntó Grove.

—El Gusanito. No está bajando. ¡Viene hacia nosotros!

Adkinson se volvió para ver la pantalla central del ingeniero.

En efecto, el resplandor verdoso del sónar recogía la imagen del robot subiendo. Tuvo la impresión de que aumentaba de velocidad.

—¡Pues páralo! —exclamó Grove—. ¡Apágalo!

Horst tecleó desesperadamente.

—No puedo. No responde en ninguno de los canales.

De repente se disparó una alarma estridente.

«Atención, peligro de choque —dijo una voz inmaterial de mujer—. Atención, peligro de choque.»

—¡Nada, no hay manera! —dijo Horst en voz alta—. Está a quince metros y sigue acercándose.

Adkinson sintió una punzada de miedo aún más fuerte en las entrañas. Si el Gusanito se les echaba encima, y provocaba daños en el exterior de la Canica, podía afectar al complejo entramado de tirantes que mantenía su integridad estructural...

Se volvió, invadido por el pánico, abriendo y cerrando los puños mientras buscaba una salida.

—¡Voy a suspender la misión! —vociferó Grove por encima de la alarma—. Horst, desactiva el vínculo electromagnético. Volvemos a la superficie.

—Ya está desactivado, pero el Gusanito sigue moviéndose. ¡Está a diez metros y se acerca muy deprisa!

—Mierda. —Grove empuñó la radio—. Control de Inmersión, aquí Canica Uno. Finalizamos la misión y regresamos.

«Repite, Canica Uno», chisporroteó la radio.

—Está fallando el Gusanito. Vamos a hacer una subida de emergencia.

Adkinson se aferró a la silla en un esfuerzo desesperado por no perder el control. Notó que habían empezado a subir, pero a una velocidad angustiosamente lenta. No podía apartar la vista de las pantallas de Horst. «Deprisa, hombre, date prisa...»

«Choque inminente —dijo la sedosa voz de mujer—. Choque inminente.»

—¡Tres! —dijo Horst, casi gritando—. ¡Ay, mi madre!

—¡Preparaos para el impacto! —se desgañitó Grove.

Adkinson se hizo un ovillo sobre el tablero de mandos, agarrándose con todas sus fuerzas al mamparo de refuerzo. Apretó la mandíbula. Hubo un momento en que pareció que la explosión de ruido en el interior de la Canica (el ulular de la alarma de proximidad, los gritos de Grove) quedaba enmudecida por la agonía de la espera. De repente un impacto en la parte inferior hizo que temblara todo. La Canica se inclinó hacia un lado con un chirrido de metal que se desgarraba. Una subida brusca, incontrolada. El cráneo de Adkinson chocó brutalmente contra el suelo... y todo quedó sumido en la oscuridad.

29

Crane caminaba a toda prisa por el laberinto de pasillos de la tercera planta, acompañado por un marine joven y rubio, con el pelo muy corto.

—¿Qué ocurre? —preguntó—. ¿Qué ha pasado?

—No lo sé, señor —dijo el marine—. Mis órdenes son acompañarlo al Complejo de Perforación. Y darnos prisa.

Se detuvo ante una puerta sin letrero, que daba a una escalera de servicio estrecha y de metal. Bajaron los escalones de dos en dos hasta llegar a la primera planta. El marine abrió otra puerta. Corrieron por un nuevo laberinto de pasillos. Mientras corría, Crane se fijó en que en el nivel más bajo del Complejo las paredes estaban pintadas de rojo mate.

Al fondo había una doble puerta de grandes dimensiones. Cuando Crane se acercó, los marines que la vigilaban la abrieron. Era la entrada del Complejo de Perforación, el gran hangar de maquinaria que había visto desde arriba el día anterior. Tres de las cuatro paredes estaban cubiertas de mamparos de instrumental e hileras de aparatos. Había muchas puertas, que daban a laboratorios, almacenes de maquinaria, estaciones de seguimiento e instalaciones hidráulicas. Pasaron a toda prisa varios grupos de técnicos; conversaban en voz baja con caras de cansancio y de preocupación. A lo lejos sonaba una alarma.

En el centro del hangar, un grupo rodeaba lo que solo podía ser el cierre superior de una compuerta estanca. El almirante Spartan estaba entre ellos. Crane se acercó deprisa.

—¿Qué pasa? —le preguntó a Spartan.

El almirante se volvió un momento antes de seguir observando la compuerta estanca.

—Ha habido un accidente en la Canica Uno.

—¿Qué tipo de accidente?

—No podemos saberlo porque se ha cortado la comunicación con la brigada, pero parece que ha fallado el mecanismo robot que arrastra la Canica hacia el fondo del pozo. Se ha estrellado contra la Canica, y ahora la Canica Uno está fuera de control.

—Dios mío... ¿Han perdido presión?

—Es poco probable. Si sufren heridas, lo más seguro es que se deban al... impacto.

—Traumatismo por impacto —musitó Crane. Pensó deprisa, mirando a su alrededor—. Me dijo que la Canica Uno tenía tres tripulantes, ¿no?

—Exacto.

—No tengo instrumental a mano.

—Ahora mismo traen equipos de emergencia.

«Tiempo estimado hasta el impacto, dos minutos», zumbó un altavoz.

—No basta con los equipos, almirante —dijo Crane—. Necesitaré preparar todo esto para poder atender a los heridos, y que me ayude la doctora Bishop. Sobre todo si hay que realizar un triage.

Spartan se volvió otra vez a mirarlo.

—En el Complejo de Perforación es imposible.

—Pero... —empezó a decir Crane.

—Puede usar la enfermería provisional de la cuarta planta. Haré que llamen a la doctora Bishop. —Spartan hizo señas a uno de los muchos marines que tenía cerca—. Localiza a la doctora Bishop y acompáñala a la cuarta planta —ordenó.

El marine se cuadró y se fue corriendo.

—¿Y si el cuello ha sido dañado? —inquirió Crane—. No podemos moverlos como si...

Se calló al ver la expresión del almirante.

Cerca, en el tablero de control, un técnico de laboratorio se volvió hacia ellos.

—La velocidad de ascenso de la Canica Uno se está reduciendo un poco.

—¿Ahora cuál es?

—Diez metros treinta por segundo.

—Ha perdido el equilibrio —dijo Spartan—. Sigue yendo demasiado deprisa.

Durante la espera, Crane repasó los procedimientos de estabilización que debería seguir cuando hubieran inmovilizado la Canica. A pesar de su formación especializada, al final sería el mismo procedimiento que para cualquier paramédico que se enfrentase a un traumatismo: vías respiratorias, respiración, circulación. En función de la fuerza del choque con el robot excavador, podría haber laceraciones, contusiones y riesgo de conmoción cerebral. Ya que tenía que trasladar a la tripulación hasta la cuarta planta, necesitaría que les pusieran collarines cervicales y que les tendieran en planchas como precaución por si...

«Tiempo estimado hasta el impacto, sesenta segundos», pronunció la voz inmaterial del altavoz.

—¿No hay ningún modo de lograr que vaya más despacio? —preguntó Crane.

—Dispararemos un cojín de CO_2 justo antes de que choque con la compuerta estanca —dijo Spartan—. Teóricamente reducirá el impacto, pero tenemos que calcular perfectamente el tiempo.

Se acercó al técnico de laboratorio.

—Suelte el gas a menos cinco segundos.

—Sí, señor.

El técnico estaba pálido.

Crane miró el inmenso hangar. La actividad frenética se había detenido. Todo era silencio. Todos estaban quietos, esperando.

«Treinta segundos —dijo el altavoz—. Sello de presión desactivado.»

Spartan descolgó una radio de la consola.

—¡Todos preparados para el impacto!

Crane se acercó a un mamparo para sujetarse con ambas manos.

—¿Velocidad de subida? —preguntó Spartan al técnico.

—Se ha estabilizado en nueve metros setenta y cinco por segundo.

«Quince segundos», crepitó el altavoz.

Spartan lanzó una rápida mirada por el Complejo de Perforación; se detuvo en todos como si quisiera cerciorarse de que no hubiera nadie fuera de su sitio. Después se volvió otra vez hacia el técnico.

—Suelte el CO_2.

El técnico pulsó una serie de botones.

—Ya está, señor.

Justo en ese momento, Crane notó un golpe brusco debajo de sus pies. El Complejo tembló un poco.

Fue como si se hubiera cerrado de repente un circuito eléctrico. El Complejo recuperó su actividad de golpe: órdenes a gritos, técnicos con bata blanca de laboratorio y marines con uniforme de trabajo corriendo a sus puestos... Y pasos que hacían vibrar el suelo metálico.

—¿Integridad de la compuerta estanca? —preguntó Spartan al técnico.

—Cien por cien, señor.

El almirante cogió la radio y sintonizó una frecuencia.

—Abran la escotilla —dijo, secamente—. Que suban mis hombres.

—Abriendo puertas de la compuerta estanca —dijo el técnico del tablero de mandos.

Crane vio a tres operarios que empujaban un extraño aparato con ruedas, hasta dejarlo al lado de la compuerta estanca. Era un andamio de acero de unos dos metros de altura rematado por una gran anilla de metal dentada. A ambos lados de la anilla había dos dispositivos que parecían láseres industriales. Era evidente que se trataba de la máquina que cortaría un agujero circular en la Canica, para crear una escotilla de salida para liberar a la tripulación.

—La Canica Uno ya está en la compuerta —dijo el técnico—. Cerrando puertas exteriores.

—¿Cuánto tardará el láser en cortar una escotilla de salida? —preguntó Crane.

—Ocho minutos —dijo Spartan—. Al doscientos por ciento de su velocidad normal.

Crane dejó de fijarse en la torre láser al oír ruido en el acceso principal. Entraron tres marines empujando camillas improvisadas. Detrás iba otro con un equipo de emergencia al hombro. Spartan miró a Crane y le hizo una ligera señal con la cabeza, indicando la Canica. «Le toca», decía.

Crane se acercó a la torre láser haciendo señas a los marines de que le siguiesen con las camillas y el equipo para traumatismos, y se puso enseguida a preparar las camillas, abrir los botiquines, repartir el instrumental, dejar listos los collarines y las tablas para el momento de la extracción, y prepararse para las heridas que con toda probabilidad le esperaban.

—Compuerta sellada —dijo el técnico—. Igualando la presión.

—Ponga en su sitio el retractor —ordenó Spartan.

Se oyó un zumbido. Al volverse, Crane vio que estaban colocando encima de la compuerta estanca una gran pinza robot sobre ruedas.

—Presión igualada —dijo el técnico.

—Abra la compuerta —dijo Spartan.

Otro momento de silencio. Después Crane oyó retumbar algo bajo sus pies, y los dos paneles de la compuerta estanca se separaron, revelando una superficie de agua oscura. La pinza bajó despacio, con un runrún mecánico, balanceándose en la punta de un grueso cable con las fauces muy abiertas. Al tocar el agua siguió bajando hasta quedar completamente sumergida. Entonces el zumbido paró, y Crane oyó un impacto sordo. El cable volvió a subir, pero más despacio. Crane vio aflorar la parte superior de la pinza, que subía centímetro a centímetro, dejando a la vista su trama de tubos, sus pesadas mandíbulas... hasta que al fin, muy lentamente, se hizo visible la Canica, colgada entre ellas.

Todos dejaron de respirar de golpe. Hubo gemidos, algún grito ahogado, y detrás de Crane alguien se puso a llorar.

Él apenas oía.

Lo que había entre las fauces de la pinza robot no era una esfera reluciente de sublime belleza, sino un amasijo de metal horriblemente implosionado, que la tremenda presión había convertido en una masa grisácea y amorfa, de un tamaño tres o más veces inferior al original. Una parte del casco se había partido y se había doblado sobre sí misma, dejando a la vista una infinidad de tirantes muy delgados que parecían las cerdas de un puercoespín. Otras habían sufrido una compresión tan brutal que parecía que se hubieran derretido. Ni una sola de aquellas líneas retorcidas y quebradas recordaba la Canica que Crane había visto anteriormente.

Un espantoso manto de silencio, interrumpido tan solo por algunos llantos, cayó sobre el hangar. La pinza se quedó colgando largo rato sobre la compuerta estanca. El operario estaba demasiado afectado para reaccionar.

—Soltadla —ordenó Spartan con brutalidad.

Crane lo miró de reojo, pero la expresión del rostro del almirante era demasiado terrible. Volvió a contemplar la Canica.

Con un chirrido de metal y un traqueteo de cadenas, los restos de la Canica Uno fueron trasladados a un lado de la compuerta estanca, donde quedaron a un palmo del suelo del Complejo de Perforación chorreando grandes cantidades de agua. Pero no solo de agua, constató Crane con un vuelco en las vísceras: algunos de los chorros que salían de aquella ruina informe eran espesos y rojos.

Era obvio que no harían falta collarines cervicales ni tablas. Ni nada. Crane se volvió hacia los marines para decirles que guardaran el equipo médico.

Pero al girarse vio una cara conocida entre la multitud que lo miraba todo con horror desde el perímetro del Complejo de Perforación: un hombre bajo, con un mono de peto descolorido, ojos penetrantemente azules y una rebelde mata de pelo plateado. Era Flyte, el extraño personaje que le había visitado en su habitación. Apenas visible tras dos técnicos, contemplaba el desastre con una expresión de lástima y pena casi infantil. De pronto se volvió hacia Crane y lo envolvió en la intensidad de su mirada. Articuló despacio las mismas palabras que la primera vez, cuando había irrumpido en el camarote de Crane:

«Se ha roto todo».

30

Howard Asher disponía de dos laboratorios en el Complejo Deep Storm: un cuchitril en la octava planta y un espacio algo más grande en la cuarta. Eran muy distintos. Mientras que el laboratorio de la octava planta era hogareño, ecléctico y acogedor, el del área restringida era frío y desnudo, puramente profesional. En este último estaba (con la cabeza entre las manos, estudiando una compleja serie de esquemas y ecuaciones) cuando se abrió la puerta y entró el almirante Spartan.

Al principio se miraron como dos boxeadores. Después, la expresión tensa y crispada de Asher se relajó un poco.

—¿Quiere sentarse? —dijo en voz baja, con tristeza.

Spartan sacudió la cabeza.

—La Unidad Magnética de Descenso, el Gusanito, ha quedado muy mal parado. Hemos pensado en usar la de repuesto mientras dure la reparación.

—O sea, ¿que piensan seguir con las inmersiones?

—Pues claro. ¿Por qué no?

Asher lo miró con incredulidad.

—Almirante, acaban de morir tres hombres.

—Sí, ya lo sé. ¿Sus ingenieros han llegado a alguna conclusión?

—¿Sobre la causa del fallo del Gusanito? Nada definitivo.

—¿Y sobre el modo de evitar que vuelva a pasar?

Asher miró a Spartan como si lo enjuiciase, y al cabo de un momento suspiró.

—Duplicar, o mejor triplicar, la fuerza del campo electromagnético debería garantizar la estabilidad del vínculo en futuras inmersiones.

Spartan asintió.

—¿Algo más?

—Sí: desactivar todos los procesos robóticos o automáticos que no sean absolutamente necesarios para la construcción del pozo. Lo que digo vale para las dos Canicas, y para el Gusanito. Hay que funcionar con el mínimo de instrumentación, y en la que sea estrictamente necesaria, usar paquetes redundantes, con sumas de control.

—¿Ese es su consejo?

Asher frunció el entrecejo.

—Mi «consejo» es que aplacemos todas las operaciones hasta conocer a fondo las causas del desastre.

—Eso queda fuera de nuestras posibilidades, doctor Asher. No podemos saber cuánto se tardaría en llegar a una conclusión.

—Pero las muertes...

—Un trágico percance. Cuando aceptaron el trabajo, Grove, Adkinson y Horst eran conscientes del riesgo que comportaba; al igual que usted, dicho sea de paso.

Asher volvió a intentarlo.

—Escúcheme, almirante...

—No, doctor Asher, escúcheme usted. ¿No ha habido siempre personas dispuestas a morir por los descubrimientos y el conocimiento? ¿No es la razón de que estemos aquí? Piense en Robert Falcon Scott, Amelia Earhart y la tripulación del *Challenger*. Todos los que estamos aquí nos jugamos la vida para forzar los límites y trabajar por una humanidad mejor.

Asher suspiró y se frotó los ojos con gesto de cansancio.

—Habría que tener en cuenta los datos empíricos.

—¿A qué datos se refiere?

—La Canica Uno acababa de penetrar en el tercer nivel de la

corteza, el más bajo de todos: la capa oceánica. ¿Es coincidencia que esta anomalía se haya producido a la mayor profundidad alcanzada hasta el momento?

—Un error así no puede ser debido a la presión.

—No me refiero a la presión, sino a acercarnos a lo que hay abajo. La capa oceánica es la más delgada. Olvidemos por un momento a los muertos. ¿No le preocupa que hayan aparecido tantas enfermedades extrañas? ¿No le inquieta que hayan empezado a circular rumores y a plantearse graves cuestiones morales?

En vista de que Spartan no contestaba, Asher se levantó y empezó a pasear nervioso por la sala.

—Gracias al doctor Crane hemos dado un paso enorme.

—El doctor Crane debería ceñirse a su misión —dijo Spartan.

—Nos ha hecho dar el mayor paso hasta la fecha. Almirante, los centinelas ya no transmiten en una sola longitud de onda. Ahora transmiten varias señales en miles de longitudes de onda, probablemente millones. De hecho parece que transmiten en todas las longitudes del espectro electromagnético: ondas de radio, microondas, infrarrojos, ultravioletas... Todas las que pueda imaginar.

—Con lo cual interfieren en nuestros instrumentos y en nuestras redes inalámbricas —dijo Spartan—. Lo más probable, si es que es algo, es que se trate de una especie de bienvenida.

—Es posible, pero también podría tratarse de otra cosa.

—¿Como qué?

—No lo sé, pero el significado de lo que transmiten es tan importante que ocupan todas las amplitudes de banda para comunicarlo. —Asher titubeó—. Tengo la absoluta certeza de que deberíamos dejar de excavar hasta haber traducido el mensaje. Si de algo disponemos aquí es de expertos en inteligencia de la marina. Si me dejase recurrir a ellos, si pudiésemos poner nuestros esfuerzos en común, tardaríamos menos en descifrar el mensaje.

—Ahora mismo tienen otras cosas que hacer. Además, no hay pruebas de que exista algún mensaje.

Asher levantó las manos con un gesto de exasperación.

—Pero ¿qué cree, que transmiten los cuarenta principales de Alpha Centauri?

Siguió paseándose.

Spartan lo observó un momento.

—De acuerdo, doctor Asher, supongamos que hay mensajes. Repito que lo más probable es que nos den la bienvenida, a menos que estén transmitiendo los manuales de instrucciones de lo que nos espera abajo. ¿Que si tengo curiosidad? Mucha, pero ¿estoy dispuesto a paralizarlo todo e interrumpir el trabajo mientras usted descubre qué intentan decir? No. Para empezar, usted no puede darme ninguna previsión sobre cuándo descifrarían el código. ¿Verdad que no?

—Pues...

Asher enmudeció, sacudiendo airadamente la cabeza.

—Por otra parte, no importa cuál sea el mensaje. Usted mismo ha señalado que ahora estamos en la capa oceánica. Nos falta como máximo una semana para llegar al Moho. Extraeremos el contenido de lo que hay abajo, sea lo que sea, y lo estudiaremos antes de que puedan hacerlo otros.

Asher abrió la boca para contestar, pero no tuvo tiempo, porque de repente el suelo vibró. El temblor pasó de suave a brusco. Varios manuales y carpetas cayeron de las estanterías. Se oyó un ruido de cristales rotos. Era una bandeja de instrumentos de laboratorio, que había resbalado de una mesa. En el pasillo se oían voces confusas. Spartan saltó de la silla y corrió hacia el teléfono de Asher. Mientras marcaba un número, otro estremecimiento sacudió el Complejo.

—Aquí el almirante Spartan —dijo por el micrófono—. Determinen el origen. Si hay daños, quiero que me informen enseguida.

Se volvió para mirar a Asher. El director científico se había aferrado a la mesa de trabajo. Estaba inmóvil, con la cabeza ladeada, como si escuchase.

—Ahora solo son réplicas —murmuró.

—¿Se puede saber qué ha pasado, doctor Asher?

—Es el precio de trabajar en una dorsal oceánica. La ventaja es que en este punto la corteza terrestre es muy delgada, y el Moho queda a menos de ocho kilómetros de profundidad. La pega es que las dorsales oceánicas son propensas a los terremotos.

—¿Terremotos? —repitió Spartan.

—Sí. Normalmente son de poca magnitud. Por algo estamos en un límite divergente. —Miró a Spartan por encima de las gafas con una mezcla de tristeza y burla—. ¿No llegó a leer el libro blanco sobre tectónica de placas y oceanografía que le envié?

El almirante no contestó. Miraba hacia algún punto más allá del hombro derecho de Asher. Después de un rato sacudió la cabeza.

—Perfecto —dijo—. Sencillamente perfecto.

31

La enfermería provisional de la cuarta planta era tan pequeña como grande el centro médico de arriba. A Crane le recordó el minúsculo dispensario del *Spectre*, donde había pasado casi un año de dura labor: todo mamparos y conductos. Y sin embargo, aun siendo tan diminuto, en aquel momento le pareció un deprimente vacío. Él había previsto llenarla con los tres hombres de la Canica Uno, y ahora resultaba que los restos de la tripulación no daban ni para usar una de las bolsas rojas de residuos médicos. Habían sellado la Canica Uno con un revestimiento de plástico grueso y la habían guardado en un contenedor de baja temperatura para analizarla más tarde.

Suspiró y se volvió hacia Bishop.

—Gracias por bajar. Lamento haberle hecho perder el tiempo.

—No diga tonterías.

—¿Conocía a alguno de los tres?

—Sí, a Horst. Tenía problemas de apnea del sueño y pasó un par de veces por la consulta.

—Yo no he tenido la oportunidad de conocer a ninguno de ellos.

Sacudió la cabeza.

—No se fustigue, Peter, no es culpa suya.

—Ya lo sé, pero me parece un desperdicio tan trágico...

Aparte de la muerte de los tres tripulantes, también le afectaba lo poco que estaba avanzando: tantas pruebas realizadas (tomografías computerizadas, resonancias magnéticas, electrocardiogramas, CBC...), y todas habían caído en saco roto. Cada nueva teoría, cada nueva y prometedora línea de investigación, desembocaba tarde o temprano en un callejón sin salida. No tenía sentido. Había cumplido todas las reglas del diagnóstico, pero la solución se obstinaba en quedar fuera de su alcance. Era como si el problema estuviera más allá de las leyes de la ciencia médica.

Cambió de postura en la silla e hizo lo posible por hablar de otro tema.

—¿Qué tal arriba? Con tanto trabajo ni siquiera he consultado la evolución de sus pacientes.

—Dos casos nuevos en las últimas veinticuatro horas, uno de náuseas muy fuertes y otro de arritmia.

—¿Le ha hecho un Holter?

—Sí, en ciclos de veinticuatro horas. Aparte de eso, Loiseau, el cocinero, ha tenido otro ataque, peor que el primero.

—¿Lo ha ingresado?

Bishop asintió.

—Y creo que nada más. De hecho el que ha tenido más trabajo es Roger.

—¿Por qué?

—Han ido a verlo no sé si siete u ocho personas con trastornos psiquiátricos generales.

—¿Como cuáles?

—Lo habitual, problemas de concentración, lapsus de memoria, desinhibición... Según Roger son erupciones localizadas de estrés acumulado.

—Ya.

A Crane no le gustaba disentir sin conocer más datos, pero su experiencia en submarinos militares, trabajando con hombres y mujeres sometidos a una presión constante, no lo llevaba a la misma conclusión. Por otro lado, seguro que el proceso de selección de personal para el Complejo ya había descartado las personalidades problemáticas.

—Cuénteme más acerca del caso de desinhibición.

—Es uno de los bibliotecarios de la zona multimedia, un hombre retraído y tímido que anoche se peleó dos veces en Times Square. Cuando llegaron los de seguridad lo encontraron borracho, montando un escándalo y gritando palabrotas.

—Muy interesante.

—¿Por qué?

—Porque hace poco uno de los pacientes de aquí abajo, de los del área restringida, manifestó cambios de personalidad muy parecidos. —Crane pensó un momento—. Parece que el número de casos psicológicos empieza a superar al de los fisiológicos.

—¿Qué ocurre? —Bishop no parecía muy convencida—. ¿Acaso nos estamos volviendo paulatinamente locos?

—No, pero quizá podría ser el hilo conductor que buscamos. —Vaciló—. ¿Conoce la historia de Phineas Gage?

—Suena a cuento de Hawthorne.

—Pues es un caso real. En 1848, Phineas Gage era capataz de una brigada que estaba haciendo el tendido de las vías en Vermont para una compañía ferroviaria. Parece que hubo una explosión accidental, y que se le clavó en la cabeza una barra de compactar, metálica, de más de un metro de largo, quince kilos y tres centímetros de diámetro.

Bishop hizo una mueca.

—Qué muerte más horrible...

—No, es que no murió. Hasta es posible que no quedara inconsciente, a pesar de que la barra destruyó casi todo el lóbulo frontal bilateral de su cerebro. Pudo volver a trabajar en pocos meses, pero lo importante es que ya no era el mismo. Antes del accidente, Gage era un trabajador eficiente y una persona amable, educada, ahorradora y con mucho sentido común. Después se volvió malhablado, caprichoso, impaciente, lujurioso e incapaz de ocupar puestos de responsabilidad.

—Como algunos de los primeros pacientes de resección radical.

—Exacto. Gage fue el primer paciente en el que se descubrió que existía una relación entre el lóbulo frontal humano y la personalidad.

Bishop asintió, pensativa.

—¿Adónde quiere llegar con todo esto?

—No estoy seguro, pero empiezo a plantearme la posibilidad de que el problema al que nos enfrentamos sea neurológico. ¿Ya ha llegado la unidad de electroencefalografía?

—Sí, esta mañana. Ha sido un berenjenal. Ocupaba la mitad de la Bañera.

—Bien, debemos aprovecharla. Me gustaría tener electroencefalogramas de la media docena de casos más graves. No importa la sintomatología. Mezcle lo psicológico y lo fisiológico. —Crane se desperezó, frotándose la base de la espalda—. No me iría mal un café. ¿Y a usted?

—Encantada. Si a usted no le molesta hacer de chico de los recados...

Bishop, ceñuda, señaló la puerta con un movimiento del pulgar.

—Ah, sí, claro... —Crane se había olvidado del marine apostado fuera de la enfermería provisional; el que, siguiendo órdenes de Spartan, había acompañado a Bishop desde el área de libre acceso, y volvería a acompañarla cuando saliera de la sala. Se notaba que a la doctora no le complacía que le hicieran de canguro—. Vuelvo ahora mismo.

Salió de la enfermería, saludó al marine con la cabeza y se fue por el pasillo. A él ya no lo vigilaban tanto. Le provocaba una sensación un poco extraña moverse con relativa libertad por todo el Complejo. Aunque siguiera habiendo muchas zonas a las que no daba acceso su mediocre puntuación en seguridad, durante las entrevistas médicas de los últimos dos días había visto suficientes laboratorios, salas de instrumentos, despachos, camarotes y talleres para toda una vida.

Lo mismo podía decirse de las zonas de ocio. La cafetería de la cuarta planta estaba decorada de forma espartana, con pocas mesas y sillas, para una docena de personas como máximo, pero Crane había descubierto que servían un café igual de bueno que en Times Square.

Entró y fue a pedir a la barra. Después de dar las gracias a la encargada, se puso un poco de leche en su taza (Bishop lo tomaba solo) y dio media vuelta para regresar a la enfermería, pero lo detuvo un coro de voces.

En el rincón del fondo había un grupo de hombres sentados alrededor de una mesa; un grupo bastante dispar, porque dos llevaban la bata blanca obligatoria de los técnicos del Complejo, otro un mono de operario y el último un uniforme de suboficial. Al entrar, Crane no les había prestado demasiada atención, porque hablaban muy juntos y en voz baja, y había dado por supuesto que comentaban la tragedia de la Canica Uno, pero la conversación debía de haberse convertido en discusión en el poco tiempo que había tardado en pedir los cafés.

—¿Y se puede saber cómo lo sabes? —preguntaba uno de los científicos—. Es una oportunidad fantástica para la humanidad; el descubrimiento más importante de todos los tiempos. Es la prueba concluyente de que no estamos solos en el universo. No puedes cerrar los ojos, como si no existiera.

—Yo sé lo que he visto —replicó el operario—, y lo que he oído. La gente dice que no teníamos que encontrarlo.

El científico se burló.

—¿Cómo que no «teníamos»?

—Sí, que ha sido accidental; demasiado pronto, como si dijéramos.

—Si no lo hubiéramos encontrado nosotros, lo habrían encontrado otros —saltó el suboficial—. ¿Qué prefieres, que sean los chinos los primeros que le echen el guante a esta tecnología?

—¿Qué tecnología ni qué leches? —dijo el operario, levantando otra vez la voz—. ¡Si aquí no hay nadie que tenga ni puta idea de qué hay ahí abajo!

—¡Chucky, no hables tan alto, haz el favor! —dijo el segundo científico, removiendo el café de mal humor.

—Yo he trabajado con los centinelas —dijo el primer científico—, y sé de qué son capaces. Podría ser nuestra única oportunidad de...

—Y yo acabo de envolver lo que quedaba de la Canica Uno —replicó el tal Chucky—. No había manera de reconocerla. He perdido a tres amigos, y te digo que no estamos preparados. Estamos jugando con fuego.

—Lo que le ha pasado a la Canica Uno es un horror —dijo el primer científico—, y es comprensible que te duela, pero no dejes que el dolor te impida ver lo más importante: por qué estamos aquí. Nunca se ha avanzado sin riesgos. Está claro que estos visitantes quieren ayudarnos. Tienen tanto que enseñarnos...

—¿Cómo narices sabes tú que quieren enseñarnos algo? —preguntó Chucky.

—Si hubieras visto lo bonitos que son los indicadores, lo increíblemente...

—¿Y qué? También es bonita una pantera negra... hasta que te arranca las entrañas de un zarpazo.

El científico hizo un ruido despectivo con la nariz.

—Es una comparación poco adecuada.

—Y un cuerno. Tú das por sentado que son amigos. Crees que lo sabes todo. Pues te digo una cosa: la naturaleza no es amiga de nadie. ¡Este planeta está lleno de formas de vida que se pasan el día intentando matarse entre sí!

El operario volvía a levantar la voz.

—No culpes a otros por los defectos de nuestro planeta —dijo el primer científico.

—Quizá han sembrado estas cosas en planetas de todo el universo. —Chucky estaba pálido, y le temblaban un poco las manos—. Cuando las desenterramos emiten una señal a sus dueños, que entonces vienen y nos destruyen. Un sistema muy eficaz para eliminar a posibles competidores.

El segundo científico sacudió la cabeza.

—Una idea un poco paranoica, ¿no crees?

—¿Paranoica? Pues explícame tú qué ha pasado. ¡Todos los accidentes y todos los problemas de los que nadie quiere hablar!

—Tranquilízate —gruñó el suboficial.

Chucky tiró la silla al levantarse.

—Entonces ¿por qué muere gente? ¿Por qué hay enfermos? ¿Por qué yo mismo estoy poniéndome enfermo? Porque pasa algo malo, porque pasa algo malo en mi cabeza...

Justo cuando Crane se disponía a intervenir, el operario se calló de golpe. Levantó la silla y se sentó, mientras el suboficial apoyaba una mano en su hombro para frenarlo.

Acababa de entrar en la cafetería el comandante Korolis, acompañado por dos oficiales con uniforme negro y botas de combate.

Todo quedó en suspenso. Solo se oía la respiración agitada del operario.

El comandante enfocó en Crane sus ojos claros y estrábicos, momento en el que su expresión se endureció con una sombra de reproche. Después trasladó su mirada al grupo de la mesa y la paseó por todos sus integrantes, como si aprendiera sus caras de memoria. Por último, con gran lentitud y parsimonia, se volvió y salió otra vez sin haber dicho nada.

32

Tres horas después fue convocado por Asher. Michele Bishop había salido de la cuarta planta para supervisar los electroencefalogramas que le había pedido Crane, quien, cuando sonó el teléfono, acababa de anotar las novedades de la mañana y se preparaba para buscar a Chucky, el operario, y someterlo a una evaluación física y psicológica obligatoria.

Cruzó la salita y cogió el teléfono.

—Al habla el doctor Crane.

—¿Peter? Soy Howard Asher. Necesito que me ayude, por favor.

—Por supuesto. ¿Está en su despacho? Ahora mismo...

—No, estoy en Terapia Hiperbárica. Séptima planta. ¿Se sitúa?

—Sí, claro, pero...

—Venga enseguida, por favor.

Se cortó la llamada.

Crane miró el teléfono, sorprendido. No tenía ningún sentido que Asher se encontrara en aquel lugar.

No tardó más de diez minutos en cruzar la Barrera y subir a la séptima planta. En el nivel científico reinaba la actividad de siempre, pero el conjunto de pequeñas salas del pasillo sin salida que formaba Terapia Hiperbárica estaba vacío y presentaba un aspecto casi fantasmal. De hecho era previsible. Dado que en realidad la atmósfera del Complejo no estaba presurizada, tampoco había que curar dolencias relacionadas con la presión. Crane lo había averiguado por las malas, a través de su teoría inicial sobre el síndrome de descompresión.

El centro de terapia se componía de una sala de control minúscula, de una sala de espera contigua a la cámara hiperbárica y de la cámara propiamente dicha, un cilindro metálico de algo menos de dos metros de diámetro y tres de longitud, con una ventanilla de observación en la escotilla de entrada y otra en un lado. Dentro había dos bancos acolchados, uno en cada pared, y dos tiras de control idénticas en el techo, que además de las luces alojaban el sistema de aspersores de emergencia.

Asher estaba en la sala de espera con John Marris, el criptoanalista del NOD. Marris llevaba una bolsa grande al hombro. Asher parecía cansado, casi demacrado. Tenía vendada la mano izquierda, pegada al cuerpo en un gesto protector. Al ver entrar a Crane lo miró con cara de preocupación.

—No tiene muy buena cara —dijo Crane—. ¿Duerme bastante?

La respuesta de Asher fue una sonrisa glacial.

Crane señaló la mano vendada con la cabeza.

—¿Qué le ha pasado?

—Mírelo usted mismo. Suavemente, por favor. —Asher se volvió hacia Marris—. Vamos a ejecutar otra vez las rutinas de lenguaje común, pero doblando la profundidad del árbol. Quizá cambie el resultado.

Crane desabrochó con cuidado el clip metálico en mariposa y deshizo el vendaje. Debajo de la gasa, en el dorso de la mano de Asher, se había formado una úlcera que tenía bastante mal aspecto.

La examinó con atención. La piel del contorno era de color alabastro. Lo alarmante, sin embargo, era que Asher tenía las puntas de los dedos de un negro azulado alrededor de las uñas.

—¿Cuándo se ha dado cuenta? —preguntó, mirando intensamente al director científico.

—Anoche.

—Pues no es para tomárselo a la ligera. —Crane rehizo el vendaje con cuidado—. Es un efecto de la insuficiencia vascular que sufre. Ahora la mano está ulcerada, y encima hay síntomas de necrosis incipiente. Tendrá que pasar por el centro médico. Habrá que hacerle una ecografía Doppler de la mano y un bypass de la zona obstruida...

—¡No! —dijo Asher con vehemencia. Respiró hondo para controlarse—. No. No hay tiempo para operaciones.

Crane lo miró inquisitivamente.

—¿Por qué?

—Tenemos que descifrar el código. Acaban de morir tres hombres, y es crucial que conozcamos la naturaleza del mensaje. ¿Me oye, Peter? Mientras no lo hayamos hecho no puedo permitirme un tiempo de inactividad.

Crane frunció el entrecejo.

—Pero es que la mano...

—Sigo tomando Coumadin. Esta mañana, cuando me han vendado la mano en el centro médico, el residente de guardia me ha recetado antibióticos. Y ahora esto.

Asher hizo un gesto hacia la cámara.

Crane ya había tenido en cuenta aquella posibilidad. La terapia hiperbárica solía usarse como tratamiento adicional en cuadros de insuficiencia arterial o de infecciones necrotizantes de los tejidos blandos. Bajo presión, el oxígeno puro penetraba los tejidos con más eficacia y aumentaba la concentración de glóbulos blancos en el cuerpo. Ahora bien, no podía sustituir un tratamiento más agresivo y directo.

—Escuche, Peter —dijo Asher, adoptando un tono grave y persuasivo—, ya estamos cerca. Si los centinelas han pasado a transmitir en una infinidad de frecuencias es gracias a usted. Para nosotros ha supuesto un paso enorme. Ahora que hay distintos mensajes en cada una de las frecuencias, disponemos de muchas más muestras que estudiar. Lo malo es que hemos desperdiciado varios días tomando el rábano por las hojas.

—¿En qué sentido?

—Creíamos que lo teníamos resuelto. Pensábamos que los centinelas habían estado transmitiendo una... expresión matemática.

—¿Una expresión matemática?

Durante unos segundos la cara de Asher mostró cierta vergüenza.

—Sí, una expresión matemática muy simple.

—¿Cuál?

Como Asher no respondía, Marris metió la mano en el bolsillo y tendió a Crane una hoja impresa.

Paso 1 de 1
Modo: reductivo

$$x = 1 / 0$$

Paso completo
Integridad comprobada
Ciclos máquina: 236.340

Crane se la devolvió.

—¿Uno dividido por cero? Lo primero que aprendí en matemáticas era que no se puede dividir por cero.

Asher empezó a pasear inquieto por la sala.

—Evidentemente que no. La división por cero está prohibida por todas las leyes del universo, pero la descodificación salía tan bien, y todo cuadraba tanto... que lo atribuimos a un simple error de cálculo en nuestra traducción. Por eso no se lo he dicho antes, y por eso hemos desperdiciado tanto tiempo en simulaciones informáticas y pruebas criptográficas, intentando encontrar el error. Ahora veo que nos equivocamos de camino desde el primer momento. —Hizo una pausa y se volvió hacia Crane con la mirada encendida—. Pasaremos las señales por una serie de analizadores multilenguaje. Lo habríamos hecho hace tiempo de no haber estado dando palos de ciego. —Señaló el papel que tenía Crane en la mano—. Hemos perdido un tiempo del que no disponíamos. Por eso ahora no podemos parar, y por eso le ordeno... no, le pido que prepare la cámara para la terapia con oxígeno.

Crane no se movió.

—No es una cura. Solo retrasará lo inevitable.

Se notaba que Asher hacía un esfuerzo para no perder la calma.

—Ya lo sé. Lo único que necesito es tiempo, no sé si unas horas o todo un día, para pasar las señales por los analizadores de lenguaje. Después iré directamente al centro médico y me someteré al tratamiento o al procedimiento que le parezca mejor. De lo otro puede encargarse Marris, al menos de momento.

—¿Lo otro? —preguntó Crane.

—Marris cree que ha descubierto el método de transmisión que usa el saboteador para introducir y sacar información del Complejo.

—¿De verdad? ¿Cuál es?

—Ahora no tengo tiempo de explicárselo, pero en cuanto yo salga de la cámara Marris pondrá su teoría a prueba intentando localizar la fuente de las transmisiones. De momento he enviado e-mails a todos los jefes de departamento (Ferguson, Conover, Bishop y los demás) para que estén atentos a cualquier detalle sospechoso. —Hizo una pausa—. Pero todo a su tiempo. De momento nuestra prioridad es descifrar las señales.

Crane suspiró.

—De acuerdo, pero le espero en el centro médico en cuanto salga de la cámara.

Asher sonrió fugazmente, con la sonrisa que recordaba Crane de los primeros días a bordo de Deep Storm.

—Gracias, Peter. —Se volvió hacia Marris—. ¿Lo tiene todo?

Marris levantó el ordenador portátil y asintió con la cabeza.

—Podremos acceder inalámbricamente a la WAN desde dentro —dijo Asher—. Los centinelas están unas plantas por debajo de nosotros. Aquí no habrá ninguna interferencia.

—Voy a preparar la cámara —dijo Crane, volviéndose. Se paró a medio camino—. Un momento. ¿Cómo que «podremos»?

—Yo entraré con el doctor Asher —dijo Marris.

Crane frunció el entrecejo.

—Me parece poco ortodoxo. No es usted quien necesita la terapia.

—Es el único modo de seguir trabajando sin interrupción —dijo Marris.

Crane vaciló, pero acabó encogiéndose de hombros. A fin de cuentas no era más que oxígeno.

—De acuerdo. Si son tan amables ya pueden entrar en la cámara. Los someteré a los preparativos a través del micrófono interno.

Cuando entró en la sala de control, descubrió que Asher lo había seguido. El director científico le puso la mano derecha en el brazo.

—Peter —dijo en voz baja—, no se lo diga a Spartan.

—¿Decirle qué?

—El error que cometimos, o lo cerca que estamos ahora.

Sus palabras tomaron por sorpresa a Crane.

—Creía que el sentido de todo esto era contarle a Spartan lo que han averiguado...

Asher sacudió la cabeza con vigor.

—No, todavía no. No me fío de Spartan. —Bajó todavía más la voz—. Y de Korolis aún menos. —La presión de su mano aumentó—. ¿Me lo promete, Peter?

Crane titubeó. De pronto, al oír las palabras de Asher y ver una luz extraña en su mirada, se le ocurrió algo completamente nuevo: que la insuficiencia vascular no fuese el único problema de salud de Asher. Quizá también había empezado a hacer mella en él lo que afectaba al resto del personal.

Era una idea profundamente entristecedora e inquietante.

Apartó suavemente la mano de Asher de su brazo.

—Muy bien.

Asher asintió, volvió a sonreír y se dirigió hacia la cámara hiperbárica. Mientras Crane lo preparaba todo en la sala de control (poner los compresores en marcha, verificar que estuvieran llenos los depósitos ASME y comprobar el buen funcionamiento de las válvulas de escape y los indicadores de presión), no pudo apartar de su cabeza la expresión atormentada y angustiada de los ojos de Asher.

33

Despacio, con pasos vacilantes y arrastrados, Charles Vassel-hoff se encaminó hacia el Bajo, el comedor de la tercera planta. Más que por hambre (tenía la boca seca como si hubiera un nido de polillas dentro, y una sensación desagradable en la boca del estómago), iba por falta de otro lugar adonde ir. Los escalofríos que sacudían su fornido cuerpo no le impedían sentirse a la vez muy acalorado; tanto que había tenido que abrir la cremallera de su mono naranja hasta la mitad. Pero lo que más le molestaba era la cabeza. Al principio, como parecía una simple jaqueca, lo había atribuido al estrés o al exceso de trabajo, pero se había convertido poco a poco en una sensación extraña e irritante de presión, como si su cerebro se hubiera vuelto demasiado grande para el cráneo. Veía borroso, y se le habían dormido las puntas de los dedos. En consecuencia, tras interrumpir su trabajo en el taller de Electromecánica (donde arreglaba los daños del choque del Gusanito alfa), se había ido a su camarote.

Inútil. No hacía más que dar vueltas en la cama, empapar la almohada de sudor frío y enredarse las piernas y los brazos en las sábanas. Por si fuera poco, Patroni, uno de los que compartían el dormitorio con él, estaba, con sus pies grandes y apestosos apoyados en la mesa común, viendo un programa de cocina en el canal interno del Complejo. La perorata del experto en cocina cada vez le molestaba más, mientras empeoraba por momentos la extraña sensación de su cabeza, que hacía que le zumbaran los oídos; por no hablar de cómo lo miraba Patroni, disimulando y de reojo, como se mira a alguien que habla a solas un poco demasiado fuerte. Hacía un par de días que Vasselhoff sorprendía miradas (más o menos desde que empezó el dolor de cabeza, si no se equivocaba), pero no en sus compañeros de dormitorio. Su reacción fue susurrar una palabrota y bajar los pies de la litera para salir al pasillo, tras cerrar la puerta sin despedirse.

Ahora sus pasos lo llevaban hacia el Bajo; al menos creía que era en esa dirección, hasta que se encontró frente a un laboratorio de radiología. Se balanceó un poco, parpadeando, y dio media vuelta. Seguro que se había equivocado de camino. Segundo intento. Volvió por el estrecho pasillo, poniendo un pie delante del otro con cuidado.

Se cruzó a un hombre con bata blanca de laboratorio y una tabla digital en la mano, que dijo sin pararse:

—¿Qué tal, Chucky?

Chucky se detuvo al cabo de dos pasos y se volvió despacio, por no decir rígidamente, hacia el técnico, que ya iba por la mitad del pasillo. Había tardado un segundo en entender la pregunta. La extraña sensación en la cabeza, como de tenerla demasiado llena, empañaba sus ojos y agravaba el zumbido de sus oídos. Estaba tan absorto en su dolor de cabeza y en los escalofríos que recorrían todo su cuerpo que empezaba a aislarse de su entorno.

—Hola... —trató de decir, pero le salió una voz pastosa, rara.

Volvió a pasarse la lengua por los labios, pero no consiguió humedecerlos. Entonces se fue pasito a pasito hacia la cafetería, parándose en cada cruce de pasillos para mirar los letreros pestañeando, en un esfuerzo por tomar la dirección correcta a través de su neblina mental.

Como faltaba poco para el cambio de turno, el Bajo estaba abarrotado, con gente agolpada frente al caballete donde estaba expuesta la carta, mientras otros esperaban turno para que les sirviesen. Chucky se puso a la cola preguntándose (desde muy lejos) por qué sentía sus piernas tan agarrotadas y pesadas. Tuvo la sensación de que el rumor de la cafetería no hacía más que empeorar el zumbido de sus oídos, tan fuerte y nítido que estuvo seguro de que también lo oían los demás. Sin embargo, no parecía que la gente viera nada raro ni fuera de lugar. Era como si su cabeza fuese el único foco de una serie de rayos invisibles de sonido.

¿De dónde salían? ¿Quién los lanzaba?

Cogió la primera bandeja del montón y se bamboleó hasta chocar con la persona de delante. Masculló una disculpa y siguió arrastrándose.

Le hacía falta toda su concentración para seguir la cola. Cogió una lata de refresco. Luego otra, y otra, pensando que quizá aliviasen la sequedad de su boca. Después cogió un plato de ensalada de berros, lo miró dubitativo y lo dejó en su sitio. A continuación se paró en el mostrador de la carne, donde un cocinero con un gran cuchillo de acero le cortó una buena tajada de carne de primera, la puso en el plato y le echó un chorro de salsa marrón.

Chucky cogió la bandeja con las dos manos y se dejó caer con todo su peso en la silla vacía que tenía más cerca, haciendo chocar las latas. Había olvidado coger cubiertos, pero daba igual. La dolorosa opresión de la cabeza se estaba extendiendo a las mandíbulas, que le dolían, y al cuello, que ahora estaba rígido. De la poca hambre que pudiera haber tenido ya no quedaba ni rastro. En la mesa había dos mujeres en animada conversación, que se pararon a mirarle. Se acordó de que eran programadoras del departamento de investigación, pero no de sus nombres.

—Hola, Chucky —dijo una de ellas.

—Martes —contestó él.

Estiró la anilla de una de las latas de refresco. Se abrió al segundo intento, manchándole las manos con un poco de líquido marrón. Se la acercó a los labios y bebió con avidez. El simple

230

hecho de amoldar los labios al agujero de la lata ya le dolía. Por otro lado, lo hizo tan mal que le cayeron gotas de refresco por la barbilla. También le dolía tragar.

Mierda.

Dejó la lata, parpadeando, y prestó atención al zumbido de su cabeza. Se había equivocado. No era un zumbido, sino una voz. No, varias voces que susurraban.

De repente tuvo miedo, miedo del entumecimiento de sus dedos, de los escalofríos por todo el cuerpo, y sobre todo de los susurros que oía en su cabeza. Volvía a tener seca la boca. Bebió otro trago con el pulso acelerado. Sentía resbalar el líquido caliente por su garganta, pero no le sabía a nada.

Las voces aumentaron de volumen. Al mismo tiempo, Chucky pasó del miedo a la ira. No era justo. ¿Por qué le ocurría esto a él, si no había hecho nada? Los rayos en la cabeza podían dirigirse a otro; el Complejo estaba lleno de capullos que se lo merecían.

Las mujeres de la mesa lo miraban con cara de preocupación.

—¿Te encuentras bien, Chucky? —preguntó la otra programadora.

—Vete a la mierda —dijo Chucky.

Les importaba un bledo. Lo único que hacían era quedárselo mirando mientras las señales le llenaban la cabeza de voces, se la iban llenando y llenando hasta hacerla estallar...

Se levantó de golpe; chocó con la bandeja y llenó la mesa de refresco y salsa. Estuvo a punto de caer, pero recuperó el equilibrio. Toda la cafetería daba vueltas. En su cabeza, las voces aún eran más fuertes, pero de repente ya no le importaba. Ahora sabía de dónde venían los rayos. Eran radiactivos, seguro. ¡Qué tonto! ¡Cómo no se había dado cuenta! Se acercó tropezando al mostrador de la carne y cogió uno de los cuchillos grandes, que aún llevaba trocitos de carne y de grasa pegados. El cocinero dijo algo y se lanzó hacia él, pero un cuchillazo lo hizo encogerse. Se oyeron gritos. Chucky no les hizo caso; las voces de su cabeza los ahogaban. Salió tambaleándose de la cafetería y se fue por el pasillo con el cuchillo en alto. Ahora sabía que era la radiación: se le estaba metiendo en la cabeza, le hacía volverse raro, enfermo.

Pero él iba a acabar con eso.

Enfiló el pasillo a trompicones, lo más deprisa que pudo. Esta vez no se equivocaría de camino. Sabía perfectamente adónde tenía que ir, y no quedaba lejos. Todos los que se cruzaban con él se pegaban a la pared para esquivarlo, pero se habían convertido en poco más que formas borrosas y monocromáticas a las que Chucky no prestaba atención.

Cuanto más tumbos daba por el pasillo, peores eran los escalofríos y más fuertes las voces. No quería escucharlas. No, no pensaba hacer eso tan grave que le incitaban a hacer. Ya las haría callar, ya. Sabía perfectamente cómo.

Lo vio delante: una puerta grande y reforzada, en la que colgaba un aviso rojo oscuro y amarillo de radiactividad, y dos marines que al verlo empezaron a gritarle. Con el coro de voces, Chucky no oía nada. Uno de los marines hincó una rodilla en el suelo y lo apuntó con algo, sin dejar de mover la boca como un desesperado.

Chucky dio otro paso. De repente hubo un chispazo, acompañado por una detonación tan brutal que ahogó incluso la cacofonía de voces. Un intenso dolor se propagó por el pecho de Chucky, que se sintió empujado hacia atrás con una violencia extraordinaria. Después, tanto el dolor como las voces se apagaron lentamente, devoradas por una oscuridad sin límites; por fin, Chucky encontró la paz.

34

El mayor de los dos quirófanos del centro médico tenía todo el equipo y el instrumental necesarios para operaciones importantes, desde una apendicetomía normal hasta la más compleja intervención laparoscópica. Sin embargo, aquella tarde lo habían adecuado para una función totalmente distinta: la de depósito provisional de cadáveres.

El de Charles Vasselhoff estaba encima de la mesa de operaciones, ligeramente azulado bajo los focos. Le habían abierto el cráneo por arriba para sacarle el cerebro, pesarlo y dejarlo otra vez en su sitio. El zumbido de una sierra hizo vibrar las paredes metálicas del quirófano. Era Crane, que atacaba el esternón y practicaba una incisión en forma de Y en el pecho y el abdomen. Junto a él había una residente, al lado de la bandeja de instrumentos para autopsias, y algo más lejos Michele Bishop. La doctora tenía la cara tapada con una mascarilla, pero fruncía el entrecejo.

Cerca de la puerta, y lejos del cadáver, estaba el comandante Korolis.

—¿Cuándo estará el informe final, doctor Crane? —preguntó.

Haciendo caso omiso de su pregunta, Crane apagó la sierra, se la dio a la residente y se volvió hacia el micrófono de una grabadora digital para seguir dictando.

—Herida penetrante de bala en el lado derecho del tórax. Herida en la piel y los tejidos blandos, sin perforación. No hay señales de que el disparo se efectuase desde cerca, como restos de pólvora o chamuscamiento de la herida.

Miró a Bishop, que le tendió unas tijeras sin decir nada. Crane cortó las costillas restantes y levantó con cuidado el esternón.

Usó el fórceps para examinar los destrozos que dejó a la vista la lámpara del techo.

—La trayectoria de la herida es de delante hacia atrás, con una ligera inclinación descendente. La herida consiste en un orificio circular de un centímetro y medio, con abrasión semicircular y una leve laceración radial marginal. Afecta a la segunda costilla anterior derecha, al lóbulo inferior del pulmón derecho, a la vena subclavia derecha y al tracto gastrointestinal inferior.

Cogió un enterótomo, insertó la hoja en forma de bulbo en el lumen y la empujó suavemente hacia abajo, moviendo hacia un lado las vísceras.

—Bala deformada de gran calibre incrustada en los tejidos del lado izquierdo del cuerpo vertebral T2.

Extrajo delicadamente la bala con el fórceps y se volvió otra vez hacia la grabadora.

—Diagnóstico patológico —siguió diciendo—. La herida de entrada del disparo en la parte superior del tórax penetró en la cavidad pleural derecha y laceró la vena subclavia derecha. Causa de la muerte: traumatismo y abundante hemorragia en el espacio pleural derecho. Modo, homicidio. Pendiente de informe toxicológico.

Korolis arqueó las cejas.

—¿Homicidio, doctor Crane?

—¿Usted cómo lo llamaría? —replicó Crane—. ¿Defensa propia?

Tiró la bala a una cubeta metálica, donde rebotó sonoramente.

—Tenía un arma mortal en la mano, y la blandía de un modo agresivo y amenazador.

Crane se rió amargamente.

—Ya. Vaya, así que los soldados armados corrían peligro.

—Vasselhoff estaba decidido a penetrar en un área restringida y de alto secreto.

Crane dio el fórceps a la residente.

—¿Qué pasa, que iba a cortar su queridísimo reactor con un cuchillo de cocina?

La mirada de Korolis osciló rápidamente entre la residente y la doctora Bishop, antes de posarse otra vez en Crane.

—A todos los que firman el contrato se les deja muy claro que los puntos estratégicos del Complejo serán protegidos a toda costa. Haría bien en tener más cuidado con lo que dice, doctor. Las consecuencias de infringir los compromisos que firmó son muy graves.

—Pues denúncieme.

Korolis se quedó callado, como si se lo pensara. Después suavizó el tono, que se volvió casi aterciopelado.

—¿Para cuándo puedo esperar el informe?

—Para cuando lo termine. ¿Ahora por qué no sale y nos deja seguir trabajando?

Korolis hizo otra pausa. Después se formó en sus labios una leve sonrisa, que apenas dejaba entrever los dientes, y miró el cadáver. Por último, tras un movimiento casi imperceptible de la cabeza hacia Bishop, salió sin hacer ruido del quirófano.

Al principio los tres se quedaron quietos, oyendo cómo se alejaban sus pasos. Después Bishop suspiró.

—Me parece que acaba de ganarse un enemigo.

—Me da igual —contestó Crane.

Era verdad. Se sentía enfermo de rabia, rabia por el ambiente de secretismo e intolerancia militar que afectaba a todo el proyecto Deep Storm, y rabia por no ser capaz de remediar la dolencia que indirectamente acababa de provocar la muerte de Vasselhoff. Se quitó los guantes, los tiró a la cubeta metálica, apagó la grabadora y se volvió hacia la residente.

—¿Le importaría cerrar, por favor?

La residente asintió con la cabeza.

—De acuerdo, doctor Crane. ¿Aguja de Hagedorn?

—Sí, es suficiente.

Crane salió del quirófano y se apoyó exhausto en la pared del pasillo central del centro médico. Bishop se puso a su lado.

—¿Va a acabar el informe? —preguntó.

Crane sacudió la cabeza.

—No. Ahora mismo, como siga pensando en ello me enfadaré más de la cuenta.

—Quizá le convendría dormir un poco.

Crane se rió sin alegría.

—Lo veo difícil, sobre todo después de un día como hoy. Además tengo pendiente lo de Asher, que saldrá dentro de unas tres horas.

Bishop lo miró.

—¿Salir? ¿De dónde?

—¿No lo sabía? Está en la cámara hiperbárica.

Puso cara de sorpresa.

—¿Asher? ¿Por qué?

—Por su problema de insuficiencia vascular. Parece que ha empeorado en los últimos días. Ahora tiene úlceras en las extremidades.

—¿Con alguna obstrucción? No debería estar en la cámara. Debería estar aquí, y que le hicieran un bypass.

—Ya, ya se lo dije, pero insistió mucho. Se... —Crane hizo una pausa al acordarse del pacto de silencio al que había accedido—. Parece que está a punto de dar un gran salto en la investigación, y se niega en redondo a dejar de trabajar. Hasta se ha llevado a Marris al interior de la cámara para seguir trabajando.

Bishop no contestó. Miró el pasillo, pensativa.

Crane bostezó.

—Así que ya ve, no podría dormir aunque quisiera. Aprovecharé para adelantar con algunos papeles. —Hizo una pausa—. Ah, por cierto... ¿Ya ha salido alguno de los electroencefalogramas?

—De momento solo uno: Mary Philips, la paciente con insensibilidad en las manos y la cara. Se lo he dejado en el despacho. Voy a ver cómo siguen los demás. Le encargué al técnico que hiciera la programación. A estas horas ya debería haber una docena hechos. Pediré que le traigan los resultados impresos.

—Gracias.

Crane vio que se alejaba rápidamente por el pasillo. Al menos había una cosa buena: la relación entre ellos había mejorado mucho.

Volvió lentamente a su pequeño despacho. Tal como le había prometido Bishop, tenía los resultados de un electroencefalograma encima de la mesa: un voluminoso fajo de unas dos docenas de hojas con datos de ondas cerebrales, más un informe prendido con un clip a la primera hoja. No le gustaba nada leer electroencefalogramas; detectar anomalías eléctricas en el cerebro de alguien a partir de una serie de interminables garabatos era algo exasperante, pero las pruebas las había encargado él. No podía permitirse dejar sin explorar ningún camino. Si su hipótesis de que los problemas de Deep Storm eran neurológicos tenía alguna solidez, los electroencefalogramas podrían confirmarlo o desmentirlo.

Una vez sentado se frotó los ojos de cansancio y desplegó los resultados en la mesa; el paisaje interior del cerebro de Mary Philips, con líneas que subían y bajaban en función de los cambios de amplitud y frecuencia. A simple vista parecían normales, pero Crane recordó que los electroencefalogramas siempre lo parecían. No eran como los electrocardiogramas, donde saltaban a la vista las anomalías. La clave, en aquel caso, era la evolución de valores relativos en el tiempo.

Se concentró en el ritmo alfa. Los resultados mostraban la máxima amplitud en los cuadrantes posteriores, algo normal en adultos despiertos. Recorrió varias hojas con la mirada sin ver ninguna anomalía aparte de los síntomas pasajeros asociados a la ansiedad y a una posible hiperventilación. De hecho el ritmo dominante posterior de aquella paciente estaba muy bien organizado; muy rítmico, sin señales de frecuencias adicionales más lentas.

En lo siguiente que se fijó fue en la actividad beta. Estaba presente en la región frontocentral, y aunque cuantitativamente quizá fuera mayor de lo habitual no excedía los parámetros normales. Ninguna serie de ondas destacaba por sus asimetrías o irregularidades.

Mientras su vista recorría las páginas, siguiendo los altibajos de las finas rayas negras, empezó a despertar en él una sensación que por desgracia conocía de sobra: la decepción. Estaba resultando otro callejón sin salida.

Llamaron a la puerta. Apareció una técnico de laboratorio con un grueso fajo de papeles en la mano.

—¿El doctor Crane?

—Sí.

—Traigo el resto de los electroencefalogramas que pidió.

La técnico se acercó para dejarlos sobre la mesa.

Crane miró la montaña de impresos, de un grosor de más de un palmo.

—¿Cuántos hay?

—Catorce.

La técnico sonrió y salió rápidamente del despacho tras despedirse con un gesto de cabeza.

Catorce. Genial. Cansado, volvió a mirar el electroencefalograma de Mary Philips.

Pasó a las ondas theta y delta, tomando la precaución de interpretar por separado cada franja de diez segundos a medida que desplazaba la vista de izquierda a derecha. La actividad de fondo parecía un poco asimétrica, cosa, por lo demás, bastante normal para un principio de test. Seguro que a la larga la paciente se estabilizaba.

Fue entonces cuando se dio cuenta. Una serie de picos prefrontales pequeños pero nítidos en las ondas theta.

Frunció el entrecejo. En los adultos, aparte de algunas ondas aleatorias de bajo voltaje, la actividad theta era sumamente inhabitual.

Echó un vistazo al resto de los resultados. Los picos de la línea theta no se reducían; al contrario, si algo hacían era aumentar. A primera vista parecían indicar una encefalopatía, o bien la enfermedad de Pick, un tipo de atrofia cerebral que acababa degenerando en el «afecto plano» y la demencia. La debilidad de la que se quejaba Mary Philips era uno de los primeros síntomas.

Crane, sin embargo, no estaba convencido. Había algo en aquellos picos que lo inquietaba.

Volvió al principio de los resultados y giró el gráfico. La «lectura vertical» (examinar el electroencefalograma de arriba abajo, no de izquierda a derecha) le permitiría concentrarse en una onda cerebral concreta y su distribución, en vez de abarcar la imagen general del cerebro por hemisferios. Fue pasando lentamente las páginas, mientras su vista recorría la onda theta de arriba abajo.

De repente se quedó de piedra.

—Pero ¿qué es esto? —dijo.

Dejó los resultados sobre la mesa y abrió un cajón para coger una regla. Cuando la encontró se apresuró a colocarla sobre el papel. Al estudiar atentamente el gráfico, sintió que aparecía un extraño hormigueo en su nuca, que empezó a descender por su columna vertebral.

Se apoyó lentamente en el respaldo.

—Ya lo tengo —murmuró.

Parecía imposible, pero tenía la prueba delante. Los picos de las ondas theta de Mary Philips no eran las subidas y bajadas intermitentes de una actividad cerebral normal. Ni siquiera eran las manifestaciones aleatorias de alguna patología física. Los picos eran regulares, de una regularidad precisa, inexplicable...

Apartó el electroencefalograma de Mary Philips para coger los primeros resultados del fajo que le había traído la técnico. Correspondía al paciente que había sufrido el AIT, la miniembolia. Un rápido examen se lo confirmó: en su cerebro aparecían los mismos picos theta.

Solo tardó un cuarto de hora en consultar el resto de los encefalogramas. La variedad de síntomas de los pacientes era extraordinaria, desde el insomnio a un comportamiento maníaco, pasando por las náuseas y la arritmia, pero todos presentaban el mismo fenómeno: unos picos en las ondas theta de una regularidad y precisión que no existía.

Apartó la pila de resultados con una sensación de irrealidad. Por fin lo había conseguido. Había descubierto el factor común. Era algo neurológico, efectivamente. En principio las ondas theta de un adulto normal eran planas, y si tenían picos, como a veces ocurría, en principio nunca seguían un ritmo exacto y cuantificable. Se trataba de un fenómeno completamente desconocido para la ciencia médica.

Se levantó y fue a buscar el teléfono interno, mientras se amontonaban las ideas en su cabeza. Tenía que comentárselo enseguida a Bishop. La afectación del sistema nervioso autónomo hacía que de repente todo encajase. Era de tontos no haberlo visto antes. Pero ¿cómo se propagaba? Unos déficits neurológicos a tan gran escala eran algo nunca visto...

A menos que...

—Madre mía —murmuró.

Buscó deprisa una calculadora, como si le fuera la vida en ello, y empezó a introducir números como un poseso mientras su mirada saltaba de los encefalogramas a la calculadora. De repente se paró y miró con incredulidad el resultado.

—No puede ser —susurró.

De repente sonó el teléfono, rompiendo el silencio del despacho con una fuerza inusitada. Crane se irguió como un resorte y cogió el auricular con el corazón a cien.

—Crane.

—¿Peter?

Era la voz de Asher. La atmósfera oxigenada de la cámara hiperbárica le daba un toque agudo, artificial.

—¡Doctor Asher! —dijo Crane—. ¡He encontrado el factor común! Le juro que no se imagina...

—Peter —lo interrumpió Asher—, necesito que venga ahora mismo. Deje todo lo que esté haciendo y baje.

—Pero...

—Lo hemos conseguido.

Crane hizo una pausa, mientras su cerebro se enfrentaba a aquel cambio tan brusco.

—¿Han descifrado el mensaje?

—Mensaje no, mensajes. Está todo en el portátil. —Además de aguda, la voz de Asher sonaba casi desesperada—. Le necesito, Peter. Inmediatamente. Es fundamental, absolutamente fundamental, que no...

Se oyeron una serie de crujidos, y la llamada se cortó de golpe.

—¿Hola? —Crane miró el teléfono frunciendo el entrecejo—. ¿Doctor Asher? ¿Hola?

Silencio.

Colgó, ceñudo, y tras una mirada a la montaña de informes de la mesa salió rápidamente del despacho.

35

La última vez que Crane había estado en la séptima planta (hacía menos de cinco horas), el nivel científico presentaba su mezcla habitual de orden y actividad, mientras que ahora, al salir del ascensor, se encontró en pleno caos. Sonaban varias alarmas, se mezclaban las exclamaciones con los gritos, y no dejaban de pasar corriendo marines, técnicos y científicos. Se palpaba algo muy parecido al pánico.

Detuvo a un operario de mantenimiento.

—¿Qué ocurre? —preguntó.

—¡Fuego! —exclamó sin aliento el operario.

Crane tuvo una punzada de miedo. Su experiencia en submarinos le había enseñado a temer el fuego bajo el agua.

—¿Dónde?

—En la cámara hiperbárica.

El operario se soltó y se fue corriendo.

El miedo de Crane no hizo más que aumentar. Asher...

Corrió por el pasillo sin pensárselo dos veces.

La zona de terapia hiperbárica estaba llena de brigadas de emergencia y de rescate, y repleta de personal de seguridad hasta el último rincón de su exiguo espacio. En los controles estaba Hopkins, uno de los técnicos médicos jóvenes. Tenía detrás al comandante Korolis. Cuando Crane se acercó, Korolis lo miró fugazmente y siguió observando a Hopkins sin pronunciar una sola palabra.

—¿Qué ha pasado? —preguntó Crane a Hopkins.

—Ni idea. —Las manos del técnico, que tenía la frente sudada, se deslizaban por los mandos—. La alarma me ha pillado en la otra punta del pasillo, en Patología.

—¿Cuándo ha empezado a sonar?

—Hace dos o tres minutos.

Crane miró su reloj. Desde la llamada de Asher habían pasado menos de cinco minutos.

—¿Ha avisado a los paramédicos?

—Sí.

Miró en el interior de la cámara hiperbárica por el cristal de separación. Justo en ese momento vio una lengua de fuego en el ojo de buey.

¡Santo Dios! ¡Aún ardía!

—¿Por qué no se ha puesto en marcha el sistema de aspersores? —gritó a Hopkins.

—Ni idea —repitió el técnico, manipulando los controles con desesperación—. No sé cómo, pero se han anulado tanto el sistema de extinción principal como el de refuerzo. No responden. Voy a hacer una despresurización rápida.

—¡No puede! —dijo Crane—. ¡La cámara debe de estar al máximo de presión!

Korolis contestó.

—Con los aspersores estropeados es la única manera de abrir la compuerta y apagar el incendio con extintores.

—La presión de la cámara estaba en doscientos kilopascales. La he programado yo mismo. Si la bajan de golpe matarán a Asher.

Korolis volvió a levantar la vista.

—Ya está muerto.

Crane abrió la boca, pero no dijo nada. Estuviera o no en lo cierto Korolis, no podían dejar que siguiera el incendio. Si alcanzaba los tanques de oxígeno, podía poner en peligro toda la planta. No había alternativa. Dio un puñetazo de rabia y frustración al mamparo y se abrió camino hasta la sala de espera.

La entrada de la cámara estaba llena de equipos de rescate preparando extintores y ajustándose máscaras de oxígeno en la boca y la nariz. Sobre la mampara de cristal de la sala de control había un altavoz pequeño que empezó a crujir.

«Quince segundos para la descompresión total», pronunció la voz electrificada de Hopkins.

Las brigadas de rescate comprobaron su equipo y se pusieron las máscaras.

«Descompresión completa —dijo Hopkins—. Abriendo compuerta.»

La entrada de la cámara se abrió con un chasquido de cerraduras electrónicas. La sala de espera se llenó enseguida de calor y humo negro. Al cabo de un momento ya no se podía soportar el humo y el hedor a carne quemada. Crane retrocedió involuntariamente, con los ojos llorosos. Tras él se oyó un ruido de pies corriendo, órdenes a pleno pulmón y el chorro brusco y nasal de los extintores.

Volvió a girarse. Los extintores seguían escupiendo espuma. Las brigadas ya estaban dentro del cilindro; en vez de columnas de humo oscuro había una espesa niebla de retardador de llama. Crane se lanzó hacia la compuerta, saltó al otro lado y apartó a los equipos de rescate. De repente se paró.

Asher estaba en el suelo, hecho un ovillo alrededor de su portátil. Cerca yacía Marris. Se habían encogido para evitar las llamas, pero su esfuerzo había sido inútil. La ropa de Asher estaba pegada a sus brazos y piernas en jirones chamuscados, y su piel se había ennegrecido espantosamente. Las llamas habían consumido su mata de pelo blanco, y de sus tupidas cejas solo quedaban minúsculos rizos tostados.

Crane se arrodilló rápidamente para hacerle un examen superficial, pero cambió de idea. Parecía inconcebible que Asher hubiera sobrevivido. La única señal de movimiento era la sangre que manaba sin cesar por sus orejas. El barotraumatismo (la pérdida brusca de presión) había reventado su oído medio, pero solo era el menor de los efectos; seguro que la despresurización de emergencia había provocado numerosas embolias gaseosas, que, por decirlo en pocas palabras, debían de haber carbonizado su sangre. En cuanto a la inhalación de humo y las quemaduras de tercer grado por todo el cuerpo...

Lo inesperado de la tragedia, la muerte de un amigo, y que todo hubiera sido en balde... Por un lado a Crane le daba vértigo pensarlo, pero por otro casi se alegraba de la muerte de Asher. Las quemaduras y las embolias le habrían hecho sufrir de un modo inconcebible...

Las brigadas de emergencia ya habían dado media vuelta, mientras se deshacían las cortinas de humo. Todas las superficies goteaban espuma antiincendios. Crane oyó muchas voces fuera de la cámara. Eran los paramédicos, que acababan de llegar. Puso suavemente una mano en el hombro de Asher.

—Adiós, Howard —dijo.

Los ojos de Asher se abrieron.

Al principio Crane pensó que era una contracción muscular, el nucleótido ATP agotándose después de la muerte, pero entonces el ojo le enfocó.

—¡Fluidos! —gritó enseguida Crane a los paramédicos—. ¡Necesito ahora mismo solución salina en cantidad! ¡Y compresas de hielo!

Asher, con la lentitud de la agonía, levantó una garra que era poco más que carne chamuscada alrededor de los huesos. Con ella aferró el cuello de la camisa de Crane y lo obligó a acercarse. El director científico intentó mover sus labios ennegrecidos, que se agrietaron a causa del esfuerzo; de ellos manó un líquido claro.

—No intente hablar —dijo Crane en voz baja, tranquilizadoramente—. Quédese quieto. Ahora mismo lo llevaremos al centro médico y lo pondremos más cómodo.

Pero Asher no quería estarse quieto. Su mano apretó con más fuerza el cuello de la camisa de Crane.

—Wip —susurró.

Un técnico de urgencias se acercó por detrás y empezó a retirar la ropa chamuscada de Asher, como preparativo para ponerle una vía. Otro se agachó hacia el cuerpo inmóvil de Marris.

—Tranquilo —dijo Crane a Asher—, ahora mismo lo sacaremos de aquí.

La mano de Asher se crispó aún más, al mismo tiempo que sus brazos y sus piernas empezaban a sufrir convulsiones.

—Wip...

Se le escapó una nota aguda. Tiritó. Sus pupilas se hundieron en el cráneo, mientras salía un ruido gutural de su garganta destrozada. Después su mano se relajó, su brazo resbaló hasta caer al suelo y ya no dijo nada más.

36

Crane estaba sentado a la mesa de su habitación, mirando sin verla la pantalla del ordenador. Habían pasado varias horas desde el accidente, pero seguía aturdido. Primero había tomado una larga ducha. Después había dejado la ropa en la lavandería; sin embargo, el dormitorio seguía oliendo a pelo y a piel quemados.

La sensación de incredulidad era tan grande que casi lo paralizaba. ¿Era posible que solo hubieran pasado ocho horas desde la autopsia de Charles Vasselhoff? Entonces solo había un informe post mórtem que redactar.

Ahora eran tres.

Seguía viendo mentalmente a Howard Asher tal como lo había visto por primera vez, como una imagen en una pantalla de la biblioteca de *Storm King*, moreno y sonriente. «Piense, Peter, que se trata ni más ni menos que del mayor descubrimiento científico de todos los tiempos.» Asher nunca había sonreído tanto como aquel primer día. Crane se preguntó hasta qué punto era teatro, una interpretación para hacer que se sintiera bien recibido y a gusto.

Alguien llamó suavemente a la puerta, que al abrirse dio paso a Michele Bishop. Su pelo rubio recogido exageraba sus pómulos. Tenía los ojos enrojecidos y tristes.

—Peter —dijo en voz baja.

Crane hizo girar la silla.

—Hola.

La doctora se quedó en la puerta, con un titubeo impropio de ella.

—Solo quería ver si se encontraba bien.

—He estado mejor.

—Como no ha dicho una sola palabra... Ni cuando nos hemos llevado el cadáver de Asher al centro médico, ni cuando le hemos hecho los últimos exámenes. Reconozco que me preocupa un poco.

—Es que no entiendo qué ha fallado en la cámara hiperbárica. ¿Por qué se ha incendiado? ¿Por qué no funcionaba el sistema de aspersores?

—Spartan ha ordenado una investigación. Seguro que descubre el fallo.

—No he hecho todo lo que podía. Debería haber verificado personalmente la cámara, comprobado el sistema antiincendios...

Bishop dio un paso.

—Eso es lo último que tiene que pensar. Usted ha hecho todo lo que tenía que hacer. Ha sido un simple accidente; horrible, pero un accidente.

Hubo un momento de silencio.

—Creo que volveré al centro médico —dijo Bishop—. ¿Le traigo algo de la farmacia? ¿Xanax, Valium o alguna otra cosa?

Crane sacudió la cabeza.

—No, tranquila, estoy bien.

—Pues entonces pasaré más tarde.

Bishop dio media vuelta.

—Michele...

Ella se volvió.

—Gracias.

Asintió con la cabeza y salió del camarote.

Crane se volvió despacio hacia el ordenador y lo miró varios minutos sin moverse. Después se apartó de la mesa con un empujón y empezó a pasear por la habitación. Tampoco servía de nada. Se acordó de que eso era lo que hacía Asher el día en que le había revelado el auténtico objetivo de Deep Storm.

Solo hacía cuatro días.

Qué atroz ironía... Por fin Crane había encontrado la ansiada solución, pero Asher moría justo antes de poder oírla. Asher, precisamente la persona que lo había llamado para que resolviese el misterio médico...

Claro que Crane no era el único que había encontrado algo. También Asher, pero estaba muerto: neumotórax espontáneo, embolia gaseosa y quemaduras de tercer grado en el ochenta por ciento del cuerpo.

Bishop tenía razón. Desde la muerte de Asher, Crane estaba más callado de lo normal; y no solo por el impacto, aunque algo tuviera que ver, sino por lo que no podía decir. Con las ganas que tenía de compartir su descubrimiento con Bishop y dejar de ser el único que estaba al corriente... Por desgracia la doctora carecía de la autorización necesaria, y puesto que no podía hablar de ello, Crane había decidido no hablar de nada.

Ya no podía retrasar más tiempo el informe post mórtem.

Se sentó ante el ordenador. En el escritorio había un icono que parpadeaba, señal de que tenía correo sin leer.

Suspirando, abrió el servidor de correo y fue haciendo clics con el ratón hasta abrir la bandeja de entrada. Había un mensaje nuevo. Curiosamente, no constaba quién lo enviaba.

> Hay un tiempo de muchas palabras y también un tiempo para el sueño.
>
> HOMERO, *Odisea*, Canto XI

El doctor Asher era un hombre de muchas palabras. Palabras importantes. Ahora solo puede dormir.

Es realmente una tragedia.

Demasiadas muertes, y ni siquiera hemos llegado a nuestra meta. Me temo lo peor.

Ahora es usted quien lleva todo el peso en sus hombros, querido doctor. Yo no tengo más remedio que quedarme aquí. No es su caso. Averigüe la respuesta y váyase lo más deprisa que pueda.

Si hay que trabajar en la oscuridad, más vale no trabajar solo. Búsquese un amigo.

Me temo que desde nuestra conversación en su camarote han aumentado los números irracionales del Complejo; aun así es posible que exista un lado bueno, porque a fin de cuentas la respuesta al enigma la tienen ellos.

Buena mañana tengades.

F.

Crane frunció el entrecejo, mirando la pantalla sin saber interpretar aquel mensaje tan críptico. «Búsquese un amigo...»

Volvieron a llamar a la puerta. Seguro que era Bishop, con los medicamentos que no le había pedido.

—Adelante, Michele —dijo, cerrando el mensaje.

Se abrió la puerta. Quien estaba en la entrada era Hui Ping. Crane la miró con cara de sorpresa.

—Perdone. Espero no molestarlo.

—No, en absoluto —dijo, recuperándose—. Pase, pase.

Ping entró y se sentó en la silla que le ofrecía Crane.

—Acabo de enterarme de la muerte del doctor Asher. Lo habría sabido antes, pero estaba ocupada con algo un poco raro en el laboratorio. El caso es que nada más saberlo... por extraño que parezca, la primera persona con quien se me ha ocurrido hablar ha sido usted.

Crane inclinó la cabeza.

Ping se levantó de golpe.

—Pero estoy siendo egoísta. Usted, que lo ha presenciado, debe de sentirse...

—No, no pasa nada —dijo Crane—. Me parece que yo también necesito hablar.

—¿Del doctor Asher?

—No. —Eso, pensó Crane, aún está demasiado fresco—. De algo que he descubierto.

Ping volvió a sentarse.

—Ya sabe que he estado haciendo todas las pruebas que se me ocurrían y explorando todas las posibilidades para descubrir la causa de las enfermedades.

Ping asintió.

—No avanzaba, hasta que se me ocurrió una idea. Los pacientes presentaban dos tipos de síntomas sin ninguna relación. Algunos eran fisiológicos (náuseas y tics musculares, entre muchos otros), y algunos psicológicos (insomnio, confusión y hasta manía). Yo siempre había creído que tenía que haber algún factor común, pero ¿qué podía provocar ambos tipos de síntomas? Fue cuando tuve la idea de que la causa subyacente tenía que ser neurológica.

—¿Por qué?

—Porque el cerebro controla tanto los pensamientos como el cuerpo. En suma, que encargué unos encefalogramas y hoy he recibido los primeros resultados. Todos los pacientes presentan picos en las ondas theta de su cerebro, cuando en principio en los adultos esas ondas tienen que ser planas; pero lo más extraño es que la forma de los picos coincide en todos los pacientes. Entonces se me ha ocurrido una locura. He dibujado la forma de los picos, y ¿sabe qué he descubierto?

—No tengo ni idea.

Crane abrió el cajón de su escritorio, sacó un sobre y se lo dio a Ping, que lo abrió y extrajo una hoja impresa por ordenador.

—Es el código digital de Asher —dijo ella—, el que transmiten los centinelas.

—Exacto.

Ping frunció el entrecejo, porque no lo entendía. De repente abrió unos ojos como platos.

—Pero... No estará insinuando...

—Pues sí. Los picos de las ondas theta concuerdan con las

pulsaciones de la luz. Es el mismo mensaje que emitían los centinelas al principio.

—Pero ¿cómo puede ser? ¿Por qué no habíamos detectado nada?

—No estoy seguro, pero tengo una teoría. Ya sabemos que los centinelas emiten su mensaje en todas las longitudes de onda imaginables de la radiación electromagnética: ondas de radio, microondas, ultravioletas, infrarrojos... Entonces ¿por qué no podrían transmitir sus mensajes en otros canales, otros tipos de radiación que actualmente ni siquiera sabemos detectar?

—¿Por ejemplo?

—Radiación de quarks, tal vez, o un nuevo tipo de partícula que pueda pasar por la materia, como los bosones de Higgs. La cuestión es que se trata de una forma de radiación desconocida que nuestros aparatos no pueden detectar, y que interfiere con los impulsos eléctricos de nuestro cerebro.

—¿Por qué no afecta a todo el mundo?

—Porque no todos los sistemas biológicos son iguales. Así como hay gente con los huesos más pesados, también hay gente con sistemas nerviosos más resistentes. A menos que en el Complejo haya estructuras que funcionen involuntariamente como jaulas de Faraday...

—¿Como qué?

—Jaulas de Faraday, espacios cerrados que sirven para aislar parte de los campos electromagnéticos. De todos modos, creo que sí está afectado todo el mundo, pero en distinto grado. Yo mismo, últimamente, no ando muy fino. ¿Y usted?

Hui pensó un momento.

—No, la verdad es que tampoco.

Guardaron silencio.

—¿Piensa decírselo al almirante Spartan? —preguntó Hui.

—Todavía no.

—¿Por qué? Tal como lo presenta, parece el final de su trabajo.

—Es que Spartan no ha estado muy receptivo a otros puntos

de vista que no fueran el suyo, y prefiero no decírselo antes de tiempo, para que no tenga una excusa para desestimarlo. Cuantas más pruebas haya, mejor. Lo cual significa encontrar la otra pieza.

—¿Qué otra pieza?

—Antes de morir, Asher descubrió algo. En la cámara hiperbárica. Lo sé porque me lo dijo por teléfono. Dijo que estaba todo en el ordenador portátil. Necesito encontrarlo y averiguar qué descubrió, porque cuando estaba a punto de morir, intentó desesperadamente decirme algo. Repetía todo el rato lo mismo: «wip».

Hui volvió a fruncir el entrecejo.

—¿«Wip»?

—Sí.

—¿Qué significa?

—El secreto está en su ordenador, siempre y cuando se pueda recuperar el disco duro.

Volvieron a quedarse en silencio, pensativos, hasta que Crane se volvió hacia Hui.

—¿Le apetece bajar a Times Square a tomar un café?

Hui se animó.

—Con mucho gusto.

Salieron al pasillo.

—Tal vez pueda ayudarle —dijo ella.

—¿Cómo?

—Cuando estudiaba informática, un verano hice prácticas en una empresa de recuperación de datos.

Crane la miró.

—¿Quiere decir que sabe recuperar datos de un disco duro en mal estado?

—Bueno, no los recuperaba yo misma, porque solo estaba en prácticas, pero lo vi muchas veces, y participé en alguna ocasión.

Se pararon delante del ascensor.

—Antes me ha dicho que ha encontrado algo un poco raro en el laboratorio —dijo Crane—. ¿Qué era?

—¿Cómo? Ah, sí... ¿Se acuerda de las líneas de absorción que le mostré, las que emitía el centinela de mi laboratorio?

—¿Las que según usted solo podían venir de una estrella lejana?

—Exacto.

Las puertas del ascensor se abrieron susurrando. Entraron. Crane pulsó el botón de la novena planta.

—Bueno —siguió explicando Hui—, pues he cotejado por curiosidad aquellas líneas de absorción con una base de datos de estrellas conocidas. Resulta que cada estrella tiene un patrón que no comparte con ninguna otra, y ¿sabe qué? He encontrado uno que coincidía.

—¿Entre su pequeño centinela y una estrella lejana?

Hui asintió con la cabeza.

—A ciento cuarenta años luz, para ser exactos; Cygnus Major, también llamada M81.

—¿Cree que es de donde procede el indicador?

—Ahí está la cuestión. La estrella que digo, Cygnus Major, solo tiene un planeta, un gigante gaseoso con mares de ácido sulfúrico y una atmósfera de metano.

Crane estaba perplejo.

—¿No puede ser un error?

Hui sacudió la cabeza.

—Las líneas de absorción son únicas como las huellas dactilares. No es ningún error.

—¿Cree que también intentan decirnos de dónde vienen?

—Yo diría que sí.

—Qué raro... ¿Qué interés pueden tener el oxígeno y el agua de la Tierra para un planeta de metano y ácido?

—Exacto.

Justo cuando se abría el ascensor en Servicios al Personal, Hui se volvió y lo miró pensativa.

37

El suelo de la cámara hiperbárica estaba cubierto de escombros: carcasas vacías de extintores, envoltorios de vendas, guantes de usar y tirar... El comandante Terrence W. Korolis lo esquivaba todo con la precisión maniática de un gato.

Al otro lado de la puerta había dos comandos con uniforme negro de destacamento, para que no entrase nadie en lo que se estaba analizando como el lugar de un crimen. En la sala de control había otro vigilante. Korolis encontró al jefe, Woburn, en la sala de espera contigua a la cámara hiperbárica propiamente dicha, hablando con un técnico. La escotilla de la cámara estaba abierta; había fuertes quemaduras en el borde superior y en la parte más próxima del techo, recubierta de hollín.

Al ver a Korolis, Woburn se despidió del técnico y siguió al comandante a la sala de control. Korolis esperó a que Woburn hubiera cerrado la puerta.

—Póngame al día, por favor.

—Señor... —Woburn imprimía a su cuerpo musculado movimientos de gran rigidez y precisión—. Los circuitos de seguridad estaban anulados intencionadamente.

—¿Y los aspersores internos?

—Desactivados.

—¿Y el incendio? ¿Alguna teoría sobre cómo empezó?

Woburn señaló la ventana de observación con el pulgar.

—El compresor, señor; según el técnico, lo habían manipulado.

—¿Cómo?

—Parece que desactivaron el transformador reductor mientras el compresor funcionaba a plena potencia.

Korolis asintió despacio.

—Haciendo que aumentaran las revoluciones por minuto.

—Y que el compresor se sobrecalentase hasta incendiarse. Sí, señor.

—¿Desde dónde pudieron hacerlo?

—Al otro lado de Terapia Hiperbárica, entre dos de los laboratorios científicos, hay un cuarto auxiliar. Pudieron hacerlo todo desde ahí.

—¿Habrían tardado mucho?

—Según el técnico, alguien que supiera lo que se hacía podría haberlo logrado en dos o tres minutos.

Korolis asintió. En efecto, la persona en cuestión sabía lo que se hacía, como había sabido cortar el interior de la cúpula con un láser. Los buenos saboteadores estaban formados para destrozarlo prácticamente todo.

Para Korolis esa formación no tenía secretos.

Volvió a mirar a Woburn.

—¿Hay alguna cámara que controle el cuarto auxiliar?

—Negativo, señor.

—Está bien.

Hizo una pausa para mirar por la ventana de observación. Ya no tenía contacto visual con el técnico, que había entrado en la cámara hiperbárica. Los únicos testigos eran los soldados de negro.

Volvió a mirar a Woburn.

—¿Lo lleva encima?

Bajó más la voz, aunque la puerta estuviese cerrada.

Woburn movió ligeramente la cabeza en señal de asentimiento.

—¿Nadie le ha visto traerlo?

—Solo nuestros hombres, señor.

—Perfecto.

Woburn se puso de rodillas, metió la mano debajo de la consola de control y sacó un maletín de nailon negro. Se lo dio a Korolis con una llave.

—¿Quiere que sigamos investigando, señor? —preguntó—. ¿Quiere que averigüemos si alguno de los científicos vio algo o a alguien que le llamara la atención?

—No es necesario, jefe Woburn; de ahora en adelante me encargaré personalmente de todo y pondré mis averiguaciones en conocimiento del almirante.

—Muy bien, señor.

Woburn hizo un saludo militar de una admirable concisión.

Korolis lo miró un momento. Después le devolvió el saludo y salió de la cámara hiperbárica.

Korolis se alojaba en una parte de la undécima planta reservada a los oficiales. Entró y cerró la puerta con llave antes de ir hacia su mesa. El camarote estaba poco iluminado. Donde otros habrían puesto fotos enmarcadas o libros para pasar el rato, Korolis tenía monitores de seguridad y manuales de alto secreto.

Dejó sobre la mesa el maletín que le había dado Woburn y lo abrió con la llave. Después de abrir la cremallera sacó un ordenador portátil que tenía todo un lado chamuscado.

Un olor penetrante a plástico y a componentes electrónicos quemados invadió el camarote.

Korolis se volvió hacia su tablero de control ambiental y puso el filtro depurador al máximo. Después se sentó frente al teclado de su ordenador e introdujo su contraseña, seguida por otra mucho más larga que le daba acceso a una zona reservada de la red militar del Complejo a la que solo él podía acceder. Lo siguiente que hizo fue ejecutar un programa forense de audio de los que se usaban en restauraciones sonoras y para intervenir teléfonos, y abrió una serie de archivos hasta localizar la entrada que buscaba. Una vez cargada en el programa forense, apareció una pantalla muy complicada, dominada por una onda de sonido. Era un archivo de sonido mono grabado por un micrófono diminuto.

Conectó unos auriculares al ordenador y ajustó el filtro espectral del programa para eliminar ruidos de fondo. Después subió el volumen casi al máximo y clicó el botón de reproducir.

Los auriculares recogieron la voz de Crane con una nitidez considerable, sobre todo teniendo en cuenta la baja fidelidad del micrófono de vigilancia.

«Antes de morir, Asher descubrió algo... Lo sé porque me lo dijo por teléfono. Dijo que estaba todo en el ordenador portátil. Necesito encontrarlo y averiguar qué descubrió, porque cuando estaba a punto de morir, intentó desesperadamente decirme algo...»

Después se oyó otra voz, que el analizador de perfiles sonoros del programa identificó como la de Hui Ping. Korolis se quedó muy serio al oírla.

«El secreto está en su ordenador», dijo Crane.

Con un clic, Korolis detuvo la reproducción. Con otro cerró el archivo y salió del programa.

Se levantó para llevarse el portátil quemado de Asher a un rincón del fondo, donde había una caja gris. Se arrodilló, abrió los cierres y sacó algo grande, un desmagnetizador.

Volvió a cerciorarse de que la puerta del camarote estuviera cerrada con llave. Después, pausadamente, y con la precaución de no acercarse en ningún momento a su propio ordenador, sostuvo el desmagnetizador cerca del portátil, pasándolo por encima del disco duro. Incluso si el disco había sobrevivido al fuego, después de aquello seguro que sus datos se convertían en un batiburrillo irreconocible.

Crane y Hui Ping representaban un grave riesgo para la seguridad. Las precauciones siempre eran pocas. Aquel paso era el primero. Korolis sabía perfectamente cuál era el siguiente.

38

La Unidad de Almacenamiento en Frío 1-C estaba en el nivel más bajo del Complejo. Era un lugar muy poco acogedor. Su temperatura estaba regulada exactamente en tres grados y medio. El suelo era de palés de madera sobre una lámina de agua fría y sucia de unos tres centímetros de profundidad, como una especie de sentina. La poca luz creaba una penumbra claustrofóbica. Olía a moho y a carne cruda. Solo se oía gotear ligeramente el agua.

El almirante Spartan estaba en el centro de la unidad, mirando fijamente el horrible amasijo que era lo único que quedaba de la Canica Uno. Parecía una bola de papel de aluminio envuelta en gruesas cadenas y colgada del techo con un gancho de aspecto peligroso. La pesada lona azul que acababa de retirar el almirante estaba al lado, en el suelo.

¿Qué fallo había provocado la catástrofe? Como oficial del ejército, Spartan había consagrado su vida a lograr la victoria previendo los fallos (suyos o del enemigo) y evitándolos o aprovechándolos, pero ¿cómo se podía prever un fallo cuando las normas con las que se trabajaba eran total y absolutamente incomprensibles?

Era cierto que, desde la destrucción de la Canica Uno, la Dos y la Tres habían continuado sin retrasos las operaciones, tras adoptar los cambios aconsejados por Asher y su equipo científico, y que no habían vuelto a surgir problemas. Al contrario, se trabajaba más deprisa de lo previsto, ya que la tercera y última capa de la corteza había resultado estar hecha de un material más blando y casi limoso, que se podía excavar con mayor rapidez. A consecuencia de todo ello, estaban bien encarrilados para llegar en pocos días a la discontinuidad de Mohorovicic.

Asher... La advertencia del director científico tras la destrucción de la Canica Uno y la muerte de sus tripulantes resonó otra vez en la cabeza de Spartan: «Mi consejo es que aplacemos todas las operaciones hasta conocer a fondo las causas del desastre».

Ahora Asher también estaba muerto.

Oyó un chirrido metálico a sus espaldas. Era la puerta de la unidad, que al abrirse proyectó una franja de luz amarilla en la oscuridad del interior. El comandante Korolis (que se caracterizaba por una aversión felina al frío y a la humedad) la empujó un poco más y entró.

Spartan lo miró.

—Su informe, comandante.

Korolis se acercó.

—El sistema de aspersores de la cámara hiperbárica estaba manipulado. La sobrecarga del compresor provocó una explosión y un incendio en el interior de la cámara. Está clarísimo que ha sido un sabotaje.

—Un asesinato —dijo Spartan.

—Así es, señor.

Spartan se volvió de nuevo hacia la Canica destrozada.

—Esta vez parece que el blanco era una sola persona, en vez de todo el Complejo. ¿Por qué?

—Esa respuesta todavía no la tengo, señor. Es posible que haya sido un simple golpe de suerte.

Spartan miró otra vez a Korolis.

—¿Suerte, comandante?

—En cuanto al objetivo. Hemos tenido suerte de que el saboteador no se centrase en un punto más estratégico.

—Ya. ¿Qué punto podía ser más estratégico que el doctor Asher?

—La utilidad del doctor Asher para el proyecto empezaba a ser cuestionable. Se había convertido en un pájaro de mal agüero, señor. Sus comentarios catastrofistas y su empeño en cambiar el calendario de las excavaciones no eran buenos para la moral.

—Claro, claro.

Spartan pensó que la falta de sinceridad no formaba parte de los defectos de Korolis.

—En todo caso es mi opinión, señor, y si le soy franco me sorprende que no sea la suya.

Haciendo caso omiso de la indirecta, Spartan señaló los restos de la Canica Uno con la mano.

—¿Y de esto qué me dice?

—Hemos analizado escrupulosamente las cintas de las transmisiones, así como la caja negra del Gusanito, y a diferencia de la cámara hiperbárica no hay el menor indicio de manipulación o mala intención. Fue un simple fallo de la maquinaria.

Tras contemplar unos instantes la obscena maraña de metal, Spartan salió de su mutismo.

—¿Algún avance en la identificación del responsable?

—Sí, hemos identificado a una persona que estuvo en los dos lugares: la plataforma de recepción y la cámara de terapia hiperbárica justo antes de los sabotajes.

—¿De quién se trata?

Korolis sacó un sobre del bolsillo de su pecho sin decir nada y se lo dio a Spartan. El almirante lo abrió, miró un momento su contenido y se lo devolvió.

—¿La doctora Ping? —preguntó.

Korolis asintió.

—Siempre me había parecido un poco sospechoso su origen chino. ¿A usted no le parecía que el saboteador tenía que estar al servicio de un gobierno extranjero, señor?

—Sus antecedentes fueron investigados tan a fondo como los del resto del personal.

—A veces hay cosas que pasan desapercibidas, sobre todo si alguien pone todo su empeño en ello. Lo sabe tan bien como yo, señor.

—¿Qué aconseja?

—Que se la retenga en el calabozo hasta que podamos someterla a un interrogatorio a fondo.

Las palabras de Korolis hicieron que Spartan se volviera arqueando las cejas.

—¿No es un poco precipitado?

—Está en juego la seguridad de todo el Complejo.

Un amargo esbozo de sonrisa hizo temblar los labios de Spartan.

—¿Y su derecho al hábeas corpus?

Korolis lo miró con cara de sorpresa.

—Dadas las circunstancias, señor, ni se plantea.

En vista de que Spartan no contestaba, siguió hablando.

—Hay algo más. ¿Se acuerda de lo último que dijo Asher, de lo que le repetía a Crane?

Spartan asintió con la cabeza.

—«Wip».

—¿Y si intentaba decir «Hui Ping»?

Los ojos de Spartan se cerraron un poco al mirar a Korolis.

—Exacto, señor. «Hui P... Hui P...» Suena exactamente igual: «ui P».

Spartan rompió al fin su silencio.

—De acuerdo, pero lo del calabozo no hace falta. Enciérrela en su camarote hasta que resolvamos todo este asunto.

—Señor, con todos mis respetos, creo que el calabozo...

—Limítese a obedecer, comandante.

Algo se movió por encima del hombro de Korolis. Al levantar la vista, Spartan vio a Peter Crane en la puerta abierta.

—¡Doctor Crane! —dijo el almirante, un poco más fuerte que hasta entonces—. Entre, no sea ceremonioso.

Korolis se volvió rápidamente, mientras se le cortaba la respiración con un silbido de sorpresa.

Crane se acercó vestido con su bata blanca de médico, que contrastaba con el color oscuro de su pelo corto y de sus ojos. Spartan se preguntó cuánto tiempo llevaba ahí y cuánto había oído.

—¿Qué se le ofrece, doctor? —preguntó Spartan.

Los ojos grises de Crane se enfocaron en el almirante, después en Korolis y por último en lo que quedaba de la Canica, antes de volver a Spartan.

—De hecho estaba buscando al comandante Korolis.

—Pues parece que lo ha encontrado.

Crane se volvió hacia Korolis.

—Los hombres que ha dejado vigilando la cámara de terapia hiperbárica me han dicho que hable con usted. Quiero el ordenador portátil de Asher.

Korolis frunció el entrecejo.

—¿Por qué?

—Creo que descubrió algo justo antes del accidente. Tal vez era el significado de las señales que transmiten los centinelas.

—El portátil quedó muy dañado por el fuego —dijo Korolis.

—Vale la pena intentarlo —respondió Crane—, ¿no le parece?

Spartan asistía con curiosidad a la conversación. Estaba claro que aquellos dos hombres no se tenían mucho afecto.

Korolis miró a Spartan, que asintió de una manera imperceptible.

—De acuerdo —dijo el comandante—. Acompáñeme. Lo guardan en un contenedor de pruebas.

—Gracias.

Crane miró a Spartan, le hizo un gesto con la cabeza y se volvió para salir de la unidad detrás de Korolis.

—Doctor Crane... —dijo Spartan.

Crane volvió la cabeza.

—Si encuentra algo infórmeme enseguida, por favor.

—De acuerdo.

Korolis hizo un saludo militar, y los dos hombres salieron de la unidad. Spartan, sin embargo, se quedó un buen rato en medio del frío, pensativo, viendo cómo se iban.

39

Crane encontró a Hui Ping en su laboratorio, estudiando unas líneas de absorción impresas y haciendo anotaciones en la hoja de datos verde con un marcador. Al oírlo entrar, Ping alzó la cabeza y sonrió.

—¡Qué bien! —dijo—. Ha conseguido el ordenador.

Su sonrisa se borró al ver la expresión de Crane.

—¿Ocurre algo malo?

Crane dio un paso, miró la cámara de seguridad del techo y se mantuvo cuidadosamente fuera de su alcance visual.

—Tengo que hacerle una pregunta. ¿Ha estado alguna vez en la plataforma de recepción?

—¿El lugar donde llega la Bañera con las nuevas provisiones? —Ping sacudió la cabeza—. Nunca.

—¿Dónde estaba más o menos a la hora de la muerte de Asher?

—Aquí, en mi laboratorio. Estaba estudiando las líneas de absorción. ¿Se acuerda de que se lo dije?

—O sea, que no se acercó en ningún momento a la cámara hiperbárica.

—No. —Ping frunció el entrecejo—. ¿Por qué? ¿Adónde quiere llegar?

Crane titubeó. Estaba a punto de correr un riesgo calculado, y muy probablemente de infringir todas las normas de los interminables compromisos que había firmado al llegar. Ciertamente no se le ocurría ningún motivo para que Korolis se inventase la implicación de Ping, y ayudar a un sospechoso de sabotaje era un delito de traición, pero tenía la corazonada de que Ping era de fiar.

Además, era la única persona que podía ayudarlo a saber qué había descubierto Asher.

Se humedeció los labios.

—Escúcheme bien. Korolis dice que la saboteadora es usted.

Ping abrió mucho los ojos.

—¿Yo? Pero si...

—Escúcheme un momento. Ha convencido a Spartan de que la sometan a arresto domiciliario. Dentro de un instante llegarán unos soldados para llevársela a su camarote.

—No puede ser. —La respiración de Hui se volvió rápida y superficial—. No está bien.

Crane le hizo señas de que se acercara, saliendo del campo de la cámara.

—Tranquila, no pasa nada. Voy a sacarla de aquí.

—Pero ¿adónde?

—Usted relájese. Necesito que piense. ¿Hay algún laboratorio o algún otro lugar donde pueda trabajar con el portátil? Un sitio aislado, donde no pase nadie y sin cámaras de seguridad.

Hui no contestó.

—No pienso dejar que se la lleven, pero tenemos que irnos. ¿Sabe o no sabe si hay algún lugar así?

Ella asintió, haciendo un esfuerzo por calmarse.

—En la sexta planta. El laboratorio de física marina aplicada.

—Muy bien, pero antes tengo que hacer una cosa. Colóquese aquí, donde no la vea la cámara.

Crane metió la mano en el bolsillo de su bata de laboratorio y sacó un envoltorio esterilizado. Cuando tuvo cerca a Hui, rasgó el envoltorio, dejando a la vista un escalpelo del número doce que reflejó la luz artificial.

Al ver el escalpelo, Hui se quedó muy quieta.

—¿Para qué es?

—Tengo que extraer los chips RFID que nos implantaron —dijo Crane, mientras sacaba más material médico y lo dejaba encima de la mesa—. Si no, nos encontrarían en cualquier parte.

Se arremangó la bata y limpió la zona hundida del antebrazo con desinfectante. Después apoyó un momento el escalpelo sobre la piel, mientras aguantaba la respiración.

La primera incisión seccionó la epidermis. La segunda penetró en la dermis y dejó a la vista el chip RFID, rodeado de una grasa subcutánea amarillenta. Hui apartó la vista, mientras Crane sacaba el chip con un fórceps de tejido, lo tiraba al suelo del laboratorio y lo aplastaba con el pie.

—Ya está —dijo—. Ahora no podrán seguirme el rastro como si fuera un ave migratoria.

Curó y esterilizó la herida. Después de aplicarle un cierre en mariposa, y de echar el escalpelo a la papelera, se sacó otro escalpelo del bolsillo y se volvió hacia Hui.

Ella retrocedió sin querer.

—No se preocupe. Tengo un parche anestésico para insensibilizarle la piel. La única razón de que yo no lo haya usado es que sin darme cuenta solo he cogido uno de la enfermería provisional.

La científica siguió titubeando.

—Hui —dijo Crane—, tiene que fiarse de mí.

Hui suspiró y asintió con la cabeza. Después avanzó, arremangándose.

40

—¿Lista? —dijo Crane, tirando los instrumentos médicos—. Coja lo que necesite y vámonos.

Después de un momento de vacilación, Hui fue a su mesa, abrió un cajón y sacó un gran estuche de herramientas. A continuación desconectó su ordenador portátil de la red, lo desenchufó y se lo puso debajo del brazo.

—¿Para qué es? —preguntó Crane, señalando el portátil con la cabeza.

—Para las piezas de recambio. —Hui se irguió—. Lista.

—Usted primero. Evite a los marines y las cámaras de seguridad.

Salieron del laboratorio de radiología y se internaron por los estrechos pasillos de la tercera planta. Al llegar a la primera bifurcación, Hui se detuvo y eligió el pasillo de la derecha para esquivar una cámara de seguridad. Lo siguieron hasta el fondo, donde giraba a la izquierda.

Crane se quedó al otro lado de la esquina. Delante, a un lado del pasillo, había dos marines vigilando una puerta roja.

Pensó deprisa. Los marines llevaban radios en el cinturón, pero había bastantes probabilidades de que no se hubiera emitido ninguna orden general de búsqueda sobre Hui. Parecería mucho más sospechoso que se fueran por donde habían venido.

Cogió la mano de Hui y tiró de ella discretamente. Después empezó a caminar balanceando el maletín del portátil de Asher con la debida indiferencia (o al menos así lo esperó). Al cabo de un momento vio por el rabillo del ojo que Hui lo seguía.

Pasó al lado de los marines, que lo miraron sin decir nada.

Después de media docena de puertas cerradas, llegaron a otro cruce de pasillos. A la izquierda había más marines apostados.

—No puedo —susurró Hui a Crane.

—Tiene que hacerlo.

Hui hizo una pausa, y un claro esfuerzo por pensar.

—Detrás del Bajo hay una escalera de mantenimiento por donde podríamos subir a la sexta planta. Sígame.

Se volvió para tomar el pasillo de la derecha.

La cafetería estaba relativamente tranquila; solo una docena de personas formaban grupitos en las mesas de tablero blanco. Hui, todavía en cabeza, siguió una de las paredes hasta llegar a las puertas basculantes que daban a la cocina, aprovechada al milímetro, y tan llena como vacío estaba el comedor. Crane vio a Renault, el jefe de cocina, en un rincón, pero estaba ocupado emplatando algo y no levantó la cabeza.

Hui llegó al fondo de la cocina, más allá de la nevera, y abrió la escotilla metálica de la pared. Al otro lado había una escalera estrecha de metal. Después de atravesarla, y cerrarla tras de sí, subieron deprisa tres tramos, hasta la sexta planta. Era donde terminaba la escalera. Crane supuso que era porque justo encima estaba la Barrera, la tierra de nadie entre el área restringida y la de libre acceso.

Hui descansó un poco en el rellano. Después cogió el tirador, respiró hondo y abrió la escotilla.

Detrás había un pasillo vacío.

Suspiró de alivio.

—El laboratorio queda justo al fondo.

Llevó a Crane por una sala de mantenimiento y un despacho desocupado, hasta una puerta donde ponía: FÍSICA MARINA APLICADA. La abrió de golpe. Crane echó un último vistazo al pasillo para cerciorarse una vez más de que no hubiera testigos ni cámaras de seguridad. Después cerró la puerta sin hacer ruido y siguió a Hui por el laboratorio a oscuras.

Cuando Hui encendió la luz, apareció una sala grande y bien equipada. En el centro había una mesa con un microscopio estéreozoom y un autoclave. A un lado había un par de taburetes de laboratorio, y en la pared del fondo una puerta abierta que daba a un almacén, entre dos hileras de osciloscopios, galvanómetros y otros aparatos que Crane no supo identificar. Al lado de una de las hileras había un gancho con una lona de un tejido inhabitual, al que la luz fluorescente daba reflejos plateados.

Crane se acercó para palparlo.

—¿Qué es? —preguntó.

—Tela ignífuga, por si sale mal algún experimento.

Asintió con la cabeza.

—¿Y este laboratorio por qué no se usa?

—El doctor Asher pensaba aprovechar esta oportunidad (me refiero a la de estar en el Complejo) para hacer diversas pruebas en aguas profundas; análisis de ondas de gravedad capilar, sedimentología de corrientes... cosas así. Piense que disponer de unas instalaciones como estas es una oportunidad única en la vida.

—¿Y qué pasó?

—Que prevaleció la autoridad de Spartan. Parece que necesitaba más operarios para la excavación, y ya no quedó espacio para alojar a media docena de los científicos con los que contaba Asher. —Hui se acercó a la mesa y dejó sobre ella su ordenador portátil y la caja de herramientas—. Puede poner aquí el portátil de Asher —dijo—. Suavemente, por favor. La verdad es que este tipo de trabajo tendría que hacerse en una sala totalmente limpia. Si levantamos polvo, aunque sea muy poco, o si se ensucian los aparatos, las posibilidades de recuperar datos se reducirán.

Crane depositó el portátil con cuidado. Hui se frotó un momento las manos, orientándose, y empezó a buscar en varios cajones; juntó un pequeño arsenal de instrumentos: guantes de látex, mascarillas quirúrgicas, escalpelos, una lámpara de alta intensidad, una lupa de mesa y varias latas de aire comprimido. Abrió la caja de herramientas y distribuyó su contenido por la mesa. Después se puso una pulsera antiestática y miró a Crane.

—¿Qué buscamos exactamente? —preguntó.

—No estoy seguro. Diría que tenemos que reconstruir el último itinerario del descubrimiento de Asher.

Hui asintió con la cabeza. Crane vio que abría la cremallera del maletín y sacaba el ordenador dañado. Tenía un lado muy quemado, con la carcasa de plástico parcialmente derretida, y marcas de fuego y humo por toda la superficie. Se le cayó el alma a los pies.

Hui se puso los guantes y se ajustó la mascarilla en la cara. Después tendió otra mascarilla a Crane, haciendo señas de que siguiera su ejemplo. Limpió la mesa (que ya estaba inmaculada) con un chorro de la lata de aire comprimido y usó el destornillador de su caja de herramientas para desmontar la placa trasera del portátil. Repitió la operación con la placa base y la de alimentación. Ya se veía el disco duro.

—Puede que tengamos suerte —dijo—. El disco duro se ha salvado de casi todos los daños.

Se acercó a su ordenador y también lo desmontó. Era como si el trabajo, el reto, la tranquilizasen. Crane se quedó impresionado por la rapidez y habilidad con las que separaba los componentes del ordenador.

Hui cogió con cuidado el disco duro de Asher, lo llevó a su ordenador y lo cambió por el disco original. Después, rápidamente, montó otra vez su ordenador, lo enchufó y lo encendió. Se oyó un fuerte clic, seguido de varios pitidos. Apareció un mensaje de error en la pantalla, y el ordenador no quiso encenderse.

—¿Qué es todo este ruido? —preguntó Crane.

—En el laboratorio de recuperación de datos donde estuve haciendo prácticas lo llamaban «el clic de la muerte». Suele indicar un fallo del servomecanismo o algo parecido.

—Eso es malo, ¿no?

—Aún no lo sé. Tenemos que abrir el disco.

Apagó su ordenador, lo desmontó otra vez y sacó el disco duro de Asher. Después lo dejó cuidadosamente sobre la mesa e indicó a Crane que se apartase. Usando diversos destornilladores y escalpelos diminutos, así como herramientas que a Crane le parecieron más indicadas para la consulta de un dentista, separó la parte superior de la caja. Acercó la lámpara y la enfocó en el disco duro. La fuerte luz mostró su mecanismo: cilindros finos y dorados, apilados los unos encima de los otros, con un minúsculo brazo de lectura/escritura en cada uno, y alrededor de todo ello un bosquecillo verde de circuitos integrados.

Hui se inclinó con la lupa para inspeccionar a fondo el disco.

—No parece que haya habido ningún choque fuerte —dijo—. Y las placas parecen en buen estado. —Una pausa—. Me parece que ya veo el problema. Hay chips quemados en la PCB.

—¿PCB?

—La placa controladora principal.

—¿Puede arreglarlo?

—Probablemente. Cambiaré la placa por la de mi ordenador.

Crane frunció el entrecejo.

—¿Se puede?

—Todos los portátiles del Complejo son exactamente del mismo modelo. Ya sabe cómo es el gobierno: siempre compra a lo grande.

Mirando por la lupa, Hui usó instrumentos de joyero para retirar una parte diminuta del mecanismo del disco.

—Está completamente fundida —dijo, acercándola a la lupa y haciéndola girar con unas pinzas—. Hemos tenido suerte de que no estén derretidas las placas.

La dejó sobre la mesa y abrió el disco duro de su ordenador para sacar con precaución la misma pieza, conectarla al disco de Asher y encajar en su sitio la parte superior de la carcasa.

—El momento de la verdad —dijo al introducir el disco dañado en su portátil.

Lo montó en un santiamén, lo enchufó, echó un chorro suave de aire enlatado por dentro y volvió a encenderlo.

Crane se acercó, mirando la pantalla con impaciencia. Apareció varias veces el mismo mensaje de error.

—Mierda —dijo.

—Pero ya no se oye el clic de la muerte —contestó Hui—. ¿Se ha fijado en que ya no han sonado pitidos de advertencia durante el POST?

—¿Eso qué quiere decir?

—Que ahora el ordenador reconoce el disco. Lo que ocurre es que no veo ningún dato.

Crane dijo entre dientes una palabrota.

—Aún no hemos acabado. —Hui sacó una caja de CD de su maletín de herramientas, la abrió y sacó un disco—. Esto es un disco de inicio con varias utilidades de diagnóstico. Observemos más atentamente el disco duro de Asher.

Cargó el disco en el ordenador y lo reinició. Esta vez se encendió la pantalla. Se oyó girar el lector, y al cabo de un momento se abrieron varias pantallas. Hui se sentó a la mesa de laboratorio y empezó a teclear. Crane miraba por encima de su hombro.

Hui se pasó varios minutos haciendo clic sobre diversas pantallas. Aparecieron largas listas de números binarios y hexadecimales que corrían por la pantalla hasta desaparecer. Al final se incorporó.

—El disco duro es operativo —dijo—. No detecto más daños físicos.

—¿Entonces por qué no podemos leerlo? —preguntó Crane.

Hui lo miró.

—Porque parece que alguien ha borrado todos los datos.

—¿Borrado?

Se quitó la mascarilla, se sacudió el pelo y asintió.

—Parece que han usado un desmagnetizador.

—¿Después del incendio?

—Seguro que sí. No lo habría hecho el propio Asher.

—Pero ¿por qué? —Crane estaba atónito—. No tiene sentido. Nadie sabía que el disco duro no estaba destrozado.

—Supongo que alguien quiso curarse en salud.

Crane acercó lentamente el otro taburete del laboratorio y se sentó. Se quitó la mascarilla y la tiró sobre la mesa. De repente se sentía muy cansado.

—Bueno, pues ya está —dijo—. Ahora ya no sabremos qué descubrió Asher.

Suspiró. Después miró a Hui, y se quedó sorprendido por lo que vio. Ella también lo miraba, con una sonrisita que en otras circunstancias Crane habría calificado de traviesa.

—¿Qué ocurre? —preguntó.

—Que aún me quedan un par de ases en la manga.

—¿Qué dice? ¡Si el disco duro está borrado!

—Ya, pero eso no quiere decir que ya no estén los datos.

Crane sacudió la cabeza.

—No lo entiendo.

—Ahora se lo explico. Cuando se borran datos en un disco duro, en realidad solo se escriben sobre ellos ceros y unos aleatorios, pero al escribir los nuevos datos el cabezal de lectura/escritura solo usa el mínimo de señal para fijar el bit. Es como funcionan los discos duros.

—¿Por qué?

—Para no afectar a los bits adyacentes. Como la señal no es bastante potente para saturar totalmente el disco, los datos que había antes afectan a la potencia total de la señal en ese punto, como un fantasma.

Crane la miró sin entender.

—Pongamos que en un disco duro hay dos posiciones contiguas. La primera contiene un cero y la segunda un uno. De repente viene alguien y escribe encima de las dos posiciones dos unos. Nos quedamos con un uno en las dos posiciones, pero ¿qué pasa? Que como el cabezal de lectura/escritura usa el mínimo de señal para escribirlos, la posición que tenía un cero se queda con menos fuerza de señal que la que tenía un uno.

—O sea, que los datos previos afectan a los nuevos que se escriben encima —dijo Crane.

—Exacto.

—¿Y usted sabe cómo recuperar los datos anteriores?

Hui asintió con la cabeza.

—Hay que leer el valor absoluto de la señal y restarle lo que corresponde al disco duro, con lo que se crea una imagen de lo que había antes.

—No tenía ni idea de que fuera posible. —Crane se quedó callado—. Un momento, un momento... Pero no hay datos escritos encima. Ha dicho que los desmagnetizaron. ¿Cómo puede recuperarlos?

—No sé qué desmagnetizador usaron, pero no debía de ser muy potente; supongo que uno de mano, o bien la persona que lo hizo no tuvo en cuenta que los platos del disco duro tienen cierta protección. En todo caso, una desmagnetización superficial equivale a escribir sobre el disco duro dos o tres veces, y mi equipo tiene capacidad para recuperar datos escritos el doble de veces.

Lo único que pudo hacer Crane fue sacudir la cabeza.

—Lo malo es que es un proceso destructivo. Solo podemos hacerlo una vez, es decir, que necesitaremos otro disco duro para almacenar los datos reconstruidos. Y el mío lo he estropeado al quitar la PCB. —Hui lo miró—. ¿Me prestaría el suyo?

Crane sonrió.

—¡Sí que nos cargamos deprisa los portátiles! Tranquila, ahora mismo se lo traigo.

—Voy a empezar la recuperación de datos.

Hui apartó la lupa de mesa y cogió la caja de herramientas.

—Que vaya bien —dijo Crane.

Se volvió y salió en silencio del laboratorio.

41

Cojo y silencioso, el hombre que se hacía llamar Wallace recorrió el laberinto de pasillos que formaban el sector científico de
la remodelada plataforma petrolífera *Storm King*. Iba más deprisa de lo habitual. Acababa de recibir un mensaje en su habitación (en clave y transmitido por ondas de baja frecuencia), y tenía que pasárselo enseguida al agente de Deep Storm.

Dentro de veinte minutos salía la Bañera para el fondo del
mar. Si se daba prisa podía llegar a tiempo.

Al llegar a su despacho, encendió la luz y cerró la puerta con
llave. La saca del correo estaba encima de la mesa, lista para su
entrega en la plataforma de carga del nivel más bajo de la plataforma. Wallace la abrió y hurgó en su interior hasta encontrar
un CD con una etiqueta escrita a mano: RADIOGRAFÍAS 001136-
001152.

Archivos de imagen. Justo lo que necesitaba.

Metió el disco en el ordenador y cargó una imagen al azar en
la memoria. Después sacó el disco, lo guardó otra vez en la caja
y lo metió en la saca de correo. Acto seguido escribió una breve
rutina para inscribir un mensaje en los bits menos significativos
de los píxeles de la radiografía. Tardó cinco minutos en teclear el
programa informático y revisarlo por si había errores.

Pulsó una tecla de función que hizo que se ejecutara la rutina. Apareció un signo de interrogación en la pantalla. La rutina pedía datos. Tecleó con cuidado el mensaje que le habían mandado transmitir. Acercó el dedo a la tecla Enter, pero antes de pulsarla comprobó que el mensaje fuera correcto.

SI NO SE INTERRUMPEN LAS OPERACIONES
DESTRUIR EL COMPLEJO EN 24 HORAS

Pulsó la tecla, dándose por satisfecho. El mensaje desapareció de la pantalla. Hubo una breve pausa mientras el programa convertía el mensaje en su equivalente binario y lo escondía en el código digital de la radiografía. Un pitido corto le indicó que el proceso había finalizado con éxito.

Wallace sonrió.

Abrió un cajón, sacó un CD grabable, lo metió en el ordenador y le dio instrucciones para que hiciera una copia de la radiografía manipulada. Mientras el ordenador trabajaba, Wallace se apoyó en el respaldo y se limpió las gafas con el faldón de la camisa. No era una imagen demasiado grande. El nuevo disco quedó grabado en pocos minutos. Lo extrajo y apagó rápidamente el equipo, con lo que destruyó al instante cualquier rastro de lo que acababa de hacer. Después sacó una nueva caja de CD del cajón abierto, metió el disco, escribió el nombre del destinatario con un rotulador negro y lo introdujo en la saca de correo.

Se levantó mirando su reloj, a la vez que se echaba la saca al hombro.

Disponía de doce minutos. Estupendo.

Abrió la puerta con llave y se encaminó silbando a Recepción, donde esperaba la Bañera.

42

Hui Ping se irguió como un resorte sobre el taburete del laboratorio y soltó el destornillador, que hizo un leve ruido al caer sobre la mesa. Crane acababa de entrar sigilosamente.

—¡Dios mío! Casi me mata del susto.

—Perdón.

—Ha tardado mucho. ¿Qué ha ocurrido?

—Es que tenía que responder unos mensajes en mi camarote.

Crane se abstuvo de mencionar los diez minutos de interrogatorio a los que acababan de someterle al cruzar otra vez la Barrera. Eran dos marines muy interesados por el paradero de la doctora Ping. No tenía sentido ponerla aún más nerviosa.

—¿Qué, cómo va eso? —preguntó mientras se acercaba y dejaba el portátil sobre la mesa.

Hui estaba absorta en lo que a una mirada poco avezada como la de Crane le parecieron varios instrumentos de laboratorio unidos por una maraña de cables planos. En respuesta a la pregunta, la científica se apartó de la mesa.

—Acabo de terminar el último test.

—Para mí como si fuera física nuclear.

—Es que lo es, o casi. Un magnetómetro encadenado a un convertidor A/D, y los dos, a su vez, esclavos de un segmentador de códigos temporales. Con todo esto se puede hacer una copia bit por bit del disco duro borrado del doctor Asher.

Crane silbó.

—Hay que reconocer que Asher sabía equipar bien sus laboratorios. ¿Y si no hubiera tenido todos estos aparatos tan fabulosos?

—Lo imprescindible es el magnetómetro. Sin lo demás podría arreglármelas, pero tardaría más tiempo. —Hui hizo una pausa al coger el portátil de Crane—. Tendré que borrar su disco duro. ¿Seguro que le da igual?

Crane se encogió de hombros.

—Tranquila, de todos modos tengo todos mis ficheros en la red.

Hui encendió el portátil y tecleó una serie de órdenes.

—Puede que tarde unos minutos.

Se oía trabajar el disco duro en el silencio del laboratorio. Al final Crane dijo:

—Mientras iba a buscar el portátil he estado pensando. Quien desmagnetizó el ordenador de Asher quería asegurarse de que nadie se enterara de lo que había descubierto.

—Yo he pensado lo mismo. Pero tampoco quería que se supiera que había manipulado el ordenador.

—Por eso lo digo. Si no, podría simplemente haberlo destrozado con un mazo.

—Pero ¿quién? Y ¿por qué?

—¿El saboteador? —dijo Crane.

—Improbable, ¿no cree? No sé qué motivos puede tener, pero yo, si fuera el saboteador, querría los datos para mí.

Hui se levantó.

—Yo apuesto por Korolis —dijo Crane.

—¿Por qué?

—Que me conste, se inventó que usted estaba en la plataforma de Recepción de la Bañera y en la zona de terapia hiperbárica. —Crane titubeó—. ¿En su currículum pone que estuvo haciendo prácticas en un laboratorio de recuperación de datos?

Hui asintió.

—Es decir, que también lo sabe. Me parece que no quiere que nadie se entere de qué hay en el portátil.

—Espero que no tenga razón, porque sería un enemigo muy peligroso. —Hui se levantó—. Ya está todo preparado.

Desmontó la caja del ordenador portátil de Crane y conectó un cable plano al disco duro, sin desenchufar el cable de corriente. Después enchufó el agregado de instrumentos, hizo algunos ajustes y encendió a la vez el magnetómetro y el segmentador. Un zumbido grave resonó por todo el laboratorio.

—¿Cuánto tardará? —preguntó Crane.

—No mucho. Por lo visto el doctor Asher era como usted, lo hacía casi todo en la red principal del Complejo a través de un terminal. Dudo que en el portátil haya algo más que su correo personal, sus archivos de internet y el trabajo sobre los códigos.

Durante los siguientes diez minutos casi no se dijeron nada. Mientras Hui supervisaba el proceso de extracción, Crane se paseó por el laboratorio cogiendo instrumentos y dejándolos otra vez en su sitio en un esfuerzo por no impacientarse. Por fin el zumbido cesó.

—Ya está. —Hui apagó el equipo, desconectó el cable plano, montó otra vez la carcasa del portátil de Crane y se volvió a mirarlo—. Ahora su disco duro debería ser una copia del de Asher. ¿Preparado?

—Enciéndalo.

Pulsó el botón. Se colocaron frente a la pantalla, muy juntos, observándola. Al principio estaba negra. Después se oyó un pitido muy corto, y apareció la pantalla de presentación del sistema operativo.

—Bingo —dijo ella en voz baja.

Crane esperó a que Hui cargase una utilidad de gestión de archivos de un CD y empezara a explorar los documentos de Asher.

—Parece todo intacto —dijo ella—. No se han perdido datos.

—¿Qué hay?

—Lo que sospechaba: correo, algunos borradores de artículos científicos... Y una carpeta grande que se llama «desencriptado».

—A ver la carpeta.

Hui tecleó una serie de órdenes.

—Contiene varias utilidades que no conozco, probablemente traductores o rutinas de desencriptado. También hay tres subdirectorios, uno que se llama «inicio», otro «fuente» y el tercero «destino».

—A ver qué hay en «inicio».

Hui puso el puntero encima del icono.

—Solo contiene un archivo, «inicio.txt». Voy a abrirlo.

Clicó el ratón y se abrió una ventana de texto.

```
100000011100000000000000000000011000000010000000000000000000
001100000000000000000000000000000011000000000000000000000011
000001100000000000000000000000000000011000000000000000000000
000000001100000000000000100000000000000011000000000000011100
000000000001100000000000001000000000000000110000000000000000
000000000000000011000000000000000000010000000001100000000000
000000000000000011000001100000000000000000000001100000000
000000000000000011000011000000000000000000000000001000001
001000000000000000111000100100000000000000000001000000000000
000000001001000010000000000000101000000000000000000001000100
000000000000000000000000000000010000000010000000000000100000
000100000000000001000010001000000100001000000000001000000
001000100000001000000000000000000010000000000000000000001000
000000010000100000000000100001000000000100000001000010000
000000000000000001000000000001000010000000000001000000000
000000000000000000000000010110000000000010000010
```

—A juzgar por su longitud, diría que es la primera transmisión que descubrieron los operarios de la plataforma, la señal sísmica de alta frecuencia. La causa de que estemos aquí abajo.

—Se refiere a la que llegaba de debajo del Moho —dijo Crane.

—Exacto. No parece que el doctor Asher intentara descifrarla.

—Se centró en las señales que emitían los centinelas. Eran más cortas y más fáciles de analizar. Sospecho que están en la subcarpeta «fuente».

—Vamos a ver... —Una breve pausa—. Parece que tiene razón. Contiene unos cuarenta archivos mucho más cortos.

—Es decir, que Asher y Marris solo analizaron cuarenta de las señales. ¿Qué se apuesta a que la otra subcarpeta es la de las traducciones?

Crane sintió cómo aumentaba su entusiasmo.

—Prefiero no apostar. Veamos qué hay dentro.

Hui movió el ratón por la pantalla. Apareció otra carpeta con una lista del contenido de «destino»:

1_trad.txt
2_trad.txt
3_trad.txt
4_trad.txt
5_trad.txt
6_trad.txt
7_trad.txt
8_trad.txt

—Aquí están —dijo Hui, susurrando.

—O sea, que cuando me llamaron Asher y Marris solo habían traducido ocho de los cuarenta mensajes. Deprisa, abra el primero.

Hui puso el puntero encima del icono y clicó. Se abrió otra ventana de texto que solo contenía una línea:

$$x = 1/0$$

—Un momento —dijo Crane—. Aquí pasa algo raro. Esto es la traducción original de Asher, la antigua, la de cuando se equivocó.

—¡Desde luego que se equivocó! Para construir algo tan complicado como estos centinelas hay que saber que es imposible dividir por cero.

—Me dijo que al principio les había costado tan poco descifrar las señales que lo atribuyeron a un simple error de detalle, y desperdiciaron varios días intentando averiguar dónde se habían equivocado. Al entrar en la cámara hiperbárica ya habían desechado este planteamiento y seguían un nuevo rumbo. —Crane miró muy serio la pantalla—. Esto es viejo. Tiene que haber otra carpeta en alguna parte.

Guardaron silencio el tiempo necesario para que Hui consultase su utilidad de gestión de archivos.

—No, es la única carpeta viable.

—Pues entonces abra el segundo archivo. Quizá no se molestara en borrar la metedura de pata.

Hui abrió «2_trad.txt».

$$x = 0^0$$

—¿Cero elevado a cero? —preguntó Crane—. Es tan indefinido como una división por cero.

Se le ocurrió otra idea.

—¿Podría consultar la fecha y hora de los archivos?

Un par de clics con el ratón.

—Ayer por la tarde.

—¿Todos?

—Todos.

—Sí, era cuando estaba dentro de la cámara. O sea, que sí son nuevos.

Crane no dijo nada más mientras Hui abría los otros seis archivos. Seguían siendo simples fórmulas matemáticas, todas ilógicas e imposibles.

$$a^3 + b^3 = c^3$$

$$\pi = a/b$$

$$x = \text{In}\,(0)$$

—¿*A* al cubo más *b* al cubo igual a *c* al cubo? —Hui sacudió la cabeza—. No existen tres números que cumplan esta fórmula.

—¿Y qué me dice del logaritmo natural de cero? Imposible. Por otro lado, *pi* es un número trascendente. No se puede definir dividiendo un número por otro.

—De todos modos, parece que el doctor Asher acertó al primer intento. Me refiero a las traducciones.

—Está claro que a él se lo parecía, pero es absurdo. ¿Qué sentido tiene que los centinelas emitan una serie de fórmulas matemáticas imposibles? ¿Y que las consideren tan importantes como para emitirlas en todas las frecuencias conocidas? Yo creo que...

Crane enmudeció de golpe. Acababa de oír un rumor de voces y pasos en el pasillo.

Se volvió hacia Hui, que lo miró con los ojos muy abiertos. Señaló el fondo de la habitación.

—Dentro de aquel armario. Deprisa.

Hui corrió hacia el armario del instrumental y se escondió. Crane apagó la luz de una palmada y siguió a Hui lo más deprisa y silenciosamente que pudo, pero retrocedió en el último momento; salió del armario, para descolgar la lona impermeable antiincendios.

Los pasos se acercaban.

Crane echó la lona sobre los portátiles y los instrumentos de la mesa, intentando que quedasen bien camuflados. Después corrió al armario y se encerró con Hui. Al cabo de un rato oyó que se abría la puerta del laboratorio.

Espió por la reja de la puerta del armario. En la entrada del laboratorio había dos marines recortados en la luz del pasillo.

Se oyeron más pasos, los de los marines entrando en la habitación. Después silencio.

Volvió a asomarse muy, muy despacio hasta distinguir algo a través de la reja. Los marines estaban al lado de la mesa, examinando detalladamente el laboratorio.

—Aquí no hay nadie —dijo uno de los dos—. Vayamos a ver el siguiente.

—Un minuto —contestó el otro—. Primero quiero comprobar algo.

Despacio, con cautela, se acercó al armario.

43

Crane se encogió en la oscuridad. Tras él, Hui aguantó la respiración. Crane le cogió la mano y se la apretó.

La proximidad del marine oscureció los finos rayos de luz que se filtraban por la reja. Crane oyó que los pasos se detenían justo al lado de la puerta. De repente se encendió una radio. Al breve ruido de buscar un botón siguió el de pulsarlo.

—Barbosa —dijo una voz, tan cerca que casi parecía estar dentro del armario. Otro chisporroteo—. Señor, sí, señor.

Tras un instante añadió:

—Vamos.

—¿Qué pasa? —preguntó el otro marine.

—Korolis. Han visto algo.

—¿Dónde?

—En Recogida de Residuos. Venga, vámonos.

Pasos alejándose, una puerta... y de nuevo el silencio.

Crane se dio cuenta de que no respiraba. Vació los pulmones con un suspiro largo, entrecortado. Después soltó la mano de Hui y se volvió para mirarla.

Los ojos de la científica brillaban en la penumbra.

Pasaron cinco minutos sin que dijeran una sola palabra. Crane sintió que sus latidos recuperaban poco a poco el ritmo normal. Al final puso una mano en la puerta del armario y la abrió con sigilo. Salió como si tuviera las piernas de gelatina, y encendió otra vez la luz.

Hui retiró la lona impermeable de los instrumentos y los ordenadores con movimientos lentos y mecánicos.

—¿Ahora qué? —preguntó.

Crane trató de encarrilar sus pensamientos.

—Ahora a seguir.

—Pero ¿por dónde? Ya hemos visto todo lo desencriptado y solo hay fórmulas matemáticas imposibles.

—¿Y el otro archivo, «inicio.txt»? La señal larga, transmitida desde debajo del Moho. ¿Seguro que no hay ninguna traducción en el portátil?

Hui negó con la cabeza.

—Segurísimo. Es lo que has dicho tú, que el doctor Asher debió de centrarse en los mensajes más cortos que emitían los centinelas.

Crane hizo una pausa y se volvió hacia el portátil.

—¿Qué pudo haber descubierto? —se dijo—. Cuando me llamó desde la cámara de oxígeno estaba entusiasmado. Algo tiene que haber...

Miró otra vez a Hui.

—¿Podrías seguir sus últimos pasos?

Ella frunció el entrecejo.

—¿Cómo?

—Consulta la fecha y hora de los archivos del ordenador y averigua qué hizo durante los minutos previos a llamarme.

—Vale, sacaré un listado de todos los archivos ordenados por fecha y hora.

Hui se puso delante del ordenador, abrió una ventana de búsqueda y tecleó una orden; recuperó poco a poco su velocidad de movimientos.

—La mayoría de los archivos en los que trabajó estaban en la carpeta «desencriptado». —Señaló la pantalla—. Pero parece que durante el último cuarto de hora el doctor Asher navegó por internet.

—¿Ah, sí?

Hui asintió.

—Voy a abrir el navegador para ver el historial.

Una ráfaga de pulsaciones. Crane, perplejo, se acarició la barbilla. «Podremos acceder inalámbricamente a la WAN desde dentro», le había dicho Asher a Marris justo antes de entrar en la cámara hiperbárica. Estaba claro que podían haber entrado en internet... pero ¿por qué?

—Mira, una lista de las webs que visitaron —dijo Hui.

Se apartó para hacerle sitio.

Crane se inclinó hacia la pantalla. La lista contenía una docena de webs, casi todas con nombres de una aridez gubernamental.

—Un par de webs de la Agencia de Protección del Medio Ambiente —murmuró—. La Comisión Reguladora Nuclear... El Proyecto Ocotillo Mountain...

—La lista es cronológica —dijo Hui—. Las últimas webs que visitó son las del final.

Crane leyó el resto de la lista.

—Departamento de Energía. Plan Piloto de Aislamiento de Residuos. Ya está.

Se quedó mirando la pantalla, hasta que de repente lo entendió.

—Dios mío... —musitó.

Era una revelación terrible, físicamente dolorosa.

—¿Qué ocurre? —preguntó Hui.

Se volvió hacia ella.

—¿Dónde está el puerto de red de este laboratorio? Tengo que conectarme a internet.

Sin decir nada, ella sacó un cable de categoría 5 de su caja de herramientas y conectó el portátil a la WAN del Complejo. Crane puso el puntero sobre la última entrada del historial y clicó el ratón. Se abrió una nueva ventana del navegador con una web oficial casi sin imágenes, encabezada por el membrete del Departamento de Energía y un título en letras grandes:

WIPP–Waste Isolation Pilot Plant
Carlsbad, Nuevo México

—WIPP —dijo Hui en voz muy baja.

—Es lo que decía Asher.

—Pero ¿qué es?

—Un conjunto de enormes cuevas en una formación salina muy grande situada a gran profundidad del desierto de Chihuahua, en Nuevo México. Queda muy lejos de todo. Será el principal cementerio de residuos transuránicos del país.

—¿Residuos transuránicos?

—Basura nuclear. Restos de la guerra fría y de la carrera armamentística. Hay de todo, desde herramientas y trajes protectores hasta baterías viejas de vehículos espaciales. De momento lo tienen guardado un poco por todas partes, pero el plan es almacenarlo todo junto en un único lugar, debajo del desierto. —Crane miró a Hui—. Ocotillo Mountain es un vertedero muy vigilado del sudeste de California, un depósito geológico para combustibles nucleares agotados y armas de destrucción masiva confiscadas.

Se volvió otra vez hacia la pantalla.

—Yo asistí a un congreso médico sobre el peligro de los residuos nucleares y las armas desactivadas, y no imaginas lo problemático que es encontrar un lugar para tirar un material tan peligroso. Por eso existen depósitos como Ocotillo Mountain, pero ¿qué tiene que ver con el proyecto Deep Storm? ¿Qué quiso decir Asher?

Un momento de silencio.

—¿Te comentó algo más? —preguntó Hui—. Durante la llamada telefónica.

Crane se quedó pensando.

—Sí, que era fundamental, absolutamente fundamental que no... Fue cuando se cortó.

—¿Que no qué? ¿Que no siguiéramos excavando?

—No estoy seguro. No me paré a pensarlo.

De golpe Crane lo entendió todo. Fue una mezcla de triunfo y miedo que lo avasalló casi físicamente.

—Oh, no... —murmuró.

—¿Qué pasa?

—El WIPP, el Plan Piloto de Aislamiento de Residuos... Ocotillo Mountain... Es lo que tenemos debajo.

Hui palideció.

—No te referirás...

—Pues sí, exactamente. Siempre hemos partido de la hipótesis de unos seres benévolos y paternales que dejaron una tecnología fabulosa en las entrañas de la Tierra para que la descubriese la humanidad cuando hubiéramos progresado lo suficiente para valorarla, pero no se trata de eso en absoluto. La verdad es que la Tierra ha sido usada como basurero de armas o residuos tóxicos, unos residuos de un peligro inimaginable, teniendo en cuenta lo avanzados que están tus amigos de Cygnus Major.

—¿Era lo que intentó decirte Asher?

—Seguro. No hay otra respuesta posible. Lo que hay debajo del Moho, el objetivo de las excavaciones de Spartan... es una bomba de relojería.

Crane pensó muy deprisa, en silencio.

—¿Sabes lo que te he dicho acerca de ese congreso médico? Pues encontrar un basurero para los residuos nucleares solo es una parte del problema. Lo peor es que la radiactividad del material durará más que el tiempo que lleva el ser humano escribiendo su historia. ¿Cómo avisas a alguien dentro de diez mil años de que no se acerque a Carlsbad o a Ocotillo Mountain? Para entonces la civilización ya no tendrá nada que ver con lo que conocemos. Por eso el Departamento de Energía está sembrando todas esas zonas con lo que llama «controles institucionales pasivos».

—Indicadores de advertencia.

—Exacto, y no de un solo tipo, sino de una amplia gama: imágenes, símbolos, texto... Todo para informar a nuestros descendientes de que teníamos buenas razones para aislar y sellar la zona. También ha habido rumores sobre controles activos.

—Pero ¿cómo puedes estar seguro de que lo que tenemos debajo es peligroso?

—¿No lo entiendes? Los centinelas que hemos ido encontrando durante las excavaciones... a su manera también son «controles institucionales», y las señales que envían son advertencias.

—Solo son fórmulas matemáticas.

—Sí, pero piensa un poco en qué tipo de fórmulas: imposibles. ¿Sabes qué dijo Asher cuando descifró el mensaje por primera vez y pensó que se había equivocado? «La división por cero está prohibida por todas las leyes del universo.» Es la palabra clave, «prohibido». Cada una de las fórmulas que emiten los centinelas (cero elevado a cero y todas las demás) está prohibida.

—Porque quien lo hizo no podía usar una advertencia lingüística.

—Ni más ni menos. Lo único universal son las fórmulas matemáticas. —Crane sacudió la cabeza—. Y pensar en todo lo que dijo Flyte sobre los números irracionales... No sabía cuánta razón tenía, me temo.

—¿Quién?

Se rió en voz baja.

—Nada, cosas mías.

Hui reflexionó.

—¿Por qué empezaron con una sola fórmula y luego empezaron a emitir miles?

Crane se encogió de hombros.

—Quizá pensaran que la división por cero era la más simple y básica, y por eso era tan omnipresente. Quizá el contacto conmigo provocó el cambio de funcionamiento del centinela, a menos que, al no interrumpir las excavaciones, los aparatos creyeran que no habíamos captado la indirecta y necesitábamos más datos.

Bruscamente se volvió y dio un paso hacia la puerta. De repente tenía una horrible sensación de apremio en todo el cuerpo. A cada minuto la excavación les acercaba más a un olvido inconcebible.

—¿Adónde vas? —preguntó Hui.

—Aquí donde me ves, yo sí he captado la indirecta.

—¿Y yo? ¿Adónde voy?

—Quédate aquí, es tan seguro como cualquier otro lugar; probablemente más, porque ya lo han registrado. —Le cogió la mano y le dio otro apretón para tranquilizarla—. Vendré a buscarte. No tardaré mucho.

Hui respiró hondo.

—De acuerdo. Quizá le eche otro vistazo a la transmisión inicial, la que no tradujo el doctor Asher.

—Muy buena idea.

Crane sonrió, se acercó a la puerta del laboratorio, se paró a escuchar y salió rápidamente al pasillo.

44

El almirante Spartan miraba silenciosamente a Crane. Estaban en un rincón tranquilo de la sala de observación. La única luz que entraba por la ventana alargada que daba al Complejo de Perforación era insuficiente para que pudiera ver la expresión del almirante.

Tras echar un vistazo a los técnicos e ingenieros, siempre sentados ante sus terminales de control, Crane miró el hangar. Había un grupo de operarios haciendo los preparativos de inmersión en una de las dos Canicas que quedaban. El entusiasmo se palpaba en el ambiente, incluso desde aquel observatorio. Al parecer solo faltaban días, u horas, para llegar al Moho, y cualquier viaje podía ser el decisivo.

Volvió a mirar a Spartan.

El almirante juntó las manos en la espalda, como si saliera de una profunda contemplación.

—A ver si lo entiendo. ¿Todas las misteriosas enfermedades y los problemas psicológicos están causados por una señal?

—Es la misma señal digital que transmitían los centinelas al principio por ondas de luz, con la diferencia de que esta se transmite de un modo que no pueden detectar nuestros técnicos y provoca unos picos anómalos de las ondas theta del cerebro. El cerebro funciona con electricidad —explicó Crane—, y cualquier alteración de esta afecta al sistema nervioso autónomo, lo cual, a su vez, puede provocar náuseas, problemas en el campo visual, arritmia... Todos los déficits neurológicos que hemos ido viendo. También puede afectar al lóbulo frontal del cerebro, lo cual, a su vez, explica los problemas de memoria y de concentración, los cambios de carácter y hasta los episodios psicóticos.

—¿Cómo podemos contrarrestarlo? ¿Cómo podemos eliminar sus efectos?

—¿De la señal? Ni siquiera podemos detectarla. La única solución es evitarla: detener la excavación y llevarse a la gente a la superficie, lejos del origen.

Spartan lo descartó con un movimiento de la cabeza.

—Y esta señal transmite una fórmula matemática.

—Asher descodificó varias señales, todas fórmulas matemáticas, y todas imposibles.

—Y dice que son una especie de aviso.

—Todas las fórmulas están prohibidas por la ley universal. ¿Qué mejor manera de indicar peligro cuando no se puede recurrir al lenguaje?

—¿Qué mejor manera, doctor? Pues con algo más explícito y directo.

Crane creyó percibir cierto escepticismo en el tono de Spartan, pero continuó.

—Es evidente que los que pusieron estos objetos debajo del Moho, los que crearon los centinelas, están muchísimo más adelantados que nosotros. ¿Cómo podemos saber que no transmiten señales más explícitas, como usted dice, pero que todavía no somos bastante inteligentes para interceptarlas?

Spartan apretó los labios.

—O sea, que somos los orgullosos dueños de un basurero interestelar, o de un polvorín con armas de una carrera armamentística lejana.

Crane no contestó. El silencio se alargaba. Oía por encima del hombro un rumor lejano de voces y teclas.

Al final Spartan exhaló despacio.

—Lo siento, doctor, pero me parecen simples conjeturas. Empiezo a preguntarme si no se le estarán descontrolando las ondas theta. Una civilización extraterrestre usa la Tierra para almacenar residuos y nos manda señales de advertencia.

—No, a nosotros no; nosotros les importamos un comino. Lo demuestra la violencia del enterramiento. Para ellos somos insectos. Lo más probable es que la civilización que lo hizo proceda de un entorno de metano y ácido sulfúrico. Hasta es posible que para ellos el oxígeno y el nitrógeno sean tóxicos. No se preocupan por nosotros. Para ellos la Tierra es un planeta inservible, y nosotros demasiado primitivos para merecer su atención. Ha sido pura suerte que hayamos descubierto su mensaje. A ellos les preocupan civilizaciones mucho más adelantadas. Las avisan a ellas de que se alejen de la Tierra.

Spartan no contestó.

Crane suspiró al cabo de un rato.

—Tiene razón, solo son conjeturas. Es imposible demostrar de modo concluyente qué hay debajo del Moho sin atravesarlo, pero eso es como decir que una granada es una conjetura hasta que se arranca la espoleta.

Spartan se empeñaba en no responder.

—Mire —siguió Crane, percibiendo el tono de urgencia de su propia voz—, yo no sé qué hay abajo exactamente; lo único que sé es que es de una peligrosidad inimaginable. ¿Vale la pena poner la Tierra en peligro para averiguarlo? Porque eso es lo que nos jugamos.

Por fin Spartan salió de su mutismo.

—¿Usted está convencido de ello?

—Me jugaría la vida.

—Y de que borraran adrede el disco duro de Asher... ¿También está seguro?

Crane asintió.

—Parece que sus capacidades se extienden más allá de la profesión médica. ¿Ha recuperado usted solo los datos?

Crane titubeó.

—Me han ayudado.

—Ya. —El almirante Spartan lo miró con la misma expresión inescrutable—. ¿Por casualidad sabe dónde está Hui Ping?

Crane mantuvo un tono neutro.

—Ni idea.

—Bueno, doctor, gracias.

Crane parpadeó.

—¿Perdón?

—Ya puede irse. Ahora estoy muy ocupado.

—Pero todo lo que he dicho...

—Pensaré en ello.

Crane miró con incredulidad a Spartan.

—¿Que pensará en ello? Dentro de uno o dos descensos será demasiado tarde para pensar en lo que sea. —Hizo una pausa—. Almirante, aquí hay más en juego que su misión y que lo que pueda haber al final del pozo. Dentro del Complejo hay muchas vidas en peligro. Su deber también le liga a esas personas. Es responsable de ellas, y merecen que examine mis conclusiones y el informe que estoy preparando, por muy remota que sea la posibilidad de que sean ciertos. El riesgo es demasiado alto para no hacerlo.

—Puede retirarse, doctor Crane.

—Yo ya he hecho mi trabajo. Ya he resuelto el misterio. ¡Haga usted el suyo! Detenga esta insensatez y salve el Complejo, o me...

Crane tuvo la vaga conciencia de que había levantado la voz, y de que algunas cabezas empezaban a volverse hacia ellos. Se calló de golpe.

—¿O qué? —preguntó Spartan.

Crane no contestó.

—Me alegro de oír que ha hecho su trabajo. Ahora, doctor, le aconsejo que salga por su propio pie del Complejo de Perforación si no quiere que le haga acompañar por un destacamento armado.

Crane se quedó un momento donde estaba, petrificado de rabia e incredulidad. Después, sin añadir palabra, dio media vuelta y salió de la sala de observación.

45

Sentada a la mesa de su ordenado despacho, Michele Bishop miraba atentamente una radiografía en la pantalla, con el pelo rubio oscuro cayendo sobre sus ojos y la barbilla apoyada en unas uñas cuidadosamente pintadas.

A pocos centímetros de su codo sonó el teléfono, haciendo trizas el silencio. Dio un respingo y lo cogió.

—Centro médico, Bishop.

—¿Michele? Soy Peter.

—¿Doctor Crane?

Frunció el entrecejo. Era su voz, en efecto, pero en vez de con su flema habitual, al borde de la pereza, hablaba deprisa, entrecortadamente. Apagó el monitor y se apoyó en el respaldo mientras la pantalla se volvía negra.

—Estoy en la enfermería provisional del nivel cuatro. Necesito urgentemente que me ayude.

—De acuerdo.

Una pausa.

—¿Está bien? Parece... distraída.

—Sí, muy bien —dijo Bishop.

—Tenemos una crisis entre manos. —Otra pausa más larga—. Ahora mismo no puedo explicárselo, pero lo de abajo... no es la Atlántida.

—Sí, ya lo suponía.

—He descubierto que el objetivo de la excavación es algo increíblemente peligroso.

—¿Qué es?

—No puedo decírselo, al menos de momento. No hay tiempo que perder. Tenemos que pararle los pies a Spartan como sea. Voy a explicarle lo que debería hacer. Reúna a los científicos y técnicos que mejor conozca. Racionales y no militares. Gente sensata y de confianza. ¿Se le ocurre algún nombre?

Bishop vaciló un poco.

—Sí, Gene Vanderbilt, el jefe de Investigación Oceanográfica. Y también...

—Perfecto. Cuando los haya reunido llámeme al móvil y subiré a explicarlo todo.

—¿Qué ocurre, Peter? —preguntó.

—Ya lo he resuelto. Ya sé por qué enferma la gente. Se lo he contado a Spartan pero no me ha hecho caso. Si no podemos convencer a Spartan, tendremos que mandar un mensaje a la superficie contándoles qué pasa aquí abajo para que ejerzan la máxima autoridad. ¿Podría hacerlo?

Bishop no contestó.

—Oiga, Michele, ya sé que no hemos sido precisamente uña y carne, pero ahora está en juego la seguridad de todo el Complejo, y puede que mucho más. Ahora que Asher ya no está, necesito ayuda de su equipo, de los que creían en él y en lo que representaba. Los hombres de Spartan se hallan solo a días u horas de alcanzar su objetivo. Debemos impedir que a las personas que tenemos a nuestro cuidado les ocurra nada malo. Como mínimo tenemos que intentarlo. ¿Me ayudará?

—Sí —murmuró ella.

—¿Cuánto tardará?

Se quedó callada, paseando la vista por la habitación.

—No mucho, entre un cuarto de hora y media hora.

—Sé que lo conseguirá.

Se mordió un poco los labios.

—¿O sea, que Spartan no piensa parar la excavación?

—Ya lo conoce. Yo he hecho todo lo que he podido.

—Si él no lo hace motu proprio, nadie podrá convencerlo.

—Hay que intentarlo. Me llamará en cuanto pueda, ¿verdad?

—Por supuesto.

—Gracias, Michele.

La llamada se cortó en seco.

El despacho quedó otra vez en silencio. Bishop permaneció unos sesenta segundos sin moverse de la silla, mirando el teléfono, hasta que lentamente lo dejó en la base con una expresión pensativa, casi de resignación.

46

Las habitaciones del almirante Spartan en el nivel once eran relativamente cómodas para lo que era habitual en el Complejo, y aún parecían mayores por la austeridad del mobiliario. El conjunto (despacho, dormitorio y sala de reuniones) se caracterizaba por una decoración rígida y militar. En vez de cuadros había condecoraciones, y una bandera americana que colgaba flácida junto a un escritorio muy pulido. Detrás, un solo estante con diversos manuales de la Marina y tratados de estrategia y táctica, así como media docena de traducciones de obras de la Antigüedad que constituían la única ventana visible a la intimidad de Spartan: los *Anales* y las *Historias* de Tácito, el *Strategikon* del emperador Mauricio y el relato de Tucídides sobre la guerra del Peloponeso.

Korolis ya había visto todo aquello en otras ocasiones. Mientras su ojo bueno absorbía los detalles, el otro se extravió en las nieblas de la miopía. Cerró la puerta sin hacer ruido y entró.

El almirante estaba en el centro de la habitación, de espaldas a él. Se volvió al oírlo. Korolis se detuvo, sorprendido. Acababa de ver por encima del hombro de Spartan uno de los centinelas descubiertos durante la excavación. Flotaba plácidamente en medio de la sala, señalando con su luz blanca las tuberías del techo metálico. Parecía que el almirante lo hubiera estado estudiando.

Se dijo que en el fondo no tenía nada de raro. Desde hacía un par de días el almirante no era el mismo de siempre. Normalmente aceptaba sus consejos sin preguntar, de una manera casi automática, mientras que últimamente no le hacía caso y en algunas cuestiones casi lo reprendía, como hizo cuando le propuso meter a Ping en el calabozo. Su cambio de actitud parecía remontarse al incidente de la Canica Uno. A menos que el almirante también estuviera afectado por...

Korolis decidió no llevar su razonamiento hasta su conclusión lógica.

Spartan lo saludó con la cabeza.

—Siéntese.

Korolis pasó al lado del centinela sin mirarlo y se sentó en una de las dos sillas que había frente a la gran mesa del almirante. Spartan la rodeó para ocupar despacio su sillón de cuero.

—Estamos cumpliendo las previsiones —dijo Korolis—. Mejor dicho, vamos muy adelantados. Desde el ajuste de funciones ya no ha habido más... hummm... fallos. Es verdad que funcionar en modo manual, con operaciones de control en los procesos más importantes, ha ralentizado un poco la perforación, pero ha sido compensado por la falta de xenolitos en el sedimento, y...

Spartan levantó una mano, dejando a Korolis con la frase en la boca.

—Ya es suficiente, comandante.

Korolis dio otro pequeño respingo de sorpresa. Había dado por supuesto que el almirante lo llamaba para el acostumbrado parte. Para disimular su turbación cogió un pisapapeles de la mesa (una gran bita de metal, reliquia de la fragata *Vigilant*, de la guerra de Independencia) y le dio vueltas en sus manos.

Siguió un momento de silencio, en el que Spartan se peinó su pelo gris plomo con una de sus recias manos.

—¿Cuándo está programado que vuelva la Canica Dos?

—La hora estimada son las diez cero cero. —Korolis dejó el pisapapeles en su sitio y miró su reloj—. Dentro de cincuenta minutos.

—Cuando hayan sacado a la tripulación y ya estén hechas las comprobaciones habituales, aparque la Canica Dos y dígale al equipo de la Canica Tres que espere hasta nueva orden.

Korolis frunció el entrecejo.

—No estoy seguro de haberle oído bien, señor. ¿Que la Canica Tres espere hasta nueva orden?

—Correcto.

—¿Cuánto tiempo?

—Aún no puedo decírselo.

—¿Qué ha pasado? ¿Le han enviado algún comunicado del Pentágono?

—No.

Korolis se humedeció los labios.

—Disculpe, señor, pero ya que debo ordenar que detengan la excavación le agradecería que me lo explicase.

Spartan puso cara de meditarlo.

—Ha venido a verme el doctor Crane.

—¿Crane, señor?

—Cree que ha encontrado la causa de los problemas médicos.

—¿Y?

—Está relacionada con las señales emitidas por la anomalía. Está preparando un informe. Entonces sabremos los detalles.

Korolis se quedó un momento callado.

—Lo siento, pero me he perdido. Aunque Crane tuviera razón, ¿qué tiene que ver la causa de las enfermedades con la excavación?

—Durante su investigación ha descubierto algo más, la traducción de las señales extraterrestres.

—La traducción —repitió Korolis.

—Según él son un aviso.

—Lo mismo que creía Asher. Crane era su mandado. Nunca han tenido pruebas.

Spartan escudriñó a Korolis un momento.

—Es posible que ahora las tengan. Por otra parte, es curioso que mencione a Asher, porque resulta que el punto de partida del descubrimiento de Crane han sido los datos de su ordenador portátil.

—¡Imposible!

Korolis no había podido reprimirse.

—¿De verdad? —El tono de Spartan se suavizó, incluso se dulcificó—. ¿Por qué?

—Por... por los daños que sufrió en el incendio. Es imposible que el ordenador funcionara.

—Pues resulta que además del incendio, siempre según Crane, alguien desmagnetizó el disco duro. —La expresión del almirante seguía siendo indagadora—. ¿Usted sabe algo de eso?

—Claro que no. De todos modos, no parece posible que Crane sacara datos del disco duro, porque el portátil estaba destrozado por el fuego.

—Lo ayudaron.

—¿Quién?

—No ha querido decírmelo.

—Para mí que todo eso son chorradas. ¿Cómo sabe que no se lo inventa?

—Si fuera su intención no habría esperado tanto a decírmelo, cosa que por otro lado no sé en qué le beneficia. En cualquier caso, sus descubrimientos son de una coherencia que da mucho que pensar.

Korolis se dio cuenta de que respiraba deprisa. Sintió un escalofrío muy desagradable por todo el cuerpo, seguido al poco tiempo por una sensación de intenso calor. Su frente se perló de sudor.

Se irguió en la silla.

—Señor —dijo—, debo pedirle que se replantee su decisión. Solo faltan una o dos inmersiones para llegar al Moho.

—Razón de más para ser prudentes, comandante.

—Es que estamos tan cerca, señor... No podemos parar.

—Ya vio lo que pasó con la Canica Uno. Hemos tardado dieciocho meses en llegar donde estamos, y no quiero poner en peligro todos nuestros avances. Por un par de días no pasa nada.

—Puede pasar por una hora. ¿Quién sabe lo que traman los gobiernos extranjeros? Hay que bajar lo antes posible y sacar todo lo que podamos, antes de que el saboteador haga otra intentona.

—No pienso arriesgar todo el proyecto por decisiones apresuradas o impetuosas.

—¡Señor! —exclamó Korolis.

—¡Comandante!

Spartan solo alzó un poco la voz, pero el efecto fue impresionante. Korolis hizo el esfuerzo de guardar silencio, a la vez que su respiración se volvía aún más rápida y superficial.

Spartan volvía a escrutarle.

—No tiene muy buen aspecto —dijo el almirante con serenidad—. No tengo más remedio que preguntarme si no le estará afectando la misma enfermedad que se ha extendido por todo el Complejo.

Aquella conjetura (irónicamente tan cercana al propio diagnóstico de Korolis sobre Spartan) despertó un arrebato de auténtica ira en el comandante. No le había confiado a nadie que últimamente tenía cada vez más dolor de cabeza. Estaba seguro de que solo era fruto de la tensión. Se aferró a los brazos de la silla con algo parecido a la ferocidad.

—Le aseguro que tengo tantas ganas como usted de llegar hasta la anomalía —añadió Spartan—, pero si trajimos al doctor Crane fue por algo. Yo participé en su elección, y ahora no tengo más remedio que prestar atención a sus averiguaciones. Reuniré a un equipo de nuestros mejores científicos militares para que examine sus conclusiones. Entonces sabremos qué hacer. De momento quiero que vaya a ver a la doctora Bishop para un inf...

Con un movimiento repentino, a medias instintivo e inconsciente, Korolis saltó de la silla, cogió del escritorio la pesada bita y se la estrelló a Spartan en la sien. El almirante se quedó palido, con los ojos completamente en blanco, y se desplomó desde la silla al suelo.

Korolis permaneció casi un minuto a su lado, jadeando, hasta que recuperó la calma y dejó el pisapapeles en la mesa. Después se alisó la pechera de la camisa, miró el teléfono, puso en orden sus ideas y cogió el auricular para marcar un número.

Contestaron a la segunda señal.

—Woburn.

—Jefe.

—¡Señor!

Korolis casi oyó cuadrarse al jefe del destacamento negro.

—El almirante Spartan está incapacitado mentalmente. Ya no es el de antes. En consecuencia, tomo yo el mando. Por favor, mantenga bajo vigilancia las habitaciones del almirante.

—Sí, señor.

—Y venga a verme ahora mismo al Complejo de Perforación.

47

Cuando sonó el teléfono, Roger Corbett estaba en su despacho, tomando notas sobre el paciente que acababa de acudir al centro porque sufría ataques de pánico y agorafobia. Dejó la tabla digital y el marcador y cogió el auricular.

—Doctor Corbett —dijo.

—¿Roger? Soy Peter Crane.

—Hola, Peter. Déjeme que lo adivine. Se han filtrado mis ronquidos por el respiradero del baño compartido, ¿no?

Solo pretendía bromear, pero Crane, por la razón que fuera, no parecía muy interesado en hablar por hablar.

—Estoy esperando que me llame Michele. ¿Usted sabe dónde está?

—No, hace bastante que no la veo.

—Habíamos quedado en que me llamaría hace tres cuartos de hora. La he llamado al móvil pero no contesta. Estoy un poco preocupado.

—Voy a ver si la encuentro. ¿Puedo ayudarlo?

Un momento de silencio.

—No, gracias, Roger. Con que busque a Michele...

—Descuide.

Corbett colgó, se levantó, salió del despacho y se fue por el pasillo.

En recepción había cuatro personas esperando. En sí ya era un hecho inhabitual (Bishop lo tenía todo muy controlado, y no solía haber más de un paciente pendiente de visita). Corbett entró detrás del mostrador. Su residente de psiquiatría (un joven extremadamente serio que se llamaba Bryce) estaba sentado al lado de la enfermera, rellenando un impreso de solicitud de material.

—¿Alguien sabe dónde está la doctora Bishop? —preguntó Corbett.

Bryce sacudió la cabeza.

—Lo lamento.

—Ha salido hace más o menos una hora —intervino la enfermera.

Corbett se volvió hacia ella.

—¿Ha dicho adónde iba?

—No, doctor.

Salió de la recepción y regresó por el pasillo a su despacho, donde abrió la lista de teléfonos internos de su agenda digital, buscó una extensión, cogió el teléfono y marcó.

—Seguimiento, Wolverton —contestó una voz hosca.

—Soy el doctor Corbett, del centro médico. Necesitaría que me dijera dónde está Michele Bishop.

—¿Me da su contraseña, doctor?

Corbett lo hizo. Un ruido de teclas se filtró muy tenuemente por el auricular, seguido de nuevo por la voz de Wolverton.

—Ahora mismo está en el sector de Control Ambiental, nivel ocho.

—¿Control Ambiental? —se preguntó Corbett en voz alta.

—¿Desea algo más, doctor?

—No, gracias.

Corbett colgó despacio, pensativo. Después cogió su móvil y se fue del centro médico, pasando por recepción para dejar a Bryce al frente de todo.

Control Ambiental era un gran laberinto prácticamente desocupado y formado por compartimientos poco iluminados, en un rincón apartado del nivel ocho. Estaba lleno de calderas, compresores, sistemas de humidificación, precipitadores electrostáticos y otros aparatos para que el aire del Complejo fuera todo lo respirable y libre de gérmenes posible. Aunque el suelo y las paredes vibrasen a causa del zumbido de una docena de turbinas, llamaba la atención el poco ruido que había. Aquel silencio vigilante incomodaba a Corbett. Abrió la boca para llamar a Bishop, pero algo en el silencio le hizo pensárselo mejor. Cruzó sin hacer ruido los dos primeros compartimientos y entró en el tercero.

Estaba lleno de grandes tubos de aire acondicionado, y de filtros en cajas de acero que llegaban hasta el techo. En la penumbra, mayor aún que en los espacios anteriores, Corbett fue esquivando los tubos mientras miraba a izquierda y derecha. ¿Y Bishop? ¿Ya se había ido? Quizá el técnico de seguimiento se había equivocado, y no había bajado a aquella zona. Resultaba un lugar muy improbable, y...

De repente la vio. Estaba de rodillas delante de un mamparo, al fondo de la sala, de espaldas a él y totalmente absorta en algo. Durante unos segundos pensó que estaba practicando una RCP, pero al aguzar la vista se dio cuenta de que lo que le había parecido un cuerpo en realidad era un talego negro muy grande. Dio otro paso. Qué raro... Los codos de Bishop, efectivamente, se movían como si aplicase un masaje cardíaco. Corbett, perplejo, frunció el entrecejo. A juzgar por sus gruñidos, lo que hacía requería un gran esfuerzo.

Dio otro paso. Ahora veía por encima del hombro de Bishop. Estaba amasando un bloque largo, como de arcilla, para convertirlo en una gruesa tira de unos sesenta centímetros de longitud.

Delante ya había dos, pegadas al mamparo de acero.

Corbett no pudo evitar un grito ahogado. Bishop soltó enseguida el bloque que parecía de masilla y se levantó de un salto; luego se volvió hacia él.

—Usted es la saboteadora —dijo Corbett, aunque fuera una obviedad—. Quien intentó romper la cúpula.

Ella no dijo nada.

Corbett era consciente de que tenía que hacer algo (correr, pedir ayuda), pero estaba aturdido, paralizado por la impresión.

—¿Qué es —preguntó—, Semtex?

Ella seguía sin abrir la boca.

La cabeza de Corbett daba vueltas. Era cierto que a pesar de los meses de trabajo en común en el fondo sabía muy poco de Michele Bishop. Aun así parecía imposible. «No puede ser. No puede ser. Quizá sea un error.»

—¿Qué hace? —preguntó.

Esta vez sí contestó.

—Me parece evidente. El radio de presión sur queda justo al otro lado de este mamparo.

Por alguna razón, oír su voz (reconociendo que era una traidora) sacó a Corbett del atolladero.

—Los radios de presión están llenos de agua —dijo—. Va a romper el casco. Inundará el Complejo.

Retrocedió un paso.

—Quédese donde está.

En la voz de Bishop había algo que lo paralizó.

—¿Por qué lo hace?

Al mismo tiempo que lo preguntaba, juntó las manos en la espalda con toda la naturalidad posible.

Ella no respondió. Parecía que estuviera preparando el siguiente paso.

Corbett, despacio y con gran disimulo, sacó su móvil del bolsillo trasero, lo abrió haciendo el menor ruido posible y marcó 1231 con el pulgar. Era la extensión de su residente, Bryce, un número que podía marcar deprisa y fácilmente, sin mirar. Buscó el botón de silencio, pero como no lo encontraba tapó el altavoz con el pulgar.

—A este lado de la Barrera no tenemos C-4 —dijo—. ¿De dónde lo ha sacado?

La expresión de Bishop ya no tenía nada de indecisa. La pregunta le arrancó una risa sarcástica.

—En la Bañera van y vienen todo tipo de derivados médicos, ya lo sabe, y tampoco es que los vigilantes tengan demasiadas ganas de rebuscar en las bolsas rojas de basura. De este modo se pueden pasar muchas cosas. Como esto.

Metió la mano en un bolsillo de su bata de laboratorio y sacó una pistola.

Corbett, aturdido aún por la sorpresa, miró el arma con cierta indiferencia. Era una pequeña pistola muy fea, más brillante de lo normal, con un silenciador encajado en el cañón. Cuando estaba a punto de preguntar cómo lo había pasado por el detector de metales, fue el propio brillo del arma el que le dio la respuesta: era un compuesto de cerámica y polímero, caro e ilegal.

—Si inunda el Complejo también morirá —dijo.

—Voy a poner los detonadores para dentro de diez minutos. Para entonces estaré en el nivel doce, de camino hacia la cápsula de salvamento.

Corbett sacudió la cabeza.

—No lo haga, Michele; no traicione así a su país. No sé para cuál trabaja, pero no vale la pena. No es la solución.

De pronto Bishop pareció indignarse.

—¿Por qué piensa que trabajo para un gobierno extranjero? —preguntó con vehemencia—. ¿Por qué piensa que trabajo para algún gobierno?

—Pues... —empezó a decir Corbett, pero se calló, desconcertado por su acaloramiento.

—No podemos permitir que Estados Unidos se quede con lo que hay aquí debajo. América ya ha demostrado muchas veces cómo abusa del poder que le dan. Teníamos la bomba atómica, y ¿qué hicimos? Destruir dos ciudades en seis meses.

—Eso no se puede comparar con...

—¿Qué cree que hará Estados Unidos con la tecnología de aquí debajo? Un poder así no puede dejarse en sus manos.

—¿Tecnología? —preguntó Corbett, sinceramente confuso—. ¿De qué tecnología habla?

El desahogo de Bishop acabó tan bruscamente como había empezado. Se limitó a sacudir con rabia la cabeza, sin contestar.

En el silencio se oyó una voz distorsionada de hombre.

Por primera vez, Corbett sintió auténtico miedo en sus entrañas. Debido al nerviosismo había olvidado tapar el altavoz del móvil con el pulgar.

La expresión de Bishop se endureció todavía más.

—Déjeme ver sus manos.

Corbett las levantó despacio. Tenía el móvil en la derecha.

—¡Maldito...!

Con un raudo movimiento de serpiente al ataque, Bishop lo apuntó con la pistola y apretó el gatillo.

Apareció una nube de humo, se oyó un ruido curiosamente parecido a un estornudo y en el pecho de Corbett estalló un insoportable ardor. Una fuerza brutal lo arrojó contra la caja de un ventilador. Cayó al suelo resollando, entre sonidos guturales. Justo antes de que lo envolviese una oscuridad irresistible, vio (como entre nieblas) que Bishop pisoteaba brutalmente el teléfono móvil y volvía a arrodillarse para seguir amasando el bloque de explosivo contra el mamparo externo.

48

Crane subió al ascensor y pulsó el botón del nivel uno. Empezó a dar vueltas por la cabina incluso antes de que se hubieran cerrado las puertas.

¿Por qué tardaba tanto Bishop?

Ya había transcurrido más de una hora y media desde su conversación, y ella le había dicho que no tardaría más de treinta minutos en reunir a los científicos.

¿Había tenido algún problema?

Al final, cansado de morderse las uñas en la enfermería provisional, había tomado la decisión de intentar convencer otra vez al almirante Spartan. Era necesario. Había demasiadas cosas en juego para no insistir. Además, cualquier cosa era mejor que estar cruzado de brazos, incluso una discusión.

Tuvo una idea justo cuando volvía a abrirse el ascensor. Salió, cogió el teléfono móvil que llevaba en el bolsillo y llamó a Servicios Centrales.

—¿Qué desea? —preguntó una voz de mujer.

—Tengo que hablar con alguien que se llama Vanderbilt, Gene Vanderbilt, de Investigación Oceanográfica, y no tengo lista de teléfonos a mano.

—Un momento, le paso.

Mientras Crane caminaba deprisa por el pasillo de color

rojo claro, su teléfono hizo un par de ruidos secos hasta que se oyó una voz de hombre.

—Oceanografía, soy Vanderbilt.

—¿Doctor Vanderbilt? Soy Peter Crane.

Una breve pausa.

—El doctor Crane, ¿verdad? El hombre de Asher.

—Exacto.

—Qué gran pérdida.

—¿Se ha puesto en contacto con usted Michele Bishop?

—¿La doctora Bishop? No, últimamente no.

Crane se quedó de piedra.

—¿Cómo que no? ¿Usted ha estado en su laboratorio?

—Sí, durante las últimas horas.

Volvió a caminar, pero más despacio.

—Doctor Vanderbilt, ocurre algo pero no puedo explicárselo por teléfono. Voy a necesitar su ayuda y la de los demás científicos de máximo nivel.

—¿Qué es, una emergencia médica?

—Se podría decir así. Le facilitaré los detalles personalmente. De momento solo puedo decirle que atañe a la seguridad de todo el Complejo, y que es muy posible que no se quede ni mucho menos ahí.

Otra pausa.

—De acuerdo. ¿Qué quiere que haga?

—Reúna a sus principales colegas con la mayor rapidez y discreción, y llámeme cuando lo haya hecho.

—Puede que tarde unos minutos. Hay algunos en el área restringida.

—Pues dese toda la prisa que pueda. Pídales que no digan nada a nadie. Es de la máxima importancia, doctor Vanderbilt, se lo aseguro. Ya se lo explicaré personalmente.

—De acuerdo, doctor. —El tono de Vanderbilt se había vuelto lento y pensativo—. Trataré de reunir a un grupo en el centro de conferencias del nivel doce.

—Llámeme al móvil, está en el listín. Enseguida subiré.

Crane colgó y sujetó el clip del teléfono al bolsillo de su bata de laboratorio. «Si Spartan entra en razón le diré a Vanderbilt que ya está todo arreglado», pensó.

Tenía delante la doble puerta del Complejo de Perforación. Advirtió con sorpresa que ya no estaba vigilada por marines, sino por dos agentes del destacamento negro armados con M-16. Cuando se acercó, uno de ellos levantó una mano para detenerle y solo se apartó después de haber mirado atentamente su identificación, a la vez que abría una de las puertas.

El complejo era un hervidero de actividad. Crane se quedó justo en la entrada, mirando a todas partes. En todos los puntos estratégicos había marines y agentes del destacamento negro. Por todo el hangar circulaban técnicos y brigadas de mantenimiento. La mayor concentración de actividad estaba en medio, donde un brazo robot aguantaba una de las dos Canicas restantes. Al lado estaba el cortador láser en su andamio.

En los rincones del techo había altavoces que escupían estática.

«Diez minutos para el inicio del descenso de la Canica Tres. Todos los oficiales de control de inmersión a sus puestos.»

Crane respiró hondo y empezó a caminar en dirección a la Canica, donde estaban los tres miembros de la tripulación (reconocibles por sus monos blancos) rodeados de técnicos. Si Spartan no estaba cerca, al menos podrían darle alguna indicación...

A pocos metros, uno de los tripulantes se volvió a mirarlo; Crane se quedó de piedra. Había reconocido sobre el mono blanco la cara arrugada y el pelo blanco despeinado del doctor Flyte.

Al verlo, Flyte abrió mucho los ojos. Se apartó del grupo y fue a su encuentro.

—Doctor Flyte —dijo Crane—, ¿por qué lleva uniforme?

Flyte lo miró. Sus rasgos finos, como de ave, delataban cansancio y nerviosismo.

—No porque quiera llevarlo. ¡En absoluto! Mi trabajo es

reparar el brazo, mejorarlo y enseñar sus misterios a los demás, no manipularlo yo mismo. Pero él ha insistido. «Es terrible el dios del Olimpo para con él tener que compararse.» —Miró furtivamente por encima del hombro y bajó la voz—. Yo tengo que estar aquí, pero usted no. Debe irse. Como ya le dije: se ha roto todo.

—Es que tengo que encontrar a...

Crane dejó la frase a medias. Se estaba acercando alguien más: el comandante Korolis. La sorpresa de Crane aumentó al ver que también llevaba el mono blanco de tripulante de la Canica.

—Vuelva a la Canica —dijo Korolis al viejo, antes de enfocar en Crane sus ojos claros y estrábicos—. ¿Qué hace usted aquí? —preguntó.

—Buscar al almirante Spartan.

—No está para nadie.

Korolis prescindía ahora de su anterior hipócrita amabilidad, y su tono, expresión y actitud exudaban hostilidad y sospecha.

—Tengo que hablar con él.

—Imposible —replicó.

—¿Y eso por qué, comandante?

—Ha sufrido una crisis. He tomado yo el mando.

—¿Una crisis?

¿Sería eso lo que entretenía a Bishop? Descartó enseguida la idea. Si el principal responsable del Complejo hubiera sufrido algún tipo de ataque, se lo habría comunicado Corbett, alguno de los residentes o la propia Bishop.

Lo cual solo podía significar una cosa: que no se lo habían notificado a nadie del equipo médico.

En el cerebro de Crane saltaron las alarmas. Comprendió de repente qué precaria se había vuelto su posición.

«Atención —dijeron por el altavoz—. Empieza la inserción de los tripulantes. Brigada selladora preparada para restaurar y verificar la integridad del casco.»

Crane oyó su propia voz diciendo:

—No lo haga.

Korolis frunció el entrecejo.

—¿Que no haga qué?

Tenía enrojecidos los bordes de los ojos, y no hablaba con su suavidad acostumbrada, sino con voz fuerte y brusca.

—La inmersión.

—¡Señor!

Era un operario, que llamaba a Korolis desde un puesto de control.

El comandante se volvió.

—¿Qué pasa?

—Preguntan por usted. Es Bryce, un residente del centro médico.

—Dile que estoy ocupado.

—Señor, dice que es de la máxima importancia.

—Ahora mismo lo único importante es esto.

Korolis levantó un brazo muy rígido, señalando la Canica Tres.

—De acuerdo, señor.

El operario colgó el teléfono y se concentró otra vez en sus instrumentos.

Korolis miró a Crane.

—¿Por qué no debería llevar a cabo la inmersión?

—Es demasiado peligroso.

Korolis se acercó un paso más. Podían verse gotas de sudor en su frente y sus sienes.

—Ya me han contado su estúpida teoría, y ¿sabe qué creo, doctor? Que el peligroso es usted. Un peligro para la moral. Un peligro para la misión.

Miró a Crane fijamente; luego se volvió bruscamente hacia un par de marines.

—¡Hoskins! ¡Menéndez!

Estos se cuadraron.

—¡Señor!

Korolis señaló a Crane con el pulgar.

—Este hombre está bajo arresto militar. Cuando haya salido la Canica, os lo lleváis al calabozo y ponéis a un vigilante armado en la puerta de su celda.

Antes de que Crane pudiera protestar, el comandante volvió a la Canica Tres, en cuyas fauces plateadas ya estaban entrando el doctor Flyte (nada contento, a juzgar por su cara) y su compañero de tripulación.

49

Roger Corbett yacía en un charco de su propia sangre, caliente y cada vez más amplio. Sumido en una bruma de dolor, a ratos tenía la sensación de estar soñando, y otros de estar ya muerto, flotando en un olvido oscuro y sin límites. Todo era un ir y venir de pensamientos, sensaciones y asociaciones que no parecía estar en su mano controlar. Podían haber pasado un minuto o diez. No lo sabía. De lo único que estaba seguro era de que no podía dejar que la figura arrodillada y con pistola se diera cuenta de que aún estaba vivo.

El dolor era intenso, pero lo agradeció, porque le ayudaba a combatir la horrible lasitud que intentaba arrastrarlo para siempre a las profundidades.

Sintió una punzada de pesar. Había quedado a las tres con una chica. Seguro que ya había llegado, y que daba golpecitos impacientes con el pie sin dejar de mirar el reloj. Con los esfuerzos que había hecho ella por reprimir la rabia, era una lástima que...

Experimentó otro desvanecimiento que se le echó encima como una ola, arrastrándolo a sueños oscuros. Soñó que era un submarinista que había bajado demasiado. La superficie se había convertido en una mancha de luz tenue y muy lejana. Con los pulmones a punto de estallar, movía los pies para nadar lo más deprisa que podía, pero le quedaba tanto...

Recuperó la conciencia con un esfuerzo enorme. La figura del rincón ya había terminado.

Se levantó en la oscuridad y se volvió hacia él; un poco de la luz de la habitación contigua se reflejaba débilmente en sus ojos. Corbett aguantó la respiración y se quedó muy quieto, reduciendo los ojos a dos ranuras. Bishop dio unos pasos hacia él y dejó el saco. Un ligero brillo acompañó el movimiento del cañón de la pistola al apuntarlo.

De golpe se volvió. Poco después, Corbett también lo oyó. Voces ligeramente sobrepuestas al zumbido de los compresores.

Debía de haber entrado más gente (como mínimo dos personas) en el primer compartimiento de Control Ambiental. La inyección de esperanza devolvió un poco de lucidez a Corbett; lo ayudó a fijar sus sentidos errabundos. Su táctica había funcionado. Bryce enviaba ayuda.

Las voces se acercaron.

Bishop pasó por encima de él con la pistola preparada y se acercó sigilosamente a la escotilla de la segunda cámara. Abriendo un poco más los ojos, Corbett vio que se asomaba con prudencia al otro lado. Un halo de luz amarilla recortaba la curva de su pelo y el cañón de su pistola. Se metió por la escotilla y se escondió detrás de una turbina, perdiéndose de vista.

Las voces seguían siendo audibles, pero ya no parecían acercarse. Corbett supuso que aún estaban en el primer compartimiento, en algún lugar entre Bishop y la salida principal de Control Ambiental. A juzgar por las pocas palabras que había reconocido, debían de ser operarios de mantenimiento que comprobaban una de las innumerables piezas de la maquinaria.

Señal de que no había llegado la caballería, al menos de momento. Tal vez nunca llegaría.

Tendió un brazo para ver si podía incorporarse, pero su mano resbaló por el suelo ensangrentado. El dolor provocó una punzada en el pecho. Se mordió brutalmente el labio superior para no gritar.

Permaneció tumbado, respirando lo justo mientras esperaba

que disminuyera un poco el dolor. Entonces, afianzando los pies en el suelo de metal, se arrastró muy despacio hacia el mamparo del fondo.

Era de una lentitud exasperante. Un palmo, dos palmos, un metro... Tenía burbujas de sangre en lo más profundo de la garganta. Su camisa y su bata, empapadas de sangre, eran como una rémora que le hacía ir todavía más despacio. A medio camino de la pared del fondo sintió otra oleada de debilidad que amenazaba con echársele encima. Descansó un ratito. No podía pararse mucho tiempo, consciente de que entonces ya no seguiría. Volvió a plantar los pies en el suelo y a arrastrarse a razón de pocos centímetros por empujón.

Por fin su cabeza chocó con la pared del fondo. Hizo el esfuerzo de mirar hacia arriba, gimiendo de dolor. Tenía justo encima los rollos de Semtex, un total de cuatro aplicados al mamparo de metal en líneas paralelas. En cada uno de ellos estaba montado un detonador.

Concentrando sus fuerzas, Corbett levantó una mano, buscó a tientas el detonador más próximo y lo desenganchó del explosivo moldeado. Una nueva punzada de dolor hizo que se derrumbara sin aliento. Oía chocar contra el suelo las gotas de sangre que caían de su codo y su muñeca.

Desde su posición supina examinó el detonador. Distinguía vagamente una batería, un temporizador manual, dos finas placas metálicas separadas con papel de aluminio y un rollo de fibra óptica. Todo estaba miniaturizado. Corbett sabía poco de explosivos, pero le pareció un detonador del tipo «slapper». Cuando saltase el temporizador explotaría eléctricamente el papel de aluminio, y las placas administrarían la descarga inicial al material explosivo.

Dejó el detonador en el suelo con todo el cuidado posible. Ella había dicho diez minutos. Supuso que le quedaban cuatro o cinco.

Y tres detonadores.

Volvió a levantar el brazo con otro acopio de fuerzas para acercarlo al siguiente detonador, desprenderlo (con cuidado de no reajustar accidentalmente el temporizador) y dejarse caer de nuevo con todo su peso.

Esta vez el dolor fue mucho más intenso. Estuvo a punto de caer inconsciente. Le hervía la sangre en la garganta, atragantándole y haciéndole toser. Pasó un minuto, durante el que recuperó suficientes fuerzas para continuar.

La tercera carga estaba fuera de su alcance. Volvió a clavar los talones y a arrastrarse por el suelo hasta tenerla cerca, momento en que arrojó la mano por tercera vez hacia lo alto, soltó el detonador y dejó caer el brazo al suelo.

El dolor se había recrudecido tanto que le pareció imposible reptar hasta el cuarto. Se quedó tumbado a oscuras, haciendo todo lo posible por no perder el conocimiento mientras escuchaba el murmullo de voces. Parecía que discutiesen sobre algún detalle técnico.

¿Cuánto tiempo le quedaba? ¿Un minuto? ¿Dos?

Se preguntó dónde estaría Bishop. Seguro que en cuclillas detrás de algún aparato, escuchando impacientemente las voces y esperando que se fueran los operarios para poder escapar sin peligro.

¿Por qué no les había pegado un par de tiros, si era lo más fácil? Tenía una pistola con silenciador. Solo podía haber una razón: que el cargador del arma híbrida fuera pequeño, tal vez de dos balas. Tampoco podía irse corriendo, porque pondría en evidencia su plan. Aún tenía una oportunidad de huir, pero no si se añadían al revuelo dos personas más...

No, seguro que no se iba corriendo. Seguro que volvía donde el Semtex, para ganar un poco de tiempo reajustando los temporizadores de los detonadores.

Corbett comprendió que había estado demasiado absorto para darse cuenta de la situación. Bishop podía volver en cualquier momento.

La desesperación le dio ímpetu. Haciendo acopio de sus últimas reservas de energía, levantó el brazo una vez más y cerró la mano en torno al cuarto y último detonador.

Justo entonces apareció una forma en la escotilla del segundo compartimiento, recortada en una negra oscuridad. Al ver a Corbett murmuró una palabrota y saltó al suelo.

Corbett tuvo un sobresalto de sorpresa y de consternación, momento en que sus dedos se juntaron involuntariamente. Primero se oyó un chisporroteo. Después salió una nubecita de humo del detonador, y tras una suspensión atroz del tiempo, que duró una milésima de segundo (aunque a Corbett se le hizo interminable), el universo soltó un grito de una violencia inimaginable, haciéndose pedazos en un apocalipsis de fuego y acero. Y agua.

50

«Cerradas las puertas exteriores —anunció sin expresión la voz del sistema de megafonía—. Activado el sello hermético. Canica Tres en el conducto. Tiempo estimado para el nivel excavado, diecinueve minutos treinta segundos.»

Al fondo, en un rincón, Peter Crane asistió con frustración y rabia al momento en que la enorme pinza robot se apartaba de la compuerta estanca, ya sin su carga, y recuperaba su posición de descanso. Antes, mientras sellaban minuciosamente la Canica y la hacían bajar por la compuerta, había observado al personal del Complejo de Perforación en busca de alguna mirada compasiva, del gesto furtivo de alguna cabeza o de cualquier señal que indicara que podía tener algún cómplice; pero no, los ingenieros, técnicos y auxiliares ya recuperaban su ritmo de trabajo normal, los movimientos familiares de una sesión de perforación en curso. Era como si Crane pasara totalmente desapercibido.

Excepto para los dos marines que lo rodeaban. Sonó la sirena, y uno de ellos lo empujó un poquito.

—En marcha, doctor.

Al caminar con ellos hacia la puerta del pasillo del primer nivel, Crane tuvo una sensación de irrealidad. Tenía que ser un sueño. En todo caso seguía la lógica absurda de los sueños. ¿Era posible que dos marines armados lo estuvieran llevando al calabozo? ¿De verdad seguían excavando, cada vez más cerca de un terrible castigo? ¿De verdad Korolis había tomado el mando del Complejo?

Korolis...

—No deberíais —dijo en voz baja.

La respuesta de los marines fue abrir la doble puerta y llevarlo al otro lado.

—El que no está en condiciones de dar órdenes no es el almirante —siguió diciendo Crane, ya en el pasillo—, sino el comandante Korolis.

Nada.

—¿Habéis visto qué pálido está? ¿Y la hiperhidrosis, el exceso de sudor? Tiene la misma enfermedad que los demás. Yo soy médico. Estoy capacitado para reconocerlo.

Delante había un cruce de pasillos. Uno de los marines tocó a Crane en el hombro con la culata del rifle.

—Gire a la derecha.

—Desde que estoy en el Complejo he visto muchos casos, y el de Korolis es de manual.

—Le irá mejor si no abre la boca —dijo el marine.

Al ver el rojo claro de las paredes, y los laboratorios cerrados, Crane se acordó de la otra ocasión en que le habían llevado a la fuerza, con Spartan, antes de ser sometido a los trámites para poder acceder al área restringida. Entonces no sabía adónde lo llevaban. Esta vez era distinto. La sensación de irrealidad aumentó.

—Yo también he sido militar —dijo—. Vosotros sois soldados. Habéis jurado servir a vuestro país. Korolis es una persona peligrosa e inestable. Si obedecéis sus órdenes es como si...

Esta vez la culata del rifle golpeó su hombro con muchísima más fuerza. Cayó de rodillas, con un doloroso tirón en el cuello.

—Tranquilo, Hoskins —dijo malhumoradamente el otro marine.

—Es que me tiene harto —dijo Hoskins.

Crane se levantó y se limpió las manos mirando a Hoskins con los ojos entornados. Le dolía el omóplato por el impacto.

Hoskins le hizo señas con el cañón del rifle.

—No te pares.

Siguieron por el mismo pasillo hasta girar a la izquierda. El ascensor estaba al fondo. Se acercaron. Hoskins pulsó el botón de subida. Crane abrió la boca para seguir razonando, pero se lo pensó mejor. Quizá atenderían a razones los vigilantes del calabozo...

Sonó el timbre y se abrieron las puertas.

En el mismo momento se oyó una especie de explosión en algún punto lejano sobre sus cabezas; fue como si todo el Complejo se desencajara brevemente de su base. Las luces se debilitaron. Después recuperaron su intensidad normal, pero solo un momento. Otra explosión lo sacudió todo con la fuerza de un perro cazando una rata. Un trozo gris de tubería metálica cayó del techo con un chirrido ensordecedor; Hoskins se quedó clavado en el suelo.

Crane actuó sin pensárselo dos veces. Después de inmovilizar al otro marine con una patada en la rodilla, se metió en el ascensor de un salto y pulsó indiscriminadamente los botones. La reja metálica desgarró su bata de laboratorio. El teléfono móvil se soltó del clip y resbaló por el suelo.

Se encendieron las luces de emergencia. Gracias al resplandor naranja, Crane vio que Hoskins intentaba sentarse. Tenía sangre en la nariz y la boca, por un corte en el cuero cabelludo, pero ya se había levantado y su expresión no auguraba nada bueno. Levantó el rifle y apuntó, al mismo tiempo que empezaban a sonar sirenas de alarma a lo lejos. Crane se escondió detrás de la puerta del ascensor, que se estaba cerrando. Una bala pasó zumbando. Justo después se cerraron las puertas y sintió que subía.

51

Gordon Stamper, operario de primera clase, bajaba del nivel nueve saltando de dos en dos los escalones. Su traje amarillo de bombero pesaba tanto que se le pegaba a la espalda y a los hombros. Los ganchos, la radio portátil y el resto del equipo que llevaba en el cinturón de nailon hacían ruido a cada paso. Detrás de Stamper iba el resto de la brigada de rescate, con bombonas de oxígeno, red tubular, picos y otras herramientas.

Según el aviso emitido por el canal de emergencia no era un simulacro, pero Stamper no sabía qué pensar. Era evidente que algo había ocurrido (la brutalidad de la explosión hablaba por sí misma, sin olvidar el breve corte eléctrico), pero las luces volvían a estar encendidas, y no parecía que le hubiera sucedido nada al Complejo. Stamper estaba convencido de que las autoridades eran perfectamente capaces de montar todo aquel cirio solo para ver si los de Operaciones de Rescate estaban alerta. Los jefazos siempre buscaban alguna manera de tocarle los huevos a la tropa.

Abrió de par en par la puerta del nivel ocho. Al otro lado había un pasillo vacío con dos hileras de puertas cerradas. No le extrañó, porque faltaba poco para que se acabara el turno y la mayoría de los administradores e investigadores que trabajaban en aquel nivel debían de estar en otro lugar, comiendo en Central, o más probablemente en las salas de reuniones del nivel siete, haciendo balance del día.

El micrófono de su radio portátil estaba sujeto con un clip en un galón del hombro. Pulsó el botón con el pulgar.

—Stamper llamando a Rescate Uno.

La radio emitió una serie de crujidos.

«Rescate Uno. Te recibo.»

—Estamos en el nivel ocho.

«Recibido.»

Stamper apagó la radio con una especie de satisfacción malhumorada. Seguro que esta vez no se quejaban de la rapidez, porque solo hacía cuatro minutos del aviso y ya habían llegado.

Su objetivo era Control Ambiental, en la otra punta de la planta. Echó un vistazo a sus hombres para comprobar que no faltara nadie y dio la señal de seguir.

Cuanto más lo pensaba, más seguro estaba de que era un simulacro, un ejercicio. La llamada (una sola, por lo que le constaba, frenética, bastante incoherente y con interrupciones) decía algo de una brecha de agua. Aquello demostraba que se trataba de un simulacro. Todo el mundo sabía que entre el Complejo y el Atlántico había una cúpula de protección, con un espacio presurizado y seco en medio. En todo caso, si no era un ejercicio probablemente se tratara de una simple cañería rota. Aquel nivel estaba lleno de científicos y chupatintas sin sangre en las venas; de esos que se desmayaban o gritaban socorro a la primera gota de condensación.

Avanzaron por el pasillo armando ruido con el equipo. No se pararon hasta un cruce en forma de T. Por la izquierda se iba al sector administrativo, un complicado laberinto de despachos y estrechos pasillos. A la derecha, cruzando los laboratorios de investigación, podrían llegar más deprisa a Control Ambiental y...

Se oyó un golpe metálico, seguido por un coro de voces agitadas. Procedía de la zona de laboratorios. Stamper se paró a escuchar. De momento era un simple murmullo, pero se acercaba.

Hizo bocina con una mano.

—¡Eh!

Se callaron.

—¡Somos operativos de rescate!

Otra vez las voces atropelladas. Stamper oyó un ruido de pasos. Gente corriendo. Se volvió hacia sus hombres, indicando hacia las voces con un gesto de la mano.

Los vio a la vuelta de la siguiente esquina, al penetrar en el sector de investigación. Eran cinco o seis científicos que corrían hacia él con los ojos muy abiertos y la ropa y las batas puestas de cualquier manera. Había una mujer madura que lloraba en voz baja. El jefe del grupo (alto, delgado y rubio, con el pelo rizado) estaba medio empapado de agua.

Al fondo del pasillo, como a unos quince metros, alguien había cerrado la escotilla estanca.

Stamper fue al encuentro del grupo, que llegó corriendo.

—Gordon Stamper, jefe de la brigada —dijo con toda la autoridad que pudo—. ¿Qué ha ocurrido?

—¡Tenemos que salir de aquí! ¡Todos! —dijo sin aliento el hombre alto.

El llanto de la mujer se hizo más fuerte.

—Pero ¿qué ha pas...?

—¡No hay tiempo de explicarlo! —interrumpió el hombre alto a Stamper, con voz aguda y entrecortada, al borde de la histeria—. Hemos cerrado todas las compuertas que podíamos, pero hay demasiada presión. No aguantarán. En cualquier momento se...

—Un momento, un momento —dijo Stamper—. Tranquilícese y cuéntenos qué ha pasado.

El líder se volvió hacia los demás científicos.

—Subid lo más deprisa que podáis al nivel nueve.

No hizo falta repetirlo. Impulsado por el pánico, el grupo dejó atrás a la brigada de rescate y corrió por el pasillo en dirección a la escalera.

Stamper los vio huir sin inmutarse. Después se volvió hacia el rubio.

—Le escucho.

El hombre tragó saliva. Se notaba que hacía un esfuerzo para controlarse.

—Estaba en el pasillo, al lado del laboratorio del sónar sismoacústico; tenía una reunión de final de turno. Justo cuando consultaba el número de sala de reunión para bajar al nivel siete ha habido... —Le falló la voz. Se limpió la boca con una manga—. Ha habido una explosión enorme que me ha tirado al suelo. Al levantarme he visto... una pared de agua que inundaba toda la parte de Control Ambiental, al final del pasillo. En el agua había sangre y trozos de personas. Muchos trozos.

Volvió a tragar saliva.

—Un colega y yo hemos corrido a la compuerta exterior de Control Ambiental, y después de cerrarla hemos vuelto por el pasillo para avisar a toda la gente que encontrásemos en los laboratorios. Justo cuando nos íbamos se ha reventado la compuerta que habíamos cerrado; ha empezado a entrar agua y a inundar los laboratorios de investigación. Al irnos hemos dejado cerradas las compuertas internas del sector de investigación, pero la presión es demasiado fuerte. Fallarán en cualquier momento y...

De repente su voz se perdió tras un pavoroso impacto. Procedía de la zona que tenían delante.

El científico dio un respingo y gritó de miedo.

—¿Lo ve? ¡Se ha reventado la escotilla! ¡Tenemos que salir! ¡Ahora mismo!

Dio media vuelta y corrió hacia la escalera.

Tras observar su huida, Stamper encendió otra vez muy lentamente su micrófono.

—Stamper a Rescate Uno.

«Rescate Uno, la señal llega perfectamente.»

—Informando que hemos encontrado a personal que huye del sector de investigación. Han subido por la escalera bravo dos. Según información obtenida en el nivel ocho, hay una gran rotura cerca de Control Ambiental.

Hubo una pausa.

«¿Puede repetir lo último, por favor? Cambio.»

—Una gran rotura. Recomiendo sellar toda la zona y mandar brigadas de contención para arreglar la rotura y aislar el nivel.

Otra pausa.

«¿Lo ha comprobado personalmente?»

—No.

«Por favor, haga un reconocimiento visual e informe. Cambio y corto.»

Mierda.

Stamper miró hacia la compuerta cerrada del fondo del pasillo. No estaba exactamente nervioso. Después de tantos simulacros, incluso ahora le costaba no vivirlo como una rutina. Sin embargo, en el miedo que exudaba el grupo de científicos y en la mirada de pavor del hombre rubio había visto algo que...

Se volvió hacia sus hombres.

—Vamos.

Justo después de que saliera la última palabra de su boca, percibió un sonido procedente de la zona de investigación, la que tenían delante. Era una especie de gorgoteo, un rumor de presión que no se parecía a ningún ruido conocido. De repente aumentó mucho de volumen, y el vello de la nuca de Stamper se erizó.

Dio un paso atrás sin querer, casi sin darse cuenta.

—¿Stamper? —dijo a sus espaldas uno de los miembros de la brigada.

De pronto, con un chirrido casi animal, las grapas que mantenían cerrada la escotilla saltaron, en una sucesión de lo que parecían disparos de pistola; la compuerta salió disparada del marco como un tapón de champán y apareció una masa de agua viva que se les echaba encima.

Al principio Stamper se quedó petrificado, mirando fijamente el agua.

Qué aterradora era su forma de ir hacia ellos con una obcecación hambrienta de depredador... Se lo comía todo a su paso, con un siseo, una succión, un chorro... Stamper nunca habría imaginado que el agua pudiera hacer un ruido así. Por si fuera poco tenía un color horrible: un negro rojizo y viscoso con una espuma color sangre que se deshacía en el aire. Era de una brutalidad espantosa. En el agua bailaba un vaivén de cosas, de sillas y mesas de laboratorio, de instrumentos, de ordenadores y de otras sustancias que prefirió no mirar. Su olor le invadía el olfato, un efluvio frío y salino, con toques de cobre, que de algún modo, insinuando grandes y negras profundidades, aún aterrorizaba más que la visión del agua.

Y de repente se rompió la hipnosis. Stamper retrocedió sin mirar, tropezando consigo mismo y con el resto de la brigada. Entre patinazos y palabrotas, corrió como un loco, a trompicones, hacia la escalera, para huir del espanto que se les echaba encima.

Le estaban diciendo algo por la radio, pero no lo escuchó. Se oyó un golpe seco de metal. Era uno de los miembros de la brigada de rescate, que acababa de cerrar y asegurar la escotilla de comunicación con el pasillo del fondo. Stamper no se molestó en volverse. Por él que cerrasen media docena de escotillas. Al final daría lo mismo. Ahora ya tenía claro que sería imposible sellar la brecha, o aislar el nivel ocho.

52

Crane corría lo más deprisa que podía por los pasillos del nivel seis. Cada vez que llegaba a una bifurcación se paraba un instante, y en cuanto estaba al otro lado arrancaba otra vez a correr. Casi no había nadie. Se cruzó a un empleado de mantenimiento con un carrito, y a dos científicos que hablaban en voz baja, pero no daba la impresión de que el ruido de hacía unos minutos, el que acababa de sacudir con tanta fuerza el Complejo, hubiera hecho cundir la alarma. Ya no sonaban las sirenas, ni había nerviosismo en las pocas caras que vio.

Tenía delante el corredor sin salida donde estaba el laboratorio de física marina aplicada. Se detuvo ante la puerta y miró el corredor. Seguía sin haber nadie. Tampoco se oía nada dentro del laboratorio. Abrió la puerta y entró con sigilo.

Hui Ping estaba al lado de la mesa de laboratorio.

—¿De dónde vienes? —preguntó—. Estaba segura de que te había pasado algo. Y ahora esta explosión...

—Lo siento, Hui, me han retenido. ¿Aquí qué tal?

—Tranquilo, hasta hace un minuto. —Hui sonrió sin alegría—. Aunque tampoco es que haya perdido el tiempo. Durante la espera creo que he descifrado la primera señal, la de debajo del Moho. Cuando veas...

—No tenemos tiempo. Hay que salir a toda prisa de aquí.

A estas alturas seguro que ya me han localizado las cámaras de seguridad.

—¿Las cámaras de seguridad? ¿Qué ha ocurrido?

—Korolis. Ha tomado el mando del Complejo.

—¿Y Spartan?

—A saber qué le ha pasado. Pero aún no sabes lo peor: Korolis insiste en mantener el calendario de excavaciones. Parece una obsesión. Hasta se ha empeñado en tripular personalmente la Canica Tres. Creo que empieza a afectarle la enfermedad. Cuando he intentado detenerle me ha mandado arrestar.

—¿Qué?

—He conseguido escapar antes de que me metieran en el calabozo, pero tenemos que llegar al nivel doce. He movilizado a algunos de los mejores científicos, que se reunirán en el centro de conferencias. Pienso explicárselo todo: la excavación, los descubrimientos de Asher, lo de Korolis... Todo. Tenemos que ponernos en contacto con la superficie y conseguir que nos escuche alguien capaz de parar esta locura...

Enmudeció de golpe.

—Oh, no... Mierda...

Se le encorvaron los hombros.

La mirada de Hui se había vuelto interrogante.

—¡La Barrera! —exclamó Crane.

Con tantas prisas se le había olvidado el puesto de control entre la zona de libre circulación y el área restringida. Los vigilantes probablemente aún estarían advertidos sobre Ping, y a él era más que evidente que debían de buscarlo.

—¡Maldita sea! —Se volvió y dio un puñetazo de rabia a la mesa del laboratorio—. Jamás cruzaremos la Barrera.

Dio otra media vuelta, y al mirar a Ping se llevó una sorpresa. La informática había palidecido ligeramente. ¿Habrían cometido los dos el mismo olvido? Parecía difícil.

—¿Qué pasa?

La respuesta fue casi inaudible.

—Hay otro camino, o al menos una posibilidad. Una salida de emergencia en el nivel dos.

—¿Una salida de emergencia? ¿Del Complejo?

De pronto Crane se acordó de que al cruzar la pasarela para ver llegar la Bañera había visto que en el casco del Complejo había escalerillas por fuera.

—¿Está vigilada?

—No creo. Es una escotilla de un solo sentido. Como no se puede entrar, no existe el riesgo de que alguien quiera saltarse la Barrera. En realidad la conoce poca gente. Yo lo sé porque queda en la zona de mantenimiento que hay justo debajo de mi laboratorio.

Crane no esperó ni siquiera un segundo.

—Vamos.

Siguió a Ping por el mismo camino que habían usado hacía unas horas para llegar desde el laboratorio de ella. «¿Es posible que solo hayan pasado siete horas?», se preguntó amargamente. Teniendo en cuenta todo lo que habían descubierto (y todo lo que había ocurrido en el Complejo), parecía una eternidad.

Al llegar a la escalera bajaron en silencio y con prudencia; se paraban antes de cada rellano para comprobar que aún estuvieran solos y no les viera nadie. Dejaron atrás el nivel tres, donde se oían claramente los cazos y sartenes de la cocina del Bajo, y llegaron al siguiente. Hui cogió con la mano la barra de salida, respiró hondo y la empujó.

Crane asomó la cabeza. Al otro lado había un pasillo corto que acababa en una T. Antes de la bifurcación había un grupo de hombres con batas de laboratorio, junto a una puerta donde ponía: SEDIMENTACIÓN Y ESTRATIGRAFÍA. Se volvieron con cara de curiosidad al oír que se abría la puerta de la escalera.

Crane vio que Hui titubeaba.

—Sigue —dijo en voz baja—. Pasa de largo.

Ping salió al pasillo. Crane la siguió con toda la naturalidad que pudo, y al llegar a la altura del grupo saludó con la cabeza. No le sonaban sus caras. Esperó que no hubiera nadie de los que estaban en el Complejo de Perforación en el momento de su arresto. Tuvo que esforzarse para no volver la cabeza, pero no oyó ruido de pasos ni peticiones en voz alta de que se detuvieran.

Ping se internó por el pasillo izquierdo de la T. Después de una serie de laboratorios y despachos pequeños, frenó en seco.

—¿Qué ocurre? —preguntó Crane.

Ping señaló sin decir nada. Aproximadamente diez metros por delante había una cámara de seguridad en el techo.

—¿Se puede dar algún rodeo? —preguntó él.

—Nos desviaríamos mucho, y lo más probable es que también haya cámaras.

Crane pensó.

—¿Queda lejos?

—Aquí, a la vuelta de la esquina.

—Pues vamos, camina lo más deprisa que puedas.

Pasaron debajo de la cámara inclinando la cabeza. En la siguiente esquina, Ping se paró frente a una puerta gris. La abrió y entraron.

Crane vio que era un almacén de maquinaria ligera, con las herramientas guardadas en estanterías metálicas de gran profundidad que llegaban hasta el techo. Ping fue hacia el fondo, donde había una escotilla maciza y sin letrero.

—Ayúdame a desatrancarla —dijo.

Les costó un poco mover los cuatro pesados cerrojos. Abrieron la escotilla. Al otro lado había un espacio pequeño y poco iluminado, solo con una bombilla roja en una jaula. Crane vio otra escotilla, redonda y mucho más pequeña y maciza, con un mecanismo de apertura servocontrolado. Encima había un letrero: ATENCIÓN. SALIDA DE EMERGENCIA. SIN ACCESO A ESTE NIVEL.

Apoyó la mano en la escotilla. Estaba fría y húmeda. Desde fuera se filtraba un rumor de poca intensidad que no logró identificar.

A sus espaldas, Ping respiraba deprisa. Se volvió hacia ella.

—¿Estás preparada?

Ping sacudió la cabeza.

—No sé si puedo.

—No tenemos elección. Es nuestra única posibilidad de cruzar la Barrera. Estarás mucho mejor en el nivel doce, entre científicos y lejos del área restringida. Si te quedas aquí, tarde o temprano te encontrarán los matones de Korolis y te encerrarán.

Ella se serenó.

—Bien, pues vamos.

Después de que Ping cerrase la primera escotilla, Crane desatrancó la de salida y empujó la rueda central para hacerla girar en el sentido contrario a las agujas del reloj. Una vuelta, dos... Se le soltó en las manos con un siseo de aire.

Al lado de la escotilla había una cajita de mandos con un solo botón rojo donde ponía: ACCIONAR MECANISMO. Crane miró a Ping, que asintió con la cabeza, y lo pulsó. El mecanismo se puso en marcha, haciendo bascular la escotilla hacia dentro, en dirección a ellos.

La intensidad del rumor creció de golpe, a la vez que entraba una ráfaga de aire con fuerte olor a sal y sentina.

Al otro lado, en la extraña penumbra del interior de la cúpula, había una plataforma estrecha de poco más de un metro cuadrado. Crane salió deprisa y ayudó a Ping a hacer lo mismo. Cuando vio que estaba segura en el suelo, se volvió.

Y se quedó petrificado de sorpresa y de incredulidad.

53

—Faltan seis minutos para el nivel excavado, señor.

—Gracias, doctor Rafferty.

El comandante Korolis cambió de postura en la silla del piloto; mostró su satisfacción con un gesto de la cabeza, y lanzó una mirada de beneplácito al técnico de inmersión. Aparte de ser un hombre que demostraba una gran lealtad hacia él, era uno de los mejores científicos militares del Complejo, físico de formación. Le había elegido él personalmente, y era de plena confianza. Para aquella inmersión nada era demasiado bueno.

El descenso número 241 había empezado. Esta vez no habría fallos.

Korolis echó otro vistazo a los mandos. Se había acostumbrado a ellos tras una docena de sesiones de simulador. De hecho no se diferenciaban demasiado de los de un submarino. No habría sorpresas.

Mientras miraba los indicadores, una punzada en las sienes le arrancó una mueca de dolor. Lástima no haberse acordado de coger algunos Tilenol antes de subir a bordo. Se irguió para ahuyentar el dolor. Aquel momento no se lo estropearía ningún dolor de cabeza.

Se volvió hacia Rafferty.

—¿Estado del Gusanito?

—Excelente.

Todo iba como una seda. En pocos minutos llegarían al nivel excavado, y a partir de ahí, con un poco de suerte, pronto... Pronto...

Habló otra vez con Rafferty.

—¿Han confirmado los valores?

—Sí, señor. Según los datos del sensor de la Canica Dos durante la última inmersión, la capa oceánica está en penetración máxima.

Penetración máxima. Lo habían conseguido. Habían perforado la tercera capa de la corteza terrestre, la más gruesa.

No, no habría sorpresas, salvo la más importante: las riquezas ocultas allá abajo, en la discontinuidad de Mohorovicic.

Tenían razón los que decían que el precio de la libertad era la continua vigilancia, pero Korolis sabía que la verdad era mucho más compleja. No bastaba con estar alerta, sino que había que actuar, coger el toro por los cuernos. Si se presentaba la oportunidad, había que aprovecharla, fuera cual fuese la dificultad. Estados Unidos estaba solo. Era la única superpotencia que quedaba, y el resto del mundo se alineaba en contra de ella esperando que cayese; unos por celos y otros por odio. Los gobiernos hostiles estaban sangrando al país con el déficit comercial, al mismo tiempo que engrosaban sus ejércitos y refinaban sus armas de destrucción masiva. En un clima tan poco halagüeño era deber de Korolis (y de todos) hacer lo necesario para velar por la continuidad del poder de Estados Unidos.

El armamento nuclear cada vez estaba más extendido por el mundo. Ya no bastaba con tener bombas atómicas para intimidar, impresionar o mantener a raya. Ahora hacía falta algo nuevo, de un poder tan aterrador que garantizase la preeminencia de Estados Unidos indefinidamente.

Lo cual significaba usar todos los medios necesarios para obtener la energía capaz de mantener al país al frente del pelotón. Tecnología que ahora tenían bajo sus pies. Una tecnología capaz de transmitir mensajes desde debajo de la corteza terrestre. Y de almacenar cantidades casi infinitas de energía en un objeto iridiscente de tamaño irrisorio.

La idea de dejar pasar una tecnología semejante era inconcebible; la de que se la quedaran otros, inaceptable.

—Faltan cuatro minutos —dijo Rafferty.

—Muy bien.

Korolis dejó de mirar al técnico para fijarse en el tercer ocupante de la Canica Tres, aquel viejo nervudo de rebelde pelo blanco, el doctor Flyte, que por una vez permanecía callado. Su presencia en el Complejo había sido una necesidad inoportuna. Como principal autoridad en cibernética y miniaturización, era la única persona que podía diseñar un brazo robot tan complejo como el que usaba la Canica. Pero aparte de un genio, era un excéntrico, y un riesgo para la seguridad, al menos a juicio de Korolis. Por todo ello su presencia en el Complejo había sido mantenida en secreto, podía decirse que contra su voluntad. Parecía la mejor solución. Aparte de impedir que el buen hombre, llevado por su natural locuacidad, hablara con quien no debía, la presencia de Flyte en el Complejo le permitía ocuparse del mantenimiento de los brazos robot y enseñar a otras personas su complejo funcionamiento.

Korolis cambió de postura. Había elegido a Flyte para aquella inmersión por la misma razón que a Rafferty, para tener a los mejores. Y ¿quién mejor para llevar los controles del brazo robot que su inventor?

Sufrió otra dolorosa punzada en las sienes, que omitió a fuerza de voluntad. No pensaba dejar que nada le impidiese llegar hasta el final de la inmersión. No permitiría que la fragilidad humana obstaculizase su labor. Estaba a punto de ocurrir algo de enorme importancia.

Por ello, lo más adecuado era que bajara él en persona a hacer el descubrimiento. A fin de cuentas no podía confiar en nadie más. El almirante Spartan había demostrado ser un hombre de una debilidad peligrosa, y no era el momento de ablandarse ni de dudar, dos defectos en los que Spartan incurría últimamente;

demasiado para poder seguir al timón de una operación de capital importancia.

Los últimos días habían convencido a Korolis de que el almirante no estaba capacitado para el mando. La sorpresa, por no decir consternación, que había expresado ante la muerte de Asher (el mayor obstáculo que se interponía en el camino de ambos) no había sido más que el primer indicio, sin olvidar su dolor poco viril ante lo sucedido en la Canica Uno, que no dejaba de ser una simple baja de guerra. Ahora bien, lo que ya no podía tolerarse era la disposición del almirante a prestar oídos a las envenenadas y traicioneras palabras de Peter Crane.

Korolis frunció el ceño al pensar en Crane. Se había dado cuenta de que daría problemas desde el primer día, en el centro médico. Vigilar su camarote y espiar su larga conversación con Asher no había hecho más que confirmar sus sospechas. Tanta palabrería cobarde sobre el riesgo, sobre suspender la misión... Debería haber bastado con borrar el disco duro de Asher, de lo que se había ocupado él personalmente (y con aislar a Hui Ping, otra persona no menos sospechosa, a fin de que no pudiera ayudarlo a recuperar los datos) para evitar que las ideas descabelladas del viejo loco, sus teorías alarmistas, no se contagiasen a los demás. ¿Cómo podía saber Korolis que el cabrón de Crane sería capaz de recuperar los datos? Eso si realmente los había recuperado, y no era todo una mentira, porque holgaba decir que era capaz de todo...

Se tranquilizó pensando que a esas horas ya debía de estar en el calabozo. Habría tiempo de sobra para ocuparse de él.

Se encendió la radio.

«Control de Inmersión a Canica Tres.»

Korolis cogió el micro.

—Adelante, Control de Inmersión.

«Señor, tenemos que informarle de una situación.»

—Adelante.

«Hace un momento ha temblado el Complejo, y parece que ha sido a causa de una explosión.»

—¿Una... explosión?

«Sí, señor.»

—¿Qué tipo de explosión? ¿Un fallo técnico? ¿Una detonación?

«En este momento todavía no se sabe, señor.»

—¿Localización?

«Nivel ocho, señor.»

—¿Situación actual?

«Aún no hemos recibido ningún informe de daños, señor. Los detectores automáticos no funcionan, y la situación todavía es fluida. Se ha recuperado totalmente el suministro eléctrico. Parece ser que hay algunos problemas con los controles ambientales. Se han enviado brigadas de control de daños y rescate, y estamos esperando informes.»

—Pues envíenmelos en cuanto los reciban. Mientras tanto, que el jefe Woburn haga un reconocimiento al frente de su propio escuadrón.

«Sí, señor.»

—«Hades, ciertamente, inexorable es, e inflexible» —dijo el doctor Flyte, como si hablara solo, y empezó a recitar algo en voz baja (supuso Korolis que en griego antiguo).

—Cambio y corto.

Korolis dejó el micro en su sitio. Se podía contar con que Woburn se enfrentaría adecuadamente a la situación. Tanto él como sus hombres habían sido escrupulosamente seleccionados por su responsabilidad y su entrega al comandante, forjada durante años en un sinfín de misiones clandestinas.

Comprendió que en el fondo siempre había sabido que sería así, que necesitaría la lealtad y el apoyo del destacamento negro, y que en el momento decisivo sería él quien estaría dentro de la Canica para recoger el premio.

Rafferty lo miró desde su silla.

—Dos minutos para el nivel excavado.

—Ponga en marcha la tuneladora.

Korolis se volvió hacia el viejo.

—Doctor Flyte...

El ingeniero cibernético se calló y lo miró con sus ojos intensamente azules.

—Inicie el diagnóstico final sobre el dispositivo robot, por favor.

La respuesta fue otra cita.

—«Hijo de Atreo, ¿qué palabra es esa que se escapó del cerco de tus dientes?»

Aun así, Flyte empezó a tocar los botones de su tablero, un poco a regañadientes.

Al volver a mirar el suyo, Korolis se permitió una sonrisa siniestra. Que el lío de arriba lo solucionara Woburn. Él tenía su destino abajo, a trescientos metros bajo sus pies.

54

Involuntariamente, Crane dio un paso hacia atrás y se golpeó los hombros con el flanco metálico del Complejo. Siguió mirando sin creer lo que veía.

La plataforma que pisaban dominaba desde unos diez metros de altura el lecho marino, donde estaba incrustada la base del Complejo. Un paisaje extraño, casi lunar, rodeaba la cúpula: el fondo marino al desnudo, con subidas y bajadas extravagantes que formaban montañas, valles y ondulaciones como de otro mundo, parcialmente sumergidos. Era de color chocolate oscuro, y en la penumbra de la cúpula devolvía una luminiscencia fantasmal. Parecía estar hecho de un limo fino, viscoso y hediondo.

Pero la mirada de terror de Crane no era por el lecho, sino por lo que tenían encima.

La cúpula que envolvía y protegía el Complejo dibujaba una curva suave que se perdía de vista en lo más alto. A un lado de la exigua plataforma había una hilera vertical de gruesos escalones clavados con tornillos a la piel exterior del Complejo, que subían en línea recta e ininterrumpida por la superficie lisa de metal. Cerca de la parte superior del Complejo, Crane reconocía a duras penas la estrecha pasarela que llevaba a la plataforma de recepción de la Bañera, la misma pasarela que había cruzado la semana anterior. Entre aquel lugar y la pequeña plataforma que ocupaban ellos, vio uno de los grandes radios tubulares de presión que cruzaban el espacio entre el Complejo y la cúpula como un espetón hueco. Todo eso ya lo conocía.

Pero ni mucho menos con aquel aspecto. Justo donde se unían el radio y la pared del Complejo, enormes borbotones de agua caían dibujando arcos. Era el origen del ensordecedor rugido, una furiosa catarata que brotaba de una brecha en el radio de presión con la fuerza asesina de una ametralladora. En el preciso momento en que Crane la vio, dio la impresión de que el boquete se ensanchaba, y de que aumentaba la virulencia del chorro.

Por muy aturdido que se hubiera quedado con aquella dantesca visión, Crane comprendió enseguida varias cosas. Primero: que, ya fuera una avería o un sabotaje, aquello era el origen de la explosión que había oído. Y en segundo lugar, que a pesar del ambiente de normalidad que reinaba dentro del Complejo las cosas distaban mucho de estar controladas. Si las brigadas de control de daños aún no se habían dado cuenta, lo harían en cualquier momento.

Había bastado un simple vistazo para poner patas arriba los miedos, esperanzas y objetivos de Crane.

Su primera reacción, puramente maquinal, fue volverse hacia la escotilla como si pretendiera entrar y avisar del peligro a los operarios del Complejo de Perforación, pero se acordó inmediatamente de que era un acceso de una sola dirección, y de que el ingreso por aquel nivel era imposible. Por otro lado, casi todo el lecho marino que tenían a sus pies estaba cubierto de agua negra, como la que llovía continuamente desde la brecha de arriba, cada vez mayor. En cuestión de minutos, el agua inundaría la exigua plataforma y la escotilla de salida.

De repente sintió un dolor agudo en la mano. Al mirar hacia abajo vio que era porque se la estrujaba Hui Ping, hipnotizada por la caleidoscópica vorágine de agua que ya le había salpicado toda la cara y el pelo.

Se soltó suavemente.

—Vamos, aquí no podemos quedarnos —dijo.

—Yo no puedo —murmuró ella.

Era lo mismo que había dicho en la cámara estanca.

—No hay más remedio —contestó Crane.

Hui lo miró fijamente y apartó la vista.

—Me dan miedo las alturas.

Crane se quedó mirándola. Mierda. ¡Mierda!

Respiró hondo. Después, tratando de olvidar la tromba de agua que estallaba en las alturas, y la lluvia helada que caía por todas partes, puso una mano en el hombro de Hui y la miró a los ojos con dulzura.

—Ya no tenemos más remedio, Hui. Tienes que subir.

—Es que...

—Es el único camino. Permaneceré detrás de ti todo el rato. Te lo prometo.

Tras mirarlo un poco más, mientras las gotas de agua caían por sus mejillas, Hui tragó saliva y asintió sin fuerzas.

Crane la giró hacia la pared de metal gris del Complejo y le puso la mano derecha en el primer escalón.

—No pienses en nada, solo en cada paso.

Al sentirla tan quieta temió que la hubiera paralizado el miedo, pero entonces Hui, con gestos lentos y titubeantes, puso la mano izquierda en el siguiente escalón, comprobó que no se movía y empezó a subir, apoyando el pie izquierdo en el escalón más bajo.

—Así —la animó él, haciéndose oír sobre el rugido del agua—. Así.

Hui subió unos cuantos escalones más. Crane también empezó a trepar, quedándose lo más cerca que podía. Los escalones eran fríos y estaban traicioneramente resbaladizos. El olor del agua salada llenaba la nariz de Crane.

Subían muy despacio, en un silencio solo interrumpido por la respiración algo pesada de Hui, aunque cada vez se oía más el agua. Crane se atrevió a mirar hacia arriba. Ahora el agua caía a cántaros desde el boquete, formando grandes espirales donde jugaba la luz. Todo estaba envuelto por grandes remolinos de fina bruma, debida a la atomización brutal del agua; la débil luz de las lámparas de sodio le daba un aspecto etéreo y fantasmal, de una belleza traicionera.

Hui resbaló y estuvo a punto de estampar un zapato en la cara de Crane. Gritó y se pegó a los escalones.

—No puedo —dijo—. No puedo.

—Tranquila —le dijo Crane con suavidad—. Poco a poco. No mires hacia abajo.

Hui asintió sin volver la cabeza, y se aferró a los escalones para seguir subiendo entre jadeos.

Continuaron con la misma lentitud de antes. Crane calculó que habían recorrido algo más de diez metros. Los chorros de agua se habían vuelto más fuertes. Ahora le castigaban con dureza las manos y la cara. Fue consciente de que cuanto más se acercaran al boquete, mayor sería la presión del agua.

Al cabo de uno o dos minutos Hui dejó de subir y dijo sin aliento:

—Tengo que descansar.

—No pasa nada. Asegúrate de que estás bien sujeta y apóyate en los escalones. Lo estás haciendo muy bien.

Secretamente, Crane también agradeció la pausa. Empezaba a costarle respirar, y le dolían los dedos de tanto tensarlos en el metal frío de los escalones.

Supuso que debían de estar a la altura de la Barrera. La piel del Complejo se extendía en todas las direcciones como un acantilado gris y monolítico de metal. Los escalones por donde ya habían trepado formaban una línea recta que quedaba engullida en el vapor de agua. Reconoció a duras penas la plataforma por la que habían salido, reducida a un punto muy por debajo de sus pies. Todavía más abajo, donde casi no alcanzaba la vista, el lecho marino había quedado totalmente recubierto por las incesantes y furiosas olas del mar.

—Quería preguntarte una cosa —bramó por encima del fragor del agua.

Hui no apartó la vista de los escalones metálicos.

—¿Qué?

—¿Por dónde volveremos a entrar en el Complejo?

—No estoy segura.

Crane se quedó de piedra.

—¿Cómo?

—Sé que hay una o dos escotillas de entrada en los niveles superiores, pero no sé exactamente en cuáles.

—Vale, vale.

Crane se secó los ojos y se sacudió el agua del pelo.

Calculó que podían quedar treinta metros de subida. Haciendo de tripas corazón, miró el radio de presión agujereado desde su precario observatorio. Solo lo tenían a unos dos niveles de distancia, como un gran mástil horizontal medio oculto por las cataratas que brotaban a chorro del agujero de su superficie. El aguacero era tan fuerte que Crane no pudo ver si también estaba perforado el Complejo. Aventuró la vista por la hilera de escalones. Por suerte estaban atornillados a cierta distancia del radio. Aun así, los que tenían justo encima sufrían los embates de incansables olas de agua negra.

Lo tenían difícil para subir por ahí.

Sintió que se le aceleraba el corazón, y que se le empezaban a contraer los músculos de las piernas. Desvió la mirada. Era una visión paralizante. O seguía subiendo o ya no sería capaz de hacerlo.

—¡Vamos! —exclamó, gritando más que el agua.

Reanudaron su lenta escalada. La fuerza del agua que se les echaba encima aumentaba a cada escalón. Si antes había sido como un chaparrón, ahora que empezaban a llegar a la altura del boquete les golpeaba de forma cada vez más horizontal.

Con tanta agua, Crane casi no veía las piernas de Hui.

—¡Cuidado! —vociferó—. ¡Antes de cada paso comprueba que estés bien apoyada!

Volvió a abrir la boca, pero se le llenó de agua salada, atragantándole. Giró la cabeza tosiendo.

«Arriba... Clava bien los pies... Busca el escalón... Arriba otra vez...» Intentó concentrarse en la subida, y mantener el ritmo. Recibía directamente el agua. Le llenaba los ojos y las orejas, le tiraba de los dedos para arrancarle de la pared del Complejo... Ya había perdido la cuenta de los escalones, y con agua por todas partes, los brazos y las piernas empapados, los ojos cegados de humedad y el frío del agua calándole hasta los huesos, era imposible una evaluación visual. El mundo parecía haberse convertido en agua. Incluso parecía que respiraba más agua que aire. Empezó a sentirse mareado y desorientado.

Se paró y sacudió la cabeza para despejársela. Después levantó un brazo y se aferró a otro escalón. Sus dedos empezaron a resbalar. Los cerró con más fuerza y, asegurando el equilibrio, apartó la cara del chorro para respirar hondo y subir. «Ya debemos de estar justo al nivel del radio —pensó—. No puede faltar mucho. Estamos cerca.»

De repente oyó un grito justo encima, casi engullido por el estruendo del agua. Poco después, un duro golpe en la cabeza y los hombros estuvo a punto de hacerle soltar los escalones. Notó un peso en el cuello, algo que se agitaba y lo zarandeaba. Envuelto por el torbellino cegador del agua, que apenas le permitía respirar, luchó con todas sus fuerzas para no soltarse.

Otro grito, esta vez casi en su oreja. De repente lo entendió. Era Hui, que tras resbalar y caer había conseguido agarrarse a él en un intento desesperado de supervivencia.

—¡Hui! —gritó Crane.

55

—¡Hui! —gritó otra vez.

Hui gimió, piel con piel, con la mejilla fría y húmeda.

—¡Agárrate bien! ¡Lo más fuerte que puedas! ¡Voy a intentar salir de aquí!

Crane se aferró a los escalones, mientras el peso añadido hacía protestar a viva voz los músculos de sus pantorrillas y sus brazos. Sacando fuerzas de flaqueza, soltó una mano y la levantó en busca del siguiente escalón. Los brazos de Hui alrededor de su cuello hacían que fuese una tortura. Tocó el escalón, pero las puntas de sus dedos resbalaron. Lo intentó otra vez con un gruñido de esfuerzo. Esta vez logró asirse. Subió casi a pulso y encontró el siguiente. Se le clavaban las rodillas de Hui en las caderas, y sus tobillos le agarrotaban la rodilla.

Otro escalón, otro impulso hacia arriba; de repente, se dio cuenta de que la fuerza del agua era un poco menor. Volvió a trepar con esperanzas renovadas. Ya tenía la cabeza y los hombros por encima de los chorros de agua. Se paró a descansar, con los pulmones al límite y los músculos de todo el cuerpo convulsos. Se levantó a sí mismo y a Hui por encima de otro par de escalones.

Ya estaban sobre el agua, que corría como un río crecido a pocos centímetros de sus pies. Haciendo todo lo posible por no perder el equilibrio, cogió la mano de Hui y la atrajo hasta el escalón más cercano. Después la ayudó despacio y suavemente a plantar los pies en el de abajo.

Ahí se quedaron, gimiendo, jadeando, justo encima del aullido de la catarata.

Fue como si hubieran pasado varias horas pegados al lado del Complejo, sin moverse ni hablar, aunque Crane era consciente de que no podían haber sido más de cinco minutos. Al final hizo el esfuerzo de salir de su parálisis.

—¡Vamos —exclamó—, casi hemos llegado! Seguro.

Hui no lo miró. Temblaba muchísimo, con la ropa y la bata blanca de laboratorio pegadas a su cuerpo menudo.

Crane no estuvo seguro de que le hubiera oído.

—¡Hui! ¡Tenemos que seguir!

Ella parpadeó y asintió con gesto ausente. En su mirada ya no había miedo. Lo habían barrido el esfuerzo y el agotamiento.

Reanudaron despacio la subida. Crane estaba embotado de frío y cansancio. Volvió a mirar hacia abajo, pero solo una vez. Los escalones se perdían en un caos de agua. No se veía nada más. Parecía imposible que hubieran logrado cruzar un infierno semejante.

Hui intentaba decir algo, pero no la entendió. Alzó lánguidamente la vista, como en sueños. Hui estaba señalando un punto tres metros más arriba, donde había otra plataforma pegada a la pared del Complejo.

Subieron hasta ella con sus últimas fuerzas. Había otra escotilla sin nada escrito. Crane levantó las manos para abrirla, pero se paró. ¿Y si estaba sellada? Si no podían volver a entrar, podían darse por muertos. Si no les mataba la subida del agua, lo haría el frío. Respiró hondo, cogió los pernos y apretó con todas sus fuerzas. Giraron sin resistencia. Después de accionar la rueda, se apoyó en la escotilla. El sello se abrió con un ruido de goma, y la puerta se hundió hacia dentro. Crane ayudó a Hui a entrar en la cámara estanca del otro lado, muy pequeña. Después la siguió y selló la escotilla.

Ya estaban dentro.

56

Después de la cámara estanca había una habitación estrecha y oscura. Crane se paró un minuto a recuperar el aliento. Al otro lado se oía el ulular de una alarma.

Abrió la puerta y salió a un pasillo vacío, donde la alarma era mucho más fuerte.

—Nivel once —dijo Hui tras echar un vistazo—. Camarotes.

—Tenemos que ir al centro de conferencias del doce —dijo Crane—. Es donde me espera el doctor Vanderbilt.

Entró en un camarote al azar, cogió una toalla del cuarto de baño y se la puso a Hui sobre los hombros. Después salieron en busca de la escalera más cercana. El nivel parecía vacío. Solo se cruzaron con una persona, un hombre con mono de mantenimiento que se quedó atónito al verles chorreando.

Encontraron la escalera y se lanzaron hacia el siguiente nivel del Complejo. A diferencia del once, el doce estaba lleno. Había gente en los pasillos y las puertas estaban abiertas; todos tenían la cara tensa y cansada.

El centro se componía de un espacio principal parecido a una sala de conferencias, rodeado por algunas salas más pequeñas. En la grande había una docena de personas que hablaban en voz baja, muy juntas, y que se callaron al ver entrar a Crane. Un hombre se separó del grupo. Era alto, delgado y pelirrojo, con la barba muy corta. En el bolsillo de su bata de laboratorio asomaban unas gafas negras.

Se acercó a Crane y a Hui.

—¿El doctor Crane? —preguntó.

Crane asintió con la cabeza.

—Soy Gene Vanderbilt. —Tras echar un rápido vistazo a la pareja, el oceanógrafo abrió un poco los ojos al observar su estado, pero no dijo nada—. Vamos, les presentaré a los demás.

Se acercaron al grupo. Crane no veía el momento de que se acabaran las presentaciones. Estrechó brevemente todas las manos.

—Me sorprende verle, la verdad —dijo Vanderbilt—. No creía que lo consiguiera.

—¿Por qué? —preguntó Crane.

¿Sería porque Vanderbilt ya estaba al corriente de que lo buscaban, y de que era imposible que le dejasen cruzar la Barrera?

—Porque el nivel ocho está totalmente inundado. Han cerrado herméticamente todas las puertas y las cajas de ascensor.

—¿Totalmente inundado?

Para Crane fue una conmoción. De modo que el Complejo estaba agujereado... Adiós a cualquier posibilidad de que los ocupantes del área restringida subieran a los niveles superiores.

—Y algunos compartimientos del nivel siete me temo que también. ¿Verdad?

Vanderbilt se volvió hacia un bombero bajo y moreno a quien había presentado como Gordon Stamper.

Este asintió con vehemencia.

—Ahora mismo el agua cubre cerca de un sesenta por ciento del nivel siete. Durante los últimos cinco minutos se han inundado los compartimientos siete-doce a siete-catorce.

—Por lo visto usted ha encontrado otro camino —dijo Vanderbilt a Crane con una mirada significativa.

—Sí, pero ahora también es inaccesible —contestó Crane—.

Se ha roto uno de los radios de presión y está entrando el agua entre el Complejo y la cúpula. La salida de emergencia del nivel dos ya ha quedado por debajo del agua.

—Sí, lo del radio ya lo sabemos —dijo Vanderbilt—. Ya han salido las brigadas de contención.

—Es un boquete de bastante consideración —dijo Crane, dubitativo.

—No hace falta que me lo diga —contestó Stamper—. Bueno, si me permiten tengo que volver con mis hombres.

—Llámeme en un cuarto de hora con el nuevo parte —dijo Vanderbilt.

—¿Le informa a usted? —preguntó Crane.

Vanderbilt asintió con la cabeza.

—¿Y el ejército?

—Fragmentado. Ahora mismo está intentando contener la brecha y garantizar la integridad del casco.

Crane volvió a mirar a Stamper, que ya se iba.

—Dice que lo saben todo del boquete. ¿Incluida la causa?

—Sabotaje —dijo Vanderbilt.

Crane lo miró fijamente.

—¿Está seguro?

—Parece que Roger Corbett se ha encontrado por casualidad a la saboteadora justo cuando estaba poniendo el explosivo.

—¿Saboteadora? Pero ¿es una mujer?

—Michele Bishop.

Hui Ping reprimió un grito.

—No —dijo Crane—. No puede ser.

—Corbett consiguió marcar el móvil mientras hablaba con ella y llamar a su residente, Bryce, que oyó cómo la propia Bishop lo reconocía.

Habían pasado demasiadas cosas y de forma demasiado precipitada para que Crane pudiera digerir una impresión tan fuerte. Sintió un profundo frío que no tenía nada que ver con la ropa mojada. ¿Michele Bishop? Imposible.

—¿Dónde están? —preguntó maquinalmente.

—Ninguno de los dos ha salido del nivel ocho. Creemos que han muerto en la explosión.

Crane se dio cuenta de que no podía pensar en todo aquello. Todavía no. Lo apartó de su cabeza con un enorme esfuerzo y respiró hondo.

—El agujero no es nuestro único problema —dijo—. Es posible que ni siquiera sea el más grave.

—Deduzco que es lo que ha venido a explicarnos.

Crane miró a los científicos.

—¿Cuántos de los aquí presentes tienen acceso restringido?

Se levantaron dos manos, incluida la de Vanderbilt.

A pesar de la conmoción y el agotamiento, Crane se dio cuenta de que estaba a punto de infringir todos los protocolos de seguridad que había firmado. También se dio cuenta de que no le importaba lo más mínimo.

Resumió la situación con rapidez: la auténtica naturaleza de la excavación, las sospechas de Asher, el problema médico y su solución, y los mensajes descifrados. Hui intervino unas cuantas veces para aclarar algún punto o añadir alguna observación de su cosecha. Mientras hablaba, Crane miraba las caras de los científicos. Algunos (incluidos los que tenían acceso restringido) asentían de vez en cuando, como si vieran confirmadas sus más íntimas sospechas. A los demás se les veía sorprendidos y hasta incrédulos, por no decir un poco escépticos, al menos un par de ellos.

—Korolis ha tomado el mando militar del Complejo —concluyó—. No sé qué ha hecho con el almirante Spartan, pero ahora mismo Korolis está en la Canica Tres empeñado en penetrar en el Moho. Por lo que sé, podría suceder durante esta misma inmersión, o mejor dicho en cualquier momento.

—¿Entonces? ¿Qué propone que hagamos? —preguntó Vanderbilt.

—Tenemos que establecer contacto con la superficie, con AmShale o mejor con el Pentágono; tenemos que avisar a los que mandan, a los que podrían parar esta locura.

—Será difícil.

Crane miró al oceanógrafo.

—¿Por qué?

—No podemos ponernos en contacto con la superficie. Ahora mismo es imposible. Ya lo he intentado.

—¿Qué ocurre?

—Los aparatos de comunicaciones Complejo-superficie están en el nivel siete, debajo del agua.

—Maldita sea... —murmuró Crane.

Hubo un momento de silencio general.

—La cápsula de salvamento —dijo Ping.

Todas las miradas convergieron en ella.

—¿A qué se refiere? —preguntó uno de los científicos.

—Si no podemos ponernos en contacto con la superficie, tendremos que entregar el mensaje personalmente.

—Tiene razón —dijo otro científico—. Aquí no podemos quedarnos, al menos si es verdad lo que dice el doctor Crane.

—También hay otra cuestión —añadió Hui—. Si no consiguen tapar el agujero, seguirá subiendo el nivel del agua.

—El Complejo no está hecho para resistir la presión a esta profundidad —añadió alguien—. Sufriría una implosión.

—La cápsula tiene capacidad para unas cien personas —dijo Vanderbilt—. Debería caber todo el personal de los niveles superiores.

—¿Y el de las áreas restringidas? —preguntó Crane.

—Otra razón para subir lo antes posible a la superficie —contestó Vanderbilt—. Se han cortado las comunicaciones. Cuanto antes subamos, antes podrán bajar para el rescate y la reparación.

Crane miró al grupo. Varias cabezas asentían.

—Entonces, decidido —dijo Vanderbilt—. Empezaremos a mandar a la gente a la cápsula de salvamento. Necesitaré voluntarios para registrar los niveles del nueve al once y enviar hacia aquí a los rezagados.

—Yo me ocupo del nueve —dijo Crane—. Es el que mejor conozco.

Vanderbilt asintió.

—Vuelva lo antes que pueda.

Crane se volvió hacia Ping.

—¿Tú ayudarás con el embarque?

Hui asintió.

—Ahora vuelvo.

Crane le apretó un poco la mano para tranquilizarla. Después se giró y salió rápidamente al pasillo, donde se perdió de vista.

57

Dentro de la Canica Tres, donde todo eran estrecheces y olor a sudor, Rafferty movió sus greñas hacia un lado.

—Señor...

Korolis miró al ingeniero.

—Los sensores registran una anomalía en la matriz sedimentaria.

—¿Dónde?

—Menos de dos metros por debajo del nivel excavado actual.

—¿Qué hace la tuneladora?

—Está un poco rebelde, señor. Ahora mismo solo estamos haciendo sumas de control en uno de cada dos paquetes de datos.

—Reduzca la velocidad a la mitad; no nos interesa que falle.

—A la mitad, señor.

—¿Tenemos datos concretos sobre las lecturas anómalas?

—De momento no, señor. El agua está demasiado sedimentada. Tenemos que acercarnos más.

—¿Y el ultrasonido?

—Hay una interferencia desconocida que viene de debajo, señor.

Korolis se masajeó las sienes mientras maldecía las limitaciones del instrumental. Cuanto más se acercaban a la anomalía, menos fiables se volvían los aparatos.

Dentro de la Canica hacía calor. Se secó el sudor de la frente antes de aplicar los ojos al marco de goma del visor externo. Activó el foco de debajo de la Canica. La pantalla mostró inmediatamente un perfecto huracán de limo y piedra. Entre la tuneladora, que excavaba el sedimento, y el tubo aspirador que lo chupaba para distribuirlo por el lecho marino, el agua que los rodeaba era completamente opaca. «¡Maldita sea! Demasiado sedimentada.» Apagó el foco y se inclinó hacia atrás, dando golpecitos de impaciencia con los dedos en las asas del visor.

Fuera se oyó un golpe sordo, como si llegara de muy lejos. El doctor Flyte había instalado otra banda reforzadora.

Se encendió la radio.

«Canica Tres, aquí Control de Inmersión.»

Korolis la separó de la base.

—Adelante, Control de Inmersión.

«Tenemos el parte sobre la explosión, señor.»

—Le escucho.

«Parece que se ha producido un agujero en el radio de presión sur.»

—¿Y el Complejo?

«El nivel ocho está inundado, y bajo el agua casi el cincuenta por ciento del nivel siete.»

—¿El nivel siete? No puede ser. Todos los niveles están diseñados para ser totalmente herméticos.

«Sí, señor, pero la situación del orificio ha hecho que bajara agua por los conductos de ventilación. Según el último parte, la causa de la explosión...»

—¿Y las brigadas de reparación? ¿Ya está todo controlado?

«Ya están selladas todas las compuertas estancas situadas justo encima y debajo del agujero. Se ha detenido la entrada de agua.»

—Muy bien hecho.

«El problema es que está subiendo el agua dentro del hueco

de la cúpula, señor, y si sigue inundándose el nivel siete corremos el peligro de que se resienta la Barrera.»

Korolis sintió una punzada en el cuero cabelludo.

—Pues entonces hay que reparar el agujero del radio de presión con la mayor celeridad.

«Señor...»

—No quiero excusas. Coja a todas las brigadas de reparación que necesite y manos a la obra.

—Comandante... —le murmuró Rafferty al oído.

—Un momento —dijo Korolis por la radio, secamente—. Dígame, doctor Rafferty.

—Los sensores detectan movimiento cada vez más cerca.

—¿De dónde viene?

—No estoy seguro. Hace un minuto no había nada. Ha aparecido de golpe.

Korolis parpadeó.

—¿Centinelas?

—No se sabe. En caso afirmativo son mucho mayores que los demás, señor, y se mueven muy deprisa.

Korolis volvió a pegar la cara al visor y encendió la luz externa.

—Apague la tuneladora. Está tan turbio que no se ve una mierda.

—Señor, sí, señor. Tuneladora apagada.

Korolis miró por la pantalla. El remolino de arena y sedimentos se asentó despacio. Aparecieron de golpe, como visiones saliendo de la niebla.

Había dos. Su exterior era tan indescriptible como el de sus hermanos pequeños del Complejo, un caleidoscopio deslumbrante y sobrenatural cuyos colores variaban continuamente: ámbar, escarlata, jacinto... Y otros miles que brillaban con tal fuerza en la negrura de las profundidades que amenazaban con saturar los sensores CCD de la cámara. La diferencia era de tamaño. Aquellos tenían más de un metro de largo y unas colas brillantes como de cristal, que se agitaban por detrás, así como decenas de pequeños tentáculos que flotaban a su alrededor. Se quedaron justo debajo y a los lados de la Canica, lánguidamente, como si esperasen bajo la atenta mirada de Korolis.

El comandante nunca había visto nada tan hermoso. Sintió que su dolor de cabeza, y la desagradable sensación de picor y calor en todo el cuerpo, empezaban a desvanecerse bajo el influjo de su belleza.

—Han salido a recibirnos —susurró.

Volvió a oírse una voz por la radio.

«¿Señor?»

En el momento en que se apartó del visor volvió a dolerle la cabeza tanto o más que antes, con una virulencia que le produjo un ataque de náuseas. Cogió la radio con una punzada de rabia.

—¿Qué pasa? —dijo de malos modos.

«Señor, hemos recibido un informe de los niveles superiores. Parece que se están movilizando algunos de los científicos.»

—¿Movilizando?

—Sí, señor. Están reuniendo al personal y a los trabajadores para llevarlos a la plataforma de la cápsula de salvamento. Parece que planean una evacuación en masa.

Al oírlo, Flyte se puso tan contento que soltó una risita.

—«Envíales un viento favorable, Atenea de ojos glaucos» —recitó en voz baja.

Korolis, con el micro muy cerca de la boca, controló su tono de voz.

—Mientras mande yo, nadie se irá del Complejo. ¿El jefe Woburn no tiene hombres en los niveles superiores?

«Sí, señor. Están en la escalera de bajada al nivel ocho, colaborando en el control de daños.»

—Pues ya sabe qué hacer. Cambio y corto.

«Sí, señor.»

La radio enmudeció con un pitido.

Korolis se volvió hacia Rafferty.

—¿Distancia hasta la anomalía?

—Un metro justo debajo del nivel excavado.

—¿Recibe datos?

—Ahora lo compruebo. —El ingeniero se inclinó hacia sus instrumentos—. Parece compuesto de un material extremadamente denso.

—¿Tamaño?

—Desconocido. Se extiende en todas las direcciones.

—¿Otro estrato?

—No es probable, señor. La superficie parece totalmente regular.

Totalmente regular. Y a un metro en vertical. Al oírlo, el corazón de Korolis se disparó.

Volvió a secarse la frente con un gesto maquinal. Después se humedeció los labios.

—¿Situación del sistema de chorro de aire?

—Operativo al cien por cien.

—Muy bien. Que la tuneladora perfore el apartadero. Después introdúzcala por el túnel, con el Gusanito, y despliegue el brazo estabilizador.

—Sí, señor.

Korolis miró a Rafferty, después a Flyte y nuevamente al ingeniero. Acto seguido volvió a concentrarse en el visor, sin decir nada.

58

Crane tardó casi veinte minutos en recorrer todo el nivel nueve, el que no descansaba nunca, pero que ahora presentaba el aspecto de una ciudad fantasma. El teatro era un cementerio de butacas vacías. En la biblioteca no había ni un alma. El economato estaba cerrado, con las ventanas oscuras. Solitarias, las mesas de la terraza del café esperaban en vano a la clientela. Encontró a un operario dormido en un cubículo de la zona multimedia, y a un solo técnico en el centro médico, donde entró a buscar un equipo médico portátil. Les hizo subir al nivel doce.

Entró en la lavandería (ni un alma) y cogió una toalla. Después volvió a Times Square para echar un último vistazo a los escaparates. Tanto silencio era estremecedor. Olía a café tostado, y salía música de la cafetería. También había otro sonido, un ligero crujir en el nivel de abajo, el ocho. Inevitablemente, le recordó su época en los submarinos, y el peculiar crujido, casi siniestro, que hacían los tanques de lastre al llenarse de agua de mar.

Al subir por la escalera pensó otra vez en Michele Bishop. No quería creerlo. Sin embargo, en parte sabía que quizá fuera la única explicación de que no hubiera organizado ella a los científicos, ni hubiera cumplido su promesa de volver a llamarlo. Ya analizaría más adelante sus motivos. De momento no tenía tiempo para eso.

Se acordó de su última y breve conversación telefónica. «¿O sea, que Spartan no piensa parar la excavación?» Si algo le quedaba claro, por desgracia, era que Bishop no lo había preguntado por curiosidad.

Al llegar al nivel doce recorrió rápidamente los pasillos, donde no quedaba nadie. La zona de embarque de la cápsula de salvamento era una sala grande adyacente al Complejo de Compresión. Al entrar encontró a dos docenas de personas haciendo cola delante de una escalerilla de metal fijada a la pared. En el techo había una escotilla por donde penetraba la escalera, y de la que bajaba un resplandor azulado que daba un relieve fantasmal a los peldaños.

Vanderbilt estaba supervisando el embarque con Hui Ping al lado. Se acercaron a Crane al verlo entrar.

—¿Había alguien? —preguntó Vanderbilt.

—Solo dos personas.

El oceanógrafo asintió.

—Pues ya está todo el mundo. Ya han acabado de registrar los otros tres niveles.

—¿Cuál es el recuento? —preguntó Crane.

—Ciento doce. —Vanderbilt señaló con la cabeza la fila que serpenteaba en dirección a la escalera—. Cuando hayan subido los últimos empezaremos la secuencia de lanzamiento.

—¿Y Stamper?

—Arriba, en la cápsula, con el resto de la brigada. A este lado de la brecha ya no pueden hacer nada.

Vanderbilt volvió a la escalerilla. Crane se volvió hacia Hui Ping.

—¿Por qué no estás a bordo? —preguntó, quitándole de los hombros la toalla húmeda para cambiarla por la seca.

—Te esperaba.

Se colocaron en silencio al final de la cola. Durante la espera Crane se descubrió pensando nuevamente en Michele Bishop. Miró a Hui para distraerse.

—¿Qué querías explicarme? —preguntó.

Hui jugaba distraídamente con la toalla, sin mirar un punto fijo.

—¿Perdón?

—Antes has dicho que habías descifrado la transmisión; la más larga, la primera que se recibió de debajo del Moho.

Asintió con la cabeza.

—Sí. Bueno, es una teoría. No puedo demostrarla, pero cuadra.

Metió una mano en el bolsillo de la bata de laboratorio y sacó un microordenador mojado.

—Está empapado. Ni siquiera sé si funcionará.

Sin embargo, al pulsar el botón la pantalla parpadeó. Hui cogió el marcador y abrió una ventana de números binarios.

```
1000000111000000000000000000001100000001000000000
00000000000011000000000000000000000000000001100000
0000000000000001100000110000000000000000000000000
0000011000000000000000000000000000001100000000000
0010000000000000011000000000000111000000000000001
1000000000000001000000000000001100000000000000000
0000000000011000000000000000000010000000001100000
0000000000000000000000011000001100000000000000000
0000011000000000000000000000011000110000000000000
0000000000000000010000010010000000000000001110001
0010000000000000000010000000000000000000001001000
01000000000000101000000000000000001000100000000
00000000000000000000000010000000010000000000000100
0000001000000000000100001000100000010000100000000
000001000000001000100000001000000000000000000100
0000000000000001000000000010000100000000000010
00010000000001000000010000100000000000000000001
00000000000100001000000000001000000000000000000
0000000000000101100000000000010000010
```

—Es esto —dijo—; la secuencia digital que guardó el doctor Asher como «inicio.txt», y que no llegó a intentar descifrar.

Mientras te esperaba he probado varios enfoques criptográficos, pero no funcionaba ninguno. No se veía nada en común con todas las fórmulas matemáticas que descifró el doctor Asher.

La cola de la escalerilla se acortaba lentamente. Delante quedaban unas diez personas.

—Sigue —dijo Crane.

—Justo cuando estaba a punto de darme por vencida me he acordado de lo que decías del WIPP, de que no empleaban un solo tipo de advertencia sino varias: «Imágenes, símbolos, texto...» Y he pensado que tal vez los que pusieron todo esto debajo del Moho también usaban varios tipos de advertencia. Quizá no todo fueran fórmulas matemáticas prohibidas. Así que he empezado a hacer experimentos. Primero he intentado reproducir el mensaje como un archivo de audio, pero no funcionaba. Luego he pensado que podía ser una imagen gráfica, o más de una, y lo he dividido de varias maneras. Me intrigaban las agrupaciones repetidas de unos de la primera mitad de la secuencia. Lo he dividido en dos partes iguales. Verás que la primera imagen está delimitada por unos. La proporción entre unos y ceros es idéntica en las dos imágenes, como si ya estuviera hecho para ser dividido en dos mitades.

Dio unos golpecitos con el marcador en la pantalla, y esta vez la secuencia binaria apareció dividida en dos:

```
100000011100000000000000000001
100000001000000000000000000001
100000000000000000000000000001
100000000000000000000011000001
100000000000000000000000000001
100000000000000000000000000001
100000000000010000000000000001
100000000000011100000000000001
100000000000001000000000000001
100000000000000000000000000001
100000000000000000010000000001
100000000000000000000000000001
```

```
1000001100000000000000000000001
1000000000000000000000000110001
1000000000000000000000000000001

0000010010000000000000001110001
0010000000000000000001000000000
0000000000001001000010000000000
0010100000000000000001000100
0000000000000000000000000000000
1000000001000000000000100000000
1000000000000100001000100000001
0000100000000000001000000001000
1000000010000000000000000000100
0000000000000000001000000000010
0001000000000000010000100000000
0100000001000010000000000000000
0000010000000000001000010000000
0000010000000000000000000000000
0000000101100000000000010000010
```

Miró a Crane.

—¿Ves algo distinto en la imagen de arriba?
Crane se fijó en la pantalla.

—Los grupos de unos.

—Exacto.

Hui los rodeó con el marcador.

```
1000000111000000000000000000001
1000000010000000000000000000001
1000000000000000000000000000001
1000000000000000000000011000001
1000000000000000000000000000001
1000000000000000000000000000001
1000000000000001000000000000001
1000000000000011100000000000001
1000000000000001000000000000001
```

```
10000000000000000000000000000001
1000000000000000000010000000001
10000000000000000000000000000001
1000001100000000000000000000001
100000000000000000000011000001
10000000000000000000000000000001
```

—¿Qué, te dice algo? —preguntó.

Crane sacudió la cabeza.

—No, la verdad es que no.

—Pues a mí sí. Creo que es una imagen del sistema solar interno. —Dio unos golpes en el grupo más grande—. Aquí, justo en el centro, está el Sol, rodeado por los cinco planetas interiores. Te apuesto lo que quieras a que si consultaras los mapas estelares verías que aparecen en sus posiciones de hace seiscientos años.

—La época del sumergimiento.

—Ni más ni menos.

—¿Entonces qué es la segunda imagen? —preguntó Crane—. Parece aleatoria, como ruido.

—Exacto, es aleatoria. De hecho es de una aleatoriedad perfecta. Lo he comprobado.

Crane frunció el entrecejo al mirar el revoltijo de unos y ceros.

—¿Tú crees que significa... el apocalipsis?

Hui asintió.

—Creo que es otro tipo de aviso. Como toquemos lo de aquí debajo...

Dejó la frase a medias.

Crane alzó la vista de la pantalla.

—El sistema solar quedará reducido a cero.

—Literal y figuradamente.

Vanderbilt ya estaba ayudando a la científica de delante de Hui y Crane a subir a la cápsula de salvamento por la escalerilla. Hui dio un paso para agarrarse, pero Crane la detuvo.

—¿Sabes que me has impresionado?

Hui se volvió a mirarlo.

—¿Cómo?

—Que estando escondida en el laboratorio hayas tenido ánimos no solo para analizar el problema sino para solucionarlo...

En ese momento se abrió de par en par la puerta de la zona de embarque y entró un marine con uniforme negro y un fusil de asalto M-16 en las manos. Su mirada saltó de Crane a Hui, de Hui a Vanderbilt y de Vanderbilt a la científica que ya tenía medio cuerpo en la escotilla.

—¡Apártense de la escalera! —exclamó.

Crane se volvió hacia él.

—Estamos evacuando la estación para buscar ayuda.

—No habrá ninguna evacuación. Que desembarque todo el mundo y vuelva a sus puestos. La cápsula de salvamento será desconectada.

—¿Por orden de quién? —dijo Vanderbilt.

—Del comandante Korolis.

—Korolis no está bien —dijo Crane.

—Soy el científico de mayor graduación —dijo Vanderbilt—. Ahora que no se puede acceder a los niveles inferiores, estoy al mando. Vamos a seguir con la evacuación.

El marine los apuntó con el fusil.

—Tengo órdenes —dijo sin alterarse lo más mínimo—. Ahora mismo debe salir todo el mundo de la cápsula de salvamento. Sea como sea.

La mirada de Crane subió del cañón del fusil a los ojos duros e impasibles del soldado, y no le cupo la menor duda de que no hablaba por hablar.

La mujer de la escalera se había quedado quieta. Lentamente, sollozando en voz baja, empezó a bajar.

59

Crane miró fijamente al marine. Estaba al lado de la puerta, a unos cinco metros.

Notó que se le cerraban los puños. En su cabeza se había formado inconscientemente un plan. Miró a Vanderbilt, que le devolvió la mirada. Se entendieron en silencio. El oceanógrafo asintió con un movimiento casi imperceptible.

La mirada de Crane regresó al fusil automático. Sabía que no podía cogerlo sin que le pegaran un tiro, pero si lograba entretener al marine al menos daría a Vanderbilt la oportunidad de intervenir.

Dio un paso.

El agente del destacamento negro se volvió hacia él y abrió ligeramente los ojos, como si adivinara sus intenciones. El arma subió rápidamente hasta apuntar al pecho de Crane.

En ese momento apareció algo en el pasillo, detrás de la zona de embarque.

—Baje el arma —tronó una voz familiar.

El agente se volvió. El almirante Spartan estaba en la puerta con un gran corte en la frente. Tenía sangre seca por toda la parte superior del uniforme, y una pistola grande en la mano derecha. Estaba pálido, pero se le veía decidido.

—He dicho que baje el arma, soldado —dijo con calma.

Al principio no se movió nadie. De pronto el agente del destacamento negro giró el M-16 en dirección a Spartan. El almirante levantó la pistola con un fluido movimiento y disparó. La detonación reverberó entre las cuatro paredes, ensordecedora. El impacto arrojó al marine hacia atrás, mientras su arma rebotaba en el suelo. La mujer de la escalera gritó.

Spartan se quedó donde estaba, apuntando al cuerpo inmóvil del agente. Después de un rato se acercó, cogió el fusil automático y se volvió hacia Crane. Sin decir nada, Vanderbilt ayudó a la mujer a subir de nuevo por la escalera e hizo señas a Hui Ping de que se adelantase.

Crane abrió la bolsa para sacar vendas, pero Spartan le indicó que no hacía falta.

—¿Dónde estaba? —preguntó Crane.

—Encerrado en mi camarote.

—¿Cómo ha salido?

El almirante enseñó la pistola con una sonrisa, pero serio.

—¿Sabe qué ha ocurrido?

—Lo suficiente. ¿Ya han subido todos a la cápsula de salvamento?

—Todos los de los niveles nueve al doce. En total ciento doce personas. El nivel ocho está completamente inundado. De más abajo no puede subir nadie.

Spartan hizo una mueca de dolor.

—Es de vital importancia que se lleven lo antes posible a toda esta gente.

—Estamos de acuerdo. Subamos.

El almirante sacudió la cabeza.

—Yo me quedo.

—Imposible. No hay garantías de que el rescate llegue a tiempo. Además Korolis está abajo, en la Canica Tres, y puede llegar al Moho de un momento a otro. En ese caso puede pasar cualquier cosa.

Spartan señaló al marine con la pistola.

—Están a punto de llegar más como este. Pararán la secuencia de lanzamiento de la cápsula y les impedirán salir. No pienso permitirlo.

Crane frunció el entrecejo.

—Pero...

—Es una orden, doctor Crane. Debe salvar a toda la gente que pueda. Suba a bordo, por favor.

Después de otro momento de vacilación, Crane se cuadró e hizo un saludo militar al almirante. Spartan se lo devolvió mientras se le formaba una sonrisa gélida en el rostro. Crane se volvió para seguir a Vanderbilt por la escalera.

—¡Doctor! —lo llamó Spartan.

Crane miró hacia atrás.

Spartan sacó una tarjeta del bolsillo y se la tendió.

—Cuando llegue a *Storm King*, llame a esta persona y cuénteselo todo.

Crane miró la tarjeta. Llevaba el sello en relieve del Departamento de Defensa. Aparte de eso solo ponía: MCPHERSON, (203) 111-1011.

—Señor, sí, señor —dijo.

—Suerte.

Crane se despidió del almirante con un gesto de la cabeza y subió deprisa hasta cruzar la escotilla.

Penetró en un tubo pequeño y vertical iluminado con LED azules empotrados. La escalerilla seguía, con tuberías a ambos lados. Abajo se oyó un ruido metálico. Era Spartan, que había cerrado la escotilla.

Después de veinte o veinticinco escalones, Crane cruzó una especie de anilla enormemente gruesa y salió a un espacio bajo, en forma de lágrima. La luz era tenue, del mismo color azul claro que la del tubo de entrada. Mientras estaba en el último peldaño, esperando a que su vista se acostumbrara, vio que lo rodeaban dos hileras de bancos circulares; la segunda estaba más elevada que la primera. Ocupaban todo el perímetro de la cápsula, con una baranda protectora frente a cada una. Todos los asientos estaban ocupados. Algunas personas se cogían de la mano. Había un silencio extraño; casi no hablaba nadie, y los pocos que hablaban lo hacían susurrando. La mirada de Crane topó con varias caras conocidas: Bryce, el residente de psiquiatría; Gordon Stamper, el bombero; técnicos de laboratorio, pizzeros, mecánicos, bibliotecarios, cajeros del economato, personal del servicio de comida... Era un muestrario de los trabajadores del Complejo a quienes conocía por haber hablado o trabajado con ellos (o de simple vista) durante los últimos diez días.

Destacaban dos ausencias, la de Roger Corbett y la de Michele Bishop.

A la derecha de Crane había un pequeño tablero de mandos del que se ocupaban Vanderbilt y un técnico a quien no reconoció. Vanderbilt se levantó para acercarse a Crane.

—¿Y el almirante Spartan? —preguntó.

—Se queda.

Asintió y se puso de rodillas para sellar escrupulosamente la compuerta. Después se volvió y le hizo una señal con la cabeza al técnico, que tocó algunos mandos del tablero.

Arriba sonó una nota grave.

—Empezamos a desacoplarnos —dijo el técnico.

Vanderbilt se levantó y se limpió las manos en la bata de laboratorio.

—Hay una cuenta atrás de cinco minutos, lo que dura la secuencia de compresión —dijo.

—¿Tiempo hasta la superficie?

—Desde que nos despeguemos de la cúpula, poco más de ocho minutos. Al menos sobre el papel.

Crane se echó el equipo médico al hombro mientras miraba a los pasajeros de las dos hileras de bancos por si había algún herido. Después se volvió otra vez hacia el panel de control. Hui Ping estaba sentada justo detrás de Vanderbilt. Sonrió levemente cuando Crane se sentó a su lado.

—¿Preparada?

—No.

En la escotilla de entrada había un ojo de buey muy pequeño, que parecía idéntico al que había visto durante el primer viaje en batiscafo. Se inclinó, y al mirar por el cristal vio cómo se replegaba la escalera hacia la escotilla cerrada, dibujada en una tenue luz azul.

—Dos minutos —dijo el técnico del tablero de mandos—. Ya hemos alcanzado la presión adecuada.

Junto a Crane, Hui se movió.

—Estaba pensando una cosa —dijo.

—Suéltalo.

—¿Te acuerdas de lo que me has contado sobre Ocotillo Mountain? ¿Que hay dos tipos de medidas para impedir que alguien entre, intencionadamente o no, en los almacenes de armas nucleares viejas? Medidas de seguridad activas y pasivas.

—Sí, es verdad.

—Las medidas pasivas puedo imaginarlas: señales de advertencia, imágenes grabadas en metal... Cosas así. Pero ¿qué serían las medidas activas?

—No lo sé. Lo único que dijeron en la conferencia es que existían. Supuse que toda la información al respecto era confidencial. —Crane se volvió a mirarla—. ¿Por qué lo preguntas?

—Los centinelas que hemos encontrado... A su manera, como has dicho tú, son medidas pasivas, que se limitan a irradiar advertencias. Supongo que me estaba preguntando si ellos también tienen medidas activas.

—No lo sé —contestó despacio Crane—. Muy buena pregunta.

—Un minuto —murmuró el técnico.

En medio del silencio, Crane oyó con claridad un tableteo constante de armas automáticas que se filtraba por la escotilla que tenía debajo de sus pies.

60

La tuneladora y el Gusanito ya estaban guardados en el apartadero lateral. El brazo estabilizador se había desplegado para
mantener la posición de la Canica Tres por encima de la anomalía. Eran los últimos pasos, tantas veces simulados, y a la hora de
la verdad ejecutados de forma impecable. En adelante actuarían
como cirujanos, sin usar nada más que aire comprimido y los
brazos robot. Dentro de la Canica reinaba un silencio sepulcral.

—Otra vez —susurró Korolis—. Suave. Suave.

—Sí, señor —respondió Rafferty en otro susurro.

Se comunicaban los tres con miradas y breves murmullos.
Incluso el doctor Flyte parecía afectado por la fascinación del
momento. Korolis se secó una vez más la capa de sudor de la
cara, antes de pegar los ojos al minúsculo visor. Se respiraba una
especie de sentimiento de reverencia, como si fueran arqueólo-
gos excavando una tumba sagrada. Nada quedaba de la atroz
migraña de Korolis, ni de la extraña película metálica que cubría
su lengua.

Vio que Rafferty lanzaba otro chorro de aire comprimido
hacia el fondo del agujero. Un pequeño remolino de sedimentos
y gabros sueltos invadió el resplandor amarillo de la luz exterior
de la Canica, absorbido de nuevo con gran rapidez por la unidad aspiradora.

—Con cuidado —murmuró Korolis—. ¿A qué distancia estamos?

—Ya hemos llegado, señor —contestó Rafferty.

El comandante se concentró otra vez en la pantalla.

—Otro chorro —ordenó.

—Sí, señor, otro chorro.

Comprobó que otra corriente de aire comprimido salía despedida hacia el fondo del nivel excavado. Mientras tanto, en un lado y el otro, veía cómo se balanceaban sin cesar las colas luminosas de los grandes centinelas, cuyos tentáculos seguían perezosamente el movimiento del agua. Eran como el público de un espectáculo. ¿Por qué no? En el fondo les correspondía estar ahí. No solo habían ido a presenciar el triunfo de Korolis, sino a guiarlo por el fabuloso tesoro tecnológico que le esperaba. No era casualidad que el comandante participase en la excavación más decisiva. Era el destino.

—Otra vez —susurró.

Otro chorro de aire, y otro remolino de materia gris. La pantalla se despejó enseguida, en cuanto la unidad aspiradora absorbió las partículas. Korolis asió los controles con más fuerza.

Sonó una voz por la radio de su panel de control.

«Canica Tres, aquí Control de Inmersión. Por favor, informen de...»

Korolis bajó la mano sin apartar la vista de la pantalla y apagó el altavoz. Empezaba a ver algo, un verde intenso con cierto reflejo metálico.

—Uno más —dijo—. Mucho cuidado, doctor Rafferty. Con pies de plomo.

—Sí, señor.

Una onda de aire comprimido cruzó el agua oscura bajo la Canica. Otra confusión de partículas grises y marrones, que al despejarse dejó a Korolis boquiabierto.

—Dios mío —musitó.

El sistema de aire comprimido había limpiado la base del conducto, dejando a la vista una superficie lisa como un cristal.

A Korolis, que seguía pegado al visor, le recordó cuando se quita el polvo de una mesa soplando. Al otro lado había una falsa impresión (al menos supuso que era falsa) de profundidad casi infinita, algo negro y sin fondo. A pesar de que la superficie cristalina reflejaba el foco, tuvo la impresión de percibir otra fuente de luz, tenue y extraña, por debajo de la corona iluminada.

Los grandes centinelas que flanqueaban la Canica se habían puesto nerviosos. Ya no se conformaban con flotar con la corriente, sino que iban y venían por el estrecho diámetro del túnel.

—Apague la luz —dijo Korolis.

—¿Señor?

—Que apague la luz, por favor.

Ahora lo veía más claro.

Flotaban sobre una enorme cavidad cuya parte visible era ínfima. Lo que no podía saber Korolis con certeza era si estaba hueca o llena de la superficie vidriosa que tenían justo debajo, como cuando se llena un agujero de pega. De aquella oscuridad de terciopelo, la única impresión clara que se recibía era de una profundidad extraordinaria.

Pero no... Muy abajo apareció una lucecita, que Korolis, hipnotizado y casi sin respiración, vio crecer lentamente.

Se acercaba.

—¡Señor! —dijo Rafferty, tenso, rompiendo por una vez su habitual contención.

Korolis lo miró.

—¿Qué ocurre?

—Ya no emiten las señales.

—¿Ha recuperado plenamente el control? —preguntó Korolis.

—Sí, señor, incluidos los sistemas inalámbricos y de control remoto, y los sensores: de ultrasonidos, de radiación, el magnetómetro... Todo.

El comandante se volvió hacia la pantalla.

—Se están haciendo ver —murmuró.

La luz estaba más cerca. Reparó en que temblaba un poco,

pero no a la manera perezosa y ondulante de las siluetas de los centinelas, sino con una pulsación muy marcada, casi brusca. Su color no se parecía a nada que hubiera visto Korolis hasta entonces. Era una especie de profundo resplandor metálico, como una luz negra reflejada en una hoja de cuchillo. Le pareció poder sentir su sabor tanto como su aspecto. Era una sensación inquietante, que por alguna extraña razón hizo que se le erizara el vello de la nuca.

—¡Señor! —volvió a decir Rafferty—. Detecto radiaciones que llegan desde abajo.

—¿Radiaciones de qué tipo, doctor Rafferty?

—De todo tipo, señor. Infrarrojos, ultravioletas, gamma, radio... Los sensores se están volviendo locos. Es un espectro que no reconozco.

—Pues analícelo.

—Sí, señor.

El ingeniero se volvió hacia sus instrumentos y empezó a introducir datos.

Korolis miró otra vez por la pantalla. El objeto luminoso seguía elevándose de la profunda oscuridad. Su extraño color se intensificó. Tenía forma tórica, y su silueta palpitaba con más y más fuerza. De repente, mientras lo contemplaba con la boca abierta, su rielar sobrenatural despertó un recuerdo de infancia que llevaba mucho tiempo dormido. A los ocho años, durante un viaje a Italia con sus padres, asistió a una misa oficiada por el Papa en la basílica de San Pedro, y al ver que el pontífice levantaba la ostia hacia los fieles sintió una especie de descarga eléctrica. Por alguna razón, la opulencia de aquel espectáculo hizo que quedara grabada por vez primera en su joven conciencia toda la importancia del gesto. Lo que les ofrecía el pontífice desde su tabernáculo era el mayor regalo imaginable, el santísimo misterio de la ostia consagrada.

Lejos quedaba, por supuesto, cualquier vestigio de interés por parte de Korolis hacia la religión organizada, pero al contemplar aquel objeto brillante, aquel portento, sintió la misma mezcla de emociones. Era uno de los elegidos, y tenía ante sí el ofrecimiento que le hacían las más altas instancias, el más prodigioso de los dones.

Tenía la boca seca. Volvía a notar cierto sabor a cobre.

—¿Alguien quiere mirar? —preguntó con voz ronca.

Rafferty seguía encorvado ante el ordenador. El doctor Flyte asintió con la cabeza y se deslizó por la exigua cabina hasta colocarse delante del visor. Al principio no dijo nada. Después movió un poco la mandíbula.

—«No luz, sino tiniebla visible» —murmuró.

De pronto Rafferty levantó la cabeza.

—¡Comandante! —exclamó—. Esto tiene que verlo.

Korolis se inclinó hacia la pantalla, donde había dos imágenes, dos barullos de líneas estrechas y verticales.

—Al principio no podía identificar el espectro de radiación electromagnética —dijo Rafferty—. No tenía sentido. Parecía imposible.

—¿Por qué?

Korolis seguía mirando el visor de reojo. Era más fuerte que él.

—Porque los espectros contenían longitudes de onda tanto de materia como de antimateria.

—No puede ser. La materia y la antimateria no pueden coexistir.

—Exacto, pero ¿ve el objeto de la pantalla? Pues según los sensores está compuesto de ambas cosas. Entonces he separado la signatura de la materia de la de la antimateria y me ha salido esto.

Rafferty señaló la pantalla del ordenador.

—¿Qué es?

—Radiación de Hawking, señor.

La respuesta hizo que el doctor Flyte se volviera, sorprendido.

—¿Radiación de Hawking? —repitió Korolis.

Rafferty asintió con la cabeza. Se le había cubierto la frente de sudor, y le brillaban los ojos de manera extraña.

—Es la radiación térmica que emana de los bordes de un agujero negro.

—Me está tomando el pelo.

El ingeniero sacudió la cabeza.

—Cualquier astrofísico reconocería el espectro a simple vista.

Korolis sintió que su creciente euforia se empezaba a diluir en incredulidad.

—¿Me está diciendo que lo que tenemos delante es un agujero negro? ¿Compuesto a la vez de materia y de antimateria? Imposible.

Flyte, que había vuelto a mirar por el visor, se apartó con los ojos azules muy brillantes en su cara pálida.

—*Ehui!* Creo que ya lo entiendo.

—Pues haga el favor de explicarlo, doctor Flyte.

—Señores, señores, el objeto de forma tórica que hay aquí abajo no es un solo agujero negro, sino dos.

—¿Dos? —repitió Korolis, cada vez más incrédulo.

—¡Sí, dos! Imagínese dos agujeros negros (pequeñísimos, del tamaño de una canica, como si dijéramos) orbitando muy cerca el uno del otro. Orbitan a una velocidad vertiginosa, mil por segundo o más.

—¿Cómo orbitan? —preguntó Korolis.

—Eso no lo sé ni yo, comandante Korolis. Debe de mantenerlos en órbita alguna fuerza, alguna tecnología que no entendemos. Al ojo le parecen un solo cuerpo, pero los instrumentos de Rafferty detectan que emiten radiación de Hawking tanto de materia como de antimateria.

—Pero en realidad son dos entidades distintas —dijo Korolis.

—¡Claro! —musitó Rafferty—. Tal como indican los datos de espectro individuales de mi ordenador.

Korolis lo entendió de repente. Se trataba de algo que tenía a la vez una potencia inimaginable y una elegante sencillez. Recuperó la euforia.

—Dos agujeros negros —dijo, hablando solo—. Uno de

materia y el otro de antimateria. Juntos pero sin tocarse. Y si se eliminara la fuerza que los mantiene en órbita... o se apagara, como quien dice...

—Chocarían la materia y la antimateria —dijo Rafferty, muy serio—. Conversión total de la materia en energía. Desprendería más energía por unidad de masa que cualquier otra reacción conocida por la ciencia.

—Déjeme verlo.

Korolis tomó el lugar de Flyte ante el visor. Le latía con fuerza el corazón, y sus manos resbalaban en los controles. Contempló con reverencia la cosa que brillaba y palpitaba bajo ellos.

Al principio de la inmersión sus esperanzas eran descubrir una tecnología nueva y reveladora, algo tan impresionante y abrumador que asegurase la supremacía de Estados Unidos, pero ahora su éxito sobrepasaba cualquier expectativa, incluso la más descabellada.

—Una bomba —susurró—. La mayor bomba del universo. Y cabe en una caja de cerillas.

—¿Una... bomba? —dijo Rafferty con cierta preocupación, incluso miedo—. Señor, lo que vemos no tiene ninguna utilidad como arma.

—¿Por qué? —dijo Korolis sin apartar la vista de la pantalla.

—Porque no podría utilizarse. Si chocasen los dos agujeros negros la explosión sería apabullante, destruiría el sistema solar.

Pero Korolis ya no lo escuchaba. La razón era que de repente la oscuridad infinita del visor había empezado a sufrir cambios sutiles.

En vez de la negrura impenetrable de antes, con la luz temblorosa del objeto como única referencia, había un vago resplandor que bañaba el espacio. Era como la luz que anuncia el alba; lo que revelaba dejó a Korolis sin aliento. La matriz iluminada que se extendía bajo ellos no contenía un solo objeto, sino centenares, o miles. Los más cercanos brillaban con la misma luz extraña y sobrenatural, mientras que los del fondo eran simples puntitos, difíciles de distinguir. Y en todas partes había centinelas con sus tentáculos flotando, eternamente vigilantes.

Era un premio más allá de cualquier esperanza, fantasía o medida.

Korolis se apoyó en el respaldo, se pasó el dorso de la mano por los ojos para enjugarse el sudor y volvió a inclinarse.

—Vuelva a su puesto —ordenó a Flyte—. Prepare el brazo robot.

El ingeniero cibernético parpadeó.

—Perdón, ¿cómo dice?

—Que prepare el brazo robot. Extiéndalo un metro hacia abajo.

—Pero entrará en contacto con la superficie de...

—Exacto.

Tras una pausa intervino Rafferty.

—Disculpe la pregunta, señor, pero ¿está seguro de que es prudente, teniendo en cuenta la aparente naturaleza de...?

—Quiero comunicarles que aceptamos el regalo.

Otra pausa. Flyte volvió a su puesto murmurando algo en griego y cogió el mando del brazo.

Korolis vio por la pantalla que el brazo robot se hacía visible bajo la Canica. Avanzó con inseguridad y algunas sacudidas, con un dedo de acero extendido. Una vez más se despertó el recuerdo infantil del viaje a Roma. Recordó haber mirado el techo de la Capilla Sixtina con la boca muy abierta ante la representación de la creación de Adán por el pincel de Miguel Ángel, los dedos de Dios y el hombre a punto de tocarse... el momento inicial de la vida... el nacimiento de un universo...

El brazo entró en contacto con la superficie vítrea, que se hundió un poco, como gelatina transparente.

Korolis tuvo la impresión de oír las notas de un canto, como el vago susurro de un coro sobre una lejana montaña. «Así es tocar la eternidad...»

Los dos centinelas que flotaban a los lados de la Canica desaparecieron en un abrir y cerrar de ojos. De pronto ya no estaban; eran tan solo un fantasmal recuerdo. Ante los ojos de Korolis surgió una intensa luz en las profundidades de la cavidad. Tenía el resplandor dorado de un pequeño sol. De repente su poderosa luz descubrió todos los secretos del profundo espacio. Korolis se quedó atónito al ver revelada su enormidad real, y el número pasmoso, abrumador, de objetos que contenía.

Era un alijo mortal, capaz de poner en peligro todo el cosmos.

—¿Para qué necesitan miles, si solo con uno ya se puede borrar todo un sistema solar? —murmuró.

En el súbito silencio, Flyte hizo una pregunta:

—¿Sabe por qué está en tan mal estado el Partenón?

Era tan rara que Korolis no tuvo más remedio que volverse hacia el viejo.

—Por los turcos —siguió explicando Flyte con la misma seriedad—. En el siglo XVIII lo usaron para guardar municiones, y lo reventó un proyectil perdido. Esto es lo mismo, comandante. Es un vertedero de armas, producto de alguna carrera armamentística intergaláctica. Algo muy superior a nuestra comprensión técnica.

—¡Qué tontería! —dijo Korolis—. ¿Ha estado hablando con el doctor Crane?

—Me temo que no es ninguna tontería. La intención de todo esto no es que lo descubriéramos nosotros. Estas armas se enterraron para que no las encontrase ni las usase nadie. Porque podrían destruir literalmente no solo el mundo, sino esta parte del universo.

—¡Señor! —dijo Rafferty—. Recibo datos muy extraños.

—¿De qué tipo?

—Nunca los había visto. Una identificación energética totalmente desconocida, que se acerca a una velocidad brutal.

—«Cual generación de hojas, asimismo es la generación de los hombres —recitó Flyte en voz baja y lúgubre, como si fuera un canto fúnebre—. Y la estación de la primavera nos va a sobrevivir.»

Al volverse hacia el visor, Korolis vio que el sol que había aparecido bajo ellos ya no era tan pequeño. El canto aumentó de intensidad hasta convertirse en un grito sobrenatural. Poco después, Korolis se dio cuenta de que el objeto parecido a un sol se movía, dejando atrás a tal velocidad los centinelas y los objetos, o bombas, que parecían simples manchas de color. Por unos instantes su obstinada trayectoria le recordó un misil antiaéreo. Al acercarse y volverse más nítido, dejó de parecerse a nada conocido; corría, lanzado hacia él por el vacío, creciendo y creciendo hasta que su luz ardiente llenó todo el visor, erizado de llamas, lenguas de un fuego abrasador y deslumbrante, como virutas derretidas...

...Y al momento siguiente, cuando rodeó la Canica Tres y estalló túnel arriba, vaporizando la carne de Korolis y carbonizando sus huesos en menos de una milésima de segundo, ya no hubo tiempo de sentir sorpresa, miedo, ni siquiera dolor.

61

—Treinta segundos —dijo el técnico del tablero de mandos—. Estamos al máximo de flotabilidad.

Vanderbilt alzó la vista de los instrumentos.

—Agárrense todos, será un viaje accidentado.

Abajo ya no se oía el ruido de disparos.

Crane miró a su alrededor. Se había hecho un silencio absoluto dentro de la cápsula de salvamento. El resplandor azul iluminaba un mar de caras dominado por el cansancio, el nerviosismo y la preocupación.

—Diez segundos —dijo el técnico.

—Iniciando secuencia de lanzamiento —dijo Vanderbilt.

Crane oyó el impacto de un objeto metálico en la escotilla exterior; reverberó por el tubo de acceso. A sus espaldas alguien empezó a rezar en voz alta. Cerró una mano en torno de las de Hui Ping.

—Lanzamiento iniciado —dijo el técnico.

Tras una sacudida, y un chirrido de metal contra metal, la cápsula de salvamento salió disparada como un tapón de corcho. Crane sintió que la presión le pegaba al asiento. Mientras subían como un cohete hacia la superficie, miró por el ojo de buey, pero solo vio un remolino de burbujas iluminado por las luces de la cápsula.

En ese momento oyó un ruido raro, tan grave que a duras penas franqueaba el umbral de la audición. Parecía llegar de muy abajo, como si fuera un grito de dolor de la mismísma Tierra. La cápsula de salvamento sufrió una sacudida que no tenía nada que ver con la velocidad de ascenso.

De repente todo fueron gritos y gemidos. Hui se llevó una mano a la cara.

—Mis oídos... —dijo.

—Un cambio de presión —le explicó Crane—. Intenta tragar o bostezar. O la maniobra de Valsalva.

—¿La qué?

—Apriétate la nariz, cierra la boca e intenta sacar aire por la nariz. Ayuda a igualar la presión de los oídos.

Volvió a mirar por el ojo de buey, buscando el origen del extraño ruido. El torbellino de burbujas se había despejado. Divisó la curva de la cúpula, que ya estaba a cientos de metros, con su racimo de luces como estrellas poco menos que invisibles en un cielo negro. Vio cómo se borraban; la oscuridad fue total.

Justo cuando estaba a punto de volverse, llegó de abajo una explosión de luz.

Era como si de repente se hubiera iluminado todo el mar. Crane tuvo una breve visión del lecho desplegado a la redonda como una llanura lunar grisácea. Tenía debajo innumerables peces abisales, de aspecto insólito, extraterrestre. Después el resplandor se hizo demasiado intenso, y tuvo que apartar la vista.

—Pero ¿se puede saber qué pasa? —oyó decir a Vanderbilt.

El ojo de buey era como una bombilla que bañaba de amarillo el interior de la cápsula de salvamento. Crane, sin embargo, observó que la luz empezaba a disminuir. Ahora se oían más ruidos que llegaban del fondo, detonaciones bruscas y un petardeo como de unos enormes fuegos artificiales. Volvió a inclinarse y a mirar por el ojo de buey. Lo que vio lo dejó sin aliento.

—Dios mío... —musitó.

La luz que reflejaba el lecho hacia lo alto perfilaba vagamente la cúpula. Estaba reventada, pelada como un plátano. Dentro Crane vio fogonazos sobrenaturales de color rojo, marrón y amarillo, una furiosa catarata de explosiones que estaba haciendo pedazos el Complejo.

Pero había algo más, una brutal onda expansiva que respiraba y se agitaba como si tuviera vida propia, y que se les echaba encima a una velocidad desaforada.

Se irguió como un resorte, cogió a Hui Ping con una mano y se aferró con la otra a la baranda de seguridad.

—¡Prepárense para el impacto! —exclamó.

Un momento angustioso de expectación... y la onda barrió hacia un lado la cápsula, volcándola casi con su fuerza. Se oyeron gritos y alaridos. Las luces se apagaron, dejando como única iluminación el resplandor amarillo que moría en las profundidades. Crane se aferró con determinación a Hui, mientras sufrían varias sacudidas de una fuerza bárbara. Alguien dio tumbos por la cabina hasta chocar con la baranda de seguridad y caer al suelo. Más gritos, voces pidiendo auxilio. Después un reventón y un silbido de agua.

—¡Selle la fisura! —gritó Vanderbilt al técnico, haciéndose oír en el tumulto.

—¿Qué ha ocurrido? —preguntó Hui, hundiendo la cara en el hombro de Crane.

—No lo sé, pero ¿sabes los controles activos que decías? Pues creo que Korolis puede haber encontrado uno.

—Y... ¿Y el Complejo?

—Ya no queda nada.

—Oh, no... ¡No! ¡No! Tanta gente...

Hui empezó a llorar en voz baja.

El zarandeo fue amainando. Crane miró a su alrededor en la penumbra. Muchos pasajeros lloraban o gemían. A otros, asustados y nerviosos, les tranquilizaban los de al lado. Al parecer había un solo herido, el hombre que había rodado por el suelo. Crane apartó con suavidad a Hui y fue a atenderlo.

—¿Cuánto falta? —preguntó en voz alta a Vanderbilt.

El oceanógrafo se había levantado para ayudar al técnico a reparar la fisura.

—¡No lo sé! —exclamó—. Se ha ido la corriente y no funcionan los sistemas. Ahora estamos subiendo por nuestra propia flotabilidad.

Crane se arrodilló junto al herido, que ya intentaba levantarse, aturdido pero consciente. Lo ayudó a sentarse y le vendó los cortes de la frente y el codo derecho. La luz del fondo marino se había apagado del todo. Dentro de la cápsula no se veía absolutamente nada. Fue a tientas hacia Hui, con el agua por los tobillos.

Al sentarse sintió que pasaba alguien en la oscuridad.

—No podemos sellar la fisura. —Era la voz de Vanderbilt—. Más vale que lleguemos pronto a la superficie.

—Ya han pasado los ocho minutos —dijo el técnico—. Tienen que haber pasado.

Justo entonces Crane vio (o le pareció) que la agobiante oscuridad de la cabina dejaba paso a un atisbo de luz. Notó que Hui le apretaba la mano. Ella también se había dado cuenta. La brusca ascensión pareció suavizarse, y su velocidad disminuyó. Una luz juguetona se empezó a difundir por la cabina, creando dibujos movedizos en verde y en intenso azul.

Lo siguiente fue una sensación inconfundible. Flotaban a merced de un suave oleaje.

Por toda la cápsula surgieron gritos entrecortados de alegría. Hui todavía lloraba, pero Crane se dio cuenta de que eran lágrimas de felicidad.

Caminando por el agua, Vanderbilt llegó a la escotilla de emergencia del techo de la cápsula, pero en ese momento se oyó un grito en sordina al otro lado. Sonaron pasos en el techo y alguien hizo girar la palanca de la escotilla, que se levantó con un chirrido metálico.

Entonces, por primera vez en casi dos semanas, Crane vio la luz del sol y un cielo muy azul.

62

Todo era un atropello de salas y cubículos, y un murmullo de preguntas. Alguien le enfocó una luz muy fuerte en los ojos, primero el izquierdo y después el derecho. Le pusieron en los hombros un pesado albornoz de toalla. Después, con la circularidad de los sueños, Crane se halló nuevamente en la biblioteca de *Storm King*, solo, frente a la misma pantalla de ordenador de hacía doce días, la tarde de su llegada.

Se humedeció los labios. Quizá fuera un sueño. Quizá no hubiera sucedido de verdad y fuera todo una monumental fabulación de su cerebro, que empezaba llena de luz y de promesas, pero que lentamente derivaba en pesadilla. Ahora volvería la conciencia. La ilusión se desmoronaría como una vieja mansión, la razón camparía de nuevo por sus fueros y todo el edificio quedaría en evidencia como lo que era, un sueño sin pies ni cabeza.

De pronto se encendió la pantalla y apareció un hombre de aspecto cansado, sentado a una mesa, con traje oscuro y gafas sin montura. Entonces Crane supo que no era un sueño.

—Doctor Crane —dijo el hombre—, me llamo McPherson. Tengo entendido que el almirante Spartan le dio mi tarjeta.

—Sí.

—¿Está solo?

—Sí.

—Pues entonces le propongo empezar por el principio. No se deje nada.

Crane expuso lenta y metódicamente los acontecimientos de las últimas dos semanas. En general McPherson escuchaba sin moverse, aunque hizo algunas preguntas por las que supo que no todo era nuevo para él. Cuando el relato de Crane tocaba a su fin (la confirmación de la teoría de Asher, los actos de Korolis y el reencuentro con Spartan), la expresión de cansancio de McPherson se acentuó. Fue como si se oscurecieran las bolsas de sus ojos, mientras se le encorvaban los hombros.

Crane se calló; la sala se sumió en un profundo silencio. Al cabo de un rato McPherson salió de su ensimismamiento.

—Gracias, doctor Crane.

Cogió el mando a distancia que tenía al lado y se dispuso a interrumpir la conexión por vídeo.

—Un momento —dijo Crane.

McPherson lo miró.

—¿No puede decirme nada sobre los saboteadores? ¿Qué sentido tiene lo que hicieron, para empezar?

McPherson sonrió cansadamente.

—Me temo que podría haber muchas razones, doctor Crane, pero sí, en respuesta a su pregunta le diré que puedo explicarle algunas cosas. Resulta que hemos estado investigando sus canales de comunicación, como tenía planeado Marris, y que hace menos de una hora ha sido detenida una persona en *Storm King*.

—¿Aquí? —dijo Crane—. ¿En la plataforma?

—El contacto de la doctora Bishop. Aún no lo sabemos todo, pero sí que se trata de un grupo de ideólogos profundamente contrarios a los intereses de Estados Unidos y empecinados en neutralizar nuestra capacidad de protegernos. Recluta a la mayoría de sus miembros en universidades, como se hacía con los espías de Cambridge: Kim Philby, Guy Burgess... Gente joven, impresionable y llena de nobles ideales, a la que es fácil influir y explotar. El grupo tiene muchos medios, aunque todavía no sabemos si su financiación es gubernamental, de algún país extranjero, o privada. Ya nos enteraremos. En todo caso su objetivo era impedirnos tomar posesión de la tecnología que había bajo el fondo del mar.

Una breve pausa.

—¿Y ahora qué? —preguntó Crane.

—Se quedarán unos días con nosotros, usted, la señorita Ping y algunos de los demás, y al final de la investigación podrán irse libremente.

—No, me refería al proyecto, a Deep Storm.

—Ya no hay proyecto, doctor Crane. Deep Storm ya no existe.

McPherson se quitó las gafas, se frotó los ojos y cortó la llamada.

Crane salió de la biblioteca y caminó por un triste pasillo de metal; pasó al lado de un despacho donde algunas personas hablaban en voz baja. También vio a una mujer sentada a la mesa de otro despacho, con las manos juntas y la cabeza inclinada, como si meditara o rezara. Reinaba un estado general de choque. Se cruzó con un técnico que iba despacio, como si no tuviera adonde ir.

Abrió la escotilla del final del pasillo. Al otro lado, más allá de la baranda metálica de la pasarela, un océano de un azul casi negro se perdía en el infinito. Respirando el aire del mar, subió por varias escaleras hasta llegar al último nivel de la superestructura. Al lado del helipuerto se agrupaban cerca de una docena de supervivientes de Deep Storm, esperando que llegase de Islandia el helicóptero de AmShale. A cierta distancia del grupo había un hombre con las manos y los pies esposados, encadenado a un montante. Lo rodeaban dos marines armados.

Al borde de la plataforma había una figura solitaria, la de Hui Ping, con la mirada perdida en la distancia, viendo cómo se hundía el sol entre las olas crespas. Crane se acercó. Tardaron un poco en hablar. Abajo, muy abajo, entre el brillo de petróleo que lamía los pilares de la plataforma, dos botes de la marina circulaban por una mancha de escombros cada vez más grande, parándose de vez en cuando a pescar algún objeto.

—¿Ya está? —acabó diciendo Hui.

—De momento sí.

—¿Y ahora?

—El gobierno nos alojará durante un par de días, y luego supongo que nos iremos a casa. A intentar seguir como antes.

Hui se puso un mechón de pelo en su sitio, detrás de la oreja.

—Lo he estado analizando y creo que entiendo la razón de que la doctora Bishop matara a Asher. Cuando se enteró de que él y Marris estaban buscando los canales de comunicación del saboteador, debió de parecerle que no tenía alternativa. No podía dejar que la parasen antes de tiempo.

—Sí, yo lo veo igual. Asher me contó que había puesto sobre aviso a todos los jefes de departamento, incluida ella. Firmó su propia sentencia de muerte.

—Sin embargo, hay algo que no entiendo: por qué aún estamos todos aquí.

Crane se volvió hacia ella.

—¿Qué quieres decir?

—El Complejo fue destruido por una gran explosión, señal de que Korolis debió de llegar hasta la anomalía. Si teníamos razón sobre lo de debajo, ¿por qué aún tenemos un planeta donde apoyarnos? —Hui señaló el cielo—. ¿Por qué aún veo Venus sobre el horizonte?

—Yo también lo he estado pensando, y la única explicación que se me ocurre está relacionada con las medidas de seguridad activas de las que hablamos tú y yo.

—Es decir, que la explosión que destruyó el Complejo era una especie de mecanismo protector.

Crane asintió.

—Exacto, para impedir que se llegara al almacén; una explosión descomunal, no se puede negar, pero insignificante en comparación con lo que habría pasado sin esa medida.

Guardaron silencio. Hui seguía contemplando el horizonte.

—Es bonita esta puesta de sol —dijo al fin—. ¿Sabes que abajo hubo un momento en que pensé que ya no vería ninguna más? De todos modos...

Suspiró y sacudió la cabeza.

—¿Qué?

—No puedo remediarlo. Estoy un poco decepcionada. De que ya no volvamos a ver esa tecnología, digo. Lo poco que conocimos era... maravilloso.

Crane no contestó enseguida. Se situó de cara a la baranda y metió la mano en el bolsillo.

—Bueno, yo no estaría tan seguro...

Esta vez fue Hui quien lo miró.

—¿Por qué?

Crane sacó lentamente la mano. Tenía en la palma una probeta de plástico con un tapón rojo de goma, que parpadeaba en la luz naranja del crepúsculo. Lo que flotaba perezosamente en su interior resplandecía de extrañas y mágicas promesas.

Epílogo

Crane limpió la maquinilla de afeitar debajo del chorro de agua caliente, se echó un vistazo a la cara en el espejo del lavabo, lo guardó todo en el neceser y volvió al dormitorio. Rápidamente se puso una camisa blanca, una corbata marrón y unos chinos de color tabaco; ropa de civil, o lo más parecido a eso que tenía la marina. Después recogió de la cómoda su identificación, una placa mayor de lo normal, y se sujetó el clip en el bolsillo de la camisa. Tras una última mirada a la habitación, metió el neceser en la maleta y la cogió de encima de la cama. Se la había dado un intendente de marina, como todo lo demás, y prácticamente no pesaba nada. «No me sorprende», pensó, porque prácticamente no había nada dentro. Lo único que había querido llevarse de Deep Storm era el centinela, aunque después de pensárselo acabó dándoselo a McPherson.

McPherson... Lo había llamado hacía unos minutos para pedirle que pasara por su despacho antes de ir a Administración.

Después de otro momento de vacilación, y de una mirada final a su alrededor, salió al pasillo, y de este al sol de julio.

Solo llevaba tres días en la base naval George Stafford, treinta kilómetros al sur de Washington, pero ya tenía la impresión de conocer a fondo la distribución del complejo, pequeño y de alta seguridad. Cerrando un poco los ojos por la fuerza del sol, pasó al lado del garaje y del taller y llegó a una construcción gris con aspecto de hangar que recibía el simple nombre de Edificio 17. Enseñó la identificación al marine armado que vigilaba la entrada, aunque en el fondo era una formalidad, porque durante los últimos días había entrado y salido tantas veces que todo el mundo lo conocía de vista.

Por dentro, el Edificio 17 estaba muy iluminado. Como no había ningún tabique, los sonidos reverberaban como en un pabellón de baloncesto. En el centro, dentro de una zona acordonada con más marines, había un amasijo de metales retorcidos: los restos de Deep Storm, al menos las partes que se habían podido recuperar sin peligro. (La mayoría seguían en el fondo del mar, demasiado radiactivas para acercarse a ellas.) Era como el rompecabezas de un gigante de pesadilla.

Al principio, cuando no había tenido más remedio que colaborar en la clasificación e identificación, Crane se había sentido superado por el horror, pero ahora lo único que le provocaba aquella visión era tristeza.

Al fondo del Edificio 17 había una serie de cubículos que se veían minúsculos en un espacio tan enorme. Cruzó el suelo de cemento hacia el que tenía más cerca, y aunque no había puerta guardó las formas llamando a la pared.

—Adelante —dijo una voz conocida.

Entró.

El mobiliario consistía en un escritorio, una mesa de reuniones y varias sillas. Vio que Hui Ping ya estaba sentada. Le sonrió. Ella también, con una sonrisa que a Crane le pareció un poco tímida. Se empezó a sentir mejor enseguida.

Desde que estaban en Stafford pasaban casi todas las horas del día juntos, contestando a infinidad de preguntas, reconstruyendo los hechos y explicando lo ocurrido (y su porqué) a un sinfín de científicos del gobierno, de oficiales del ejército y de hombres misteriosos con traje negro; si de algo había servido aquel período era para reforzar un vínculo que, visto en retrospectiva, ya había empezado a formarse en el Complejo. Crane no sabía qué le deparaba el futuro (probablemente un puesto de investigador), pero confiaba en que hubiera sitio para Hui Ping.

Detrás del escritorio estaba McPherson, atento a la pantalla del ordenador. En una punta de la mesa había una montaña de documentos clasificados, y en la otra gráficos y listados amontonados. El centro lo ocupaba un cubo hueco de plexiglás, dentro del cual flotaba el centinela de Crane.

Crane suponía que McPherson tenía un nombre de pila, y una casa en alguna urbanización; incluso era posible que tuviese familia, pero en todo caso su hipotética vida al margen de la base naval parecía aparcada permanentemente. Crane nunca había entrado en el Edificio 17 sin que también estuviera McPherson, reunido, escribiendo un informe o consultando algo en voz baja a los científicos navales. De por sí ya era un hombre reservado y formal, pero día a día se había vuelto más distante. Últimamente tenía la manía de ver mil veces el vídeo de la última inmersión de la Canica, como cuando la gente se pasa la lengua sin cesar por una muela que le duele. Al ver qué era lo que había en la pantalla, Crane se preguntó si el Complejo había sido responsabilidad de McPherson, es decir, si en última instancia se le podía pedir cuentas de la tragedia.

—¿Le importa que me siente? —preguntó.

McPherson tardó un minuto en despegar la mirada de la grabación, que era de poca calidad. Se irguió en la silla.

—No, al contrario. —Miró a Crane en silencio. Después miró a Ping y nuevamente a Crane—. ¿Ya tienen hecho el equipaje?

Hui asintió.

—No he tardado mucho.

—Cuando hayan pasado los trámites de Administración, y les hayan hecho las entrevistas de salida, les llevará un coche al aeropuerto.

McPherson metió la mano en un cajón del escritorio. Crane supuso que sacaría más formularios para que los firmasen, pero lo que apareció fueron dos maletines de cuero negro, que McPherson les entregó con gran formalidad.

—Solo queda una cosa.

Crane vio que Hui miraba en el interior del suyo, y que abría mucho los ojos, aguantando la respiración.

Él también lo abrió. Dentro había una distinción oficial con las firmas de media docena de los almirantes de mayor rango de la Marina, y no solo eso, sino del propio presidente.

—No sé si lo entiendo —dijo.

—¿Qué hay que entender, doctor Crane? Usted y la doctora Ping averiguaron la verdad sobre la anomalía, y ayudaron a salvar la vida de al menos ciento doce personas. El gobierno siempre estará en deuda con ambos.

Crane cerró la tapa.

—¿Es para eso para lo que quería vernos?

McPherson asintió.

—Sí, y para despedirme. —Se levantó y les dio la mano—. Les están esperando en Administración.

Se sentó y siguió mirando el monitor.

Hui se levantó, pero antes de llegar a la salida del cubículo se volvió a esperar a Crane. Él se levantó despacio, mirando a McPherson y la pantalla. Reconocía la imagen de Korolis inclinado hacia el visor de la Canica, y la de Flyte manipulando el brazo robot. McPherson tenía el volumen bajo. Aun así, Crane reconoció la vocecita de pájaro de Flyte: «Es un vertedero de armas, producto de alguna carrera armamentística intergaláctica...».

—No le dé más vueltas —dijo en voz baja.

McPherson dio un respingo y lo miró.

—¿Cómo?

—Digo que no le dé más vueltas. Ya es agua pasada.

McPherson volvió a mirar la pantalla. No había contestado.

—Fue una tragedia, pero ya ha pasado. No hace falta preocuparse de que otros accedan al yacimiento. Ningún gobierno extranjero podría acercarse al nivel excavado. Es demasiado radiactivo.

McPherson seguía sin contestar. Parecía debatirse interiormente.

—Ya me imagino qué le corroe —dijo suavemente Crane—: la idea de que haya un vertedero de armamento de esta magnitud y este poder de destrucción enterrado en nuestro propio planeta. A mí también me preocupa, pero siempre me digo que los que sepultaron todos esos aparatos también tienen poder para protegerlos y garantizar que no los toque nadie. Korolis lo averiguó de la peor manera. Lo demuestra el vídeo que está mirando.

McPherson dio otro respingo y volvió a mirar a Crane como si en su fuero interno hubiera tomado alguna decisión.

—No es lo que me preocupa.

—¿Entonces?

Señaló la pantalla.

—Ya ha oído a Flyte. Dijo que era un vertedero de armas, un cementerio lejos de todo, destinado al mayor de los olvidos.

—Sí.

McPherson puso los dedos en el teclado e introdujo una orden. La grabación empezó a reproducirse a la inversa, con los personajes moviéndose al revés por la pantalla, aceleradamente. Después volvió a la reproducción normal. Crane escuchó la conversación grabada: «...Dos agujeros negros orbitando muy cerca el uno del otro ... a una velocidad vertiginosa ... uno de materia y el otro de antimateria ... si se eliminara la fuerza que los mantiene en órbita... la explosión destruiría el sistema solar...».

McPherson detuvo la reproducción y cogió un pañuelo de papel de la caja que tenía sobre la mesa para secarse los ojos.

—Nosotros también tenemos vertederos para nuestras armas nucleares obsoletas —dijo en voz baja.

—Como Ocotillo Mountain. Asher lo estaba investigando. Por eso pudimos...

—Verá, doctor Crane —le interrumpió McPherson—, lo que me hace pasar las noches en vela es lo siguiente: nosotros antes de enterrar las armas viejas las desactivamos.

Crane lo miró sin decir nada, procesando lo que acababa de decir.

—No estará pensando que... —empezó a decir Hui, pero no terminó la frase.

—¿Lo que está enterrado debajo del Moho? —preguntó McPherson—. Pues sí. Miles de aparatos. De aparatos activos. Armas inimaginables, agujeros negros trabados en órbitas muy rápidas... Para desactivar el arma solo hay que desacoplar cada pareja para que nunca se toquen, ¿verdad? —Se inclinó hacia la mesa—. Pues ¿por qué no lo han hecho, si solo es un vertedero?

—Porque... —Crane notó que se le había secado la boca de golpe—. Porque no las han puesto fuera de servicio.

McPherson asintió muy despacio.

—Puede que me equivoque, pero no creo que sea un vertedero.

—Cree que es un almacén en activo —dijo lentamente Crane.

—Escondido en un planeta inútil —respondió McPherson—, hasta que...

No acabó la frase. No hacía falta.

Crane y Ping cruzaron despacio el resonante hangar; pasaron al lado de los restos del Complejo hacia la salida de seguridad de la pared del fondo. Mientras caminaban, Crane no tuvo más remedio que pensar en el testimonio puesto por escrito seiscientos años atrás por Jón Albarn, el pescador danés: «Apareció un agujero en el cielo, y por ese agujero se mostró un Ojo gigante envuelto en llamas blancas...».

Una vez cruzada la salida de seguridad, pisaron el asfalto bajo una luz inclemente. El sol era una bola de fuego en un campo cerúleo de principio a fin. Al levantar la vista al cielo, Crane se preguntó si sería capaz de volver a mirarlo como antes.